CREPÚSCULO

CREPÚSCULO

STEPHENIE MEYER

TRADUÇÃO DE RYTA VINAGRE

Copyright © 2005 by Stephenie Meyer
Publicado mediante acordo com Little Brown and Company, Nova York, NY, EUA.
Todos os direitos reservados.

TÍTULO ORIGINAL
Twilight

REVISÃO
Ana Grillo
Isabel Newlands
Júlia Moreira
Maria da Glória Carvalho
Maria de Fátima Maciel
Milena Varallo

ARTE DO TÍTULO ORIGINAL
© 2025 by Maggie Enterrios

ARTE DE ABERTURA DE CAPÍTULO, ORNAMENTOS FLORAIS E GUARDAS
© 2025 by Srdjan Vidakovic

ARTES DE PINTURA LATERAL
© 2025 by Diana Dworak

ADAPTAÇÃO DE PROJETO GRÁFICO E DIAGRAMAÇÃO
Juliana Brandt

CAPA
© 2025 by Hachette Book Group, Inc.

ARTE DE CAPA
© 2025 by Maggie Enterrios

DESIGN DE CAPA
Jenny Kimura

ADAPTAÇÃO DE CAPA
Juliana Brandt

CIP-BRASIL. CATALOGAÇÃO NA PUBLICAÇÃO
SINDICATO NACIONAL DOS EDITORES DE LIVROS, RJ

M561c

    Meyer, Stephenie
        Crepúsculo / Stephenie Meyer ; tradução Ryta Vinagre. - 1. ed. - Rio de Janeiro : Intrínseca, 2025.

        Tradução de: Twilight
        "Edição luxo de colecionador"
        ISBN 978-85-510-1208-6

        1. Ficção americana. I. Vinagre, Ryta. II. Título.

25-99122.0
        CDD: 813
        CDU: 82-3(73)

Gabriela Faray Ferreira Lopes - Bibliotecária - CRB-7/6643

[2025]
Todos os direitos desta edição reservados à
EDITORA INTRÍNSECA LTDA.
Av. das Américas, 500, bloco 12, sala 303
Barra da Tijuca, Rio de Janeiro - RJ
CEP 22640-904
Tel./Fax: (21) 3206-7400
www.intrinseca.com.br

Para minha irmã mais velha, Emily,
sem cujo entusiasmo esta história
ainda estaria inacabada.

SUMÁRIO

PRÓLOGO	11
1. À PRIMEIRA VISTA	13
2. LIVRO ABERTO	33
3. FENÔMENO	52
4. CONVITES	64
5. TIPO SANGUÍNEO	78
6. HISTÓRIAS DE TERROR	98
7. PESADELO	114
8. PORT ANGELES	132
9. TEORIA	154
10. INTERROGAÇÕES	169
11. COMPLICAÇÕES	187
12. OSCILANDO	201
13. CONFISSÕES	221
14. A MENTE DOMINA A MATÉRIA	242
15. OS CULLEN	264
16. CARLISLE	282
17. O JOGO	293
18. A CAÇADA	315
19. DESPEDIDAS	327
20. IMPACIÊNCIA	339
21. TELEFONEMA	353
22. ESCONDE-ESCONDE	361
23. O ANJO	376
24. UM IMPASSE	381
EPÍLOGO: UM ACONTECIMENTO ESPECIAL	399

Mas do fruto da árvore que está
no meio do jardim, disse Deus:
Não comereis dele,
Nem nele tocareis
Para que não morrais.

Gênesis, 3:3

Prólogo

NUNCA PENSEI MUITO EM COMO MORRERIA — EMBORA NOS ÚLTIMOS meses tivesse motivos suficientes para isso —, mas, mesmo que tivesse pensado, não teria imaginado que seria assim.

Olhei fixamente, sem respirar, através do grande salão, dentro dos olhos escuros do caçador, e ele retribuiu satisfeito o meu olhar.

Sem dúvida era uma boa forma de morrer, no lugar de outra pessoa, de alguém que eu amava. Nobre, até. Isso devia contar para alguma coisa.

Eu sabia que, se nunca tivesse ido a Forks, agora não estaria diante da morte. Mas, embora estivesse apavorada, não conseguia me arrepender da decisão. Quando a vida lhe oferece um sonho muito além de todas as suas expectativas, é irracional se lamentar quando isso chega ao fim.

O caçador sorriu de um jeito simpático enquanto avançava para me matar.

1
À PRIMEIRA VISTA

MINHA MÃE ME LEVOU AO AEROPORTO COM AS JANELAS DO CARRO abertas. Fazia 24 graus em Phoenix, o céu de um azul perfeito e sem nuvens. Eu estava com minha blusa preferida — sem mangas, de renda branca com ilhoses; eu a vesti como um gesto de despedida. Minha bagagem de mão era uma parca.

Na península Olympic, do noroeste do estado de Washington, há uma cidadezinha chamada Forks, quase constantemente debaixo de uma cobertura de nuvens. Chove mais nessa cidade insignificante do que em qualquer outro lugar dos Estados Unidos. Foi desse lugar e de suas sombras melancólicas e onipresentes que minha mãe fugiu comigo quando eu tinha apenas alguns meses de idade. Nessa cidade eu fui obrigada a passar um mês a cada verão até ter 14 anos. Foi então que finalmente bati o pé. Nos últimos três verões, meu pai, Charlie, passou duas semanas de férias comigo na Califórnia.

Era em Forks que agora eu me exilava — uma atitude que assumi com muito pavor. Eu detestava Forks.

Eu adorava Phoenix. Adorava o sol e o calor intenso. Adorava a cidade vigorosa e extensa.

— Bella — disse minha mãe, pela centésima vez, antes de eu entrar no avião —, você não precisa fazer isso.

Minha mãe é parecida comigo, a não ser pelo cabelo curto e as rugas de expressão. Senti um espasmo de pânico ao fitar seus olhos arregalados e infantis. Como eu podia deixar que minha mãe amorosa, instável e descuidada se virasse sozinha? É claro que ela agora tinha o Phil, então as contas provavelmente seriam pagas, haveria comida na geladeira, gasolina no carro e alguém para chamar quando ela se perdesse, mas mesmo assim...

— Eu *quero* ir — menti. Sempre menti mal, mas ultimamente ando contando essa mentira com tanta frequência que agora parecia quase convincente.

— Diga a Charlie que mandei lembranças.

— Vou dizer.

— Verei você em breve — insistiu ela. — Pode vir para casa quando quiser... Eu volto assim que você precisar de mim.

Mas eu podia ver, nos olhos dela, o sacrifício por trás da promessa.

— Não se preocupe comigo — insisti. — Vai ser ótimo. Eu te amo, mãe.

Ela me abraçou com força por um minuto e depois entrei no avião, e ela se foi.

De Phoenix a Seattle são quatro horas de voo, outra hora em um pequeno avião até Port Angeles, depois uma hora de carro até Forks. Voar não me incomodava; a hora no carro com Charlie, porém, era meio preocupante.

Charlie foi realmente gentil com tudo aquilo. Parecia realmente satisfeito que eu, pela primeira vez, fosse morar com ele por um período mais longo. Já me matriculara na escola e ia me ajudar a comprar um carro.

Mas sem dúvida seria estranho com Charlie. Não éramos o que se chamaria de falantes, e eu não sabia se havia alguma coisa para dizer. Sabia que ele estava bastante confuso com minha decisão — como minha mãe antes de mim, eu não escondia o fato de detestar Forks.

Quando pousamos em Port Angeles, estava chovendo. Não vi isso como um presságio — era apenas inevitável. Eu já tinha dado adeus ao sol.

Charlie me aguardava na radiopatrulha. Eu também esperava por isso. Charlie é o chefe de polícia Swan para o bom povo de Forks. Minha principal motivação por trás da compra de um carro, apesar da verba escassa, era que me recusava a circular pela cidade em um carro com luzes vermelhas e azuis no teto. Nada deixa o trânsito mais lento do que um policial.

Charlie me deu um abraço desajeitado com um só braço quando eu cambaleei para fora da área de desembarque.

— É bom ver você, Bells — disse ele, sorrindo enquanto automaticamente me segurava e me firmava. — Você não mudou muito. Como está a Renée?

— A mamãe está bem. É bom ver você também, pai. — Eu não tinha permissão para chamá-lo de Charlie na frente dele.

Eu tinha só algumas malas. A maior parte das minhas roupas do Arizona era leve demais para Washington. Minha mãe e eu havíamos juntado nossos recursos para complementar meu guarda-roupa de inverno, mas ainda assim era reduzido. Coube tudo muito bem na mala da viatura.

— Achei um bom carro para você, baratinho — anunciou ele quando estávamos afivelando o cinto.

— Que tipo de carro? — Fiquei desconfiada do modo como ele disse "um bom carro para *você*" em vez de simplesmente "um bom carro".

— Bom, na verdade é uma picape, um Chevy.

— Onde o achou?

— Lembra do Billy Black, de La Push? — La Push é a pequena reserva indígena no litoral.

— Não.

— Ele costumava pescar com a gente no verão — lembrou Charlie.

Isso explicava por que eu não me lembrava dele. Eu era bastante competente em bloquear da minha memória coisas dolorosas e desnecessárias.

— Ele agora está numa cadeira de rodas — continuou Charlie quando eu não respondi —, não pode mais dirigir, e ofereceu a picape por um preço baixo.

— De que ano é? — Eu podia ver, pela mudança em sua expressão, que esta era a pergunta que ele esperava que eu não fizesse.

— Bom, o Billy trabalhou muito no motor... Na realidade só tem alguns anos.

Eu esperava que ele não me subestimasse a ponto de acreditar que eu desistiria com tanta facilidade.

— Quando foi que ele comprou?

— Comprou em 1984, eu acho.

— Ele a comprou nova?

— Bom, não. Acho que era nova no início dos anos 60... Ou final dos anos 50, no máximo — admitiu ele timidamente.

— Ih... Pai, eu não entendo nada de carros. Não conseguiria consertar se alguma coisa desse errado, e não posso pagar um mecânico...

— Na verdade, Bella, o troço funciona muito bem. Não fazem mais carros assim.

O troço, pensei comigo mesma... Era possível — como apelido, na melhor das hipóteses.

— É barata *barata* mesmo? — Afinal, essa era a parte em que eu não poderia contemporizar.

— Bom, querida, eu meio que já comprei para você. Como um presente de boas-vindas. — Charlie me olhou de lado com uma expressão esperançosa.

Caramba. De graça.

— Não precisava fazer isso, pai. Eu mesma ia comprar um carro.

— Tudo bem. Quero que seja feliz aqui. — Ele estava olhando para a estrada à frente ao dizer isso. Charlie não ficava à vontade quando se tratava de externar as emoções em voz alta. Herdei isso dele. Então fiquei olhando para a frente quando respondi:

— Foi muito gentil de sua parte, pai. Eu agradeço muito. — Não era necessário acrescentar que, para mim, era impossível ser feliz em

Forks. Ele não precisava sofrer junto comigo. E a picape dada não se olham os dentes, nem o motor.

— Não foi nada — murmurou ele, constrangido com minha gratidão.

Trocamos mais alguns comentários sobre o clima, que estava úmido, e a maior parte da conversa não passou disso. Ficamos olhando pela janela em silêncio.

Era lindo, é claro; eu não podia negar isso. Tudo era verde: as árvores, os troncos cobertos de musgo, os galhos que pendiam das copas, a terra coberta de samambaias. Até o ar filtrava o verde das folhas.

Era verde demais — um planeta alienígena.

Por fim chegamos à casa de Charlie. Ele ainda morava na casinha de dois quartos que comprara com minha mãe nos primeiros tempos de seu casamento. Aqueles foram os únicos tempos que o casamento teve — os primeiros. Ali, estacionada na rua na frente da casa que nunca mudava, estava minha nova — bom, nova para mim — picape. Era de um vermelho desbotado, com para-lamas grandes e arredondados e uma cabine bulbosa. Para minha grande surpresa, eu adorei. Não sabia se ia funcionar, mas podia me ver nela. Além disso, era um daqueles negócios sólidos que não quebram nunca — do tipo que se vê na cena de um acidente, a pintura sem um arranhão, cercado pelas peças do carro importado que foi destruído.

— Caramba, pai, adorei! Obrigada! — Agora meu pavoroso dia de amanhã seria bem menos terrível. Não teria que decidir entre andar três quilômetros na chuva até a escola e aceitar uma carona na radiopatrulha do chefe.

— Que bom que você gostou — disse Charlie, de novo sem graça.

Apenas uma viagem foi necessária para levar minhas coisas para cima. Fiquei com o quarto do lado oeste, que dava para o jardim da frente. O quarto era familiar; me pertencia desde que nasci. O piso de madeira, as paredes azul-claras, o teto pontiagudo, as cortinas de renda amarelas na janela — tudo isso fazia parte da minha infância. As únicas mudanças que Charlie fizera foram trocar o berço por uma cama e acrescentar uma escrivaninha à medida que eu crescia. A mesa agora tinha um computador de segunda mão, com a linha telefônica para o modem grampeada pelo chão até a tomada de telefone mais próxima. Isso fora estipulado por minha mãe, assim poderíamos manter contato facilmente. A cadeira de balanço de meus tempos de bebê ainda estava no canto.

Só havia um banheiro pequeno no segundo andar, que eu teria que dividir com Charlie. Estava tentando não pensar muito nisso.

Uma das melhores coisas em Charlie é que ele não fica rondando a gente. Deixou-me sozinha para desfazer as malas e me acomodar, uma proeza que teria sido completamente impossível para minha mãe. Era legal ficar sozinha, sem ter que sorrir e parecer satisfeita; um alívio olhar desanimadamente pela janela para a chuva entristecendo tudo e deixar algumas lágrimas escaparem. Eu não estava com vontade de ter um acesso de choro. Ia economizar para a hora de dormir, quando teria que pensar na manhã seguinte.

A Forks High School tinha um total assustador de apenas 357 — agora 358 — alunos; em Phoenix, havia mais de setecentas pessoas só do meu ano. Todas as crianças daqui foram criadas juntas — seus avós engatinharam juntos. Eu seria a garota nova da cidade grande, uma curiosidade, uma aberração.

Talvez, se eu parecesse uma verdadeira garota de Phoenix, pudesse tirar proveito disso. Mas, fisicamente, nunca me encaixei em lugar nenhum. Eu *devia* ser bronzeada, atlética, loura — uma jogadora de vôlei ou uma líder de torcida, talvez —, todas as coisas compatíveis com quem mora no vale do sol.

Em vez disso, apesar do sol constante, eu era muito pálida. E não tinha os olhos azuis ou o cabelo ruivo que poderiam me servir de desculpa. Sempre fui magra, mas meio molenga, e obviamente não era uma atleta; não tinha a coordenação necessária entre mãos e olhos para praticar esportes sem me humilhar — e sem machucar a mim mesma e a qualquer pessoa que se aproximasse demais.

Quando terminei de guardar minhas roupas na antiga cômoda de pinho, peguei meu *nécessaire* e fui ao único banheiro para me lavar depois do dia de viagem. Olhei meu rosto no espelho enquanto escovava o cabelo úmido e embaraçado. Talvez fosse a luz, mas eu já parecia mais pálida, doentia. Minha pele era muito clara, quase translúcida — podia ser bonita, mas tudo dependia da cor. Não tinha cor nenhuma ali.

Ao ver meu reflexo pálido no espelho, fui obrigada a admitir que estava mentindo para mim mesma. Não era só fisicamente que eu não me adaptava. E quais seriam minhas chances aqui, se eu não conseguisse achar um nicho em uma escola com trezentas pessoas?

Eu não me relaciono bem com as pessoas da minha idade. Talvez a verdade seja que eu não me relaciono bem com as pessoas, e ponto-final. Até a minha mãe, de quem eu era mais próxima do que de qualquer outra pessoa do planeta, nunca esteve em sintonia comigo, nunca esteve exatamente na mesma página. Às vezes eu me perguntava se via as mesmas coisas que o resto do mundo. Talvez houvesse um problema no meu cérebro.

Mas não importava a causa. Só o que importava era o efeito. E amanhã seria só o começo.

Não dormi bem naquela noite, mesmo depois de chorar. Ao fundo o ruído constante da chuva e do vento no telhado não desaparecia. Puxei o velho cobertor xadrez sobre a cabeça e mais tarde coloquei também o travesseiro. Mas só consegui dormir depois da meia-noite, quando a chuva finalmente se aquietou num chuvisco mais silencioso.

Só o que eu conseguia ver pela minha janela de manhã era uma neblina densa, e podia sentir a claustrofobia rastejando em minha direção. Jamais se podia ver o céu aqui; parecia uma gaiola.

O café da manhã com Charlie foi um evento silencioso. Ele me desejou boa sorte na escola. Agradeci, sabendo que suas esperanças eram vãs. A boa sorte geralmente me evitava. Charlie saiu primeiro para a delegacia, que era sua esposa e sua família. Depois que ele partiu, fiquei sentada à velha mesa quadrada de carvalho, em uma das três cadeiras que não combinavam, e examinei a pequena cozinha, com as paredes escuras revestidas de madeira, armários de um amarelo vivo e piso de linóleo branco. Nada havia mudado. Minha mãe tinha pintado os armários dezoito anos atrás numa tentativa de colocar algum raio de sol na casa. Acima da pequena lareira na minúscula sala adjacente, havia uma fileira de fotos. Primeiro, uma foto do casamento de Charlie e minha mãe em Las Vegas; depois, uma de nós três no hospital em que nasci, tirada por uma enfermeira prestativa, seguida pela procissão das minhas fotos de escola até o ano passado. Era constrangedor olhar aquilo — eu teria de pensar no que poderia fazer para que Charlie as colocasse em outro lugar, pelo menos enquanto eu morasse aqui.

Era impossível não perceber que Charlie jamais superou a perda da minha mãe ao ficar nesta casa. Isso me deixou pouco à vontade.

Não queria chegar cedo demais na escola, mas não conseguia mais ficar ali. Vesti meu casaco — que era meio parecido com um traje de biossegurança — e saí para a chuva.

Ainda estava chuviscando, não o suficiente para me ensopar enquanto peguei a chave da casa, sempre escondida debaixo do beiral, e tranquei a porta. O chapinhar das minhas novas botas impermeáveis era enervante. Senti falta do habitual esmagar de cascalho enquanto andava. Não podia parar e admirar minha picape novamente, como eu queria; estava com pressa para sair da umidade nevoenta que envolvia minha cabeça e grudava em meu cabelo por baixo do capuz.

Dentro da picape estava agradável e seco. Billy, ou Charlie, obviamente tinha feito uma limpeza, mas os bancos com estofado caramelo ainda cheiravam levemente a tabaco, gasolina e hortelã. Para meu alívio o motor pegou rapidamente, mas era barulhento, rugindo para a vida e depois rodando em um volume alto. Bom, uma picape dessa idade teria suas falhas. O rádio antigo funcionava, um bônus que eu não esperava.

Não foi difícil encontrar a escola, embora eu nunca tivesse ido lá. Como a maioria das outras coisas, ficava perto da rodovia. Não parecia uma escola — o que me fez parar foi a placa, que dizia Forks High School. Era um conjunto de casas iguais, construídas com tijolos marrons. Havia tantas árvores e arbustos que no início não consegui calcular seu tamanho. Onde estava o espírito da instituição?, perguntei-me com nostalgia. Onde estavam as cercas de tela, os detectores de metal?

Estacionei na frente do primeiro prédio, que tinha uma plaquinha acima da porta dizendo SECRETARIA. Ninguém mais havia estacionado ali, então eu certamente estava em local proibido, mas decidi me informar lá dentro em vez de ficar dando voltas na chuva feito uma idiota. Saí sem vontade nenhuma da cabine da picape enferrujada e andei por um pequeno caminho de pedra ladeado por uma cerca viva escura. Respirei fundo antes de abrir a porta.

Lá dentro o ambiente era bem iluminado e mais quente do que eu imaginava. O escritório era pequeno; uma salinha de espera com cadeiras dobráveis acolchoadas, carpete laranja manchado, recados e prêmios atravancando as paredes, um relógio grande tiquetaqueando alto. Havia plantas em toda parte em vasos grandes de plástico, como se não houvesse verde suficiente do lado de fora. A sala era dividida ao meio por um balcão comprido, abarrotado de cestos de arame cheios de papéis e folhetos de cores vivas colados na frente. Havia três mesas atrás do balcão, uma delas ocupada por uma ruiva grandalhona de óculos. Ela vestia uma camiseta roxa que de imediato fez com que eu me sentisse produzida demais.

A ruiva olhou para mim.

— Posso ajudá-la?

— Meu nome é Isabella Swan — informei-lhe, e logo vi a atenção iluminar seus olhos. Eu era esperada, um assunto de fofoca, sem dúvida. A filha da ex-mulher leviana do chefe de polícia finalmente voltara para casa.

— É claro — disse ela. E cavucou uma pilha instável de documentos na mesa até encontrar o que procurava. — Seu horário está bem aqui, e há um mapa da escola. — Ela trouxe várias folhas ao balcão para me mostrar.

Ela indicou minhas salas de aula, destacando a melhor rota para cada uma delas no mapa, e me deu uma caderneta que cada professor teria que assinar e que eu traria de volta no final do dia. Ela sorriu para mim e me desejou, como Charlie, que eu gostasse daqui de Forks. Sorri também, da maneira mais convincente que pude.

Quando voltei à picape, outros alunos começavam a chegar. Dirigi pela escola, seguindo o trânsito. Fiquei feliz em ver que os carros, em sua maioria, eram mais velhos que o meu, nada chamativo. Em Phoenix, eu morava em um dos poucos bairros de baixa renda incluídos no distrito de Paradise Valley. Era comum ver um Mercedes ou um Porsche novo no estacionamento dos alunos. O carro mais legal aqui era um Volvo reluzente, e este se destacava. Ainda assim, desliguei o motor logo que cheguei a uma vaga para que o barulho estrondoso não chamasse a atenção para mim.

Olhei o mapa na picape, tentando agora memorizá-lo; esperava não ter que andar com ele diante do nariz o dia todo. Enfiei tudo na bolsa, passei a alça no ombro e respirei bem fundo. Eu vou conseguir, menti para mim mesma. Ninguém ia me morder. Por fim soltei o ar e saí da picape.

Mantive a cara escondida pelo capuz ao andar para a calçada, apinhada de adolescentes. Meu casaco preto e simples não chamava a atenção, como percebi com alívio.

Depois de chegar ao refeitório, foi fácil localizar o prédio três. Um grande "3" estava pintado em preto num quadrado branco no canto leste. Senti aos poucos que começava a ofegar à medida que me aproximava da entrada. Tentei prender a respiração enquanto seguia duas capas de chuva unissex pela porta.

A sala de aula era pequena. As pessoas na minha frente pararam junto à porta para pendurar os casacos em uma longa fileira de ganchos. Imitei-as. Havia duas meninas, uma loura com a pele muito branca, a outra igualmente pálida, com cabelo castanho-claro. Pelo menos minha pele não se destacaria aqui.

Entreguei a caderneta ao professor, um careca alto cuja mesa tinha uma placa identificando-o pelo nome, "Sr. Mason". Ele me encarou surpreso quando viu meu nome — não foi uma reação que me encorajasse — e é claro que fiquei vermelha como um tomate. Mas pelo menos ele me mandou sentar numa carteira vazia no fundo da sala, sem me apresentar à turma. Era mais difícil para meus novos colegas me encarar lá atrás, mas de algum jeito eles conseguiram. Mantive os olhos baixos na bibliografia que o professor me dera. Era bem básica: Brontë, Shakespeare, Chaucer, Faulkner. Eu já lera tudo. Isso era reconfortante... e entediante. Imaginei se minha mãe me mandaria minha pasta com os trabalhos antigos, ou se ela pensaria que isso era trapaça. Tive várias discussões com ela em minha cabeça enquanto o professor falava monotonamente.

Quando tocou o sinal, uma buzina anasalada, um garoto magricela com problemas de pele e cabelo preto feito uma mancha de óleo se inclinou para falar comigo.

— Você é Isabella Swan, não é? — Ele parecia direitinho o tipo prestativo de clube de xadrez.

— Bella — corrigi. Todo mundo num raio de três carteiras se virou para me olhar.

— Qual é a sua próxima aula? — perguntou ele.

Tive que olhar na minha bolsa.

— Hmmm, educação cívica, com Jefferson, no prédio seis.

Para onde quer que eu me virasse, encontrava olhos curiosos.

— Vou para o prédio quatro, posso mostrar o caminho... — Sem dúvida, superprestativo. — Meu nome é Eric — acrescentou ele.

Eu sorri, insegura.

— Obrigada.

Pegamos nossos casacos e fomos para a chuva, que tinha aumentado. Eu podia jurar que várias pessoas atrás de nós se aproximavam o bastante para ouvir o que dizíamos. Esperava não estar ficando paranoica.

— E aí, isto é bem diferente de Phoenix, não é? — perguntou ele.

— Muito.

— Não chove muito lá, não é?

— Três ou quatro vezes por ano.

— Puxa, como deve ser isso? — maravilhou-se ele.

— Ensolarado — eu lhe disse.

— Você não é muito bronzeada.

— Minha mãe é meio albina.

Apreensivo, ele examinou meu rosto, e eu suspirei. Parecia que nuvens e senso de humor não se misturavam. Alguns meses disso e eu me esqueceria de como usar o sarcasmo.

Voltamos pelo refeitório até os prédios do sul, perto do ginásio. Eric me levou à porta, embora tivesse uma placa bem evidente.

— Então, boa sorte — disse ele enquanto eu pegava a maçaneta. — Talvez a gente tenha mais alguma aula juntos. — Ele parecia ter esperanças.

Sorri vagamente para ele e entrei.

O resto da manhã se passou do mesmo jeito. Meu professor de trigonometria, o Sr. Varner, que de qualquer forma eu teria odiado por causa da matéria que ensinava, foi o único que me fez parar diante da turma para me apresentar. Eu gaguejei, corei e tropecei em minhas próprias botas ao seguir para a minha carteira.

Depois de duas aulas, comecei a reconhecer vários rostos em cada turma. Sempre havia alguém mais corajoso do que os outros, que se apresentava e me perguntava se eu estava gostando de Forks. Tentei ser diplomática, mas na maioria das vezes apenas menti. Pelo menos não precisei do mapa.

Uma menina se sentou ao meu lado nas aulas de trigonometria e espanhol e me acompanhou até o refeitório na hora do almoço. Era baixinha, vários centímetros menor do que meu metro e sessenta e três, mas o cabelo escuro, rebelde e cacheado compensava grande parte da diferença entre nossas alturas. Não conseguia me lembrar do nome dela, então eu sorria e assentia enquanto ela tagarelava sobre professores e aulas. Não tentei acompanhar sua falação.

Sentamos à ponta de uma mesa cheia de vários de seus amigos, que ela me apresentou. Esqueci o nome de todos assim que ela os pronunciou. Eles pareceram impressionados com sua coragem de falar comigo. O menino da aula de inglês, Eric, acenou para mim do outro lado do salão.

Foi ali, sentada no refeitório, tentando conversar com sete estranhos curiosos, que eu os vi pela primeira vez.

Estavam sentados no canto do refeitório, à maior distância possível de onde eu me encontrava no salão comprido. Eram cinco. Não estavam conversando e não comiam, embora cada um deles tivesse uma bandeja cheia e intocada diante de si. Não me encaravam, ao contrário da maioria dos outros alunos, por isso era seguro observá-los sem temer encontrar um par de olhos excessivamente interessados. Mas não foi nada disso que atraiu e prendeu minha atenção.

Eles não eram nada parecidos. Dos três meninos, um era grandalhão — musculoso como um halterofilista inveterado, com cabelo escuro e crespo. Outro era mais alto, mais magro, mas ainda assim musculoso, e tinha cabelo louro cor de mel. O último era esguio, menos forte, com um cabelo desalinhado cor de bronze. Era mais juvenil do que os outros, que pareciam poder estar na faculdade ou até ser professores daqui, em vez de alunos.

As meninas eram o contrário. A alta era escultural. Linda, do tipo que se via na capa da edição de trajes de banho da *Sports Illustrated*, do tipo que fazia toda garota perto dela sentir um golpe na autoestima só por estar no mesmo ambiente. O cabelo era dourado, caindo delicadamente em ondas até o meio das costas. A menina baixa parecia uma fada, extremamente magra, com feições miúdas. O cabelo era de um preto intenso, curto, picotado e desfiado para todas as direções.

E, no entanto, todos eram de alguma forma parecidos. Cada um deles era pálido como giz, os alunos mais brancos que viviam nesta cidade sem sol. Mais brancos do que eu, a albina. Todos tinham olhos muito escuros, apesar da variação de cor dos cabelos. Também tinham olheiras — arroxeadas, em tons de hematoma. Como se tivessem passado uma noite insone, ou estivessem se recuperando de um nariz quebrado. Mas os narizes, todos os seus traços, eram retos, perfeitos, angulosos.

Mas não era por nada disso que eu não conseguia desgrudar os olhos deles.

Fiquei olhando porque seus rostos, tão diferentes, tão parecidos, eram completa, arrasadora e inumanamente lindos. Eram rostos que não se esperava ver a não ser talvez nas páginas reluzentes de uma revista de moda. Ou pintados por um antigo mestre como a face de um anjo. Era difícil decidir quem era o mais bonito — talvez a loura perfeita, ou o garoto de cabelo cor de bronze.

Todos pareciam distantes — distantes de cada um ali, distantes dos outros alunos, distantes de qualquer coisa em particular, pelo que eu podia notar. Enquanto eu observava, a garota baixinha se levantou com a bandeja — o refrigerante fechado, a maçã sem uma dentada — e se afastou com passos longos, rápidos e graciosos apropriados para uma passarela. Fiquei olhando, surpresa com seus passos de dança, até que ela largou a bandeja no lixo e seguiu para a porta dos fundos, mais rápido do que eu teria pensado ser possível. Meus olhos dispararam de volta aos outros, que ficaram sentados, impassíveis.

— Quem são *eles?* — perguntei à garota da minha turma de espanhol, cujo nome eu esquecera.

Enquanto ela olhava para ver do que eu estava falando — embora já soubesse, provavelmente, pelo meu tom de voz —, de repente ele olhou para ela, o mais magro, o rapaz juvenil, o mais novo, talvez. Ele olhou para a menina que estava ao meu lado só por uma fração de segundo, e depois seus olhos escuros fulguraram para mim.

Ele desviou os olhos rapidamente, mais rápido do que eu, embora, em um jorro de constrangimento, eu tenha baixado o olhar de imediato. Naquele breve olhar, seu rosto não transmitiu nenhum interesse — era como se ela tivesse chamado o nome dele, e ele a olhasse numa reação involuntária, já tendo decidido não responder.

A garota riu sem graça, olhando a mesa como eu.

— São Edward e Emmett Cullen, e Rosalie e Jasper Hale. A que saiu é Alice Cullen. Todos moram com o Dr. Cullen e a esposa — disse ela à meia-voz.

Olhei de lado para o rapaz bonito, que agora fitava a própria bandeja, desfazendo um pãozinho em pedaços com os dedos pálidos e longos. Sua boca se movia muito rapidamente, os lábios perfeitos mal se abrindo. Os outros três ainda pareciam distantes e, no entanto, eu sentia que ele estava falando em voz baixa com eles.

Nomes estranhos e incomuns, pensei. O tipo de nome que têm os avós. Mas talvez seja moda por aqui — nomes de cidades pequenas? Finalmente me lembrei de que a garota ao meu lado se chamava Jessica, um nome perfeitamente comum. Havia duas meninas que se chamavam Jessica na minha turma de história, na minha cidade.

— Eles são... muito bonitos. — Lutei com a patente atenuação da verdade.

— É — concordou Jessica com outra risada. — Mas todos estão *juntos*... Emmett e Rosalie, e Jasper e Alice, quero dizer. E eles *moram* juntos. — Sua voz trazia toda a condenação e o choque da cidade pequena, pensei criticamente. Mas, para ser sincera, tenho que admitir que até em Phoenix isso provocaria fofocas.

— Quem são os Cullen? — perguntei. — Eles não parecem parentes...

— Ah, e não são. O Dr. Cullen é bem novo, tem uns vinte e tantos ou trinta e poucos anos. Todos foram adotados. Os Hale *são mesmo* irmãos, gêmeos... os louros... e são filhos adotivos.

— Parecem meio velhos para filhos adotivos.

— Agora são, Jasper e Rosalie têm 18 anos, mas estão com a Sra. Cullen desde que tinham 8 anos. Ela é tia deles ou coisa assim.

— Isso é bem legal... Eles cuidarem de todas essas crianças, quando eram tão pequenos e tudo isso.

— Acho que sim — admitiu Jessica com relutância, e tive a impressão de que por algum motivo ela não gostava do médico e da esposa. Com os olhares que ela atirava aos filhos adotivos, eu imaginava que o motivo era inveja. — Mas acho que a Sra. Cullen não pode ter filhos — acrescentou ela, como se isso diminuísse sua bondade.

Em toda essa conversa, meus olhos disparavam sem parar para a mesa onde se acomodava a estranha família. Eles continuavam a olhar para as paredes e não comiam.

— Eles sempre moraram em Forks? — perguntei. Certamente eu os teria percebido em um dos verões aqui.

— Não — disse ela numa voz que dava a entender que isso devia ser óbvio, até para uma recém-chegada como eu. — Só se mudaram há dois anos, vindos de algum lugar do Alasca.

Senti uma onda de pena, e também alívio. Pena porque, apesar de lindos, eles eram de fora, e claramente não eram aceitos. Alívio por eu não ser a única recém-chegada por aqui, e certamente não ser a mais interessante, por qualquer padrão.

Enquanto eu os examinava, o mais novo, um dos Cullen, virou-se e encontrou meu olhar, desta vez com uma expressão de evidente curiosidade. Quando desviei os olhos rapidamente, me pareceu que o olhar dele trazia uma espécie de expectativa frustrada.

— Quem é o garoto de cabelo ruivo? — perguntei. Eu o espiei pelo canto do olho e ele ainda estava me encarando, mas não aparvalhado como os outros alunos. Tinha uma expressão meio frustrada. Olhei para baixo novamente.

— É o Edward. Ele é lindo, é claro, mas não perca seu tempo. Ele não namora. Ao que parece, nenhuma das meninas daqui é bonita o bastante para ele. — Ela fungou, um caso claro de dor de cotovelo. Eu me perguntei quando é que ele a tinha rejeitado.

Mordi o lábio para esconder meu sorriso. Depois olhei para ele de novo. Seu rosto estava virado para o outro lado, mas achei que sua bochecha parecia erguida, como se ele também estivesse sorrindo.

Depois de mais alguns minutos, os quatro saíram da mesa juntos. Todos eram muito elegantes — até o grandalhão de cabelo castanho. Era perturbador de ver. O garoto chamado Edward não olhou novamente para mim.

Fiquei sentada à mesa com Jessica e os amigos dela por mais tempo do que teria ficado se eu estivesse sozinha. Estava ansiosa para não me atrasar para as aulas no meu primeiro dia. Uma de minhas novas conhecidas, que me lembrava repetidamente de que seu nome era Angela, tinha biologia II comigo no próximo tempo. Seguimos juntas em silêncio para a sala. Ela também era tímida.

Quando entramos na sala, Angela foi se sentar em uma carteira de tampo preto exatamente como aquelas que eu costumava usar. Ela já tinha uma parceira. Na verdade, todas as cadeiras estavam ocupadas, exceto uma. Ao lado do corredor central, reconheci Edward Cullen por seu cabelo incomum, sentado ao lado daquele lugar vago.

Enquanto eu andava pelo corredor para me apresentar ao professor e conseguir que assinasse minha caderneta, eu o observava furtivamente.

Assim que passei, ele de repente ficou rígido em seu lugar. Ele me encarou novamente, encontrando meus olhos com a expressão mais estranha do mundo — era hostil, furiosa. Desviei os olhos rapidamente, chocada, ruborizando de novo. Tropecei em um livro no caminho e tive que me apoiar na beira de uma mesa. A menina sentada ali riu.

Percebi que os olhos dele eram pretos — pretos como carvão.

O Sr. Banner assinou minha caderneta e me passou um livro, sem nenhum dos absurdos das apresentações. Eu podia dizer que íamos nos dar bem. É claro que ele não teve alternativa a não ser me mandar para o lugar vago no meio da sala. Mantive os olhos baixos enquanto fui me sentar ao lado *dele*, desconcertada pelo olhar hostil que ele me lançara.

Não olhei para cima ao colocar os livros na carteira e tomar meu lugar, mas, pelo canto do olho, vi sua postura mudar. Ele estava inclinado para longe de mim, sentado na ponta da cadeira, e desviava o rosto como se sentisse algum fedor. Imperceptivelmente, cheirei meu cabelo. Tinha cheiro de morango, o aroma de meu xampu preferido. Parecia um odor bem inocente. Deixei meu cabelo cair no ombro direito, criando uma cortina escura entre nós, e tentei prestar atenção no professor.

Infelizmente a aula era sobre anatomia celular, uma coisa que eu já estudara. De qualquer modo, tomei notas cuidadosamente, sempre olhando para baixo.

Não conseguia deixar de espiar de vez em quando, através da tela de meus cabelos, o estranho garoto sentado ao meu lado. Durante toda a aula, ele não relaxou um minuto da postura rígida na ponta da cadeira, sentando-se o mais distante possível de mim. Eu podia ver que suas mãos na perna esquerda estavam fechadas em punho, os tendões sobressaindo por baixo da pele clara. Isso também ele não relaxou. Estava com as mangas compridas da camisa branca enroladas até o cotovelo e o braço era surpreendentemente rijo e musculoso sob a pele clara. Ele não era nem de longe frágil como parecia ao lado do irmão mais forte.

A aula parecia se arrastar mais do que as outras. Seria porque o dia finalmente estava chegando ao fim, ou porque eu esperava que o punho dele relaxasse? Não aconteceu: ele continuou sentado tão imóvel que nem parecia respirar. Qual era o problema dele? Será que este era seu comportamento normal? Questionei a avaliação que fiz da amargura de Jessica no almoço de hoje. Talvez ela não fosse tão ressentida quanto eu pensava.

Isso não podia ter nada a ver comigo. Até hoje ele nem me conhecia.

Eu o espiei mais uma vez e me arrependi disso. Ele agora me encarava de cima, os olhos pretos cheios de repugnância. Enquanto eu me afastava, encolhendo-me na cadeira, de repente passou por minha cabeça a expressão *como se pudesse me matar*.

Naquele momento, o sinal tocou alto, fazendo-me pular, e Edward Cullen estava fora de sua carteira. Com fluidez, ele se levantou de costas para mim — era muito mais alto do que eu pensava — e estava do lado de fora da porta antes que qualquer outro tivesse saído da carteira.

Fiquei paralisada no meu lugar, encarando inexpressiva as costas dele. Era tão mesquinho. Não era justo. Comecei a pegar minhas coisas devagar, tentando bloquear a raiva que se espalhava em mim, com medo de que meus olhos se enchessem de lágrimas. Por algum motivo, minha ira era canalizada para meus dutos lacrimais. Normalmente, eu chorava quando estava com raiva, uma tendência humilhante.

— Você não é a Isabella Swan? — perguntou uma voz de homem.

Olhei para cima e vi um rapaz bonitinho com cara de bebê, o cabelo louro-claro cuidadosamente penteado com gel em pontas arrumadinhas, sorrindo para mim de maneira simpática. Ele obviamente não achava que eu cheirava mal.

— Bella — eu o corrigi, com um sorriso.

— Meu nome é Mike.

— Oi, Mike.

— Precisa de ajuda para encontrar sua próxima aula?

— Vou para a educação física. Acho que posso encontrar o caminho.

— É minha próxima aula também. — Ele parecia impressionado, mas não era uma coincidência assim tão grande numa escola tão pequena.

Então fomos juntos. Ele era um tagarela — alimentou a maior parte da conversa, o que facilitou minha vida. Tinha morado na Califórnia até os 10 anos, então sabia como eu me sentia com relação ao sol. Por acaso também era meu colega na aula de inglês. O Mike foi a pessoa mais legal que conheci hoje.

Mas enquanto entrávamos no ginásio, ele perguntou:

— E aí, você furou o Edward Cullen com um lápis ou o quê? Nunca o vi agir daquele jeito.

Eu me encolhi. Então não fui a única a perceber. E ao que parecia aquele *não era* o comportamento habitual de Edward Cullen. Decidi me fazer de burra.

— Era o garoto do meu lado na aula de biologia? — perguntei naturalmente.

— Era — disse ele. — Parecia estar sentindo alguma dor ou coisa assim.

— Não sei — respondi. — Nunca falei com ele.

— Ele é um cara estranho. — Mike se demorou ao meu lado em vez de ir para o vestiário. — Se eu tivesse a sorte de me sentar do seu lado, conversaria com você.

Eu sorri para ele antes de ir para a porta do vestiário feminino. Ele era simpático e estava na cara que gostava de mim. Mas não foi o suficiente para atenuar minha irritação.

O professor de educação física, treinador Clapp, encontrou um uniforme para mim mas não me fez vesti-lo para a aula de hoje. Em Phoenix, só exigiam dois anos de educação física. Aqui, a matéria era obrigatória nos quatro anos. Forks literalmente era meu inferno particular na Terra.

Fiquei assistindo a quatro partidas de vôlei que aconteciam simultaneamente. Lembrando quantas lesões eu sofri — e infligi — jogando vôlei, me senti meio nauseada.

O último sinal finalmente tocou. Andei devagar para a secretaria para entregar minha caderneta. A chuva tinha ido embora, mas o vento era forte e mais frio. Eu me abracei.

Ao entrar no escritório aquecido, quase me virei e voltei para fora.

Edward Cullen estava parado junto à mesa na minha frente. Reconheci de novo aquele cabelo bronze desgrenhado. Ele não pareceu ter ouvido minha entrada. Fiquei encostada na parede de trás, torcendo para que a recepcionista ficasse livre.

Ele estava discutindo com ela numa voz baixa e cativante. Rapidamente peguei a essência da discussão. Ele tentava trocar o horário de biologia por qualquer outro horário — qualquer outro.

Não consegui acreditar que fosse por minha causa. Tinha de ser outra coisa, algo que acontecera antes de eu entrar na sala de aula. A expressão dele devia ter sido por outro aborrecimento totalmente diferente. Era impossível que este estranho pudesse ter uma repulsa tão súbita e intensa por mim.

A porta se abriu de novo e de repente uma rajada do vento frio entrou pela sala, espalhando os papéis na mesa, jogando meu cabelo na cara. A menina que entrava limitou-se a ir até a mesa, colocar um bilhete na cesta de arame e sair novamente. Mas Edward Cullen se enrijeceu de novo e se virou lentamente para olhar para mim — o rosto era absurdamente lindo — com olhos penetrantes e cheios de ódio. Por um momento, senti um arrepio de puro medo, que eriçou os pelos de meus braços. O olhar só durou um segundo, mas me gelou mais do que o vento frio. Ele voltou a se virar para a recepcionista.

— Então deixa para lá — disse asperamente numa voz de veludo. — Estou vendo que é impossível. Muito obrigado por sua ajuda. — Virou-se sem olhar para mim, desaparecendo porta afora.

Fui humildemente até a mesa, minha cara branca de imediato ficando vermelha, e entreguei a caderneta assinada.

— Como foi seu primeiro dia, querida? — perguntou a recepcionista num tom maternal.

— Bom — menti, a voz fraca. Ela não pareceu se convencer.

Quando fui para a picape, era quase o último carro no estacionamento. Parecia um abrigo, a coisa mais próxima de uma casa que eu tinha neste buraco verde e úmido. Fiquei sentada lá dentro por um tempo, só olhando, sem enxergar pelo para-brisa. Mas logo estava frio o bastante para precisar do aquecedor, virei a chave e o motor rugiu. Voltei para a casa de Charlie, lutando com as lágrimas por todo o caminho até lá.

2
Livro Aberto

O DIA SEGUINTE FOI MELHOR... E PIOR.

Foi melhor porque ainda não estava chovendo, mas as nuvens eram densas e opacas. Era mais fácil porque eu sabia o que esperar do meu dia. Mike veio se sentar comigo na aula de inglês e me acompanhou até a aula seguinte, com o Eric Clube de Xadrez encarando-o o tempo todo; isso foi lisonjeiro. As pessoas não costumavam olhar tanto para mim como eles fizeram ontem. No almoço, fiquei com um grande grupo que incluía Mike, Jessica e várias outras pessoas cujos nomes e rostos agora eu me lembrava. Comecei a sentir que estava boiando na água, e não me afogando nela.

Foi pior porque eu estava cansada; ainda não conseguia dormir com o vento ecoando pela casa. Foi pior porque o Sr. Varner chamou meu nome na aula de trigonometria quando não levantei minha mão, e acabei dando a resposta errada. Foi lamentável porque tive que jogar vôlei e, na única vez que não me abaixei para escapar da bola, atingi minha colega de equipe na cabeça. E foi pior porque Edward Cullen não foi à escola.

Durante toda a manhã tive medo do almoço, temendo os olhares estranhos dele. Parte de mim queria confrontá-lo e exigir que me dissesse qual era o problema. Enquanto estava deitada insone na cama, cheguei a imaginar o que diria. Mas eu me conhecia bem demais para pensar que realmente teria coragem de fazer isso. Eu fazia o Leão Covarde de *O Mágico de Oz* parecer o Exterminador do Futuro.

Mas quando entrei no refeitório com Jessica — tentando evitar que meus olhos vasculhassem o lugar à procura dele e fracassando completamente —, vi que seus quatro irmãos estavam sentados juntos à mesma mesa, e ele não estava ali.

Mike nos interceptou e nos conduziu à mesa dele. Jessica parecia inflada pela atenção e as amigas dela rapidamente se juntaram a nós. Mas ao tentar ouvir sua conversa tranquila, fiquei terrivelmente aflita, esperando nervosa pelo momento em que ele chegaria. Esperava que ele simplesmente me ignorasse, e provasse que minhas suspeitas eram falsas.

Ele não apareceu e, à medida que o tempo passava, eu ficava cada vez mais tensa.

Fui para a aula de biologia mais confiante quando, lá pelo final do almoço, ele ainda não tinha aparecido. Mike, que estava falando das qualidades de um *golden retriever*, andou fielmente ao meu lado até a sala. Prendi a respiração na porta, mas Edward Cullen também não estava lá. Soltei o ar e fui para o meu lugar. Mike me seguiu, falando da futura viagem que faria à praia. Ele se demorou na minha carteira até que o sinal tocou. Depois sorriu para mim de um jeito tristonho e foi se sentar ao lado de uma menina cheia de pulseiras com um permanente malfeito. Eu teria que fazer alguma coisa a respeito de Mike, e não seria fácil. Em uma cidade dessas, onde todo mundo morava perto de todo mundo, era fundamental ter diplomacia. Nunca tive muito tato; não tinha prática em lidar com meninos abertamente amistosos.

Fiquei aliviada por ter a carteira só para mim, por Edward estar ausente. Disse isso a mim mesma repetidamente. Mas não conseguia me livrar da suspeita irritante de que eu era o motivo para ele não estar ali. Era ridículo e egoísta pensar que eu podia afetar tanto uma pessoa. Era impossível. E, no entanto, eu não conseguia deixar de me preocupar com a ideia de que isso fosse verdade.

Quando o dia de aula enfim terminou e o rubor pelo incidente no vôlei desaparecia do meu rosto, vesti rapidamente meus jeans e o suéter azul-marinho. Saí correndo do vestiário das meninas, satisfeita por descobrir que tinha conseguido escapar de meu amigo cachorrinho por algum tempo. Andei rapidamente para o estacionamento. Agora estava abarrotado de alunos indo embora. Fui para minha picape e vasculhei minha bolsa para ter certeza de que tinha o que precisava.

Na noite passada, descobri que Charlie não sabe cozinhar grande coisa além de ovos fritos e bacon. Então pedi para cuidar da cozinha enquanto estivesse ali. Ele estava bastante interessado em passar adiante as chaves do salão de banquete. Também descobri que ele não tinha comida em casa. Então fiz minha lista de compras, peguei o dinheiro no pote do armário rotulado de DINHEIRO DA COMIDA e estava a caminho do Thriftway.

Disparei meu motor ensurdecedor, ignorando as cabeças que se viravam na minha direção, e dei a ré cuidadosamente para um lugar na fila de carros que esperavam para sair do estacionamento. Enquanto aguardava, tentando fingir que o estrondo de furar os tímpanos vinha de outro carro, vi os dois Cullen e os gêmeos Hale entrando no carro deles. Era o Volvo novinho. É claro. Eu ainda não tinha percebido as roupas que usavam — fiquei hipnotizada demais com o rosto deles. Agora que eu olhava, ficou óbvio que todos se vestiam excepcionalmente bem; com simplicidade, mas com roupas que sugeriam sutilmente boas marcas. Com sua beleza extraordinária, o estilo com que se portavam, eles podiam vestir uns trapos rasgados e ainda assim se dar bem. Parecia um exagero que fossem bonitos e também tivessem dinheiro. Mas, pelo que eu sabia, na maior parte do tempo a vida era assim. E não parecia que isso lhes trouxesse aceitação por aqui.

Não, eu não acreditava plenamente nisso. Eles devem querer se isolar; não conseguia imaginar nenhuma porta que não se abrisse para aquele grau de beleza.

Eles olharam para minha picape barulhenta quando passei, como todo mundo fez. Continuei olhando para a frente e fiquei aliviada quando finalmente saí da área da escola.

O Thriftway não ficava longe, só a algumas ruas ao sul, junto à rodovia. Era bom estar dentro do supermercado. Parecia normal. Sempre fiz as compras da casa, e me entreguei com prazer à rotina do mercado. A loja era bem grande por dentro, e não consegui ouvir o bater da chuva no telhado para me lembrar de onde estava.

Quando cheguei em casa, guardei todos os mantimentos, colocando-os onde houvesse espaço. Esperava que Charlie não se importasse. Embrulhei as batatas em papel de alumínio e pus no forno para assar, coloquei uns bifes para marinar e os equilibrei em cima de uma caixa de ovos na geladeira.

Quando terminei com isso, levei minha mochila de livros para cima. Antes de começar o dever de casa, vesti um moletom seco, prendi o cabelo molhado num rabo de cavalo e verifiquei meu e-mail pela primeira vez. Tinha três mensagens.

"Bella", escreveu minha mãe...

```
Escreva-me assim que puder. Conte como foi sua noi-
te. Está chovendo? Já estou com saudade. Estou qua-
se terminando as malas para a Flórida, mas não
consigo encontrar minha blusa rosa. Sabe onde eu a
coloquei? Phil manda lembranças. Mamãe.
```

Eu suspirei e passei à mensagem seguinte. Foi enviada oito horas depois da primeira.

"Bella", escreveu ela...

```
Por que não me respondeu ainda? O que está esperan-
do? Mamãe.
```

A última era desta manhã.

```
Isabella,
    Se eu não tiver notícias suas até as cinco e meia
da tarde de hoje, vou ligar para o Charlie.
```

Olhei o relógio. Ainda tinha uma hora, mas minha mãe era famosa pela precipitação.

```
Mãe,
    Calma. Estou escrevendo agora. Não faça nenhuma
bobagem.
    Bella.
```

Mandei essa e recomecei.

```
Mãe,
    Está tudo ótimo. É claro que está chovendo. Eu
estava esperando ter algo para escrever. A escola
não é ruim, só meio repetitiva. Conheci umas pesso-
as legais que almoçam comigo.
    Sua blusa está na lavanderia — você devia ter
pego na sexta-feira.
    Charlie comprou uma picape para mim, dá para
acreditar? Eu adorei. É velha, mas bem forte, o que
é bom, sabe como é, para mim.
    Também estou com saudades. Vou escrever novamente
logo, mas não fico verificando meus e-mails a cada
cinco minutos. Relaxe, respire fundo. Eu te amo.
    Bella.
```

Eu tinha decidido reler *O morro dos ventos uivantes* — o romance que estávamos estudando no curso de inglês — só por prazer, e era o que eu estava fazendo quando Charlie chegou em casa. Eu tinha perdido a hora, e corri para baixo para tirar as batatas do forno e colocar os bifes para grelhar.

— Bella? — chamou meu pai quando me ouviu na escada.

Quem mais seria?, pensei comigo mesma.

— Oi, pai, bem-vindo.

— Obrigado. — Ele pendurou o cinturão da arma e tirou as botas enquanto eu estava atarefada na cozinha. Pelo que eu sabia, ele nunca disparou a arma no trabalho. Mas a mantinha preparada. Quando eu era criança e vinha aqui, ele sempre retirava as balas assim que passava pela porta. Acho que agora me considerava velha o bastante para não atirar em mim mesma por acidente, nem deprimida o bastante para atirar em mim mesma de propósito.

— O que temos para o jantar? — perguntou ele cheio de cautela. Minha mãe era uma cozinheira com muita imaginação e as experiências dela nem sempre eram comestíveis. Fiquei surpresa, e triste, que ele parecesse se lembrar de um fato tão remoto.

— Bife com batata — respondi, e ele pareceu aliviado.

Ele deu a impressão de que se sentia estranho, parado ali na cozinha sem fazer nada; arrastou-se para ver TV na sala enquanto eu trabalhava. Nós dois ficávamos mais à vontade desse jeito. Fiz uma salada enquanto os bifes grelhavam e pus a mesa.

Eu o chamei quando o jantar estava pronto e ele gostou do cheiro ao passar pela porta.

— Que cheiro bom, Bella.

— Obrigada.

Comemos sem dizer nada por alguns minutos. Não foi desagradável. Nenhum de nós se incomodava com o silêncio. De certa forma, éramos bem adequados para morar juntos.

— E então, como foi na escola? Fez algum amigo? — perguntou ele ao se servir pela segunda vez.

— Bom, tive algumas aulas com uma menina chamada Jessica. Sentei para almoçar com os amigos dela. E tem um garoto, Mike, que é muito simpático. Todo mundo parece bem legal. — Infelizmente, com uma notável exceção.

— Deve ser Mike Newton. Garoto bom... uma boa família. O pai é dono da loja de produtos esportivos perto do centro. Ele ganha um bom dinheiro com todos os mochileiros que vêm aqui.

— Conhece a família Cullen? — perguntei, hesitante.

— A família do Dr. Cullen? Claro. O Dr. Cullen é um grande homem.

— Eles... os filhos... são meio diferentes. Não parecem se adaptar muito bem na escola.

Charlie me surpreendeu ao aparentar raiva.

— As pessoas desta cidade — murmurou ele. — O Dr. Cullen é um cirurgião brilhante que provavelmente podia trabalhar em qualquer hospital do mundo, ganhando dez vezes o salário que ganha aqui — continuou ele, falando mais alto. — Temos sorte por tê-lo aqui... Sorte pela esposa dele aceitar morar numa cidade pequena. Ele é um trunfo para a comunidade, e todos os filhos são bem-comportados e educados. Tive minhas dúvidas quando se mudaram para cá, com todos aqueles adolescentes adotivos. Pensei que podíamos ter alguns problemas com eles. Mas todos são muito maduros... Não tive um pingo de problema com nenhum deles. Não posso dizer o mesmo dos filhos de algumas pessoas que moram nesta cidade há gerações. E eles são unidos, como deve ser uma família... Viagens de camping em fins de semana alternados... Só porque são novos aqui, as pessoas ficam falando.

Foi o discurso mais longo que já ouvi de Charlie. Ele devia se aborrecer muito com o que as pessoas diziam.

Recuei um pouco.

— Eles parecem legais para mim. Só percebi que são muito reservados. Todos são muito bonitos — acrescentei, tentando ser mais elogiosa.

— Devia ver o médico — disse Charlie, rindo. — Ainda bem que é bem casado. Muitas enfermeiras do hospital têm dificuldade para se concentrar no trabalho quando ele está por perto.

Terminamos de comer em silêncio. Ele tirou a mesa enquanto eu começava a lavar os pratos. Ele voltou à TV, e eu, depois de terminar com os pratos — lavados à mão, e não na máquina —, subi sem nenhuma vontade de fazer o dever de matemática. Podia sentir um costume se formando.

Enfim aquela noite foi silenciosa. Dormi rapidamente, exausta.

O resto da semana foi calmo. Eu me acostumei com a rotina de minhas aulas. Na sexta-feira, conseguia reconhecer, se não pelo nome, quase todos os alunos da escola. Na educação física, as meninas da minha turma aprenderam a não me passar a bola e a sair rapidamente da minha frente se o outro time tentava se aproveitar da minha fraqueza. Eu saía de seu caminho feliz.

Edward Cullen não voltou à escola.

Todo dia eu observava ansiosa até os demais Cullen entrarem no refeitório sem ele. Depois eu podia relaxar e participar da conversa do almoço. Centrava-se principalmente numa viagem ao La Push Ocean Park dali a duas semanas, que Mike estava organizando. Fui convidada e tive que concordar em ir, mais por educação do que por desejo. As praias devem ser quentes e secas.

Na sexta-feira eu estava perfeitamente à vontade entrando na minha aula de biologia; sem me preocupar mais se Edward estava ali ou não. Pelo que sabia, ele tinha saído da escola. Tentei não pensar nele, mas não conseguia reprimir completamente a preocupação de que eu fosse responsável por sua ausência contínua, embora isso fosse ridículo.

Meu primeiro fim de semana em Forks foi tranquilo. Charlie, desabituado a ficar na casa normalmente vazia, trabalhou na maior parte do fim de semana. Eu limpei a casa, adiantei o dever e escrevi à minha mãe um e-mail mais falsamente animado. Fui à biblioteca no sábado, mas era tão mal abastecida que não me dei ao trabalho de fazer um cartão de inscrição; eu teria que marcar logo uma data para ir a Olympia ou Seattle e encontrar uma boa livraria. Imaginei inutilmente qual seria o consumo de combustível da picape... e estremeci ao pensar nisso.

A chuva continuou branda pelo fim de semana, tranquila, então eu pude dormir bem.

As pessoas me cumprimentaram no estacionamento na segunda-feira de manhã. Eu não sabia o nome de todos, mas retribuí os acenos e sorri para todos. Estava mais frio nesta manhã, mas felizmente não chovia. Na aula de inglês, Mike assumiu seu lugar de costume ao meu lado. Teve um teste relâmpago sobre *O morro dos ventos uivantes*. Era simples, muito fácil.

No todo, eu estava me sentindo muito mais à vontade do que pensava que estaria a essa altura. Mais à vontade do que esperava me sentir aqui um dia.

Quando saímos da sala de aula, o ar estava cheio de pontinhos brancos rodopiando. Eu podia ouvir as pessoas gritando animadas umas com as outras. O vento mordia meu rosto, meu nariz.

— Puxa — disse Mike. — Está nevando.

Olhei para os pequenos tufos de algodão que se acumulavam pelas calçadas e giravam erraticamente na minha frente.

— Eca! — Neve. Lá se foi meu dia bom.

Ele pareceu surpreso.

— Não gosta da neve?

— Não. Significa que está frio demais para chover. — É óbvio. — Além disso, pensei que devia cair em flocos... Sabe como é, cada um é único e essas coisas. Isso aqui só parece ponta de cotonete.

— Nunca viu a neve cair? — perguntou ele, incrédulo.

— Claro que vi. — Eu parei. — Na TV.

Mike riu. E aí uma bola grande e macia de neve gotejante bateu na cabeça dele. Nós dois nos viramos para ver de onde veio. Eu tinha minhas desconfianças de Eric, que estava se afastando, de costas para nós — na direção errada para a primeira aula dele. Ao que parecia, Mike teve a mesma ideia. Ele se curvou e começou a formar um morro de papa branca.

— A gente se vê no almoço, está bem? — continuei andando enquanto falava. — Quando as pessoas começam a atirar coisas molhadas nas outras, eu entro.

Ele só assentiu, os olhos em Eric, que se distanciava.

Por toda a manhã, todos bateram papo animadamente sobre a neve; ao que parecia, era a primeira vez que nevava no Ano-Novo. Fiquei de boca fechada. É claro que era mais seco do que quando chovia — até a neve derreter nas meias da gente.

Segui em estado de alerta para o refeitório com Jessica depois da aula de espanhol. Voavam bolas empapadas por todo lado. Mantive uma pasta na mão, pronta para usá-la como escudo, se necessário. Jessica me achou hilária, mas alguma coisa na minha expressão impediu que ela me lançasse uma bola de neve.

Mike nos encontrou quando passávamos pela porta, rindo, com gelo desmanchando seu cabelo espetado. Ele e Jessica conversaram animadamente sobre a guerra de neve enquanto entrávamos na fila para comprar comida. Olhei a mesa do canto, mais por hábito. E depois gelei. Havia cinco pessoas à mesa.

Jessica puxou meu braço.

— Ei! Bella? O que você quer?

Baixei a cabeça; minhas orelhas estavam quentes. Eu não tinha motivo para me sentir constrangida, lembrei a mim mesma. Não tinha feito nada de errado.

— O que há com a Bella? — Mike perguntou a Jessica.

— Nada — respondi. — Só vou querer refrigerante hoje. — Emparelhei com o último da fila.

— Não está com fome? — perguntou Jessica.

— Na verdade, estou meio enjoada — eu disse, meus olhos ainda no chão.

Esperei que eles pegassem a comida e os segui até a mesa, meus olhos nos pés.

Bebi o refrigerante lentamente, o estômago agitado. Por duas vezes Mike perguntou, com uma preocupação desnecessária, como eu estava me sentindo. Disse a ele que não era nada, mas fiquei me perguntando se eu *devia* fingir e escapulir para a enfermaria pela próxima hora.

Ridículo. Eu não precisava fugir.

Decidi me permitir dar uma olhada na mesa da família Cullen. Se ele estivesse olhando para mim, eu mataria a aula de biologia, como a covarde que era.

Mantive a cabeça baixa e espiei de rabo de olho. Nenhum deles olhava na minha direção. Ergui um pouco a cabeça.

Eles estavam rindo. Edward, Jasper e Emmett estavam com os cabelos totalmente encharcados de neve derretendo. Alice e Rosalie se curvavam, tentando se afastar, enquanto Emmett sacudia o cabelo molhado para elas. Estavam curtindo o dia de neve, como todos os outros — só que pareciam estar numa cena de filme, mais do que o resto de nós.

Além dos risos e das brincadeiras, havia algo diferente e eu não conseguia perceber o que era. Examinei Edward com mais cuidado. A pele estava menos pálida, concluí — corada da guerra de neve, talvez —, os círculos em torno dos olhos, bem menos perceptíveis. Mas havia mais alguma coisa. Eu refleti, encarando, tentando isolar a mudança.

— Bella, o que você está olhando? — intrometeu-se Jessica, os olhos seguindo meu olhar.

Naquele exato momento, os olhos dele lampejaram e encontraram os meus.

Virei a cabeça, deixando o cabelo cair para esconder minha cara. Mas eu tinha certeza de que, no instante em que nossos olhos se encontraram, ele não parecia rude nem antipático como na última vez que o vi. Só parecia curioso novamente, e de certa forma insatisfeito.

— Edward Cullen está olhando para você — Jessica riu na minha orelha.

— Ele não parece estar com raiva, parece? — Não pude deixar de perguntar.

— Não — disse ela, meio confusa com a minha pergunta. — Deveria estar?

— Acho que ele não gosta de mim — confidenciei. Ainda me sentia nauseada. Baixei a cabeça no braço.

— Os Cullen não gostam de ninguém... Bom, eles não percebem a presença de ninguém para gostar. Mas ele ainda está olhando para você.

— Pare de olhar para ele — sibilei.

Ela deu uma risadinha, mas desviou os olhos. Levantei a cabeça o bastante para ter certeza de que ela fizera isso, pensando em usar de violência se ela resistisse.

Mike nos interrompeu — estava planejando uma épica batalha de neve no estacionamento depois da aula e queria que fôssemos também. Jessica concordou com entusiasmo. Pelo modo como Jessica olhou para Mike, havia poucas dúvidas de que ela concordaria com qualquer coisa que ele sugerisse. Eu me mantive calada. Teria que me esconder no ginásio até que o estacionamento estivesse vazio.

Pelo resto da hora de almoço, mantive muito cuidadosamente os olhos em minha própria mesa. Decidi cumprir o trato que fizera comigo mesma. Como ele não parecia ter raiva, eu iria para a aula de biologia. Meu estômago deu pulos de medo com a ideia de sentar ao lado dele de novo.

Eu na verdade não queria ir para a aula com Mike, como sempre fazia — ele parecia ser um alvo popular dos atiradores de bola de neve —, mas quando chegamos à porta, todo mundo do meu lado gemeu em uníssono. Estava chovendo, e a água lavava todos os vestígios de neve em faixas claras e geladas pelo canto do meio-fio. Puxei o capuz para cima, secretamente satisfeita. Eu estava livre para ir direto para casa depois da educação física.

Mike desfiou um rosário de queixas no caminho para o prédio quatro.

Depois de entrar na sala de aula, vi com alívio que minha carteira ainda estava vazia. O Sr. Banner andava pela sala, distribuindo um microscópio e uma caixa de lâminas para cada carteira. A aula só começaria alguns minutos depois e a sala zumbia com as conversas. Mantive os olhos afastados da porta, rabiscando preguiçosamente na capa de meu caderno.

Ouvi com muita clareza quando a cadeira ao lado da minha se mexeu, mas meus olhos continuaram cuidadosamente focalizados no que eu desenhava.

— Oi — disse uma voz baixa e musical.

Olhei para cima, atordoada por ele estar falando comigo. Estava sentado a maior distância de mim que a carteira permitia, mas sua cadeira voltava-se para mim. O cabelo gotejava, despenteado — mesmo assim, ele parecia ter acabado de gravar um comercial de gel. Seu rosto deslumbrante era simpático, franco, um leve sorriso nos lábios impecáveis. Mas os olhos eram cautelosos.

— Meu nome é Edward Cullen — continuou ele. — Não tive a oportunidade de me apresentar na semana passada. Você deve ser Bella Swan.

Minha mente girava de tanta confusão. Será que eu tinha inventado tudo aquilo? Ele agora estava sendo perfeitamente educado. Eu precisava falar; ele estava esperando. Mas não conseguia pensar em nada de convencional para dizer.

— Co-como você sabe meu nome? — gaguejei.

Ele deu um sorriso suave e encantador.

— Ah, acho que todo mundo sabe seu nome. A cidade toda estava esperando você chegar.

Dei um sorriso duro. Eu sabia que era algo desse tipo.

— Não — insisti, feito uma idiota. — Quer dizer, por que me chamou de Bella?

Ele pareceu confuso.

— Prefere Isabella?

— Não, gosto de Bella — eu disse. — Mas acho que Charlie... quer dizer, meu pai... deve me chamar de Isabella nas minhas costas... é como todo mundo aqui parece me conhecer — tentei explicar, sentindo-me uma completa idiota.

— Ah. — Ele deixou passar essa. Eu desviei os olhos, sem graça.

Felizmente, o Sr. Banner começou a aula naquele momento. Tentei me concentrar enquanto ele explicava a prática de laboratório que íamos fazer hoje. As lâminas na caixa estavam fora de ordem. Trabalhando como parceiros, teríamos que separar as lâminas de células de ponta de raiz de cebola nas fases de mitose que representavam e rotulá-las corretamente. Não devíamos usar os livros. Em vinte minutos, ele voltaria para ver o que tínhamos conseguido.

— Podem começar — ordenou ele.

— Primeiro as damas, parceira? — perguntou Edward. Olhei para ele e o vi dando um sorriso torto tão bonito que só pude ficar olhando como uma idiota. — Ou eu posso começar, se preferir. — O sorriso sumiu; ele obviamente se perguntava se havia algo de errado comigo.

— Não — eu disse, corando. — Eu começo.

Eu estava me exibindo, só um pouco. Já tinha feito essa experiência e sabia o que procurar. Deveria ser fácil. Coloquei a primeira lâmina no lugar sob o microscópio e ajustei-o rapidamente para a objetiva de 40x. Estudei a lâmina por alguns instantes.

Minha avaliação foi confiante.

— Prófase.

— Importa-se se eu olhar? — perguntou ele enquanto eu começava a retirar a lâmina. Sua mão pegou a minha, para me deter, quando fez a pergunta. Seus dedos eram frios como gelo, como se ele os tivesse enfiado numa bola de neve antes da aula. Mas não foi por isso que puxei a mão rapidamente. Quando ele me tocou, minha mão foi atingida como se uma corrente elétrica tivesse passado entre nós.

— Desculpe — murmurou ele, recuando a mão de imediato. Mas continuou a pegar o microscópio. Eu o observei, ainda meio tonta, enquanto ele examinava a lâmina por um tempo ainda mais curto do que eu fizera.

— Prófase — concordou, escrevendo numa letra elegante no primeiro espaço de nossa folha de respostas. Ele trocou rapidamente a primeira lâmina pela segunda, depois a observou com curiosidade. — Anáfase — murmurou, escrevendo enquanto falava.

Meu tom de voz foi indiferente.

— Posso?

Ele deu um sorriso malicioso e empurrou o microscópio para mim.

Olhei ansiosamente pela ocular, só para ficar decepcionada. Mas que droga, ele tinha razão.

— Lâmina três? — Estendi a mão sem olhar para ele.

Ele me passou a lâmina; parecia que estava tendo o cuidado de não tocar a minha pele de novo.

Dei a olhada mais fugaz que pude.

— Interfase. — Passei-lhe o microscópio antes que ele pudesse pedir. Ele deu uma espiada rápida e depois escreveu. Eu teria escrito enquanto ele olhava, mas a letra clara e elegante dele me intimidava. Não queria estragar a página com meu garrancho malfeito.

Nós terminamos antes que qualquer um chegasse perto disso. Eu podia ver Mike e o parceiro dele comparando sem parar duas lâminas, e outro grupo tinha o livro aberto sob a carteira.

Assim, não me restava nada a fazer a não ser tentar não olhar para ele... Sem sucesso. Olhei para cima. E ele estava me encarando, com aquela mesma expressão inexplicável de frustração nos olhos. De repente identifiquei aquela diferença sutil em seu rosto.

— Você usa lentes de contato? — soltei sem pensar.

Ele pareceu confuso com minha pergunta inesperada.

— Não.

— Ah — murmurei. — Pensei ver alguma coisa diferente nos seus olhos.

Ele deu de ombros e desviou o rosto.

Na verdade, eu tinha certeza de que havia algo diferente. Lembrava-me nitidamente da cor preta dos olhos dele na última vez em que ele olhou para mim — a cor se destacava contra o fundo de sua pele clara e o cabelo castanho-avermelhado. Hoje, os olhos dele eram de uma cor completamente diferente: um ocre estranho, mais escuro do que caramelo, mas com o mesmo tom dourado. Eu não entendia como podia ser assim, a não ser que, por algum motivo, ele estivesse mentindo sobre as lentes de contato. Ou talvez Forks estivesse me deixando louca, no sentido literal do termo.

Olhei para baixo. As mãos dele estavam fechadas com força de novo.

O Sr. Banner veio à nossa mesa, para ver por que não estávamos trabalhando. Olhou por sobre nossos ombros e viu o trabalho concluído, e depois olhou mais intensamente para verificar as respostas.

— Então, Edward, não acha que Isabella devia ter a chance de usar o microscópio? — perguntou o Sr. Banner.

— Bella — corrigiu Edward automaticamente. — Na verdade, ela identificou três das cinco lâminas.

O Sr. Banner agora olhava para mim; sua expressão era cética.

— Já fez essa experiência de laboratório antes? — perguntou ele.

Eu sorri, timidamente.

— Não com raiz de cebola.

— Blástula de linguado?

— Foi.

O Sr. Banner assentiu.

— Você estava em algum curso avançado em Phoenix?

— Estava.

— Bem — disse ele depois de um momento. — Acho que é bom que os dois sejam parceiros de laboratório. — Ele murmurou mais alguma coisa ao se afastar. Depois que saiu, comecei a rabiscar de novo no meu caderno.

— Que chato aquela neve, não é? — perguntou Edward. Tive a sensação de que ele estava se obrigando a bater um papinho comigo. A paranoia me dominou de novo. Era como se ele tivesse ouvido minha conversa com Jessica no almoço e tentasse provar que eu estava errada.

— Na verdade, não — respondi com sinceridade, em vez de fingir ser normal como todos os outros. Eu ainda tentava me livrar da sensação idiota de desconfiança e não conseguia me concentrar.

— Você não gosta do frio. — Não era uma pergunta.

— Nem da umidade.

— Forks deve ser um lugar difícil para você morar — refletiu ele.

— Nem faz ideia — murmurei melancolicamente.

Ele pareceu fascinado com o que eu disse, por algum motivo que eu não conseguia entender. Seu rosto era uma distração tal que tentei não olhar para ele mais do que a cortesia me exigia.

— Então por que veio para cá?

Ninguém tinha me perguntado isso — não da forma direta como ele fez, exigente.

— É... complicado.

— Acho que posso aguentar — pressionou ele.

Fiquei muda por um longo momento, e depois cometi o erro de encontrar o olhar dele. Seus olhos dourado-escuros me confundiam e respondi sem pensar.

— Minha mãe se casou de novo — eu disse.

— Isso não parece tão complexo — discordou ele, mas de repente ficou simpático. — Quando foi que aconteceu?

— Em setembro. — Minha voz parecia triste, até para mim.

— E você não gosta dele — supôs Edward, o tom de voz ainda gentil.

— Não, o Phil é legal. Novo demais, talvez, mas é bem legal.

— Por que não ficou com eles?

Eu não conseguia entender o interesse dele, mas Edward continuava a me fitar com os olhos penetrantes, como se a história insípida de minha vida fosse algo de importância crucial.

— Phil viaja muito. Ganha a vida jogando bola. — Dei um meio sorriso.

— Eu conheço? — perguntou ele, sorrindo em resposta.

— Provavelmente não. Ele não joga *bem*. É da segunda divisão. Ele se muda muito.

— E sua mãe mandou você para cá para poder viajar com ele. — Ele disse isso como uma suposição de novo, e não como uma pergunta.

Meu queixo se elevou um pouquinho.

— Não, ela não me mandou para cá. Eu quis vir.

As sobrancelhas dele se uniram.

— Não entendo — admitiu ele, e parecia desnecessariamente frustrado com este fato.

Suspirei. Por que estava explicando isso? Ele continuava a me encarar com uma curiosidade evidente.

— Ela ficou comigo no começo, mas sentia falta dele. Isso a deixava infeliz... Então cheguei à conclusão de que estava na hora de passar algum tempo de verdade com Charlie. — Minha voz estava mal-humorada quando terminei.

— Mas agora é você que está infeliz — assinalou ele.

— E? — eu o desafiei.

— Isso não parece justo. — Ele deu de ombros, mas seus olhos ainda eram intensos.

Eu ri sem nenhum humor.

— Ninguém te contou ainda? A vida não é justa.

— Acho que *já ouvi* isso em algum lugar — concordou ele secamente.

— E então é isso — insisti, perguntando-me por que ele ainda me encarava daquele jeito.

Ele passou a me olhar como quem me avaliava.

— Está fazendo um belo papel — disse ele devagar. — Mas aposto que está sofrendo mais do que deixa transparecer.

Dei um sorriso duro para ele, resistindo ao impulso de dar a língua como uma menina de 5 anos, e desviei os olhos.

— Estou errado?

Tentei ignorá-lo.

— Acho que não — murmurou ele, presunçoso.

— Por que isso interessa a *você*? — perguntei, irritada. Mantive os olhos longe dele, observando o professor fazer sua ronda.

— Boa pergunta — murmurou ele, tão baixinho que me perguntei se estava falando consigo mesmo. Mas depois de alguns segundos de silêncio, concluí que era a única resposta que eu teria.

Eu suspirei, fechando a cara para a lousa.

— Estou irritando você? — perguntou ele. Parecia cismado.

Olhei para ele sem pensar... e disse a verdade novamente.

— Não exatamente. Estou mais irritada é comigo mesma. É tão fácil ler minha expressão... Minha mãe sempre me chama de livro aberto. — Franzi a testa.

— Pelo contrário, acho você muito difícil de ler. — Apesar de tudo o que eu falei e tudo o que ele adivinhou, Edward parecia sincero ao dizer isso.

— Então você deve ser um bom leitor — respondi.

— Em geral sou. — Ele deu um sorriso largo, mostrando dentes perfeitos e ultrabrancos.

O Sr. Banner então chamou a turma e eu me virei aliviada para ouvir. Nem acreditava que tinha acabado de explicar minha triste vida a esse garoto esquisito e lindo que podia ou não me desprezar. Ele parecia absorto em nossa conversa, mas agora eu podia ver, pelo canto do olho, que ele estava se afastando de mim de novo, as mãos agarradas na beira da mesa com uma tensão evidente.

Tentei parecer atenta enquanto o Sr. Banner ilustrava, com transparências do retroprojetor, o que eu vira sem nenhuma dificuldade ao microscópio. Mas meus pensamentos eram incontroláveis.

Quando o sinal finalmente tocou, Edward correu da sala de maneira tão rápida e elegante quanto na segunda-feira anterior. E, como naquela segunda, fiquei olhando para ele, atônita.

Mike pulou rapidamente para o meu lado e pegou meus livros. Eu o imaginei com um rabo abanando.

— Foi horrível — resmungou ele. — Todas elas pareciam exatamente as mesmas. Você tem sorte por ter o Cullen como parceiro.

— Não tive nenhum problema com elas — eu disse, magoada com o que ele supunha de mim. E me arrependi imediatamente da reprimenda. — Mas já fiz essa experiência de laboratório — acrescentei antes que ele pudesse se magoar.

— O Cullen pareceu bem simpático hoje — comentou ele enquanto vestíamos as capas de chuva. Mike não parecia satisfeito com isso.

Tentei aparentar indiferença.

— Nem imagino o que aconteceu com ele na segunda passada.

Eu não conseguia me concentrar na tagarelice de Mike enquanto íamos para o ginásio, e a aula de educação física também não conseguiu prender minha atenção. Mike hoje era do meu time. Ele cobriu minhas posições como um cavalheiro, além das dele mesmo, então minha desatenção só foi interrompida quando era minha vez de sacar. Meu time se abaixava cautelosamente sempre que eu dava o saque.

A chuva era apenas uma névoa quando fui para o estacionamento, mas eu estava mais feliz ao entrar na cabine seca do carro. Coloquei o aquecedor para funcionar, pela primeira vez sem me importar com o rugido enlouquecedor do motor. Abri o casaco, baixei o capuz e afofei o cabelo molhado para que o aquecedor pudesse secá-lo a caminho de casa.

Olhei em volta para me certificar de que podia sair. Foi aí que percebi a figura imóvel e branca. Edward Cullen estava encostado na porta da frente do Volvo, a três carros de mim, e olhava intensamente na minha direção. Desviei os olhos rapidamente e engatei a ré, quase batendo num Toyota Corolla enferrujado na minha pressa. Para sorte do Toyota, pisei no freio a tempo. Era o tipo de carro que minha picape transformaria em sucata. Respirei fundo, ainda olhando para o outro lado, e cautelosamente dei a ré de novo, com maior sucesso. Fiquei olhando para a frente ao passar pelo Volvo mas, pela visão periférica, eu podia jurar que ele estava sorrindo.

3
Fenômeno

QUANDO ABRI OS OLHOS DE MANHÃ, HAVIA ALGO DIFERENTE.

Era a luz. Ainda era a luz verde-acinzentada de um dia nublado na floresta, mas de certa forma estava mais clara. Percebi que não havia um véu de neblina na minha janela. Pulei da cama para olhar para fora e gemi de pavor.

Uma fina camada de neve cobria o jardim, acumulava-se no alto de minha picape e deixava a rua branca. Mas essa não era a pior parte. Toda a chuva da véspera havia se solidificado — cobrindo as agulhas das árvores em fantásticas formas e fazendo da entrada de carros uma pista de gelo liso e mortal. Para mim, já era difícil não cair quando o chão estava seco; agora devia ser mais seguro voltar para a cama.

Charlie saíra para o trabalho antes que eu descesse ao primeiro andar. De muitas maneiras, morar com ele era como ter minha própria casa, e eu percebi que me divertia com a solidão, em vez de me sentir solitária.

Engoli rápido uma tigela de cereais e um pouco de suco de laranja direto da caixa. Sentia-me empolgada para ir para a escola e isso me assustava. Eu sabia que minha expectativa não vinha do ambiente estimulante de aprendizado, nem de ver meu novo grupo de amigos. Para ser sincera comigo mesma, eu sabia que estava ansiosa para ir para a escola porque veria Edward Cullen. E isso era uma grande estupidez.

Eu devia evitá-lo inteiramente depois de meu tagarelar desmiolado e constrangedor de ontem. E eu estava desconfiada; por que ele mentiria sobre os olhos? Eu ainda tinha medo da hostilidade que às vezes sentia emanar dele, e ainda ficava sem fala sempre que imaginava seu rosto perfeito. Estava bastante consciente de que minha praia e a praia de Edward eram universos que não se tocavam. Então eu não devia estar com essa ansiedade toda para vê-lo hoje.

Precisei de toda a minha concentração para descer viva a entrada de carros de tijolos congelados. Quase perdi o equilíbrio quando finalmente cheguei à picape, mas consegui segurar no retrovisor e me salvar. Estava claro que o dia de hoje seria um pesadelo.

Dirigindo para a escola, me distraí do medo de cair e das especulações indesejadas sobre Edward Cullen pensando em Mike e Eric, e na diferença evidente no modo como os adolescentes daqui reagiam a mim. Tinha certeza de que estava com a mesmíssima aparência que tinha em Phoenix. Talvez fosse só porque os meninos de minha cidade tivessem me visto passar lentamente por todas as fases desajeitadas da adolescência e ainda me vissem dessa forma. Talvez fosse porque eu era nova por aqui, onde as novidades eram poucas e raras vezes aconteciam. É possível que minha falta de jeito incapacitante fosse considerada simpática, e não ridícula, tornando-me uma donzela em perigo. Qualquer que fosse o motivo, o comportamento de cachorrinho de Mike e a aparente rivalidade de Eric com ele eram desconcertantes. Eu não tinha certeza se preferiria ser ignorada.

Minha picape não parecia ter problemas com o gelo escuro que cobria as ruas. Mas dirigi bem devagar, sem querer traçar uma rota de destruição pela rua principal.

Na escola, quando saí do carro, vi por que tive tão poucos problemas. Uma coisa prateada atraiu meus olhos e andei até a traseira da picape — apoiando-me com cuidado na lateral — para examinar os pneus. Havia neles correntes finas formando losangos. Charlie se levantara cedo, sabe-se lá a que horas, para colocar correntes de neve na minha picape. Minha garganta de repente se apertou. Eu não estava acostumada com alguém cuidando de mim e a preocupação silenciosa de Charlie me pegou de surpresa.

Estava parada junto ao canto traseiro da picape, lutando para reprimir a onda de emoção que as correntes de neve me provocaram, quando ouvi um som estranho.

Foi um guincho agudo e estava se tornando rápida e dolorosamente alto. Olhei para cima, sobressaltada.

Vi várias coisas ao mesmo tempo. Nada estava se movendo em câmera lenta, como acontece nos filmes. Em vez disso, o jato de adrenalina parecia fazer com que meu cérebro trabalhasse muito mais rápido, e eu pude absorver simultaneamente várias coisas em detalhes nítidos.

Edward Cullen estava parado a quatro carros de mim, olhando-me apavorado. Sua face se destacava do mar de rostos, todos paralisados na mesma máscara de choque. Mas de importância mais imediata foi a van azul-escura que tinha derrapado, travado os pneus e guinchado com os freios, rodando como louca pelo gelo do estacionamento. Ia bater na traseira da minha picape e eu estava parada entre os dois carros. Não tinha tempo nem de fechar os olhos.

Pouco antes de ouvir o esmagar da van sendo amassada na caçamba da picape, alguma coisa me atingiu, mas não da direção que eu esperava. Minha cabeça bateu no asfalto gelado e senti uma coisa sólida e fria me prendendo no chão. Eu estava deitada atrás do carro caramelo estacionado ao lado do meu. Mas não tive oportunidade de perceber mais nada, porque a van ainda vinha. Raspara com um rangido na traseira da picape e, ainda girando e derrapando, estava prestes a bater em mim *de novo*.

Um palavrão baixo me deixou ciente de que alguém estava comigo e era impossível não reconhecer a voz. Duas mãos longas e brancas se estenderam protetoras na minha frente e a van estremeceu até parar a trinta centímetros do meu rosto, as mãos grandes criando um providencial amassado na lateral da van.

Depois as mãos mexeram-se com tal rapidez que pareciam um vulto. Uma estava repentinamente agarrada sob a van, e alguma coisa me arrastava, balançando minhas pernas como as de uma boneca de trapos, até que elas atingiram o pneu do carro caramelo. Um gemido metálico feriu meus ouvidos e a van parou, estourando o vidro, no asfalto — exatamente onde, um segundo antes, minhas pernas estiveram.

Por um segundo o silêncio foi absoluto, antes que começasse a gritaria. No tumulto repentino, eu podia ouvir mais de uma pessoa gritando meu nome. Mas com mais clareza ainda, podia ouvir a voz baixa e frenética de Edward Cullen no meu ouvido.

— Bella? Está tudo bem?

— Eu estou bem. — Minha voz parecia estranha. Tentei me sentar e percebi que ele me segurava junto à lateral de seu corpo num aperto de aço.

— Cuidado — alertou ele enquanto eu me esforçava. — Acho que você bateu a cabeça com força.

Percebi uma dor latejante acima da orelha esquerda.

— Ai — eu disse, surpresa.

— Foi o que eu pensei. — Pela voz dele, tive a surpreendente impressão de que ele reprimia o riso.

— Como foi que... — gaguejei, tentando clarear a mente, tentando me orientar. — Como foi que chegou aqui tão rápido?

— Eu estava bem do seu lado, Bella — disse ele, o tom sério novamente.

Eu me virei para me sentar e desta vez ele deixou, afrouxando o abraço em minha cintura e deslizando para longe de mim, o máximo que permitia o espaço limitado. Olhei para a expressão preocupada e inocente dele e de novo fiquei desorientada com a intensidade de seus olhos cor de ouro. O que foi que perguntei a ele mesmo?

E depois eles nos acharam, uma multidão de gente com lágrimas descendo pelo rosto, gritando uns com os outros, gritando para nós.

— Não se mexa — instruiu alguém.

— Tirem o Tyler da van! — gritou outra pessoa. Houve um alvoroço com a atividade em nossa volta. Tentei me levantar, mas a mão fria de Edward puxou meus ombros para baixo.

— Fique quieta por enquanto.

— Mas está frio — reclamei. Fiquei surpresa quando ele riu baixinho. Havia uma aspereza naquele som. — Você estava lá — lembrei-me de repente, e o riso dele parou num instante. — Você estava perto do seu carro.

A expressão dele ficou séria.

— Não estava não.

— Vi você. — Tudo em nossa volta era um caos. Eu podia ouvir as vozes mais rudes de adultos que chegavam na cena. Mas, obstinadamente, me prendi a nossa discussão; eu estava certa e ele tinha que admitir isso.

— Bella, eu estava parado do seu lado e tirei você do caminho. — Ele libertou todo o poder devastador de seus olhos em mim, como se tentasse comunicar alguma coisa crucial.

— Não. — Finquei pé.

O ouro em seus olhos se inflamou.

— Por favor, Bella.

— Por quê? — perguntei.

— Confie em mim — pediu ele, a voz suave e dominadora.

Agora eu podia ouvir as sirenes.

— Promete que vai me explicar tudo depois?

— Tudo bem — rebateu ele, repentinamente exasperado.

— Tudo bem — repeti com raiva.

Foram necessários seis paramédicos e dois professores — o Sr. Varner e o treinador Clapp — para afastar a van de nós o bastante para que as macas entrassem. Edward recusou veementemente a dele e eu tentei fazer o mesmo, mas o traidor lhes disse que eu tinha batido a cabeça e devia ter uma concussão. Quase morri de humilhação quando me colocaram o protetor de pescoço. Parecia que toda a escola estava ali, olhando sobriamente enquanto me levavam para a traseira da ambulância. Edward andava na frente. Foi enlouquecedor.

Para piorar as coisas, o chefe Swan chegou antes que pudessem me tirar dali em segurança.

— Bella! — gritou ele em pânico quando me reconheceu na maca.

— Eu estou bem, Char... pai — eu suspirei. — Não há nada de errado comigo.

Ele se virou para o paramédico mais próximo, pedindo uma segunda opinião. Desliguei-me dele para refletir sobre a confusão de imagens inexplicáveis que se agitavam caoticamente em minha cabeça. Quando me levantaram do carro, eu vi o amassado fundo no para-choque do carro caramelo — um amassado muito distinto, que combinava com os contornos dos ombros de Edward... Como se ele tivesse se jogado no carro com força suficiente para amassar a estrutura de metal...

E depois havia a família dele, olhando à distância, com expressões que iam da censura à fúria, mas sem a menor sugestão de preocupação pela segurança do irmão.

Tentei pensar numa solução lógica que explicasse o que acabara de ver — uma solução que excluísse o pressuposto de que eu estava louca.

Naturalmente, a ambulância teve escolta policial até o hospital do condado. Eu me senti ridícula o tempo todo em que me levaram. O que piorava tudo era que Edward simplesmente passou pelas portas do hospital andando com os próprios pés. Trinquei os dentes.

Eles me colocaram na emergência, uma sala comprida com uma fila de leitos separados por cortinas em tom pastel. Uma enfermeira pôs um aparelho de pressão no meu braço e um termômetro debaixo da minha língua. Como ninguém se incomodou em puxar a cortina para me dar alguma privacidade, decidi que não era mais obrigada a usar o protetor de pescoço de aparência idiota. Quando a enfermeira se afastou, abri o velcro rapidamente e o atirei debaixo da cama.

Houve outra agitação do pessoal do hospital, outra maca trazida para o leito ao lado do meu. Reconheci Tyler Crowley, de minha turma de educação cívica, atrás das ataduras sujas de sangue que envolviam firmemente sua cabeça. Tyler parecia cem vezes pior do que eu. Mas olhava angustiado para mim.

— Bella, me desculpe!

— Eu estou bem, Tyler... Você parece péssimo, está tudo bem com você? — Enquanto falávamos, enfermeiras começaram a desfazer sua atadura encharcada, expondo uma miríade de cortes superficiais em toda a testa e na bochecha esquerda de Tyler.

Ele me ignorou.

— Achei que ia matar você! Eu estava indo rápido demais e derrapei no gelo... — Ele gemeu quando uma das enfermeiras começou a limpar seu rosto.

— Não se preocupe com isso, você não me acertou.

— Como foi que saiu do caminho tão rápido? Você estava lá e de repente tinha sumido...

— Hmmm... Edward me puxou de lá.

Ele parecia confuso.

— Quem?

— Edward Cullen... Ele estava do meu lado. — Eu sempre menti muito mal; não parecia nada convincente.

— Cullen? Não o vi... Caramba, acho que foi tudo tão rápido. Ele está bem?

— Acho que sim. Está em algum lugar por aqui, mas ninguém o obrigou a usar uma maca.

Eu sabia que não era louca. O que será que acontecera? Não havia como explicar o que eu vira.

Eles me levaram de novo na maca, para uma radiografia da cabeça. Eu lhes disse que não havia nada de errado e tinha razão. Nem uma concussão. Perguntei se podia sair, mas a enfermeira disse que primeiro teria que falar com o médico. Então fiquei presa na emergência, esperando, atazanada pelas desculpas constantes de Tyler e suas promessas de que iria me compensar. Não importava quantas vezes eu tentasse convencê-lo de que estava bem, ele continuava a se atormentar. Por fim, fechei os olhos e o ignorei. Ele continuou num murmúrio cheio de remorsos.

— Ela está dormindo? — perguntou uma voz musical. Meus olhos se abriram.

Edward estava parado ao pé do meu leito, com um sorriso malicioso. Olhei para ele. Não foi fácil — teria sido mais natural comer com os olhos.

— Aí, Edward, me desculpe... — começou Tyler.

Edward ergueu a mão para detê-lo.

— Sem sangue, sem crime — disse ele, lampejando os dentes brilhantes. Ele foi se sentar na beira do leito de Tyler, virado para mim. Sorriu novamente com malícia.

— E então, qual é o veredicto? — perguntou-me.

— Não há nada de errado comigo, mas não me deixam ir embora — reclamei. — Por que é que você não foi amarrado a uma maca como nós?

— Tem a ver com quem você conhece — respondeu ele. — Mas não se preocupe, eu vim libertá-la.

Depois um médico apareceu e minha boca se abriu. Ele era jovem, era louro... e era mais lindo do que qualquer astro de cinema que eu já vira. Mas era pálido e parecia cansado, com olheiras. Pela descrição de Charlie, este tinha que ser o pai de Edward.

— Então, Srta. Swan — disse o Dr. Cullen numa voz extraordinariamente agradável —, como está se sentindo?

— Estou bem — disse. Esperava que pela última vez.

Ele foi até o quadro de luz na parede acima de minha cabeça e o ligou.

— Sua radiografia parece boa — disse ele. — Está com dor de cabeça? Edward disse que bateu com muita força.

— Eu estou bem — repeti com um suspiro, lançando um breve olhar zangado para Edward.

Os dedos frios do médico sondaram de leve meu crânio. Ele percebeu quando estremeci.

— Dolorido? — perguntou ele.

— Na verdade, não. — Já senti coisas piores.

Ouvi uma risadinha, olhei e vi o sorriso complacente de Edward. Meus olhos se estreitaram.

— Bem, seu pai está na sala de espera... Pode ir para casa com ele agora. Mas volte se sentir vertigem ou tiver qualquer problema de visão.

— Posso voltar para a escola? — perguntei, imaginando que Charlie tentaria ser atencioso.

— Talvez devesse descansar hoje.

Olhei para Edward.

— *Ele* vai para a escola?

— Alguém tem que espalhar a boa notícia de que sobrevivemos — disse Edward, presunçoso.

— Na verdade — corrigiu o Dr. Cullen —, a maior parte da escola parece estar na sala de espera.

— Ah, não — eu gemi, cobrindo o rosto com as mãos.

O Dr. Cullen ergueu as sobrancelhas.

— Quer ficar aqui?

— Não, não! — insisti, atirando as pernas pelo lado do leito e pulando para baixo rapidamente. Rápido demais. Eu cambaleei e o Dr. Cullen me segurou. Ele pareceu preocupado. — Estou bem — garanti de novo. Não havia necessidade de dizer a ele que meus problemas de equilíbrio não tinham nada a ver com a pancada na cabeça.

— Tome um Tylenol para a dor — sugeriu ele enquanto me equilibrava.

— Não está doendo tanto assim — insisti.

— Parece que vocês tiveram muita sorte — disse o Dr. Cullen, sorrindo ao assinar meu prontuário com um floreio.

— A sorte foi Edward por acaso estar parado do meu lado — corrigi com um olhar duro para o objeto de minha declaração.

— Ah, bem, sim — concordou o Dr. Cullen, repentinamente ocupado com a papelada diante dele. Depois desviou os olhos para Tyler e foi até o leito seguinte.

Minha intuição vacilou; o médico deve ter percebido.

— Mas acho que *você* terá que ficar conosco por mais um tempinho — disse ele a Tyler e começou a examinar os cortes.

Assim que o médico se virou, fui para o lado de Edward.

— Posso conversar com você um minuto? — sibilei baixinho. Ele recuou um passo, o queixo de repente trincado.

— Seu pai está esperando por você — disse ele entre dentes.

Eu olhei para o Dr. Cullen e para Tyler.

— Gostaria de falar com você a sós, se não se importa — pressionei.

Ele olhou, depois deu as costas e andou pela sala comprida. Quase tive que correr para acompanhá-lo. Assim que viramos para um corredor pequeno, ele girou o corpo e me encarou.

— O que você quer? — perguntou, parecendo irritado. Seus olhos eram frios.

A animosidade dele me intimidou. Minhas palavras saíram com menos severidade do que eu pretendia.

— Você me deve uma explicação — lembrei a ele.

— Eu salvei a sua vida... Não lhe devo nada.

Eu vacilei com o ressentimento na voz dele.

— Você prometeu.

— Bella, você bateu a cabeça, não sabe do que está falando. — O tom de voz era cortante.

Então perdi a calma e olhei para ele desafiadoramente.

— Não há nada de errado com a minha cabeça.

Ele sustentou o olhar.

— O que quer de mim, Bella?

— Quero saber a verdade — eu disse. — Quero saber por que estou mentindo por você.

— O que você *acha* que aconteceu? — rebateu ele.

A resposta saiu num jato.

— Só o que sei é que você não estava em nenhum lugar perto de mim... O Tyler também não o viu, então não venha me dizer que bati a cabeça com força. Aquela van ia atropelar nós dois... E não aconteceu, e suas mãos pareceram amassar a lateral dela... E você deixou um amassado no outro carro e não está nada machucado... E a van devia ter esmagado minhas pernas, mas você a levantou... — Pude perceber como aquilo soava como maluquice e não consegui continuar. Estava tão irritada que podia sentir as lágrimas saindo; tentei obrigá-las a voltar, trincando os dentes.

Ele me encarava incrédulo. Mas seu rosto estava tenso, na defensiva.

— Acha que eu levantei a van? — O tom de voz questionava minha sanidade, mas só o que conseguiu foi me deixar mais desconfiada. Era como uma fala dita com perfeição por um ator habilidoso.

Eu apenas concordei uma vez, as mandíbulas contraídas.

— Sabe que ninguém vai acreditar nisso. — Agora a voz dele tinha um tom de desdém.

— Não vou contar a ninguém. — Eu disse cada palavra devagar, controlando cuidadosamente minha raiva.

A surpresa passou rapidamente pelo rosto dele.

— Então por que isso importa?

— Importa para mim — insisti. — Não gosto de mentir... Então é melhor haver uma boa razão para que eu faça isso.

— Não pode simplesmente me agradecer e acabar com isso?

— Obrigada. — Eu esperei, furiosa e esperançosa.

— Você não vai deixar passar em branco, não é?

— Não.

— Neste caso... Espero que goste de se decepcionar.

Trocamos um olhar zangado em silêncio. Fui a primeira a falar, tentando me manter concentrada. Corria o risco de me distrair com o rosto lívido e glorioso de Edward. Era como tentar encarar um anjo exterminador.

— Por que se deu ao trabalho, então? — perguntei friamente.

Ele estancou e por um breve momento seu rosto pasmo ficou inesperadamente vulnerável.

— Não sei — sussurrou ele.

E depois ele me deu as costas e se afastou.

Eu estava tão furiosa que precisei de alguns minutos para poder me mexer. Quando consegui andar, segui lentamente para a saída no final do corredor.

A sala de espera foi mais desagradável do que eu temia. Parecia que cada rosto que eu conhecia em Forks estava lá, me encarando. Charlie correu para mim; eu levantei as mãos.

— Não há nada de errado comigo — garanti a ele, carrancuda. Ainda estava exasperada, não estava com humor para conversinhas.

— O que o médico disse?

— O Dr. Cullen me examinou e disse que eu estava bem e que podia ir para casa. — Eu suspirei. Mike, Jessica e Eric estavam todos ali, começando a convergir para nós. — Vamos — instei com meu pai.

Charlie pôs um braço pelas minhas costas, sem me tocar realmente, e me levou até as portas de vidro da saída. Acenei timidamente para meus amigos, esperando dar a entender que eles não precisavam se preocupar mais. Foi um enorme alívio — a primeira vez que senti isso — entrar na viatura.

Seguimos no carro em silêncio. Eu estava tão imersa em meus pensamentos que mal dava pela presença de Charlie. Tinha certeza absoluta de que o comportamento defensivo de Edward no corredor fora uma confirmação das coisas estranhas que eu ainda não conseguia acreditar ter testemunhado.

Quando chegamos em casa, Charlie finalmente falou:

— Hmmm... Vai precisar ligar para a Renée. — Ele inclinou a cabeça, sentindo-se culpado.

Fiquei apavorada.

— Você contou à mamãe!

— Desculpe.

Bati a porta da viatura com uma força um pouco maior do que a necessária ao sair do carro.

É claro que a minha mãe estava preocupada. Tive que dizer a ela que eu me sentia bem pelo menos umas trinta vezes antes de ela se acalmar. Ela me implorou para ir para casa — esquecendo-se do fato de que a casa neste momento estava vazia —, mas foi mais fácil resistir a suas súplicas do que eu teria imaginado. Eu estava consumida pelo mistério representado por Edward. E um pouco mais do que obcecada pelo próprio Edward. Idiota, idiota, idiota. Não estava tão ansiosa assim para escapar de Forks como deveria, como qualquer pessoa normal e sã teria feito.

Decidi que podia muito bem ir para a cama mais cedo naquela noite. Charlie continuou a me observar ansiosamente e aquilo estava me dando nos nervos. Parei a caminho do quarto para pegar três comprimidos de Tylenol no banheiro. Eles ajudaram e, à medida que a dor cedia, eu caí no sono.

Essa foi a primeira noite em que sonhei com Edward Cullen.

4
CONVITES

EM MEU SONHO ESTAVA MUITO ESCURO E A LUZ FRACA QUE HAVIA parecia irradiar da pele de Edward. Não conseguia ver seu rosto, só as costas enquanto ele se afastava de mim, deixando-me na escuridão. Por mais rápido que eu corresse, não conseguia alcançá-lo; por mais alto que gritasse, ele não se virava. Perturbada, acordei no meio da noite e não voltei a dormir pelo que pareceu um longo tempo. Depois disso, ele entrou em meus sonhos quase toda noite, mas sempre fora da cena, nunca ao meu alcance.

O mês seguinte ao acidente foi inquietante, tenso e, no início, constrangedor.

Para minha consternação, eu me vi no centro das atenções pelo resto da semana. Tyler Crowley estava impossível, seguindo-me por toda parte, obcecado por se redimir de alguma forma. Tentei convencê-lo de que o que eu mais queria dele é que esquecesse tudo aquilo — em especial porque não acontecera nada comigo —, mas ele insistia sem parar. Seguia-me entre as aulas e se sentava à nossa mesa, agora abarrotada. Mike e Eric foram ainda menos amistosos com ele do que entre si, o que me deixou preocupada com a possibilidade de ter ganho outro fã indesejado.

Ninguém parecia preocupado com Edward, mas expliquei repetidas vezes que o herói era ele — que ele havia me tirado do caminho e quase fora atropelado também. Tentei convencer Jessica, Mike, Eric e todos os outros que sempre comentavam que não o tinham visto ali até a van ser afastada.

Perguntei a mim mesma por que ninguém mais o vira parado tão longe, antes que ele salvasse a minha vida de repente e daquele jeito impossível. Com pesar, percebi a provável causa — ninguém mais tinha ciência da presença de Edward como eu. Ninguém o observava da forma como eu fazia. Que pena.

Edward nunca ficou cercado de uma multidão de curiosos ansiosos por seu relato em primeira mão. As pessoas o evitavam, como sempre. Os Cullen e os Hale sentavam-se à mesma mesa de sempre, sem comer, conversando entre si. Nenhum deles, em especial Edward, voltou a olhar na minha direção.

Quando ele se sentou ao meu lado na aula, o mais distante de mim que a carteira permitia, parecia totalmente inconsciente da minha presença. Só ocasionalmente, quando seus punhos de repente se curvavam — a pele esticada ainda mais branca sobre os ossos — é que eu me perguntava se ele estava tão distraído como parecia.

Ele queria não ter me tirado do caminho da van de Tyler — não havia outra conclusão que eu pudesse tirar.

Queria muito conversar com ele e, no dia seguinte ao acidente, tentei. Da última vez que o vira, do lado de fora da emergência do hospital, nós dois estávamos furiosos. Eu ainda tinha raiva por ele não ter me contado a verdade, embora cumprisse impecavelmente minha parte do trato. Mas ele salvara minha vida, independentemente de como tinha feito isso. E, da noite para o dia, a temperatura elevada de minha raiva desapareceu numa gratidão reverente.

Quando cheguei à aula de biologia Edward já estava sentado, olhando para a frente. Eu me sentei, esperando que se virasse para mim. Ele não deu sinais de ter percebido minha presença.

— Oi, Edward — eu disse de um jeito agradável, para lhe mostrar que ia me comportar.

Ele se virou só um pouquinho para mim sem me olhar nos olhos, balançou a cabeça uma vez e depois desviou o rosto.

E esse foi o último contato que tivemos, mas ele ficava ali, a trinta centímetros de distância, todo dia. Eu o olhava às vezes, incapaz de me conter — mas de longe, no refeitório ou no estacionamento. Eu o observava à medida que seus olhos dourados ficavam perceptivelmente mais escuros dia após dia. Mas, na aula, eu não prestava atenção nele mais do que ele permitia. Eu estava infeliz. E os sonhos continuaram.

Apesar de minhas mentiras cabais, o tom de meus e-mails alertaram Renée de minha depressão, e ela ligou algumas vezes, preocupada. Tentei convencê-la de que era só o clima que me deixava desanimada.

Mike, enfim, ficou satisfeito com a frieza evidente entre mim e meu parceiro de laboratório. Eu podia ver que ele estava preocupado que o resgate ousado de Edward pudesse ter me impressionado, e foi um alívio para ele parecer ter tido o efeito contrário. Ele ficou mais confiante, sentando-se na beirada de minha mesa para conversar antes que começasse a aula de biologia, ignorando Edward completamente, como ele nos ignorava.

A neve desapareceu para sempre depois de um dia perigosamente gelado. Mike ficou decepcionado por não poder ter armado sua guerra de bolas de neve, mas satisfeito porque logo seria possível fazer a viagem à praia. Porém, a chuva continuava pesada, e as semanas se passaram.

Jessica me informou de outro evento que assomava no horizonte — ela ligou na primeira terça-feira de março querendo minha permissão para convidar Mike para o baile de primavera das meninas dali a duas semanas.

— Tem certeza de que não se importa... não estava pretendendo convidá-lo? — insistiu ela quando eu disse que não dava a mínima.

— Não, Jess, eu não vou — garanti a ela. Dançar estava notoriamente fora de minha gama de habilidades.

— Vai ser bem divertido. — Sua tentativa de me convencer foi meio desanimada. Suspeitei de que Jessica gostava mais de minha popularidade inexplicável do que de minha companhia.

— Divirta-se com o Mike — encorajei-a.

No dia seguinte, fiquei surpresa por Jessica não estar no humor esfuziante de sempre nas aulas de trigonometria e espanhol. Ela ficou em silêncio ao andar ao meu lado entre as aulas e eu tive medo de perguntar por quê. Se Mike a rejeitara, eu era a última pessoa a quem ela gostaria de contar.

Meus temores foram confirmados na hora do almoço, quando Jessica se sentou o mais distante possível de Mike, batendo um papo animado com Eric. Mike estava incomumente quieto.

Ele ainda estava em silêncio ao me acompanhar à aula, sua expressão de desconforto era mau sinal. Como sempre, eu estava eletricamente ciente de Edward sentado perto o bastante para que eu o tocasse, e ao mesmo tempo tão distante que parecia uma mera invenção de minha imaginação.

— Mas aí — disse Mike, olhando para o chão —, a Jessica me convidou para o baile de primavera.

— Isso é ótimo. — Eu conferi mais brilho e entusiasmo à minha voz. — Você vai se divertir muito com a Jessica.

— Bom... — ele hesitou ao sondar meu sorriso, claramente nada feliz com a resposta que eu dera. — Eu disse a ela que ia pensar no assunto.

— Por que fez isso? — Deixei que a reprovação tingisse minha voz, mas fiquei aliviada por ele não ter dado uma negativa absoluta a ela.

O rosto dele ficou vermelho-vivo enquanto ele baixava a cabeça novamente. A compaixão abalou minha resolução.

— Eu estava me perguntando se... Bom, se você tinha a intenção de me convidar.

Parei por um momento, odiando a onda de culpa que varreu meu corpo. Mas vi, pelo canto do olho, a cabeça de Edward se inclinar por reflexo na minha direção.

— Mike, acho que devia dizer sim a ela — eu disse.

— Já convidou alguém? — Será que Edward percebeu como os olhos de Mike disparavam para ele?

— Não — garanti a ele. — Não vou a baile nenhum.

— E por que não? — Mike quis saber.

Eu não queria enfrentar os riscos de uma pista de dança, então fiz novos planos rapidamente.

— Vou a Seattle no sábado — expliquei. Eu precisava sair da cidade de qualquer forma; de repente era a época perfeita para ir.

— Não pode ir em outro fim de semana?

— Não, desculpe — eu disse. — Então você não devia fazer a Jess esperar mais tempo... É grosseria.

— É, tem razão — murmurou Mike. E se virou, abatido, para voltar ao lugar dele. Fechei os olhos e apertei os dedos nas têmporas, tentando expulsar a culpa e a solidariedade de minha cabeça. O Sr. Banner começou a falar. Eu suspirei e abri os olhos.

E Edward estava me encarando com curiosidade, com aquela frustração que eu já conhecia agora ainda mais evidente em seus olhos escuros.

Eu sustentei o olhar, surpresa, esperando que ele desviasse a cabeça rapidamente. Mas, em vez disso, ele continuou a olhar com intensidade nos meus olhos, como se me sondasse. Para mim, estava fora de cogitação desviar o rosto. Minhas mãos começaram a tremer.

— Sr. Cullen? — chamou o professor, esperando pela resposta a uma pergunta que eu não ouvira.

— O ciclo de Krebs — respondeu Edward, parecendo relutante ao se virar para o Sr. Banner.

Assim que os olhos dele me libertaram, eu baixei os meus para o livro à minha frente, tentando me situar. Com a mesma covardia de sempre, coloquei o cabelo sobre o ombro direito para esconder meu rosto. Não conseguia acreditar no jorro de emoção que pulsava em mim — só porque por acaso ele olhou para mim pela primeira vez em meia dúzia de semanas. Eu não permitiria que ele tivesse esse nível de influência sobre mim. Era ridículo. Mais do que ridículo, não era saudável.

Eu me esforcei muito para não ficar atenta a ele pelo resto da aula e, uma vez que era impossível, pelo menos não deixar que ele soubesse que eu estava atenta a ele. Quando o sinal finalmente tocou, dei as costas para Edward a fim de pegar minhas coisas, esperando que ele saísse de imediato, como sempre.

— Bella? — A voz dele não devia ter sido tão familiar para mim, como se eu conhecesse aquele som por toda minha vida e não há apenas algumas semanas.

Eu me virei devagar, sem vontade nenhuma. Não queria sentir o que sabia que *sentiria* quando olhasse seu rosto perfeito demais. Minha expressão era cautelosa quando finalmente me virei; a expressão dele era ilegível. Ele não disse nada.

— Que foi? Está falando comigo de novo? — perguntei por fim, com um tom involuntário de petulância.

Os lábios dele se retorceram, reprimindo um sorriso.

— Na verdade, não — admitiu ele.

Fechei os olhos e inspirei lentamente pelo nariz, ciente de que estava trincando os dentes. Ele esperou.

— Então o que você quer, Edward? — perguntei, ainda de olhos fechados; era mais fácil falar com ele com alguma coerência desse jeito.

— Desculpe. — Ele parecia sincero. — Tenho sido muito rude, eu sei. Mas é melhor assim, pode acreditar.

Abri os olhos. Seu rosto estava muito sério.

— Não sei o que quer dizer — eu disse, na defensiva.

— É melhor não sermos amigos — explicou ele. — Confie em mim.

Meus olhos se estreitaram. Eu já ouvira *isso* antes.

— É péssimo que você não tenha chegado a essa conclusão antes — sibilei entre dentes. — Podia ter se poupado de todo esse arrependimento.

— Arrependimento? — A palavra e meu tom de voz obviamente o pegaram de guarda baixa. — Arrependimento do quê?

— De não deixar simplesmente que aquela van me esmagasse.

Ele ficou atônito. Olhou para mim sem acreditar.

Quando finalmente falou, quase parecia irritado.

— Acha que me arrependo de ter salvado você?

— Eu *sei* que se arrepende — rebati.

— Você não sabe de nada. — Sem dúvida ele estava irritado.

Virei a cabeça bruscamente, travando o queixo para conter todas as acusações desvairadas que ia atirar na cara dele. Peguei meus livros, depois me levantei e fui para a porta. Eu pretendia disparar dramaticamente para fora da sala, mas é claro que a ponta da minha bota ficou presa no batente e deixei cair meus livros. Fiquei parada ali por um momento, pensando em deixá-los para trás. Depois suspirei e me abaixei para pegá-los. Ele estava ali; já empilhara meus livros. Entregou-os a mim de cara amarrada.

— Obrigada — eu disse friamente.

Os olhos dele se estreitaram.

— Não há de quê — retrucou ele.

Eu me endireitei rapidamente, virei a cara de novo e fui para o ginásio sem olhar para trás.

A aula de educação física foi brutal. Agora jogávamos basquete. Meu time nunca me passava a bola, o que foi bom, mas eu caí bastante. Às vezes levava alguém comigo. Hoje estava sendo pior do que de costume porque minha cabeça estava completamente cheia de Edward. Tentei me concentrar nos meus pés, mas ele continuava a rastejar para os meus pensamentos exatamente quando eu mais precisava do meu equilíbrio.

Como sempre, foi um alívio ir embora. Quase corri até a picape; havia gente demais que eu queria evitar. O carro sofrera danos mínimos com o acidente. Tive que substituir as luzes de ré e, se eu quisesse realmente pintar, bastava dar um retoque. Os pais de Tyler tiveram que vender a van para o desmanche.

Quase tive uma síncope quando virei a esquina e vi uma figura alta e escura encostada na lateral da minha picape. Depois percebi que era só Eric. Comecei a andar novamente.

— Oi, Eric.

— Oi, Bella.

— E aí? — eu disse enquanto abria a porta. Não prestei atenção ao tom desagradável na voz dele, então as próximas palavras de Eric me pegaram de surpresa.

— É... eu só estava pensando... se você gostaria de ir ao baile de primavera comigo. — A voz dele falhou ao dizer a última palavra.

— Pensei que as meninas é que deviam convidar — eu disse, sobressaltada demais para ser diplomática.

— Bom, e é — admitiu ele, envergonhado.

Recuperei a compostura e tentei dar um sorriso caloroso.

— Obrigada por me convidar, mas vou a Seattle nesse dia.

— Ah — disse ele. — Bom, quem sabe na próxima?

— Claro — concordei e depois mordi o lábio. Eu não queria que ele entendesse isso tão literalmente.

Ele se curvou, voltando à escola. Ouvi um risinho baixo.

Edward passava pela frente da minha picape, os lábios apertados. Abri o carro num rompante e pulei para dentro, batendo a porta ruidosamente. Acelerei o motor de um jeito ensurdecedor e dei a ré para a rua. Edward já estava no carro dele, a duas vagas de distância, passando suavemente por mim, me dando uma fechada. Ele parou ali para esperar pela família; pude ver os quatro andando para lá, mas ainda perto do refeitório. Pensei em bater na traseira de seu Volvo reluzente, mas havia testemunhas demais. Olhei pelo retrovisor e vi que começava a se formar uma fila. Bem atrás de mim, Tyler Crowley estava no Sentra usado recém-adquirido, acenando. Eu estava irritada demais para responder.

Sentada ali, olhando para todo lado exceto para o carro na minha frente, ouvi uma batida na janela do carona. Olhei; era Tyler. Olhei novamente pelo retrovisor, confusa. O carro dele ainda estava ligado, a porta aberta. Inclinei-me na cabine para abrir a janela. Estava dura. Consegui abrir pela metade, depois desisti.

— Desculpe, Tyler, estou presa atrás do Cullen. — Eu estava irritada; obviamente ele não estava preso ali por culpa minha.

— Ah, eu sei... Só queria perguntar uma coisa enquanto estamos atolados aqui. — Ele sorriu.

Isso não podia estar acontecendo.

— Vai me convidar para o baile de primavera? — continuou ele.

— Eu não estarei na cidade, Tyler. — Minha voz parecia meio áspera. Tive que me lembrar de que não era culpa dele que Mike e Eric já tivessem gasto minha quota de paciência do dia.

— É, o Mike me contou — admitiu ele.

— Então por quê...

Ele deu de ombros.

— Eu esperava que você só estivesse se livrando deles do jeito mais fácil.

Tudo bem, a culpa era totalmente dele.

— Desculpe, Tyler — eu disse, tentando esconder minha irritação. — Eu estarei mesmo fora da cidade.

— Tudo bem. Ainda temos o baile dos estudantes.

E antes que eu pudesse responder, ele estava voltando ao próprio carro. Pude sentir o choque na minha cara. Olhei para a frente e vi Alice, Rosalie, Emmett e Jasper entrando no Volvo. Pelo retrovisor, os olhos de Edward me acompanhavam. Ele sem dúvida tremia de tanto rir, como se tivesse ouvido cada palavra de Tyler. Meu pé apertou mais o acelerador... uma batidinha não os arranharia, só aquela pintura prateada cintilante. Acelerei o motor.

Mas todos estavam dentro do carro e Edward partia. Dirigi devagar para casa, resmungando para mim mesma o tempo todo.

Quando cheguei, decidi fazer enchiladas de frango para o jantar. Seria um longo processo e isso me manteria ocupada. Enquanto refogava a cebola e a pimenta, o telefone tocou. Quase tive medo de atender, mas podia ser Charlie ou minha mãe.

Era Jessica, e estava em júbilo; Mike falara com ela depois da aula e aceitara o convite. Ela precisava desligar, queria telefonar a Angela e Lauren para contar. Sugeri — com uma inocência despreocupada — que talvez Angela, a menina tímida que tinha aula de biologia comigo, pudesse convidar Eric. E Lauren, uma garota retraída que sempre me ignorava na mesa de almoço, podia convidar Tyler; eu soube que ele ainda estava disponível. Jess achou uma ótima ideia. Agora que Mike estava garantido, ela pareceu sincera quando disse que queria que eu fosse ao baile. Dei-lhe minha desculpa de Seattle.

Depois que desliguei, tentei me concentrar no jantar — cortei o frango em cubos com um cuidado especial; não queria fazer outra viagem ao pronto-socorro. Mas minha cabeça girava, tentando analisar cada palavra que Edward dissera hoje. O que ele quis dizer com a história de que era melhor não sermos amigos?

Meu estômago se revirou quando percebi que ele devia estar falando sério. Ele devia ter visto como eu estava absorta nele; não devia querer me seduzir... Então não podíamos mais ser amigos... porque ele não estava nada interessado em mim.

É claro que ele não estava interessado em mim, pensei com raiva, meus olhos ardendo — uma reação tardia ao corte da cebola. Eu não era *interessante*. E ele era. Interessante... e inteligente... e misterioso... e perfeito... e lindo... e possivelmente capaz de erguer vans inteiras com uma só mão.

Bom, estava tudo bem. Eu podia deixá-lo em paz. Eu *o deixaria* em paz. Passaria por minha sentença aqui no purgatório e depois, com sorte, uma universidade no Sudoeste, ou possivelmente no Havaí, me ofereceria uma bolsa de estudos. Concentrei meus pensamentos nas praias ensolaradas e nas palmeiras enquanto terminava as enchiladas e as colocava no forno.

Charlie pareceu desconfiado quando chegou em casa e sentiu o cheiro de pimenta-verde. Não podia culpá-lo — a comida mexicana que chegava mais perto de ser comestível devia estar no sul da Califórnia. Mas ele era um policial, mesmo que um policial de cidade pequena, então teve coragem suficiente para dar a primeira dentada. E pareceu gostar. Foi divertido observar enquanto ele aos poucos começava a confiar nas minhas habilidades culinárias.

— Pai? — perguntei quando ele quase havia acabado.

— Sim, Bella?

— Hmmm, eu só queria que soubesse que vou a Seattle no sábado que vem... Se não houver problema. — Eu não queria pedir permissão, isso estabeleceria um precedente ruim, mas pareci grosseira, então dei uma valorizada no final.

— Por quê? — Ele pareceu surpreso, como se fosse incapaz de imaginar uma coisa que Forks não pudesse oferecer.

— Bom, queria comprar alguns livros... a biblioteca daqui é muito limitada... e talvez ver algumas roupas. — Eu tinha mais dinheiro do que costumava ter, uma vez que, graças a Charlie, não tive que pagar pelo carro. Não que a picape não me custasse muito no quesito gasolina.

— Essa picape não deve ter um consumo de gasolina muito bom — disse ele, ecoando meus pensamentos.

— Eu sei; vou parar em Montesano e em Olympia... e em Tacoma, se for preciso.

— Vai lá sozinha? — perguntou ele, e não tive como saber se ele desconfiava de que eu tinha um namorado secreto ou só estava preocupado com problemas no carro.

— Vou.

— Seattle é uma cidade grande... Você pode se perder — encrespou-se ele.

— Pai, Phoenix é cinco vezes maior do que Seattle... E eu posso ler um mapa, não se preocupe.

— Quer que eu vá com você?

Tentei ser astuciosa ao esconder meu pavor.

— Está tudo bem, pai. Devo passar o dia todo em cabines de provas... Tudo muito chato.

— Ah, tudo bem. — A ideia de ficar sentado em lojas de roupas femininas por qualquer período de tempo o fez recuar de imediato.

— Obrigada. — Eu sorri para ele.

— Vai voltar a tempo para o baile?

Grrrr. Só em uma cidade desse tamanho um *pai* saberia quando acontecem os bailes da escola.

— Não... Eu não sei dançar, pai. — De todas as pessoas, ele devia entender isso; não herdei os problemas de equilíbrio da minha mãe.

Ele entendeu.

— Ah, tudo bem — percebeu ele.

Na manhã seguinte, quando cheguei ao estacionamento, encostei deliberadamente o mais distante possível do Volvo prata. Não queria me colocar no caminho da tentação e terminar devendo um carro novo a ele. Ao sair da cabine, me atrapalhei com minha chave e ela caiu numa poça a meus pés. Enquanto me abaixava para pegar, uma mão branca apareceu de repente e pegou a chave antes de mim. Endireitei o corpo rapidamente. Edward Cullen estava bem ao meu lado, encostando-se casualmente na picape.

— Como é que você *fez* isso? — perguntei numa irritação surpresa.

— Fiz o quê? — Ele estendia minha chave ao falar. Quando fiz menção de pegá-la, ele a largou na palma da minha mão.

— Aparecer do nada desse jeito.

— Bella, não é culpa minha se você é excepcionalmente distraída. — A voz dele era baixa, como sempre. Aveludada, abafada.

Fechei a cara para o seu rosto perfeito. Os olhos estavam claros de novo, uma cor de mel dourada e profunda. Depois tive que olhar para baixo, para reagrupar meus pensamentos embaralhados.

— Por que o engarrafamento de ontem? — perguntei, ainda sem olhar para ele. — Pensei que você devia fingir que eu não existo, e não me matar de irritação.

— Aquilo foi pelo Tyler, e não por mim. Tive que dar uma chance a ele. — Ele riu, malicioso.

— Você... — eu arfei. Não conseguia pensar em nenhuma palavra ruim o bastante. Pensei que o calor de minha raiva pudesse queimá-lo fisicamente, mas ele só parecia se divertir mais.

— E não estou fingindo que você não existe — continuou ele.

— Então está *tentando mesmo* me matar de irritação? Já que a van do Tyler não fez o serviço?

A raiva lampejava por seus olhos castanho-claros. Os lábios se apertaram numa linha rígida, sinais de que o humor se fora.

— Bella, você é completamente absurda — disse ele, a voz baixa e fria.

A palma das minhas mãos coçou — eu queria tanto bater em alguma coisa. Fiquei surpresa comigo mesma. Em geral não era uma pessoa violenta. Dei as costas e comecei a me afastar.

— Espere — chamou ele.

Continuei andando, chapinhando com raiva pela chuva. Mas ele estava do meu lado, me acompanhando facilmente.

— Desculpe, foi grosseria minha — disse ele enquanto andávamos. Eu o ignorei. — Não estou dizendo que não é verdade — continuou ele —, mas, de qualquer forma, foi uma grosseria dizer aquilo.

— Por que não me deixa em paz? — rosnei.

— Quero perguntar uma coisa, mas você está me evitando — ele riu. Parecia ter recuperado o bom humor.

— Você tem distúrbio de personalidade múltipla? — perguntei séria.

— Lá vem você de novo.

Eu suspirei.

— Tudo bem, então. O que quer perguntar?

— Eu estava me perguntando se, no sábado que vem... Sabe como é, no dia do baile de primavera...

— Está tentando ser *engraçadinho*? — eu o interrompi, girando para ele. Meu rosto ficou suado ao ver sua expressão.

Pelo olhar, ele parecia se divertir perversamente.

— Quer por favor me deixar terminar?

Mordi o lábio e cruzei as mãos, entrelaçando os dedos, para não fazer nada precipitado.

— Eu a ouvi dizer que vai a Seattle nesse dia e estava pensando se você queria uma carona.

Por essa eu não esperava.

— Como é? — Não tinha certeza do que ele pretendia.

— Quer uma carona para Seattle?

— Com quem? — perguntei, aturdida.

— Comigo, é claro. — Ele enunciou cada sílaba como se estivesse falando com alguém com problemas mentais.

Eu ainda estava pasma.

— *Por quê?*

— Bom, eu pretendia ir a Seattle nas próximas semanas e, para ser sincero, não tenho certeza se sua picape vai aguentar.

— Minha picape funciona muito bem, obrigada por sua preocupação. — Recomecei a andar, mas estava surpresa demais para manter o mesmo nível de raiva.

— Mas sua picape pode chegar lá com um tanque de gasolina? — Ele acompanhava meus passos novamente.

— Não vejo como isso pode ser da sua conta. — Dono daquele Volvo idiota e reluzente.

— O desperdício de recursos não renováveis é da conta de todos.

— Francamente, Edward. — Senti um arrepio me perpassar ao dizer o nome dele, e odiei isso. — Eu não consigo entender você. Pensei que não quisesse ser meu amigo.

— Eu disse que seria melhor se não fôssemos amigos, e não que eu não queria ser.

— Ah. Obrigada, agora está *tudo* muito claro. — Ironia pesada. Percebi que tinha parado de andar de novo. Agora estávamos sob a cobertura do refeitório, então eu podia olhar mais facilmente o rosto dele. O que certamente não ajudou a clarear meus pensamentos.

— Seria mais... *prudente* para você não ser minha amiga — explicou ele. — Mas estou cansado de tentar ficar longe de você, Bella.

Os olhos dele estavam gloriosamente intensos quando disse esta última frase, a voz ardente. Eu não conseguia me lembrar de como se respirava.

— Vai comigo a Seattle? — perguntou ele, ainda intenso.

Eu ainda não conseguia falar, então só balancei a cabeça.

Ele sorriu brevemente e depois seu rosto ficou sério.

— Você realmente *deve* ficar longe de mim — alertou ele. — Vejo você na aula.

Ele se virou abruptamente e voltou pelo caminho de onde viemos.

5
Tipo sanguíneo

Fui para a aula de inglês entorpecida. Nem percebi que, quando entrei naquela sala, a aula já havia começado.

— Obrigado por se juntar a nós, Srta. Swan — disse o Sr. Mason num tom depreciativo.

Eu corei e corri para me sentar.

Foi só quando a aula terminou que percebi que Mike não estava no lugar de sempre, ao meu lado. Senti uma pontada de culpa. Mas ele e Eric me encontraram na porta, como faziam, então deduzi que eu não era totalmente imperdoável. À medida que seguíamos, Mike pareceu se tornar mais ele mesmo, seu entusiasmo aumentando enquanto falava da previsão do tempo para o fim de semana. A chuva devia dar uma trégua curta, então talvez fosse possível a viagem à praia que ele planejava. Tentei parecer animada, para compensar a decepção que lhe causara ontem. Foi difícil; com ou sem chuva, a temperatura ainda seria de uns dez graus, se tivéssemos sorte.

O resto da manhã passou indistintamente. Era difícil acreditar que eu não havia simplesmente imaginado o que Edward me dissera, ou como estavam seus olhos. Talvez fosse só um sonho muito convincente que eu confundia com a realidade. Isso parecia mais provável do que eu realmente atraí-lo de alguma maneira.

Então fiquei impaciente e assustada quando Jessica e eu entramos no refeitório. Queria ver a cara dele, ver se ele tinha reassumido a personalidade fria e indiferente que eu conhecera nas últimas semanas. Ou se, por milagre, eu realmente ouvira o que pensei ter ouvido esta manhã. Jessica tagarelava sem parar sobre os planos para o baile — Lauren e Angela convidaram os outros meninos e todos iam juntos —, sem a menor consciência de minha desatenção.

A decepção me inundou quando meus olhos focalizaram infalivelmente a mesa dele. Os outros quatro estavam ali, mas ele não. Será que tinha ido para casa? Segui a tagarelice interminável de Jessica pela fila, sentindo-me oprimida. Perdi o apetite — só comprei uma garrafa de soda limonada. Queria apenas me sentar e ficar amuada.

— Edward Cullen está olhando para você de novo — disse Jessica, finalmente me arrancando de minhas abstrações ao pronunciar o nome dele. — Por que será que está sentado sozinho hoje?

Minha cabeça se levantou de repente. Segui o olhar dela e vi Edward, sorrindo torto, olhando-me de uma mesa vazia do lado oposto de onde se sentava sua família no refeitório. Depois de ver meus olhos, ele levantou a mão e gesticulou com o indicador para que eu me juntasse a ele. Enquanto eu encarava sem acreditar, ele deu uma piscadela.

— Ele quer dizer *você*? — perguntou Jessica com uma perplexidade insultante na voz.

— Talvez ele precise de ajuda com o dever de biologia — murmurei, para convencê-la. — Hmmm, é melhor ver o que ele quer.

Eu podia sentir que ela me olhava depois que me afastei.

Quando cheguei à mesa de Edward, fiquei de pé ao lado da cadeira na frente dele, insegura.

— Por que não fica comigo hoje? — perguntou ele, sorrindo.

Eu me sentei automaticamente, observando-o com cautela. Ele ainda sorria. Era difícil acreditar que alguém tão lindo pudesse ser real. Tive medo de que ele pudesse desaparecer numa nuvem repentina de fumaça e eu acordasse.

Ele parecia estar esperando que eu dissesse alguma coisa.

— Isso é diferente — consegui falar por fim.

— Bom... — Ele parou, e depois o resto das palavras saíram num jato. — Eu concluí que, já que vou para o inferno, posso muito bem fazer o serviço completo.

Esperei que ele dissesse alguma coisa que fizesse sentido. Os segundos se passaram.

— Sabe que não faço ideia do que você quer dizer — ressaltei por fim.

— Eu sei. — Ele sorriu de novo e mudou de assunto. — Acho que seus amigos estão com raiva de mim por ter roubado você.

— Eles vão sobreviver. — Eu podia sentir os olhares fuzilando minhas costas.

— Mas é possível que eu não a devolva — disse ele com um brilho perverso nos olhos.

Engoli em seco.

Ele riu.

— Parece preocupada.

— Não — eu disse mas, ridiculamente, minha voz falhou. — Surpresa, na verdade... Qual é o motivo disso tudo?

— Eu lhe disse... Fiquei cansado de tentar ficar longe de você. Então estou desistindo. — Ele ainda sorria, mas os olhos ocre eram sérios.

— Desistindo? — repeti, confusa.

— Sim... Desistindo de tentar ser bom. Agora só vou fazer o que eu quiser e deixar os dados rolarem. — O sorriso dele diminuiu à medida que ele explicava e um tom sério esgueirou-se por sua voz.

— Está me confundindo de novo.

O sorriso torto de tirar o fôlego reapareceu.

— Eu sempre falo demais quando converso com você... Este é um dos problemas.

— Não se preocupe... Eu não entendo nada mesmo — eu disse de forma desvirtuada.

— Estou contando com isso.

— Então, numa linguagem clara, agora somos amigos?

— Amigos... — refletiu ele, indeciso.

— Ou não — murmurei.

Ele sorriu.

— Bom, acho que podemos tentar. Mas estou avisando desde já que não sou um bom amigo para você. — Por trás do sorriso, o alerta era real.

— Você já disse isso muitas vezes — observei, tentando ignorar o tremor súbito em meu estômago e manter minha voz inalterável.

— Sim, porque você não está me ouvindo. Ainda estou esperando que acredite nisso. Se for inteligente, vai me evitar.

— Acho que também já deixou clara sua opinião sobre o meu intelecto. — Meus olhos se estreitaram.

Ele sorriu como quem se desculpa.

— E aí, como estou sendo... nada inteligente, vamos tentar ser amigos? — Lutei para recapitular a conversa confusa.

— Isso parece bom.

Olhei para minhas mãos agarradas na garrafa de soda limonada, sem ter certeza do que fazer agora.

— No que está pensando? — perguntou ele, curioso.

Virei-me para seus olhos dourados, confusa, e, como sempre, soltei a verdade sem querer:

— Estou tentando entender quem é você.

Seu queixo se apertou, mas ele manteve o sorriso no rosto com algum esforço.

— Está tendo sorte? — perguntou ele num tom meio rude.

— Não muita — admiti.

Ele riu.

— Quais são suas teorias?

Eu corei. No último mês, andei vacilando entre Bruce Wayne e Peter Parker. Não havia jeito de eu confessar isso.

— Não vai me dizer? — perguntou ele, inclinando a cabeça de lado com um sorriso tremendamente tentador.

Sacudi a cabeça.

— É constrangedor demais.

— Isso é *muito* frustrante, sabia? — queixou-se ele.

— Não — discordei rapidamente, semicerrando os olhos. — Não consigo nem *imaginar* por que seria frustrante... Só porque alguém se recusa a contar o que está pensando, mesmo que o tempo todo esteja fazendo pequenas observações obscuras que pretendem especificamente que você passe a noite toda se perguntando o que poderiam significar... Ora, por que isso seria frustrante?

Ele deu um sorriso duro.

— Ou melhor — continuei, a irritação contida agora fluía livremente —, digamos que a pessoa também tenha tido uma série de atitudes estranhas... De um dia salvar sua vida sob circunstâncias impossíveis a tratá-lo como um pária no dia seguinte, e nunca explicar nada disso, nem mesmo depois de ter prometido. Isso também não seria *nada* frustrante.

— Você tem um gênio e tanto, não é?

— Não gosto de dois pesos e duas medidas.

Ficamos nos encarando, sem sorrir.

Ele olhou por sobre meu ombro e depois, inesperadamente, deu uma risadinha.

— Que foi?

— Parece que seu namorado acha que estou sendo desagradável com você... Está se perguntando se vem ou não interromper nossa briga. — Ele riu novamente.

— Não sei de quem está falando — eu disse friamente. — Mas tenho certeza de que está enganado.

— Não estou. Eu lhe disse, é fácil interpretar a maioria das pessoas.

— A não ser a mim, é claro.

— Sim. A não ser você. — Seu humor mudou de repente, os olhos ficaram injetados. — Fico me perguntando o porquê disso.

A intensidade dessa declaração me obrigou a desviar os olhos. Concentrei-me em abrir a tampa da soda limonada. Tomei um gole, olhando a mesa sem ver.

— Não está com fome? — perguntou ele, distraído.

— Não. — Não estava com vontade de mencionar que meu estômago já estava cheio... de borboletas. — E você? — Olhei para a mesa vazia diante dele.

— Não, não tenho fome. — Não entendi a expressão dele; parecia curtir uma piada particular.

— Pode me fazer um favor? — perguntei depois de um segundo de hesitação.

Ele de repente ficou cauteloso.

— Depende do que você quer.

— Não é grande coisa — garanti a ele.

Ele esperou, em guarda, mas curioso.

— Eu só pensei... se, para meu próprio bem, você podia me avisar com antecedência da próxima vez que decidir me ignorar. Para que eu fique preparada. — Olhei a garrafa de soda limonada enquanto falava, desenhando o anel da abertura com o dedo mínimo.

— Parece justo. — Ele estava apertando os lábios para não rir quando eu olhei.

— Obrigada.

— Então posso ter uma resposta em troca? — perguntou ele.

— Uma.

— Me dê *uma* teoria.

Epa.

— Essa não.

— Você não qualificou, só prometeu uma resposta — lembrou-me ele.

— E você mesmo já quebrou promessas — lembrei-lhe por minha vez.

— Só uma teoria... Eu não vou rir.

— Vai sim. — Eu tinha certeza disso.

Ele olhou para baixo e depois para mim através dos cílios longos e escuros, os olhos cor de cobre abrasadores.

— Por favor? — sussurrou ele, inclinando-se para mim.

Eu pestanejei, minha mente ficando oca. Santo Deus, como é que ele *fazia* isso?

— É... o quê? — perguntei, confusa.

— Por favor, me conte só uma teoriazinha. — Seus olhos ainda ardiam para mim.

— Hmmm, bom, foi picado por uma aranha radioativa? — Ele também sabia hipnotizar? Ou eu é que era uma covarde irremediável?

— Isso não é muito criativo — zombou ele.

— Desculpe, é só o que eu tenho — eu disse, amuada.

— Nem chegou perto — zombou ele.

— Nada de aranhas?

— Nada.

— E nada de radioatividade?

— Nada.

— Droga — eu suspirei.

— A criptonita também não me incomoda — ele riu.

— Não devia rir, lembra?

Ele lutou para recompor a expressão.

— Um dia eu vou descobrir — eu o alertei.

— Gostaria que não tentasse. — Ele estava sério de novo.

— Por que...

— E se eu não for um super-herói? E se eu for o vilão? — Ele sorriu brincalhão, mas seus olhos eram impenetráveis.

— Ah — eu disse, enquanto várias coisas que ele sugeriu se encaixavam de repente. — Entendi.

— Entendeu? — Subitamente seu rosto ficou sério, como se ele tivesse medo de ter falado demais sem querer.

— Você é perigoso? — conjecturei, minha pulsação se acelerando enquanto eu percebia, por intuição, a verdade em minhas próprias palavras. Ele *era mesmo* perigoso. Estava tentando me dizer isso o tempo todo.

Ele só olhou para mim, os olhos com alguma emoção. Não consegui compreender.

— Mas não mau — sussurrei, sacudindo a cabeça. — Não, não acredito que você seja mau.

— Está enganada. — A voz dele era quase inaudível. Ele olhou para baixo, roubando minha tampa de garrafa e girando-a de lado entre os dedos. Eu olhei para ele, perguntando-me por que não tinha medo. Ele foi sincero no que disse, isso era óbvio. Mas eu só me sentia ansiosa, tensa... e, mais do que qualquer outra coisa, fascinada. Como sempre me sentia quando ficava perto dele.

O silêncio durou até que percebi que o refeitório estava quase vazio. Com um salto, fiquei de pé.

— Vamos chegar atrasados.

— Eu não vou à aula hoje — disse ele, girando a tampa com tanta rapidez que ela se tornou apenas só mancha.

— E por que não?

— É saudável matar aula de vez em quando. — Ele sorriu para mim, mas seus olhos ainda estavam perturbados.

— Bom, eu vou — disse a ele. Eu era covarde demais para me arriscar a ser apanhada.

Ele voltou a atenção para a tampa.

— A gente se vê depois, então.

Eu hesitei, dilacerada, mas o primeiro sinal me fez disparar porta afora — com um último olhar para confirmar que ele não havia se mexido um centímetro.

Enquanto eu quase corria para a aula, minha cabeça girava mais rápido do que a tampinha da garrafa. Tão poucas perguntas foram respondidas em comparação com a quantidade de perguntas novas que surgiram. Pelo menos a chuva havia parado.

Tive sorte; o Sr. Banner ainda não estava na sala quando cheguei. Eu me acomodei rapidamente em meu lugar, percebendo que Mike e Angela me olhavam. Mike parecia ressentido; Angela parecia surpresa e um tanto temerosa.

E então o Sr. Banner entrou na sala, cumprimentando a turma. Fazia malabarismos com umas caixinhas de papelão nos braços. Baixou-as na mesa de Mike, dizendo-lhe para começar a passá-las pela turma.

— Muito bem, pessoal, quero que todos tirem um objeto de cada caixa — disse ele enquanto pegava um par de luvas de látex do bolso do casaco e as vestia. O som áspero das luvas sendo puxadas nos pulsos me pareceu agourento. — O primeiro deve ser um cartão indicador — prosseguiu ele, pegando um cartão branco com quatro quadrados e exibindo-o. — O segundo é um aplicador de quatro dentes... — Ele ergueu uma coisa que parecia um prendedor de cabelos sem dentes — e o terceiro é um microbisturi estéril. — Ele levantou um pedacinho de plástico azul e o abriu em dois. A lâmina era invisível dessa distância, mas meu estômago revirou.

— Vou andar pela sala com um conta-gotas com água para preparar seus cartões, então só comecem quando eu chegar até vocês, por favor. — De novo ele começou pela mesa de Mike, colocando cuidadosamente uma gota de água em cada um dos quatro quadrados. — Depois quero que piquem o dedo com o bisturi cuidadosamente... — Ele pegou a mão de Mike e deu uma estocada com a lâmina na ponta do dedo médio dele. Ah, não. Um suor pegajoso brotou em minha testa.

— Coloquem uma pequena gota de sangue em cada um dos dentes.

Ele demonstrou, espremendo o dedo de Mike até que o sangue fluiu. Engoli em seco convulsivamente, meu estômago palpitando.

— E depois apliquem no cartão — concluiu ele, segurando o cartão com as gotas vermelhas para que víssemos. Fechei os olhos, tentando ouvir através do zumbido nos meus ouvidos.

— A Cruz Vermelha vai fazer coleta de sangue em Port Angeles no fim de semana que vem, então pensei que todos vocês deviam conhecer seu tipo sanguíneo. — Ele parecia orgulhoso de si mesmo. — Os alunos que ainda não têm 19 anos vão precisar de permissão dos pais... Tenho formulários na minha mesa.

Ele continuou pela sala com as gotas de água. Encostei o rosto no tampo de mesa frio e preto e tentei me manter consciente. Em volta de mim, eu podia ouvir gritinhos, queixas e risos enquanto meus colegas de turma espetavam os dedos. Eu respirava lentamente pela boca.

— Bella, está tudo bem? — perguntou o Sr. Banner. A voz dele estava perto da minha cabeça e parecia alarmada.

— Eu já sei meu tipo sanguíneo, Sr. Banner — disse numa voz fraca. Estava com medo de levantar a cabeça.

— Acha que vai desmaiar?

— Sim, senhor — murmurei, xingando-me por dentro por não matar a aula quando tive a chance.

— Alguém pode levar Bella à enfermaria, por favor? — gritou ele.

Não precisei olhar para cima para saber que Mike seria o voluntário.

— Pode andar? — perguntou o Sr. Banner.

— Posso — sussurrei. Só me deixe sair daqui, pensei. Nem que seja engatinhando.

Mike parecia ansioso ao passar o braço por minha cintura e puxar meu braço para o ombro dele. Eu me apoiei nele pesadamente ao sair da sala de aula.

Mike me rebocou devagar pelo campus. Quando estávamos perto do refeitório, fora de vista do prédio quatro, para o caso do Sr. Banner estar olhando, eu parei.

— Deixe eu me sentar um minuto, está bem? — pedi.

Ele me ajudou a sentar na beira da calçada.

— E o que quer que você faça, não tire a mão do bolso — alertei. Eu ainda estava tão tonta. Tombei de lado, colocando o rosto no cimento enregelante e molhado da calçada, fechando os olhos. Isso pareceu ajudar um pouco.

— Puxa, você está verde, Bella — disse Mike, nervoso.

— Bella? — Uma voz diferente chamava à distância.

Não! Por favor, tomara que eu esteja imaginando essa voz horrivelmente familiar.

— Qual é o problema... Ela se machucou? — Agora a voz estava mais perto e ele parecia perturbado. Não era imaginação minha. Fechei os olhos com força, esperando morrer. Ou, no mínimo, que eu não vomitasse.

Mike pareceu estressado.

— Acho que está desmaiando. Não sei o que aconteceu, ela nem furou o dedo.

— Bella. — A voz de Edward estava bem do meu lado, agora aliviada. — Pode me ouvir?

— Não — eu gemi. — Vá embora.

Ele riu.

— Estava levando ela à enfermaria — explicou Mike num tom defensivo —, mas ela não conseguiu ir tão longe.

— Vou cuidar dela — disse Edward. Pude ouvir o sorriso ainda na voz dele. — Pode voltar para a aula.

— Não — protestou Mike. — Eu é que devo fazer isso.

De repente a calçada desapareceu debaixo de mim. Meus olhos se abriram de choque. Edward me levantara nos braços com tanta facilidade que eu parecia pesar cinco quilos, em vez de cinquenta.

— Me coloque no chão! — Por favor, por favor, que eu não vomite nele. Ele estava andando antes que eu terminasse de falar.

— Ei! — gritou Mike, já a dez passos de nós.

Edward o ignorou.

— Você está horrível — disse-me ele, sorrindo maliciosamente.

— Me coloque na calçada de novo — eu gemi. O balanço de seu andar não estava ajudando. Ele me afastou de seu corpo, com cuidado, sustentando todo o meu peso só com os braços, e isso não pareceu incomodá-lo.

— Então você desmaia quando vê sangue? — perguntou ele. Isto parecia diverti-lo.

Não respondi. Fechei os olhos de novo e reprimi a náusea com toda a minha força, cerrando os lábios.

— Até mesmo seu próprio sangue — continuou ele, divertindo-se.

Não sei como ele abriu a porta enquanto me carregava, mas de repente ficou quente, então eu sabia que estava dentro de algum lugar.

— Ah, meu Deus — ouvi uma voz de mulher arfar.

— Ela desmaiou na aula de biologia — explicou Edward.

Abri os olhos. Estava na secretaria e Edward passava pelo balcão da frente, indo para a enfermaria. A Srta. Cope, a ruiva da recepção, correu à frente dele para manter a porta aberta. A enfermeira com cara de vovó desviou os olhos de um romance, pasma, enquanto Edward me carregava pela sala e me colocava delicadamente no papel que estalava e revestia o colchão de vinil marrom da única maca. Depois ele se afastou e foi se encostar na parede do outro lado da sala estreita, o mais distante possível. Seus olhos estavam brilhantes e excitados.

— Ela só teve uma pequena vertigem — garantiu ele à enfermeira sobressaltada. — Estão fazendo tipagem sanguínea na biologia.

A enfermeira assentiu, compreensiva.

— Sempre acontece com alguém.

Ele sufocou um riso de escárnio.

— Só fique deitada um minuto, querida; vai passar.

— Eu sei — suspirei. A náusea já estava cedendo.

— Isso acontece muito? — perguntou ela.

— Às vezes — admiti. Edward tossiu para ocultar outro riso.

— Pode voltar para a aula agora — disse-lhe ela.

— Acho que vou ficar com ela. — Ele disse isso com tal autoridade que a enfermeira, embora franzisse os lábios, não discutiu.

— Vou pegar um pouco de gelo para colocar na sua testa, querida — disse-me ela, e depois irrompeu porta afora.

— Você tinha razão — eu gemi, deixando meus olhos se fecharem.

— Em geral tenho... Mas sobre o que especificamente desta vez?

— Matar aula *é mesmo* saudável. — Tentei respirar de um jeito uniforme.

— Por um momento, você me assustou lá fora — admitiu ele depois de uma pausa. Seu tom de voz dava a impressão de que ele confessava uma fraqueza humilhante. — Pensei que Newton estivesse arrastando seu corpo para enterrar no bosque.

— Rá-rá. — Eu ainda estava de olhos fechados, mas me sentia mais normal a cada minuto.

— Sinceramente... Já vi cadáveres com uma cor melhor. Fiquei preocupado se teria que vingar seu assassinato.

— Coitado do Mike. Aposto que ele ficou irritado.

— Ele realmente me odeia — disse Edward de um jeito animado.

— Você não pode saber — argumentei, mas depois me perguntei se, de repente, ele podia.

— Eu vi a cara dele... Sei que me odeia.

— Como foi que você me viu? Pensei que estava matando aula. — Agora eu estava quase bem, embora o mal-estar provavelmente tivesse passado mais rápido se eu tivesse comido alguma coisa no almoço. Por outro lado, talvez fosse uma sorte que meu estômago estivesse vazio.

— Estava no meu carro, ouvindo um CD. — Uma resposta normal, o que me surpreendeu.

Ouvi a porta, abri os olhos e vi a enfermeira com uma compressa fria na mão.

— Lá vamos nós, querida. — Ela a colocou na minha testa. — Parece melhor — acrescentou.

— Acho que estou bem — eu disse, sentando-me. Só com um pequeno zumbido nos ouvidos, mas nada girava. As paredes verde-menta ficaram onde deveriam estar.

Pude ver que ela estava prestes a me fazer deitar de novo, mas a porta se abriu exatamente naquele momento e a Srta. Cope colocou a cabeça para dentro.

— Temos mais um — alertou ela.

Desci da maca para liberá-la para o próximo inválido.

Devolvi a compressa à enfermeira.

— Toma, não preciso disso.

E depois Mike cambaleou pela porta, agora apoiando Lee Stephens, que estava pálido, outro menino de nossa turma de biologia. Edward e eu nos encostamos na parede para deixar que passassem.

— Ah, não — murmurou Edward. — Vá para a secretaria, Bella.

Olhei para ele, desnorteada.

— Confie em mim... Vá.

Girei o corpo e peguei a porta antes que ela se fechasse, disparando para fora da enfermaria. Pude sentir Edward bem atrás de mim.

— Desta vez você me deu ouvidos. — Ele estava pasmo.

— Senti o cheiro de sangue — eu disse, torcendo o nariz. Lee não estava enjoado de ver outras pessoas, como eu.

— As pessoas não conseguem sentir cheiro de sangue — contestou ele.

— Bom, eu consigo... É isso que me deixa enjoada. Tem cheiro de ferrugem... e sal.

Ele me olhava com uma expressão insondável.

— Que foi? — perguntei.

— Nada.

Mike, então, saiu pela porta, os olhos em mim e depois em Edward. Seu olhar para Edward confirmou aquilo que Edward dissera sobre o ódio que ele sentia. Olhou novamente para mim, os olhos taciturnos.

— *Você* parece mesmo melhor — acusou ele.

— Não tire a mão do bolso — eu o alertei novamente.

— Não está mais sangrando — murmurou ele. — Vai voltar à aula?

— Tá brincando? Se for para a aula, vou acabar voltando para cá.

— É, acho que sim... Então, vai nesse fim de semana? À praia? — Enquanto falava, ele disparou outro olhar para Edward, que estava encostado no balcão atravancado, imóvel como uma escultura, fitando o vazio.

Tentei parecer o mais simpática possível.

— Claro, eu disse que iria.

— Vamos nos reunir na loja do meu pai, às dez. — Os olhos dele dispararam para Edward de novo, perguntando-se se devia deixar escapar muita informação. Sua linguagem corporal deixava claro que não era um convite aberto.

— Estarei lá — prometi.

— A gente se vê no ginásio, então — disse ele, andando inseguro para a porta.

— A gente se vê — respondi. Ele olhou para mim mais uma vez, a cara redonda num beicinho, e depois, ao passar lentamente pela porta, seus ombros arriaram. Uma onda de solidariedade me inundou. Pensei em sua expressão decepcionada de novo... No ginásio.

— Ginásio — eu gemi.

— Posso cuidar disso. — Eu não tinha percebido que Edward viera para o meu lado, mas agora ele falava no meu ouvido. — Sente-se e pareça pálida — murmurou ele.

Não era nenhum desafio; eu era sempre pálida e minha recente vertigem deixara um leve brilho de suor no meu rosto. Sentei em uma das cadeiras dobráveis que rangiam e encostei a cabeça na parede, com os olhos fechados. Desmaiar sempre me deixava exausta.

Ouvi Edward falar suavemente no balcão.

— Srta. Cope?

— Sim? — Eu não a ouvira voltar à mesa.

— Bella tem educação física no próximo tempo e não acho que ela esteja se sentindo muito bem. Na verdade, eu estava pensando que devia levá-la para casa agora. Acha que pode dispensá-la da aula? — A voz dele era derretida como mel. Eu podia imaginar como seus olhos estavam mais dominadores.

— Vai precisar de uma dispensa também, Edward? — disse irrequieta a Srta. Cope. Por que não poderia fazer isso?

— Não, tenho a Sra. Goff, ela não vai se importar.

— Muito bem, está tudo resolvido. Melhoras, Bella — disse ela a mim. Acenei com a cabeça levemente, exagerando um pouco na cena.

— Consegue andar ou quer que eu carregue você novamente? — De costas para a recepcionista, a expressão dele tornou-se sarcástica.

— Vou andando.

Levantei-me com cuidado, e ainda estava bem. Ele manteve a porta aberta para mim, seu sorriso educado mas os olhos debochados. Saí para o chuvisco frio e fino que começara a cair. Era bom — a primeira vez que eu gostava da umidade constante que caía do céu —, lavava meu rosto da transpiração pegajosa.

— Obrigada — eu disse enquanto ele me seguia para fora. — Quase vale a pena passar mal para faltar à educação física.

— Disponha. — Ele estava olhando para a frente, semicerrando os olhos na chuva.

— Então você vai? No sábado, quero dizer? — Eu esperava que ele fosse, mas parecia improvável. Não conseguia imaginá-lo pegando carona com o resto dos garotos da escola; ele não pertencia ao mesmo mundo. Mas esperava que ele pudesse me dar a primeira centelha de entusiasmo que sentiria pelo passeio.

— Aonde vocês vão exatamente? — Ele ainda olhava para a frente, sem expressão.

— La Push, à primeira praia. — Analisei seu rosto, tentando interpretá-lo. Seus olhos pareceram se estreitar minimamente.

Ele olhou para mim pelo canto do olho, sorrindo torto.

— Acho que não fui convidado.

Eu suspirei.

— Eu estou convidando.

— É melhor você e eu não pressionarmos ainda mais o coitado do Mike esta semana. Não vamos querer que ele desmorone. — Os olhos dele dançavam; ele estava gostando da ideia mais do que devia.

— Mike bobão — murmurei, preocupada com o modo como ele disse "você e eu". Eu gostei mais do que *eu* devia.

Agora estávamos perto do estacionamento. Virei para a esquerda, para minha picape. Algo pegou meu casaco, puxando-me para trás.

— Aonde você pensa que vai? — perguntou ele, furioso. Agarrava um pedaço de meu casaco.

Fiquei confusa.

— Vou para casa.

— Não me ouviu prometer que levaria você para casa com segurança? Acha que vou deixar você dirigir nas suas condições? — A voz dele ainda era indignada.

— Que condições? E a minha picape? — reclamei.

— Vou pedir a Alice para levar depois da aula. — Ele agora me rebocava para o carro dele, puxando-me pelo casaco. Era o que eu podia fazer para não cair de costas. Ele provavelmente me arrastaria de qualquer maneira, se eu caísse.

— Solta! — insisti. Ele me ignorou. Cambaleei de lado pela calçada molhada até que chegamos ao Volvo. Depois ele finalmente me libertou, e eu tropecei para a porta do carona. — Você é tão *mandão*! — eu rosnei.

— Está aberta — foi só o que ele respondeu. Ele assumiu a direção.

— Sou perfeitamente capaz de dirigir para casa! — Fiquei parada ao lado do carro, fumegando. Agora chovia forte e eu não havia posto o capuz, então meu cabelo estava pingando nas minhas costas.

Ele baixou o vidro elétrico e se inclinou para mim sobre o assento.

— Entre, Bella.

Não respondi. Estava calculando mentalmente minhas chances de chegar à picape antes que ele pudesse me alcançar. Tinha que admitir que não eram boas.

— Vou arrastar você de volta — ameaçou ele, adivinhando meus planos.

Tentei manter a maior dignidade que pude ao entrar no carro dele. Não tive muito sucesso — eu parecia um gato meio ensopado e minhas botas guinchavam.

— Isso é totalmente desnecessário — eu disse, toda rígida.

Ele não respondeu. Mexeu nos controles, ligando o aquecedor e a música baixa. Enquanto arrancava do estacionamento, eu me preparei para dar um gelo nele — fazendo um beicinho que fechava minha expressão —, mas depois reconheci a música que tocava e minha curiosidade venceu minhas intenções.

— "Clair de Lune"? — perguntei, surpresa.

— Conhece Debussy? — Ele também pareceu surpreso.

— Não muito bem — admiti. — Minha mãe toca muita música clássica em casa... Só conheço minhas favoritas.

— Também é uma das minhas favoritas. — Ele fitava através da chuva, perdido em pensamentos.

Ouvi a música, relaxando no banco de couro cinza-claro. Era impossível não reagir à melodia familiar e tranquilizadora. A chuva encobria tudo do lado de fora da janela em borrões de cinza e verde. Comecei a perceber que estávamos indo muito rápido; mas o carro se movia com tal estabilidade, tão tranquilamente, que não senti a velocidade. Só a cidade lampejava por nós.

— Como é a sua mãe? — perguntou-me ele de repente.

Olhei para ele e o vi me analisando com olhos curiosos.

— Ela é muito parecida comigo, só que mais bonita — eu disse. Ele ergueu as sobrancelhas. — Tenho muita coisa do Charlie. Ela é mais atirada do que eu, e mais corajosa. É irresponsável e meio excêntrica, e é uma cozinheira imprevisível. Ela é minha melhor amiga. — Eu parei. Falar dela estava me deixando deprimida.

— Quantos anos você tem, Bella? — A voz dele parecia frustrada por algum motivo que não consegui imaginar. Ele parou o carro e percebi que já estávamos na casa de Charlie. A chuva era tão forte que eu mal conseguia ver a casa. Era como se o carro estivesse submerso em um rio.

— Tenho 17 anos — respondi, meio confusa.

— Não parece ter 17.

Havia uma censura em seu tom de voz; isso me fez rir.

— Que foi? — perguntou ele, curioso novamente.

— Minha mãe sempre diz que eu nasci com 35 anos e que entro mais na meia-idade a cada ano que passa. — Eu ri e depois suspirei. — Bom, alguém tem que ser o adulto. — Parei por um segundo. — Você mesmo não parece muito um calouro na escola — observei.

Ele fez uma careta e mudou de assunto.

— Então por que sua mãe se casou com o Phil?

Fiquei surpresa de ele se lembrar do nome; eu só falei nele uma vez, quase dois meses atrás. Precisei de um momento para responder.

— Minha mãe... é muito jovem para a idade dela. Acho que Phil a faz se sentir ainda mais nova. De qualquer forma, ela é louca por ele. — Sacudi a cabeça. A atração era um mistério para mim.

— Você aprova?

— E isso importa? — contra-ataquei. — Quero que ela seja feliz... E é ele quem ela quer.

— Isso é muito generoso... eu acho — refletiu ele.

— O quê?

— Acha que ela teria a mesma consideração com você? Independentemente de quem você escolhesse? — De repente ele estava atento, os olhos procurando os meus.

— A-acho que sim — gaguejei. — Mas afinal de contas, ela é mãe. É meio diferente.

— Ninguém assustador demais, então — zombou ele.

Dei um sorriso duro como resposta.

— O que quer dizer com assustador? Piercings na cara toda e tatuagens enormes?

— Acho que essa é uma definição.

— Qual é a sua definição?

Mas ele ignorou minha pergunta e me fez outra.

— Acha que *eu* posso ser assustador? — Ele ergueu uma sobrancelha e o leve vestígio de um sorriso iluminou seu rosto.

Pensei por um momento, perguntando-me se seria melhor dizer a verdade ou mentir. Concluí por continuar com a verdade.

— Hmmm... Acho que você *poderia* ser, se quisesse.

— Está com medo de mim agora? — O sorriso desapareceu e seu rosto celestial de repente ficou sério.

— Não. — Mas respondi rápido demais. O sorriso voltou. — Então, agora vai me falar de sua família? — perguntei para distraí-lo. — Deve ser uma história muito mais interessante do que a minha.

Ele ficou cauteloso imediatamente.

— O que quer saber?

— Os Cullen adotaram você? — conferi.

— Sim.

Hesitei por um momento.

— O que aconteceu com os seus pais?

— Eles morreram há muitos anos. — Seu tom era categórico.

— Eu sinto muito — murmurei.

— Eu não me lembro deles com muita clareza. Carlisle e Esme têm sido meus pais há bastante tempo.

— E você os ama. — Não foi uma pergunta. Ficou óbvio pelo modo como ele falou deles.

— Sim. — Ele sorriu. — Não consigo pensar em duas pessoas melhores.

— Você tem muita sorte.

— Sei que tenho.

— E seu irmão e sua irmã?

Ele olhou o relógio do painel.

— Meu irmão e minha irmã e, a propósito, Jasper e Rosalie, vão se irritar muito se tiverem que ficar na chuva esperando por mim.

— Ah, desculpe, acho que você tem que ir. — Eu não queria sair do carro.

— E você deve querer sua picape de volta antes que o chefe Swan chegue em casa, assim não precisa contar a ele sobre o incidente na biologia. — Ele sorriu para mim.

— Tenho certeza de que ele já sabe. Não há segredos em Forks. — Eu suspirei.

Ele riu e havia uma tensão em seu riso.

— Divirta-se na praia... Espero que o clima esteja bom para um banho de sol. — Ele olhou a cortina de chuva.

— Não vou ver você amanhã?

— Não. Emmett e eu vamos sair cedo para o fim de semana.

— O que vão fazer? — Uma amiga podia perguntar isso, não podia? Eu esperava que a decepção não estivesse evidente demais em minha voz.

— Vamos escalar a Goat Rocks Wilderness, ao sul de Rainier.

Lembrei que Charlie dissera que os Cullen acampavam com frequência.

— Ah, bom, então divirtam-se. — Tentei parecer entusiasmada. Mas acho que não o enganei. Um sorriso brincava pelo canto de seus lábios.

— Faz uma coisa por mim nesse fim de semana? — Ele se virou para me olhar no rosto, utilizando todo o poder de seus olhos dourados ardentes.

Concordei, impotente.

— Não se ofenda, mas você parece ser uma daquelas pessoas que atrai acidentes feito um ímã. Então... Procure não cair no mar, nem se afogar, nem nada disso, está bem? — Ele deu um sorriso torto.

A sensação de abandono desapareceu enquanto ele falava. Eu olhei para ele.

— Verei o que posso fazer — respondi e saí para a chuva. Bati a porta do carro com uma força exagerada.

Ele ainda estava sorrindo ao arrancar com o carro.

6
HISTÓRIAS DE TERROR

SENTADA NO MEU QUARTO, TENTANDO ME CONCENTRAR NO TERCEIRO ato de *Macbeth*, eu na verdade tentava ouvir minha picape. Tinha pensado que mesmo com o martelar da chuva poderia ouvir o rugido do motor. Mas quando olhei pela cortina — de novo —, de repente ela estava ali.

Eu não ansiava pela sexta-feira e ela mais do que cumpriu minhas não expectativas. É claro que houve comentários sobre o desmaio. Jessica especialmente parecia se divertir com a história. Por sorte Mike manteve a boca fechada e ninguém parecia saber do envolvimento de Edward.

— E aí, o que é que o Edward Cullen queria ontem? — perguntou Jessica na aula de trigonometria.

— Não sei — respondi com sinceridade. — Ele não chegou a dizer.

— Você parecia meio chateada — ela jogou verde.

— Parecia? — Mantive minha expressão vazia.

— Sabe de uma coisa, eu nunca o vi se sentar com ninguém a não ser a família dele. Aquilo foi esquisito.

— Esquisito — concordei. Ela pareceu irritada; sacudia os cachos escuros com impaciência, acho que esperava ouvir algo que lhe desse um bom assunto para fofocar.

A pior parte da sexta-feira foi que, embora soubesse que ele não estaria lá, eu ainda esperava. Quando fui para o refeitório com Jessica e Mike, não consegui deixar de olhar a mesa dele, onde Rosalie, Alice e Jasper conversavam, as cabeças próximas. E não consegui evitar a depressão que me engolfou quando percebi que eu não sabia quanto tempo teria que esperar para vê-lo novamente.

À minha mesa de sempre, todos estavam cheios de planos para o dia seguinte. Mike estava animado de novo, confiando muito no meteorologista local, que prometera sol para amanhã. Era ver para crer. Mas hoje estava mais quente — quase quinze graus. Talvez o passeio não fosse completamente infeliz.

Interceptei alguns olhares não amistosos de Lauren durante o almoço, que só fui entender quando todos fomos para a aula juntos. Eu estava bem ao lado dela, só a alguns palmos de seu cabelo louro e liso, e ela evidentemente não tinha percebido isso.

— ... não sei por que a *Bella* — ela pronunciou meu nome com desprezo — simplesmente não se senta com os Cullen de agora em diante — eu a ouvi murmurar com Mike. Nunca havia percebido que a voz dela era anasalada e desagradável, e fiquei surpresa pela malícia implícita. Realmente não a conhecia muito bem, com certeza não o suficiente para que ela não gostasse de mim. Ou assim eu pensei.

— Ela é minha amiga; ela senta com a gente — respondeu Mike aos cochichos, com lealdade, mas também de um jeito meio territorialista. Parei para deixar que Jess e Angela passassem por mim. Não queria ouvir mais nada.

No jantar, Charlie parecia entusiasmado com minha viagem a La Push de manhã. Acho que ele se sentia culpado por me deixar em casa sozinha nos fins de semana, mas ele passara tempo demais formando seus hábitos para quebrá-los agora. É claro que sabia os nomes de todos os meninos que iam, e dos pais deles, e dos bisavós também, provavelmente. Ele parecia aprovar. Eu me perguntei se ele aprovaria meu plano de pegar uma carona para Seattle com Edward Cullen. Não que eu fosse contar a ele.

— Pai, conhece um lugar chamado Goat Rocks ou coisa assim? Acho que fica ao sul de Mount Rainier — perguntei casualmente.

— Conheço... Por quê?

Dei de ombros.

— Um pessoal estava falando de acampar lá.

— Não é um lugar muito bom para acampar. — Ele pareceu surpreso. — Tem ursos demais. Muita gente vai lá na temporada de caça.

— Ah — murmurei. — Talvez eu tenha entendido o nome errado.

Eu queria dormir, mas uma luminosidade incomum me acordou. Abri os olhos e vi uma luz amarelo-clara jorrando pela minha janela. Nem acreditei. Corri para a janela para olhar, e sem dúvida era o sol. Estava no lugar errado do céu, baixo demais, e não parecia estar tão perto como deveria, mas definitivamente era o sol. Nuvens tingiam o horizonte, mas era possível ver um grande trecho de azul no meio. Fiquei na janela pelo maior tempo que pude, com medo de que, se saísse, o azul desaparecesse novamente.

A loja Olympic Outfitters, dos Newton, ficava no norte da cidade. Eu tinha visto a loja, mas nunca parara ali — não tinha muita necessidade de equipamentos para ficar ao ar livre por um longo período de tempo. No estacionamento, reconheci o Suburban de Mike e o Sentra de Tyler. Enquanto eu estacionava perto daqueles carros, pude ver o grupo parado na frente do Suburban. Eric estava lá, junto com outros dois meninos que eram da minha turma; eu me lembrava vagamente de que os nomes eram Ben e Conner. Jess estava ali, ladeada por Angela e Lauren. Outras três meninas estavam junto delas, inclusive uma que eu me lembrava de ter derrubado na educação física na quinta-feira. Essa me lançou um olhar de nojo quando eu saí do meu carro e cochichou alguma coisa com Lauren. Lauren sacudiu o cabelo fino e amarelo e me olhou com desprezo.

Então este ia ser um dia *daqueles*.

Pelo menos Mike ficou feliz em me ver.

— Você veio! — gritou ele, contentíssimo. — E eu disse que hoje ia fazer sol, não disse?

— Falei que viria — eu lembrei a ele.

— Só estamos esperando Lee e Samantha... A não ser que você tenha convidado alguém — acrescentou Mike.

— Não — menti de leve, esperando não ser pega na mentira. Mas também querendo que acontecesse um milagre e Edward aparecesse ali.

Mike pareceu satisfeito.

— Quer ir no meu carro? É nele ou na minivan da mãe de Lee.

— Claro.

Ele sorriu de alegria. Era tão fácil deixar Mike feliz.

— Pode sentar na frente — prometeu ele. Escondi meu pesar. Não era tão simples assim fazer Mike e Jessica felizes ao mesmo tempo. Eu podia ver Jessica se aproximando de nós, carrancuda.

Mas os números estavam a meu favor. Lee trouxe mais duas pessoas e de repente cada espaço no carro era necessário. Consegui espremer Jess entre Mike e eu no banco da frente do Suburban. Mike pode ter ficado menos alegre com isso, mas pelo menos Jess parecia satisfeita.

Eram só 24 quilômetros de Forks a La Push, com as florestas verdes, densas e lindas margeando a estrada na maior parte do caminho e o largo rio Quillayute serpenteando embaixo. Fiquei feliz por me sentar junto à janela. Baixamos os vidros — o Suburban era meio claustrofóbico com nove pessoas lá dentro — e tentei absorver o máximo de sol que pude.

Eu já estive muitas vezes nas praias de La Push durante meus verões em Forks com Charlie, e já conhecia a curva de oitocentos metros da primeira praia. Mas ainda era de tirar o fôlego. A água era verde-escura, mesmo ao sol, com cristas brancas, e quebrava na praia cinzenta e rochosa. As ilhas surgiam das águas em escarpas empinadas, alcançando cumes desiguais, coroadas por abetos austeros e elevados. A praia só tinha uma lasca de areia na beira da água; depois disso se alargava em milhões de pedras grandes e lisas que pareciam uniformemente cinzentas à distância, mas de perto tinham todos os tons que uma pedra devia ter: terracota, verde-marinho, lavanda, cinza-azulado, dourado-fosco. A linha da maré era tomada de enormes troncos trazidos pelo mar, embranquecidos pelas ondas salgadas, feito ossos, alguns em pilhas na beira da floresta, outros deitados solitários, fora do alcance das ondas.

Havia um vento fresco vindo das ondas, frio e salgado. Pelicanos flutuavam nas ondas enquanto gaivotas e uma águia solitária rodavam acima deles. As nuvens ainda circundavam o céu, ameaçando invadir a qualquer momento, mas por enquanto o sol brilhava corajosamente em seu halo de céu azul.

Pegamos o caminho para a praia, Mike na frente, até um anel de troncos que obviamente tinham sido usados para festas como a nossa. Já havia um círculo de fogueira no lugar, cheio de cinzas escuras. Eric e o menino que pensei se chamar Ben juntaram galhos quebrados das pilhas mais secas junto à floresta, e logo havia uma construção que lembrava as tendas utilizadas por povos indígenas no alto do carvão antigo.

— Já viu uma fogueira de madeira de praia? — perguntou-me Mike. Eu estava sentada em um dos galhos cor de osso; as outras meninas se agruparam, fofocando animadas, do outro lado. Mike se ajoelhou junto à fogueira, acendendo um dos gravetos menores com um isqueiro.

— Não — eu disse enquanto ele colocava o graveto aceso cuidadosamente na tenda.

— Então vai gostar dessa... Olhe só as cores. — Ele acendeu outro galho e o colocou junto do primeiro. As chamas começaram a lamber rapidamente a madeira seca.

— É azul — eu disse surpresa.

— É por causa do sal. É lindo, né? — Ele acendeu mais um galho, colocado onde a fogueira ainda não tinha pegado, e depois veio se sentar do meu lado. Felizmente, Jess estava do outro lado de Mike. Ela se virou para ele e reivindicou sua atenção. Fiquei olhando as estranhas chamas azuis e verdes estalarem para o céu.

Depois de meia hora de bate-papo, alguns meninos queriam andar até as piscinas da maré baixa próximas. Foi um dilema. Por um lado, eu adorava aquelas piscinas de maré. Elas me fascinavam desde que era criança; era uma das poucas coisas que queria ver quando tinha que vir a Forks. Por outro lado, eu também já caí muito nelas. Não é grande coisa quando se tem 7 anos e você está com seu pai. Isso me lembrou do pedido de Edward — de que eu não caísse no mar.

Foi Lauren quem decidiu por mim. Ela não queria fazer caminhada nenhuma e estava com os sapatos errados para isso. A maioria das outras meninas ao lado de Angela e Jessica também decidiu ficar na praia. Esperei até que Tyler e Eric decidissem continuar com elas antes de me levantar rapidamente para me juntar ao grupo pró-caminhada. Mike me abriu um sorriso enorme quando viu que eu ia com eles.

A caminhada não era muito longa, embora eu odiasse perder o céu no bosque. Estranhamente, a luz verde da floresta não combinava com o riso adolescente, era obscura e agourenta demais para se harmonizar com as brincadeiras leves em volta de mim. Tive que observar cada passo que dava com muito cuidado, evitando raízes embaixo e galhos em cima, e logo fiquei para trás. Por fim atravessei os confins esmeralda da floresta e reencontrei a praia rochosa. A maré estava baixa, e um rio de maré passava por nós a caminho do mar. Junto a suas margens seixosas, piscinas rasas que nunca eram completamente drenadas fervilhavam de vida.

Tive o máximo cuidado para não me inclinar demais na beira das piscinas marinhas. Os outros não tinham medo, pulando nas pedras, empoleirando-se precariamente na beira. Achei uma pedra que parecia muito estável na margem de uma das maiores piscinas e me sentei ali com cautela, fascinada com o aquário natural abaixo de mim. Os buquês de anêmonas de cores vivas ondulavam sem parar na correnteza invisível, conchas retorcidas corriam pelas margens, escondendo os caranguejos dentro delas, estrelas-do-mar prendiam-se imóveis nas rochas e em outras estrelas, enquanto uma pequena enguia preta de listras brancas ondulava pelas algas verde-claras, esperando pelo retorno do mar. Fiquei completamente absorta, a não ser por uma pequena parte de minha mente que vagava para o que

Edward estaria fazendo agora, tentando imaginar o que ele diria se estivesse aqui comigo.

Por fim os meninos ficaram com fome e eu me levantei, rígida, para segui-los de volta. Desta vez, tentei acompanhar seu ritmo pela floresta, tão naturalmente que algumas vezes caí. Fiquei com alguns arranhões na palma das mãos e os joelhos de meus jeans ficaram sujos de verde, mas podia ter sido pior.

Quando voltamos para a primeira praia, o grupo que deixamos tinha se multiplicado. À medida que nos aproximávamos, pude ver o cabelo preto liso e reluzente e a pele marrom dos adolescentes recém-chegados da reserva que apareceram para fazer uma social. A comida já estava sendo distribuída, e os meninos correram para reivindicar uma parte enquanto Eric nos apresentava à medida que cada um de nós entrava na roda da fogueira. Angela e eu fomos as últimas a chegar e, enquanto Eric dizia nossos nomes, vi um menino mais novo sentado nas pedras perto da fogueira, olhando para mim com interesse. Sentei ao lado de Angela, e Mike nos trouxe sanduíches e uma seleção de refrigerantes para que escolhêssemos, enquanto um menino que parecia ser o mais velho dos visitantes tagarelava o nome dos outros sete que estavam com ele. Só o que captei foi que uma das meninas também se chamava Jessica, e o menino que notou minha presença se chamava Jacob.

Foi relaxante ficar sentada ali com Angela; era o tipo de pessoa sossegada — não sentia a necessidade de preencher cada silêncio com tagarelice. Ela me deixava livre para pensar enquanto comíamos, sem ser perturbada. E eu estava pensando em como o tempo parecia fluir de forma desconexa em Forks, às vezes passando indiscretamente, com cada imagem se destacando de forma mais clara do que outras. E depois, em outras ocasiões, cada segundo era significativo, grudado em minha mente. Eu sabia exatamente o que provocava a diferença e isso me perturbava.

Durante o almoço as nuvens começaram a avançar furtivamente pelo céu azul, disparando por um momento na frente do sol, lançando sombras compridas pela praia e escurecendo as ondas. Enquanto terminavam de comer, as pessoas começaram a se afastar em grupos de dois ou três. Algumas desceram para a beira da praia, tentando jogar pedras pela superfície agitada. Outras se reuniram numa segunda expedição às piscinas da maré baixa. Mike — com Jessica como uma sombra — seguiu para uma das lojas do vilarejo. Algumas crianças do lugar foram com eles; outras acompanharam a caminhada. Depois que todos se espalharam, fiquei sentada sozinha em meu tronco na praia, com Lauren e Tyler se ocupando do CD player que alguém pensara em trazer, e três adolescentes da reserva empoleirados em volta da roda, inclusive o menino chamado Jacob e o mais velho que tinha agido como porta-voz.

Alguns minutos depois de Angela sair com os andarilhos, Jacob veio sentar-se ao meu lado. Parecia ter 14 anos, talvez 15, e tinha cabelos pretos brilhantes e compridos, presos com elástico num rabo de cavalo na nuca. Sua pele era linda, sedosa e marrom; os olhos eram escuros e fundos sobre as maçãs altas do rosto. Ele ainda tinha um arredondamento infantil no queixo. Um rosto muito bonito no todo. Mas minha opinião indiscutível sobre sua aparência foi prejudicada pelas primeiras palavras que saíram de sua boca.

— Você é Isabella Swan, não é?

Foi como se o primeiro dia de aula estivesse se repetindo.

— Bella — eu suspirei.

— Meu nome é Jacob Black. — Ele estendeu a mão num gesto de amizade. — Você comprou a picape do meu pai.

— Ah — eu disse, aliviada, apertando sua mão macia. — Você é filho do Billy. Eu devia me lembrar de você.

— Não, eu sou o mais novo da família... Você só se lembraria de minhas irmãs mais velhas.

— Rachel e Rebecca — lembrei-me de repente.

Charlie e Billy tinham nos reunido muitas vezes durante minhas visitas para nos manter ocupadas enquanto eles pescavam. Todas éramos tímidas demais para fazer algum progresso na amizade. É claro que eu tive acessos de raiva suficientes para dar um fim às viagens de pescaria quando tinha 11 anos.

— Elas estão aqui? — Examinei as meninas na beira do mar, perguntando-me se as reconheceria agora.

— Não. — Jacob sacudiu a cabeça. — Rachel ganhou uma bolsa de estudos para um colégio interno em Washington, e Rebecca se casou com um surfista samoano... Agora mora no Havaí.

— Casada. Caramba. — Eu estava pasma. As gêmeas só eram um pouco mais velhas do que eu.

— E aí, gostou da picape? — perguntou ele.

— Adorei. Funciona maravilhosamente.

— É, mas é bem lenta — ele riu. — Fiquei aliviado quando o Charlie a comprou. Meu pai não ia me deixar trabalhar na montagem de outro carro quando tínhamos um veículo em perfeito funcionamento ali.

— Não é tão lenta assim — objetei.

— Já tentou passar de noventa por hora?

— Não — admiti.

— Ainda bem. Não tente — ele riu.

Não consegui deixar de sorrir também.

— Ela é ótima nas batidas — propus em defesa de minha picape.

— Acho que nem um tanque poderia derrubar aquele monstro velho — concordou ele com outra risada.

— Então você monta carros? — perguntei, impressionada.

— Quando tenho tempo, e se tiver peças. Por acaso você não sabe onde posso conseguir um cilindro mestre de um Volkswagen Rabbit 1986? — perguntou ele de brincadeira. Ele tinha uma voz rouca e agradável.

— Não, desculpe — eu ri. — Não vi nenhum ultimamente, mas vou ficar de olho para você. — Como se eu soubesse o que era aquilo. Era muito fácil conversar com ele.

Ele abriu um sorriso brilhante, olhando para mim de um jeito que aprendi a reconhecer, avaliando-me. E eu não fui a única a perceber.

— Conhece a Bella, Jacob? — perguntou Lauren, no que concluí ser um tom insolente, do outro lado da fogueira.

— A gente se conhece praticamente desde que eu nasci — ele riu, sorrindo para mim de novo.

— Que legal.

Ela não parecia pensar que era legal, e seus olhos claros e impertinentes se estreitaram.

— Bella — disse ela novamente, olhando atentamente meu rosto —, eu estava dizendo ao Tyler que é uma pena que nenhum dos Cullen tenha podido vir aqui hoje. Ninguém pensou em convidá-los? — Sua expressão de preocupação não era nada convincente.

— Quer dizer a família do Dr. Carlisle Cullen? — perguntou o menino alto e mais velho antes que eu pudesse responder, para irritação de Lauren. Ele estava mais para um homem do que um menino e sua voz era muito grave.

— É, você conhece? — perguntou ela de um jeito condescendente, virando-se um pouco para ele.

— Os Cullen não vêm aqui — disse ele num tom de voz que encerrava o assunto, ignorando a pergunta.

Tyler, tentando recuperar a atenção de Lauren, pediu a opinião dela sobre um CD que ele segurava. Ela estava distraída.

Olhei o menino de voz grave, surpresa, mas ele estava olhando para a floresta escura atrás de nós. Ele disse que os Cullen não vinham aqui, mas o tom de voz implicava mais alguma coisa — que eles não tinham permissão para isso; eram proibidos de vir. Suas maneiras deixaram uma estranha impressão em mim e tentei ignorá-las, sem sucesso.

Jacob interrompeu minhas reflexões.

— Então Forks ainda não pirou você?

— Ah, eu diria que este é um jeito suave de dizer a verdade. — Eu fiz uma careta. Ele também sorriu de um modo afetado, compreendendo tudo.

Eu ainda estava perturbada por causa do breve comentário sobre os Cullen e tive uma inspiração súbita. Era um plano idiota, mas não tive nenhuma ideia melhor. Eu esperava que o jovem Jacob ainda fosse inexperiente com as garotas, de modo que não pudesse ver através de minhas tentativas sem dúvida lamentáveis de paquerar.

— Quer ir até a praia comigo? — perguntei, tentando imitar aquele jeito de olhar com o rabo de olho de Edward. Eu sabia que não podia ter o mesmo desempenho, mas num salto Jacob se colocou de pé, cheio de disposição.

Enquanto seguíamos para o norte pelas pedras multicoloridas até o quebra-mar de troncos, as nuvens finalmente cerraram fileira no céu, escurecendo o mar e fazendo a temperatura cair. Enfiei as mãos nos bolsos do casaco.

— E aí, você tem, o quê, uns 16 anos? — perguntei, tentando não parecer uma idiota enquanto batia as pestanas como vira as mulheres fazerem na TV.

— Acabei de fazer 15 — confessou ele, lisonjeado.

— É mesmo? — Minha cara estava cheia de uma falsa surpresa. — Eu achava que você era mais velho.

— Sou alto para a minha idade — explicou ele.

— Você vai muito a Forks? — perguntei meio cínica, como se esperasse por um sim. Eu me sentia uma idiota. Tinha medo de que ele se virasse para mim com nojo e me acusasse de minha fraude, mas ele ainda parecia lisonjeado.

— Não muito — admitiu ele com a testa franzida. — Mas quando terminar meu carro, posso ir lá sempre que você quiser... Depois que tiver minha carteira — emendou-se ele.

— Quem era o outro menino com quem Lauren estava conversando? Ele parecia meio velho para sair com a gente. — Eu fiquei com os mais novos intencionalmente, tentando deixar claro que preferia Jacob.

— É o Sam... Ele tem 19 — informou-me ele.

— O que é que ele estava dizendo sobre a família do médico? — perguntei inocentemente.

— Os Cullen? Ah, eles não podem vir à reserva. — Ele desviou os olhos para a Ilha James, enquanto confirmava o que eu pensava ter ouvido na voz de Sam.

— E por que não?

Ele olhou novamente para mim, mordendo o lábio.

— Epa. Não posso falar nada sobre isso.

— Ah, eu não vou contar a ninguém, é só curiosidade minha. — Tentei manter o sorriso sedutor, perguntando-me se eu o estava forçando de um jeito imbecil demais.

Mas ele também sorriu, parecendo fascinado. Depois ergueu uma sobrancelha e sua voz ficou ainda mais rouca do que antes.

— Gosta de histórias de terror? — perguntou ele de modo agourento.

— *Adoro* — eu me entusiasmei, fazendo um esforço para reprimir meus sentimentos.

Jacob andou até um tronco caído ali perto, com raízes que se projetavam para fora como as pernas enfraquecidas de uma aranha enorme e branca. Ele se empoleirou de leve em uma das raízes retorcidas enquanto eu me sentava abaixo dele no tronco. Ele olhou para as pedras, um sorriso pairando nas extremidades dos lábios grossos. Eu podia ver que ele ia tentar dar o máximo de si. Concentrei-me em manter o interesse que senti emanar de meus olhos.

— Conhece alguma de nossas histórias antigas, sobre de onde viemos... quer dizer, dos quileutes? — começou ele.

— Na verdade, não — admiti.

— Bom, são um monte de lendas, e dizem que algumas datam da grande inundação... Ao que parece, os antigos quileutes amarraram as canoas no topo das árvores mais altas da montanha para sobreviver como Noé e a arca. — Ele sorriu, para me mostrar como dava pouco crédito a essas histórias. — Outra lenda diz que descendemos de lobos... E que os lobos ainda são nossos irmãos. É contra a lei do nosso povo matá-los. E há as histórias sobre os *frios*.— A voz dele ficou um pouco mais baixa.

— Os frios? — perguntei, agora sem fingir estar intrigada.

— É. Há histórias dos frios tão antigas quanto as lendas dos lobos, e algumas são mais recentes. De acordo com a lenda, meu bisavô conheceu alguns. Foi ele quem fez o acordo que os manteve longe de nossas terras. — Ele revirou os olhos.

— Seu bisavô? — eu o estimulei.

— Ele era um ancião do nosso povo, como meu pai. Olhe só, os frios são os inimigos naturais do lobo... Bom, não do lobo, mas dos lobos que se transformam em homens, como nossos ancestrais. Você pode chamar de lobisomens.

— Os lobisomens têm inimigos?

— Só um.

Olhei para ele com seriedade, esperando disfarçar minha impaciência como admiração.

— Então veja você — continuou Jacob —, por tradição, os frios são nossos inimigos. Mas aquele bando que veio para o nosso território na época do meu bisavô era diferente. Eles não machucavam como os outros da espécie deles faziam... Não deviam ser perigosos para nós. Então meu bisavô fez uma trégua com eles. Se prometessem ficar longe de nossas terras, nós não os revelaríamos aos caras-pálidas. — Ele deu uma piscadela para mim.

— Se eles não eram perigosos, então por quê...? — Tentei entender, lutando para que ele não visse como eu estava levando a sério essa história de fantasma.

— Sempre há um risco para os seres humanos que ficam perto dos frios, mesmo que eles sejam civilizados, como este clã. Nunca se sabe quando podem ficar famintos demais para resistir. — Ele deliberadamente assumiu um tom de ameaça.

— Como assim, "civilizados"?

— Diziam que eles não machucavam seres humanos. Supostamente, de algum modo, conseguiam caçar só animais.

Tentei manter minha voz despreocupada.

— E o que é que isso tem a ver com os Cullen? Eles são iguais aos frios que seu bisavô conheceu?

— Não. — Ele fez uma pausa dramática. — Eles são os *mesmos*.

Ele deve ter pensado que a expressão de medo no meu rosto era inspirada por sua história. Jacob sorriu, satisfeito, e continuou.

— Agora há mais deles, têm uma fêmea nova e um macho novo, mas os outros são os mesmos. Na época do meu bisavô, já conheciam o líder,

Carlisle. Ele esteve aqui e se foi antes que o *seu* povo tivesse chegado. — Ele reprimia um sorriso.

— E o que eles são? — perguntei por fim. — O que *são* os frios?

Ele sorriu de um jeito sombrio.

— Bebedores de sangue — respondeu ele numa voz de dar calafrios.

— O seu povo os chama de vampiros.

Olhei a arrebentação eriçada depois que ele respondeu, sem ter certeza do que minha expressão demonstrava.

— Você está arrepiada — ele riu, satisfeito.

— Você sabe contar uma história — eu o elogiei, ainda olhando as ondas.

— É muito louco, né? Não surpreende que meu pai não queira que a gente fale sobre isso com ninguém.

Não consegui controlar minha expressão o suficiente para olhar para ele.

— Não se preocupe, não vou falar nada.

— Acho que acabo de violar o trato — ele riu.

— Vou levar isso para o túmulo — prometi, e depois estremeci.

— Mas, sério, não conte nada ao Charlie. Ele ficou muito chateado com meu pai quando soube que alguns de nós deixaram de ir ao hospital desde que o Dr. Cullen começou a trabalhar lá.

— Não vou, claro que não.

— Então, acha que somos um bando de nativos supersticiosos ou o quê? — perguntou num tom de brincadeira, mas com um toque de preocupação. Eu ainda não havia tirado os olhos do mar.

Eu me virei e sorri para ele com a maior naturalidade que pude.

— Não. Acho que você conta histórias de terror muito bem. Ainda estou arrepiada, está vendo? — Ergui o braço.

— Legal. — Ele sorriu.

E depois o som de pedras se chocando na praia nos alertou de que alguém se aproximava. Nossas cabeças se viraram ao mesmo tempo e vimos Mike e Jessica a uns cinquenta metros de distância, andando na nossa direção.

— Aí está você, Bella — gritou Mike aliviado, acenando o braço acima da cabeça.

— Esse é seu namorado? — perguntou Jacob, alertado pela pontada de ciúme na voz de Mike. Fiquei surpresa por ter sido tão óbvio.

— Não, claro que não — sussurrei. Eu estava tremendamente grata a Jacob e ansiosa para que ele ficasse o mais feliz possível. Pisquei para ele, virando-me cuidadosamente de costas para Mike ao fazer isso. Ele sorriu, orgulhoso de minha paquera desajeitada.

— E aí, quando eu conseguir minha carteira... — começou ele.

— Deve me procurar em Forks. A gente pode sair um dia desses. — Eu me senti culpada ao dizer isso, sabendo que o havia usado. Mas na verdade eu gostava de Jacob. Ele era alguém de quem eu podia ser amiga.

Mike nos alcançou, e Jessica ainda estava alguns passos atrás. Pude ver os olhos dele avaliando Jacob, e ele parecia satisfeito com sua evidente juventude.

— Aonde você foi? — perguntou Mike, embora a resposta estivesse bem diante dele.

— Jacob estava me contando algumas histórias do lugar — eu me antecipei. — Foi bem interessante.

Sorri calorosamente para Jacob e ele retribuiu o sorriso.

— Bom — Mike fez uma pausa, reavaliando com cuidado a situação enquanto observava nossa camaradagem. — Estamos indo embora... Parece que vai chover logo.

Todos olhamos aborrecidos para o céu. Certamente parecia chuvoso.

— Tudo bem. — Eu me levantei. — Estou indo.

— Foi bom ver você *de novo* — disse Jacob, e eu sabia que ele estava sacaneando um pouco o Mike.

— Foi mesmo. Da próxima vez que Charlie vier ver o Billy, eu também venho — prometi.

Ele sorriu de orelha a orelha.

— Isso seria legal.

— E obrigada — acrescentei com seriedade.

Puxei o capuz enquanto andava sobre as pedras para o estacionamento. Algumas gotas começavam a cair, criando manchas escuras nas pedras em que pousavam. Quando chegamos ao Suburban, os outros já estavam guardando tudo nos carros. Eu me arrastei para o banco traseiro ao lado de Angela e Tyler, anunciando que já tinha decidido não sentar na frente. Angela ficou olhando pela janela a tempestade que se formava, e Lauren se contorcia no meio do banco para ocupar a atenção de Tyler, então eu podia simplesmente recostar a cabeça, fechar os olhos e me esforçar muito para não pensar.

7
Pesadelo

Eu disse a Charlie que tinha muito dever de casa para fazer e que não ia querer comer nada. Havia um jogo de basquete que o estava empolgando, embora, é claro, *eu* não fizesse ideia do que existia de especial nisso, então ele não percebeu nada incomum no meu rosto ou na minha voz.

No meu quarto, tranquei a porta. Vasculhei minha mesa até encontrar meus velhos fones de ouvido e os conectei no pequeno CD player. Escolhi um CD que Phil me dera de Natal. Era de uma das bandas preferidas dele, mas havia baixo demais e muitos gritos para o meu gosto. Coloquei o CD no lugar e me deitei na cama. Pus os fones, apertei Play e aumentei o volume até machucar meus ouvidos. Fechei os olhos, mas a luz ainda os invadia, então coloquei um travesseiro na cara.

Eu me concentrei com muito cuidado na música, tentando entender a letra, desvendar o padrão complicado da bateria. Na terceira vez que ouvi todo o CD, eu sabia pelo menos toda a letra dos refrões. Fiquei surpresa em descobrir que eu afinal de contas gostava da banda, depois de conseguir passar pelo barulho ensurdecedor. Tive que agradecer a Phil novamente.

E deu certo: graças à batida de rachar, foi impossível pensar — e era este o propósito do exercício. Ouvi o CD repetidas vezes, até que estava cantando todas as músicas e até que, finalmente, dormi.

Abri os olhos para um lugar familiar. Percebia em algum canto de minha consciência que estava sonhando, reconheci a luz verde da floresta. Eu podia ouvir as ondas quebrando nas pedras em algum lugar por perto. Sabia que, se achasse o mar, poderia ver o sol. Tentava seguir o som, mas então Jacob Black estava ali, dando puxões na minha cabeça, arrastando-me para a parte mais escura da floresta.

"Jacob? Qual é o problema?", perguntei. O rosto dele estava assustado enquanto ele me puxava com toda a força e eu resistia. Eu não queria ir para a escuridão.

"Corre, Bella, você tem que correr!", sussurrou ele, apavorado.

"Por aqui, Bella!", reconheci a voz de Mike gritando do meio sombrio das árvores, mas não consegui vê-lo.

"Por quê?", perguntei, ainda tentando me libertar de Jacob, desesperada para encontrar o sol.

Mas Jacob soltou minha mão e gritou, tremendo de repente, caindo no chão escuro da floresta. Ele se contorcia no chão enquanto eu olhava com pavor.

"Jacob!?", gritei. Mas ele se fora. No lugar dele havia um lobo grande e castanho-avermelhado de olhos pretos. O lobo desviou os olhos de mim, apontando o focinho para a praia, o pelo eriçado nos ombros, emitindo grunhidos baixos por entre as presas à mostra.

"Corre, Bella!", gritou Mike novamente de trás de mim. Mas não me virei. Estava vendo uma luz que vinha da praia na minha direção.

E depois Edward saiu das árvores, a pele brilhando um pouco, os olhos escuros e perigosos. Ergueu uma das mãos e acenou para que eu fosse com ele. O lobo grunhiu a meus pés.

Dei um passo à frente, para Edward. Ele sorriu e seus dentes eram afiados e pontudos.

"Confie em mim", sussurrou ele.

Dei outro passo.

O lobo se atirou no espaço entre mim e o vampiro, as presas mirando a jugular dele.

"Não!", gritei, erguendo-me estabanada da cama.

Devido a meu movimento súbito, os fones puxaram o CD player da mesa de cabeceira e ele caiu no chão de madeira.

Minha luz ainda estava acesa e eu estava sentada toda vestida na cama, ainda de sapatos. Olhei, desorientada, o relógio na cômoda. Eram cinco e meia da manhã.

Gemi, caí de costas e me virei de bruços, tirando as botas aos chutes. Mas estava desconfortável demais para conseguir dormir. Rolei na cama e desabotoei os jeans, arrancando-os desajeitada ao tentar continuar na horizontal. Pude sentir a trança em meu cabelo, uma crista desagradável atrás de meu crânio. Virei-me de lado e tirei o elástico, penteando as mechas rapidamente com os dedos. Puxei o travesseiro para cima dos olhos.

É claro que foi inútil. Meu subconsciente procurava exatamente as imagens que eu tentava evitar com tanto desespero. Teria que encará-las agora.

Eu me sentei e minha cabeça girou por um minuto enquanto o sangue fluía para baixo. Vamos começar pelo início, pensei comigo mesma, feliz por poder adiar tudo pelo tempo que fosse possível. Peguei meu *nécessaire*.

O banho não durou tanto quanto eu esperava. Mesmo demorando para secar o cabelo, eu logo havia me livrado das coisas que tinha que fazer no banheiro. Enrolada numa toalha, fui para o meu quarto. Não sabia se Charlie ainda estava dormindo ou se já tinha saído. Fui olhar pela minha janela e a radiopatrulha não estava lá. Pescaria de novo.

Vesti-me lentamente com meu moletom mais confortável e depois fiz minha cama — uma coisa que eu nunca fazia. Não consegui protelar mais. Fui para minha escrivaninha e liguei o velho computador.

Eu odiava usar a internet aqui. Meu modem era tristemente obsoleto, meu provedor gratuito estava abaixo dos padrões; só a discagem levava tanto tempo que decidi preparar uma tigela de cereais enquanto esperava.

Comi devagar, mastigando cada porção com cuidado. Quando terminei, lavei a tigela e a colher, enxuguei-as e as guardei. Meus pés se arrastavam ao subir a escada. Fui primeiro para meu CD player, pegando-o no chão e colocando-o precisamente no meio da mesa. Tirei os fones e os guardei na gaveta da cômoda. Depois toquei o mesmo CD, diminuindo o volume a um ruído de fundo.

Com outro suspiro, liguei o computador. Naturalmente, a tela estava cheia de pop-ups. Sentei em minha dura cadeira dobrável e comecei a fechar todas as pequenas janelas. Por fim entrei na minha ferramenta de busca preferida. Fechei mais algumas pop-ups e digitei uma palavra.

Vampiro.

É claro que levou um tempo exasperadamente longo. Quando os resultados apareceram, havia muita coisa para ver — tudo, de filmes e programas de TV a RPG, *underground metal* e empresas de cosméticos góticos.

E então encontrei um site promissor — Vampiros de A-Z. Esperei impaciente que carregasse, clicando rapidamente para fechar cada propaganda que aparecia na tela. Por fim a tela estava concluída — um fundo branco simples com o texto em preto, de aparência acadêmica. Duas citações me receberam na *home page*:

> *Em todo o vasto mundo das sombras de fantasmas e demônios, não há figura tão terrível, nenhum personagem tão medonho e abominado, e no entanto travestido de tal fascínio temeroso, como o vampiro, que não é nem fantasma nem demônio, mas participa da natureza das sombras e possui as qualidades misteriosas e terríveis de ambos. — Rev. Montague Summers*

> *Se há neste mundo um relato bem documentado, é o dos vampiros. Nada falta ali: relatórios oficiais, atestados de pessoas reputadas, de médicos, de padres, de magistrados; a prova judicial é a mais completa. E com tudo isso, quem há que acredite em vampiros? — Rousseau*

O resto do site era uma lista em ordem alfabética de todos os diferentes mitos de vampiros que existem em todo o mundo. O primeiro em que cliquei, o *Danag*, era um vampiro filipino supostamente responsável pelo cultivo de inhame nas ilhas há muito tempo. Dizia o mito que o *Danag* trabalhou com seres humanos por muitos anos, mas um dia a parceria terminou, quando uma mulher cortou o dedo e um *Danag* chupou sua ferida, desfrutando tanto do sabor que drenou totalmente o sangue de seu corpo.

Li atentamente as descrições, procurando por alguma coisa que parecesse familiar, sem mencionar plausível. Parecia que a maioria dos mitos de vampiros tinha mulheres bonitas como demônios e crianças como vítimas; também pareciam conceitos criados para explicar o alto índice de mortalidade de crianças novas e dar aos homens uma desculpa para a infidelidade. Muitas histórias envolviam espíritos incorpóreos e alertas contra enterros inadequados. Não havia muito que se parecesse com os filmes que eu vira, e só alguns, como o *Estrie* hebraico e o *Upier* polonês, ainda se preocupavam em beber sangue.

Só três entradas realmente prenderam minha atenção: o romeno *Varacolaci*, um morto-vivo poderoso que podia aparecer como um ser humano bonito de pele clara; o eslovaco *Nelapsi*, uma criatura tão forte e tão rápida que podia massacrar uma aldeia inteira na primeira hora depois da meia-noite; e outro, chamado *Stregoni benefici*.

Sobre este último, só havia uma frase curta.

Stregoni benefici: vampiro italiano que diz-se estar do lado do bem e é inimigo mortal de todos os vampiros do mal.

Foi um alívio que nesta pequena entrada existisse, entre centenas de mitos, um que afirmava a existência de vampiros do bem.

Entretanto, no geral, pouco havia que coincidisse com as histórias de Jacob ou minhas próprias observações. Fiz um pequeno catálogo em minha mente enquanto lia e o comparei cuidadosamente com cada mito. Velocidade, força, beleza, pele clara, olhos que mudam de cor; e depois os critérios de Jacob: bebedores de sangue, inimigos do lobisomem, pele fria e imortais. Havia poucos mitos que combinassem ao menos com um dos fatores.

E depois outro problema, uma questão de que eu me lembrava do pequeno número de filmes de terror que vira e era sustentada pela leitura de hoje — os vampiros não podiam sair à luz do dia, o sol os queimava até que virassem cinzas. Eles dormiam em caixões o dia todo e só saíam à noite.

Exasperada, puxei a tomada do computador, sem esperar para desligar tudo adequadamente. Em minha irritação, senti um constrangimento dominador. Era tudo tão idiota. Eu estava sentada no meu quarto, pesquisando vampiros. O que havia de errado comigo? Concluí que a maior parte da culpa cabia à cidade de Forks — aliás, a toda a encharcada península de Olympic.

Precisava sair de casa, mas não havia aonde eu quisesse ir que não envolvesse uma viagem de três dias. Calcei as botas assim mesmo, sem ter certeza de para onde ir, e desci ao primeiro andar. Vesti a capa de chuva sem olhar o tempo e disparei porta afora.

Estava nublado, mas ainda não chovia. Ignorei meu carro e parti para o leste a pé, atravessando na diagonal o jardim de Charlie em direção à floresta que invadia o terreno continuamente. Pouco tempo depois eu havia avançado bastante, a casa e a rua estavam invisíveis e os únicos sons eram o esmagar da terra molhada debaixo de meus pés e o grito súbito dos gaios.

Havia ali uma trilha estreita que levava para o interior da floresta, ou eu não me arriscaria a vagar sozinha desse jeito. Meu senso de orientação era um desastre; eu podia me perder em ambientes pouco salubres. A trilha entrava cada vez mais fundo na floresta, principalmente para o leste, pelo que eu podia perceber. Serpenteava pelos espruces e as cicutas, os teixos e bordos. Só conhecia vagamente os nomes das árvores em volta de mim, e tudo o que eu sabia se devia ao fato de Charlie apontá-las da janela da viatura na minha infância. Havia muitas que eu não conhecia e outras sobre as quais não podia ter certeza porque estavam cobertas demais de parasitas verdes.

Segui a trilha pelo tempo que a raiva que sentia por mim mesma me impeliu. Quando a raiva começou a amainar, diminuí o passo. Algumas gotas de água escorriam do dossel verde acima de mim, mas eu não podia ter certeza se estava começando a chover ou se eram simplesmente gotas que restaram de ontem, presas nas folhas no alto, caindo devagar na terra. Uma árvore recém-caída — eu sabia que era recente porque não estava totalmente atapetada de musgo — pousava no tronco de uma de suas irmãs, criando um pequeno banco abrigado a uma distância segura da trilha. Passei por cima das samambaias e me sentei com cuidado, assegurando-me de que meu casaco estivesse entre o assento molhado e minhas roupas onde quer que se tocassem, e encostei a cabeça na árvore viva.

Este era o lugar errado para ir. Eu devia saber disso, mas para onde mais iria? A floresta era de um verde intenso e parecida demais com a cena do sonho da noite passada para que eu tivesse paz de espírito. Agora que não havia mais o som de meus passos ensopados, o silêncio era penetrante. As aves também estavam quietas, a frequência das gotas aumentava, então devia estar chovendo no alto. Agora que eu estava sentada as samambaias eram mais altas que minha cabeça, e eu sabia que alguém podia andar pela trilha, a um metro de distância, e não me ver.

Aqui, nas árvores, era muito mais fácil acreditar nos absurdos que me constrangiam entre quatro paredes. Nada mudara nesta floresta há milhares de anos e todos os mitos e lendas de cem terras diferentes pareciam muito mais prováveis nesta névoa verde do que em meu quarto claro.

Obriguei a mim mesma a me concentrar nas duas questões mais fundamentais que eu precisava responder, mas o fiz sem muita vontade.

Primeira, eu tinha de decidir se era possível que o que Jacob dissera sobre os Cullen fosse verdade.

Minha mente reagiu imediatamente com uma negativa retumbante. Era tolice e morbidez acolher essas ideias ridículas. Mas o quê, então?, perguntei a mim mesma. Não havia explicação racional para eu estar viva neste momento. Relacionei novamente em minha cabeça as coisas que observei: a velocidade e a força impossíveis, a cor dos olhos mudando do preto para o dourado e voltando ao preto, a beleza inumana, a pele branca e gélida. E mais — coisinhas que entraram na minha cabeça aos poucos —, eles nunca pareciam comer, e havia a elegância perturbadora com que cada um deles se movimentava. E o modo como *ele* falava às vezes, com uma cadência desconhecida e expressões mais adequadas a um romance da virada do século XX do que a um estudante do século XXI. Ele tinha matado aula naquele dia em que fizemos a tipagem sanguínea. Ele não disse não para a viagem à praia até saber aonde iríamos. Ele parecia saber o que todos por perto dele pensavam... A não ser eu. Ele me dissera que era o vilão, perigoso...

Será que os Cullen eram vampiros?

Bom, eles eram *alguma coisa*. Algo fora da possibilidade de justificativa racional acontecia diante de meus olhos incrédulos. Fossem os *frios* de Jacob ou minha teoria do super-herói, Edward Cullen não era... humano. Era algo mais.

Então — talvez. Esta teria que ser minha resposta por enquanto.

E havia a questão mais importante de todas. O que eu ia fazer se fosse verdade?

Se Edward fosse um vampiro — eu mal conseguia me obrigar a pensar nas palavras —, então, o que eu deveria fazer? Definitivamente estava fora de cogitação envolver outra pessoa. Eu nem conseguia acreditar em mim mesma; qualquer um me internaria.

Apenas duas opções pareciam práticas. A primeira era aceitar o conselho dele: ser inteligente e evitá-lo ao máximo. Cancelar nossos planos, voltar a ignorá-lo da melhor maneira que eu pudesse. Fingir que havia um vidro grosso e impenetrável entre nós em uma aula onde éramos obrigados a sentar juntos. Dizer a ele para me deixar em paz — e falar sério desta vez.

Fui tomada por uma angústia repentina e desesperada ao considerar essa alternativa. Minha mente rejeitou a dor, pulando rapidamente para a opção seguinte.

Eu não podia fazer nada diferente. Afinal, se ele era uma coisa... sinistra, até agora não tinha feito nada para me machucar. Na verdade, eu seria um vestígio da pancada no para-lama do carro de Tyler se ele não tivesse agido com tanta rapidez. Tão rápido, argumentei comigo mesma, que podia ter sido por mero reflexo. Mas se foi um reflexo para salvar uma vida, como ele poderia ser mau?, retruquei. Minha cabeça girava sem respostas.

Havia algo de que eu tinha certeza, se é que tinha certeza de alguma coisa. O Edward sombrio de meu sonho da noite passada era um reflexo do medo que senti pelo que Jacob havia dito, e não do próprio Edward. Mesmo assim, quando gritei de pavor com o ataque do lobisomem, não foi o medo do lobisomem que levou o grito "não" a meus lábios. Foi o medo de que *ele* fosse ferido — mesmo que ele tivesse me chamado com suas presas afiadas, eu temia por *ele*.

E eu sabia que havia uma resposta aí. Não sabia se havia uma alternativa. Eu já mergulhara fundo demais. Agora que eu sabia — *se é que sabia* —, nada podia fazer com meu segredo assustador. Porque, ao pensar nele, na voz dele, em seus olhos hipnóticos, na força magnética de sua personalidade, o que eu mais queria era estar com ele agora. Mesmo que... Mas eu não podia pensar nisso. Não aqui, sozinha na floresta que escurecia. Não enquanto a chuva a tornava sombria como um crepúsculo sob as árvores e tamborilava como passos no chão de terra emaranhado. Eu tremi e me levantei rapidamente de meu esconderijo, preocupada que de algum modo a trilha sumisse com a chuva.

Mas estava ali, segura e lúcida, sinuosa no labirinto verde gotejante. Eu a segui apressada, o capuz puxado para o rosto, surpreendendo-me, à medida que quase corria pelas árvores, com o ponto a que cheguei. Comecei a me perguntar se ia conseguir sair dali, ou se seguiria a trilha ainda mais para os confins da floresta. Mas antes que o pânico fosse demasiado, comecei a vislumbrar alguns espaços abertos pela teia de galhos. Depois pude ouvir um carro passando na rua, e eu estava livre, o gramado de Charlie estendendo-se na minha frente, a casa me chamando, prometendo-me calor e meias secas.

Era quase meio-dia quando voltei para dentro. Fui para o segundo andar e me troquei, jeans e uma camiseta, uma vez que ia ficar em casa.

Não precisei de muito esforço para me concentrar na tarefa do dia, um trabalho sobre *Macbeth* que devia entregar na quarta. Comecei a escrever um rascunho satisfeita, mais serena do que me sentia desde... Bom, desde a tarde de quinta-feira, para ser franca.

Mas este sempre foi o meu jeito. Tomar decisões era a parte dolorosa para mim, a parte que me angustiava. Mas depois que a decisão era tomada, eu simplesmente a seguia — em geral com alívio por ter decidido o que fazer. Às vezes o alívio era tingido de desespero, como minha resolução de vir para Forks. Mas ainda era melhor do que lutar com as alternativas.

Era ridiculamente fácil conviver com esta decisão. Perigosamente fácil.

E assim o dia foi tranquilo e produtivo — terminei o trabalho antes das oito. Charlie chegou em casa com um bom resultado da pescaria e tomei nota mentalmente para comprar um livro de receitas de peixe quando estivesse em Seattle na semana seguinte. Os arrepios que surgiam em minha espinha sempre que pensava nesta viagem não eram diferentes daqueles que senti antes de dar o passeio com Jacob Black. Deviam ser diferentes, pensei. Eu devia estar com medo — sabia que devia, mas não conseguia sentir esse tipo de medo.

Naquela noite, dormi um sono sem sonhos, exausta por ter começado o dia tão cedo depois de dormir tão mal na noite anterior. Acordei, pela segunda vez desde que cheguei a Forks, com a luz amarela de um dia de sol. Pulei para a janela, atordoada ao ver que quase não havia uma nuvem no céu e que aquelas que havia eram só floquinhos felpudos e brancos que não podiam trazer chuva nenhuma. Abri a janela — surpresa quando ela se moveu em silêncio, sem agarrar, pois não a abria há quem sabe quantos anos — e respirei o ar relativamente seco. Estava quase quente e praticamente não ventava. Meu sangue se eletrizou nas veias.

Charlie estava terminando o café da manhã quando eu desci e ele percebeu meu estado de espírito de imediato.

— Está um lindo dia — comentou.

— É — concordei com um sorriso.

Ele também sorriu, os olhos castanhos enrugando-se nos cantos. Quando Charlie sorria, era mais fácil entender por que ele e minha mãe tinham decidido se casar tão rapidamente. A maior parte do romantismo da juventude dele naquela época desaparecera antes que eu o conhecesse, à medida que seu cabelo castanho e ondulado — a mesma cor, se não a mesma textura, do meu — tinha encolhido, aos poucos revelando cada vez mais a pele brilhante da testa. Mas quando ele sorria, eu podia ver um pouco do homem que fugira com Renée quando ela era só dois anos mais velha do que eu agora.

Tomei o café da manhã animada, vendo a poeira se agitar na luz do sol que jorrava pela janela dos fundos. Charlie gritou um até logo e ouvi a radiopatrulha sair da casa. Hesitei a caminho da porta, a mão na capa de chuva. Seria uma provocação com o destino deixá-la em casa. Com um suspiro, dobrei-a em meu braço e saí para a luz mais brilhante que eu via em meses.

Depois de muito esforço, consegui que as duas janelas da picape ficassem quase completamente abertas. Fui uma das primeiras a chegar na escola; nem mesmo olhei o relógio, na pressa que tive de sair. Estacionei e segui para os bancos de piquenique quase sem uso no lado sul do refeitório. Os bancos ainda estavam meio molhados, então eu me sentei em cima da capa de chuva, feliz por encontrar utilidade para ela. Meu dever de casa estava pronto — o produto de uma vida social pachorrenta —, mas havia alguns problemas de trigonometria que eu não tinha certeza se estavam certos. Abri o livro com vontade, mas na metade da revisão do primeiro problema fiquei devaneando, vendo o sol brincar nas árvores de casca vermelha. Rabisquei desatenta nas margens de meu dever de casa. Depois de alguns minutos, de repente percebi que tinha desenhado cinco pares de olhos escuros me encarando da página. Passei a borracha neles.

— Bella! — Ouvi alguém gritar, e parecia Mike. Olhei em volta e percebi que a escola tinha se povoado enquanto eu estava sentada ali, distraída. Todos estavam de camiseta, alguns até de short, mas a temperatura não podia ser de mais de quinze graus. Mike vinha na minha direção de short cáqui e uma camiseta de rúgbi rasgada, acenando.

— Oi, Mike — respondi, acenando também, incapaz de ser indiferente numa manhã dessas.

Ele veio se sentar ao meu lado, o cabelo meticulosamente arrepiado brilhando dourado na luz, o sorriso se espalhando pelo rosto. Estava tão contente em me ver que não consegui deixar de ficar satisfeita.

— Eu não havia notado... Seu cabelo é meio ruivo — comentou ele, pegando entre os dedos uma mecha que tremulava na brisa leve.

— Só no sol.

Fiquei pouco à vontade enquanto ele colocava a mecha atrás da minha orelha.

— Um ótimo dia, né?

— Do jeito que eu gosto — concordei.

— O que você fez ontem? — O tom de voz dele era um tanto possessivo.

— Trabalhei no dever sobre *Macbeth*, principalmente. — Não acrescentei que tinha concluído; não precisava parecer presunçosa.

Ele bateu a mão na testa.

— Ah, é... É para a quinta, não é?

— Hmmm, para quarta, eu acho.

— Quarta? — Ele franziu o cenho. — Isso não é bom... O que está escrevendo no seu?

— Se o tratamento de Shakespeare das personagens femininas é misógino.

Ele me olhou como se eu tivesse acabado de falar em um latim capenga.

— Acho que vou ter que trabalhar nisso hoje à noite — disse ele, murcho. — Eu ia convidar você para sair.

— Ah. — Fui apanhada de guarda baixa. Por que eu não podia ter uma conversa agradável com Mike sem que ficasse estranho?

— Bom, a gente podia sair para jantar ou coisa assim... E eu podia fazer o trabalho depois. — Ele sorriu para mim, cheio de esperança.

— Mike... — Eu odiava deixar alguém numa saia justa. — Não acho que seria uma boa ideia.

Ele ficou com a cara no chão.

— Por quê? — perguntou, os olhos na defensiva. Meus pensamentos vacilaram para Edward, perguntando-me se era o que Mike também estava pensando.

— É que eu acho... e, se um dia contar a alguém o que vou dizer agora, eu mato você com todo o prazer — ameacei —, mas acho que isso ia magoar Jessica.

Ele ficou confuso, obviamente sem ter pensado *neste* sentido.

— Jessica?

— Francamente, Mike, você é *cego*?

— Ah — ele expirou, claramente confuso. Tirei proveito disso para conseguir fugir.

— Está na hora da aula e não posso me atrasar de novo. — Peguei meus livros e os enfiei na bolsa.

Andamos em silêncio para o prédio três e ele tinha uma expressão desligada. Eu esperava que os pensamentos em que estivesse imerso o levassem na direção correta.

Quando vi Jessica na aula de trigonometria, ela estava borbulhando de entusiasmo. Ela, Angela e Lauren iam a Port Angeles à noite para comprar roupas para o baile, e ela queria que eu fosse também, embora eu não precisasse de roupa nenhuma. Fiquei indecisa. Seria legal sair da cidade com umas amigas, mas Lauren estaria lá. E quem sabia o que eu podia estar fazendo à noite... Mas esse era definitivamente o caminho errado para deixar que minha mente vagasse. É claro que eu estava feliz com a luz do sol. Mas isso não era totalmente responsável pelo estado de espírito eufórico que eu sentia, nem chegava perto.

Então respondi-lhe com um talvez, dizendo-lhe que eu teria que falar com Charlie primeiro.

Ela só falava no baile a caminho da aula de espanhol, continuando como se não tivesse interrompido quando a aula finalmente terminou e nós fomos almoçar. Eu estava perdida demais em meu frenesi de expectativa para perceber a maior parte do que ela dizia. Fiquei dolorosamente ansiosa para ver não só ele, mas todos os Cullen — para compará-los com as novas suspeitas que infestavam minha mente. Assim que passei pela soleira da porta do refeitório, senti a primeira verdadeira pontada de medo descer por minha espinha e acomodar-se em meu estômago. Será que eles conseguiriam saber o que eu estava pensando? E depois uma sensação diferente me sacudiu — será que Edward estaria esperando para se sentar comigo de novo?

Como era minha rotina, olhei primeiro para a mesa dos Cullen. Um tremor de pânico atingiu meu estômago quando percebi que estava vazia. Com uma esperança que encolhia, meus olhos varreram o resto do refeitório, querendo encontrá-lo sozinho, aguardando por mim. Estava quase lotado — a aula de espanhol nos atrasara —, mas não havia sinal de Edward nem de ninguém da família dele. A desolação me tomou com uma força incapacitante.

Caminhei sem firmeza atrás de Jessica, sem me dar ao trabalho de fingir que ainda a ouvia.

Estávamos atrasadas o bastante para que todos já estivessem em nossa mesa. Evitei a cadeira vazia ao lado de Mike e fui para outra perto de Angela. Percebi vagamente que Mike afastou a cadeira educadamente para Jessica e que a cara dela se iluminou com isso.

Angela fez algumas perguntas em voz baixa sobre o trabalho de *Macbeth*, que respondi com a maior naturalidade possível enquanto caía numa espiral de infelicidade. Ela também me convidou para ir com elas esta noite e então eu concordei, prendendo-me a qualquer coisa que pudesse me distrair.

Percebi que me agarrava ao último fiapo de esperança quando entrei na aula de biologia, vi o lugar dele vazio e senti uma nova onda de decepção.

O resto do dia se passou lenta e melancolicamente. Na educação física, tivemos uma aula sobre as regras do badminton, a tortura seguinte que preparavam para mim. Mas pelo menos isso significava que eu ia ficar sentada ouvindo, em vez de tropeçar pela quadra. A melhor parte foi que o treinador não terminou, então eu teria outro dia de folga amanhã. Pouco importava que no dia seguinte me armariam com uma raquete antes de me libertar pelo resto da aula.

Fiquei feliz por sair do campus, assim eu estaria livre para fazer meus beicinhos e me lamentar antes de sair à noite com Jessica e companhia. Mas logo depois de entrar pela porta da casa de Charlie, Jessica ligou para cancelar nossos planos. Tentei ficar feliz com o fato de Mike tê-la convidado para jantar — eu estava mesmo aliviada por ele finalmente ter entendido —, mas meu entusiasmo parecia falso a meus próprios ouvidos. Ela reprogramou nossa viagem de compras para amanhã à noite.

Isso me deixou com poucas distrações. Temperei o peixe para o jantar, fiz uma salada e preparei um pão que sobrara da noite anterior, então não havia nada a fazer ali. Passei uma meia hora concentrada no dever de casa, mas depois também o terminei. Cheguei meu e-mail, lendo as mensagens de minha mãe, que ficavam mais mal-humoradas à medida que se acumulavam. Eu suspirei e digitei uma resposta rápida.

```
Mãe,
    Desculpe, estive fora. Fui à praia com alguns
amigos. E preciso escrever um trabalho.
```

Minhas desculpas eram muito patéticas, então desisti delas.

```
Hoje fez sol — eu sei, estou chocada também —, en-
tão vou ficar lá fora e me encharcar do máximo de
vitamina D que eu puder. Eu te amo,
    Bella.
```

Decidi matar uma hora com leituras não relacionadas à escola. Eu tinha uma coleção de livros que vieram comigo para Forks, e o volume mais esfrangalhado era uma compilação das obras de Jane Austen. Escolhi este e fui para o quintal, pegando uma manta velha e puída no armário do alto da escada ao descer.

No quintal pequeno e quadrado de Charlie, dobrei a manta ao meio e a coloquei nas sombras das árvores no gramado espesso, sempre meio úmido, independentemente de o quanto o sol brilhasse. Deitei de bruços, cruzando os tornozelos no ar, folheando os diferentes romances do livro, tentando decidir qual deles ocuparia mais a minha mente. Meus preferidos eram *Orgulho e preconceito* e *Razão e sensibilidade*. Li o primeiro mais recentemente, então comecei por *Razão e sensibilidade*, só para me lembrar, depois que comecei o capítulo três, que o herói da história por acaso se chamava *Edward*. Irritada, passei para *Mansfield Park*, mas o herói do romance se chamava *Edmund*, e isso era parecido demais. Será que não havia nenhum outro nome disponível no século XVIII? Fechei o livro ruidosamente, irritada, e rolei de costas. Puxei as mangas o mais alto que pude e fechei os olhos. Só ia pensar no calor em minha pele, disse a mim mesma severamente. A brisa ainda era leve, mas soprava uns fios de meu cabelo no rosto e isso me fez cócegas. Puxei todo o cabelo para trás, deixando que caísse em leque na manta embaixo de mim, e me concentrei novamente no calor que tocava minhas pálpebras, as maçãs do rosto, meu nariz, os lábios, os antebraços, o pescoço, penetrava por minha blusa leve...

Quando dei por mim, percebi o som da viatura de Charlie virando no piso da entrada de carros. Sentei-me surpresa, notando que a luz se fora, atrás das árvores, e eu tinha dormido. Olhei em volta, desnorteada, com a sensação repentina de que não estava só.

— Charlie? — perguntei, mas eu podia ouvir a porta batendo na frente da casa.

Fiquei de pé num pulo, tensa sem nenhum motivo, pegando a manta agora molhada e meu livro. Corri para dentro a fim de colocar o óleo para esquentar no fogão, percebendo que o jantar sairia atrasado. Charlie estava pendurando o cinto da arma e tirando as botas quando eu entrei.

— Desculpe, pai, o jantar ainda não está pronto... Eu dormi lá fora. — Reprimi um bocejo.

— Não se preocupe com isso — disse ele. — Eu queria pegar o placar do jogo, de qualquer forma.

Para ter alguma coisa para fazer, vi TV com Charlie depois do jantar. Não havia nada a que eu quisesse assistir, mas ele sabia que eu não gostava de basquete, então colocou numa sitcom estúpida de que nenhum de nós gostou. Mas ele parecia feliz por fazermos alguma coisa juntos. E foi bom, apesar de minha depressão, fazê-lo feliz.

— Pai — eu disse durante um intervalo —, Jessica e Angela vão procurar vestidos para o baile amanhã à noite em Port Angeles, e elas queriam que eu ajudasse a escolher... Se importa se eu for com elas?

— Jessica Stanley? — perguntou ele.

— E Angela Weber. — Suspirei ao lhe dar os detalhes.

Ele ficou confuso.

— Mas você não vai ao baile, não é?

— Não, pai, mas vou ajudar *umas meninas* a encontrar vestidos... Sabe como é, para fazer uma crítica construtiva. — Eu não teria que explicar isso a uma mulher.

— Bom, tudo bem. — Ele pareceu perceber que essas coisas estavam além de sua compreensão. — Mas no dia seguinte tem aula.

— Vamos sair logo depois da escola, então podemos voltar cedo. Não vai ter problemas com o jantar, não é?

— Bells, eu me alimentava sozinho há dezessete anos antes de você vir para cá — ele me lembrou.

— Não sei como sobreviveu — murmurei, depois acrescentei com mais clareza —, vou deixar algumas coisas para um sanduíche frio na geladeira, está bem? Na prateleira de cima.

A manhã foi ensolarada de novo. Acordei com uma esperança renovada que tentei reprimir com rigor. Me vesti para o clima mais quente com uma blusa azul-escura com decote em V — uma coisa que eu vestia no auge do inverno em Phoenix.

Eu tinha planejado minha chegada à escola de modo que mal tivesse tempo para entrar na sala. Com o coração aos pulos, contornei o estacionamento cheio, procurando por uma vaga, ao mesmo tempo que também procurava pelo Volvo prata que claramente não estava ali. Estacionei na última fila e corri para a aula de inglês, chegando sem fôlego, mas controlada, antes que o sinal tocasse.

Foi igual a ontem — eu simplesmente não conseguia evitar que as sementes da esperança brotassem na minha mente, para depois vê-las sendo esmagadas sem dó enquanto eu procurava em vão pelo refeitório e me sentava no lugar vazio na carteira de biologia.

O esquema de Port Angeles mudou de novo esta noite e ficou mais interessante pelo fato de que Lauren tinha outros compromissos. Fiquei ansiosa para sair da cidade, para que pudesse parar de olhar por sobre o ombro, na esperança de vê-lo aparecer do nada, como ele sempre fazia. Jurei a mim mesma que estaria de bom humor à noite e não estragaria a diversão de Angela e Jessica na caça ao vestido. Talvez eu pudesse comprar algumas roupas também. Recusei-me a pensar que podia fazer compras sozinha em Seattle neste fim de semana, sem ter mais interesse no que foi combinado antes. Certamente ele não cancelaria sem me avisar.

Depois da aula, Jessica me acompanhou até em casa com seu velho Mercury branco para que eu pudesse deixar meus livros e a picape. Escovei o cabelo rapidamente quando estava lá dentro, sentindo uma leve empolgação ao pensar em sair de Forks. Deixei um bilhete para Charlie na mesa, explicando de novo onde estava o jantar, tirei a carteira surrada da bolsa da escola, coloquei numa bolsa que eu raras vezes usava e corri para encontrar Jessica. Em seguida fomos à casa de Angela e ela estava nos esperando. Minha empolgação aumentava exponencialmente à medida que saíamos dos limites da cidade.

8
Port Angeles

JESS DIRIGIA MAIS RÁPIDO DO QUE UM ÁS DO VOLANTE, ENTÃO PARTI-
mos para Port Angeles às quatro horas. Havia algum tempo que eu não saía à noite com amigas minhas e o afluxo de estrogênio era revigorante. Ouvimos as baladas lamentosas de rock enquanto Jessica tagarelava sobre os meninos com quem saíamos. O jantar de Jessica com Mike tinha sido ótimo e ela esperava que no sábado à noite eles tivessem avançado para a fase do primeiro beijo. Sorri para mim mesma, satisfeita. Angela estava passivamente feliz por ir ao baile, mas na verdade não estava interessada em Eric. Jess tentou fazê-la confessar quem era o tipo dela, mas depois de um tempinho eu interrompi com uma pergunta sobre os vestidos, para poupá-la. Angela me lançou um olhar de gratidão.

Port Angeles era uma linda armadilha para turistas, muito mais refinada e singular do que Forks. Mas Jessica e Angela conheciam muito bem a cidade, então não pretendiam perder tempo no pitoresco calçadão junto à baía. Jess dirigiu direto para uma das grandes lojas de departamentos da cidade, que ficava a algumas ruas da área da baía que agradava os visitantes.

O traje do baile foi anunciado como esporte fino e não tínhamos muita certeza do que isso significava. Jessica e Angela demonstraram surpresa e quase descrença quando lhes contei que nunca fora a um baile em Phoenix.

— Você nunca saiu com um namorado, nem nada disso? — perguntou Jess desconfiada enquanto passávamos pelas portas da loja.

— É verdade — tentei convencê-la, sem querer confessar meus problemas com a dança. — Nunca tive namorado nem nada parecido. Eu não saía muito.

— E por que não? — quis saber Jessica.

— Ninguém me convidava — respondi com sinceridade.

Ela me olhou cética.

— As pessoas te convidam para sair aqui — lembrou-me ela — e você diz não a elas. — Agora estávamos na seção juvenil, olhando as araras em busca de roupas de noite.

— Bom, a não ser pelo Tyler — corrigiu Angela em voz baixa.

— Como é? — eu arfei. — O que foi que você disse?

— O Tyler contou a todo mundo que vai levar você ao baile dos alunos — informou-me Jessica com olhos desconfiados.

— Ele disse *isso?* — Tive a impressão de que ia sufocar.

— Eu te falei que não era verdade — murmurou Angela para Jessica.

Fiquei em silêncio, ainda completamente em uma espécie de choque, que rapidamente estava virando irritação. Mas tínhamos achado as araras de vestidos e agora havia um trabalho a fazer.

— É por isso que a Lauren não gosta de você — disse Jessica entre risos enquanto manuseávamos as roupas.

Trinquei os dentes.

— Você acha que se eu o atropelasse com a minha picape ele pararia de se sentir culpado pelo acidente? Que ele podia desistir de tentar compensar e nós estaríamos quites?

— Talvez — Jessica riu baixinho. — *Se* for por isso mesmo que ele está agindo assim.

As opções de vestidos não eram muitas, mas as duas acharam algumas coisas para experimentar. Fiquei sentada em uma cadeira baixa do lado de fora das cabines de prova, perto do espelho triplo, tentando controlar minha fúria.

Jess ficou dividida entre dois — um tomara que caia longo e preto bem básico e um azul-elétrico na altura dos joelhos com alças finas. Eu a estimulei a ficar com o azul; por que não realçar os olhos? Angela escolheu um vestido rosa-claro que caiu muito bem em seu corpo alto e destacou os tons de mel do cabelo castanho-claro. Não economizei elogios e as ajudei a recolocar nas araras as roupas rejeitadas. Todo o processo foi muito mais curto e mais fácil do que as viagens semelhantes que eu fazia com Renée na minha cidade. Acho que havia vantagens nas opções limitadas.

Fomos procurar sapatos e acessórios. Enquanto elas experimentavam as coisas, eu apenas observava e criticava, sem humor nenhum para comprar algo para mim, embora precisasse de sapatos novos. O ponto alto da saída com as amigas desaparecia na esteira de minha irritação com Tyler, deixando espaço para a volta das trevas.

— Angela? — comecei, hesitante, enquanto ela experimentava um par de sapatos de salto cor-de-rosa com tiras. Ela estava superfeliz por sair com um cara com uma altura que lhe permitia usar salto alto. Jessica vagava na direção do balcão de bijuterias e estávamos sozinhas.

— Sim? — Ela levantou a perna, girando o tornozelo para ter uma visão melhor do sapato.

Eu me acovardei.

— Gostei desse.

— Acho que vou levar... Apesar de eles só combinarem com aquele vestido, e mais nada — refletiu ela.

— Ah, compre sim... Estão em liquidação — estimulei. Ela sorriu, recolocando a tampa na caixa que continha sapatos brancos de aparência mais prática.

Tentei novamente.

— Hmmm, Angela... — Ela olhou para mim, curiosa. — É normal para os... Cullen — falei sem tirar os olhos dos sapatos — faltar muito às aulas? — Fracassei miscravelmente em minha tentativa de parecer indiferente.

— É, quando o clima está bom, eles acampam o tempo todo... Até o médico. Todos são loucos pela vida ao ar livre — disse-me ela baixinho, examinando os sapatos também. Ela não fez nenhuma pergunta, em lugar das centenas que Jessica teria desatado a fazer. Eu estava começando a gostar de verdade de Angela.

— Ah. — Abandonei o assunto enquanto Jessica voltava para mostrar a bijuteria de *strass* que encontrara para combinar com os sapatos prateados.

Pretendíamos jantar em um restaurantezinho italiano no calçadão da orla, mas a compra dos vestidos não levou o tempo que esperávamos. Jess e Angela foram levar as roupas para o carro e depois desceram para a baía. Eu lhes disse que ia encontrá-las no restaurante em uma hora — queria procurar uma livraria. Elas estavam dispostas a ir comigo, mas eu as estimulei a se divertirem — elas não sabiam como eu podia ficar pensativa quando estava cercada de livros; era uma coisa que eu preferia fazer sozinha. Elas se afastaram para o carro conversando animadas e eu fui na direção que Jess me apontara.

Não tive problemas para encontrar a livraria, mas não era o que eu procurava. As vitrines estavam cheias de cristais, filtros de sonho e livros sobre cura espiritual. Nem entrei. Pelo vidro, pude ver uma mulher de uns 50 anos com cabelo grisalho até as costas, metida num vestido dos anos 60, dando um sorriso de boas-vindas detrás do balcão. Concluí que era uma conversa que eu podia dispensar. Devia haver uma livraria mais normal na cidade.

Andei pelas ruas, repletas com o tráfego do final do dia de trabalho, e esperei estar seguindo para o centro. Não prestei muita atenção, como devia, na direção que tomava; eu lutava com meu desespero. Tentava fortemente não pensar nele e no que Angela dissera... E, mais do que qualquer outra coisa, tentava aquietar minhas esperanças para o sábado, temendo uma decepção mais dolorosa do que o resto, quando olhei para cima e vi um Volvo prata estacionado na rua. De repente a ficha caiu. Vampiro idiota e insuportável, pensei comigo mesma.

Segui para o sul a passos pesados, na direção de algumas lojas com fachada de vidro que pareciam promissoras. Mas quando cheguei lá, eram só uma loja de conserto de roupas e um espaço vago. Ainda tinha muito tempo para procurar por Jess e Angela, e precisava controlar meu estado de espírito antes de encontrar com elas. Passei os dedos pelos cabelos e respirei fundo algumas vezes antes de virar a esquina.

Ao atravessar outra rua, comecei a perceber que ia na direção errada. O tráfego reduzido de pedestres que eu vira ia para o norte e parecia que os prédios aqui eram principalmente armazéns. Decidi voltar para o leste na esquina seguinte, depois contornar após algumas quadras e tentar minha sorte numa rua diferente ao voltar para o calçadão.

Um grupo de quatro homens virava a esquina para onde eu ia, vestidos muito informalmente para estarem saindo do trabalho, mas sujos demais para serem turistas. À medida que se aproximavam de mim, percebi que não eram muitos anos mais velhos do que eu. Brincavam ruidosamente, rindo de forma estridente e empurrando os braços uns dos outros. Afastei-me mais para o canto da calçada a fim de lhes dar espaço, andando rapidamente, olhando para a esquina depois deles.

— Ei, e aí? — gritou um deles enquanto passavam, e ele tinha de estar falando comigo, uma vez que não havia mais ninguém na rua. Olhei automaticamente para ele. Dois tinham parado, os outros dois reduziam o passo. O mais próximo, um homem troncudo, de cabelo escuro, de vinte e poucos anos, parecia ser o cara que falou. Usava uma camisa de flanela aberta por cima de uma camiseta suja, bermuda jeans rasgada e sandálias. Ele deu um passo na minha direção.

— Oi — murmurei, uma reação reflexa. Depois rapidamente desviei os olhos e andei mais rápido para a esquina. Pude ouvi-los rindo a todo volume atrás de mim.

— Ei, espera! — gritou um deles de novo, mas mantive a cabeça baixa e virei a esquina com um suspiro de alívio. Podia ouvi-los rindo lá atrás.

Eu me vi numa calçada nos fundos de vários armazéns de cores sombrias, cada um deles com portas largas para caminhões de carga, trancados a cadeado para a noite. O lado sul da rua não tinha calçada, só uma cerca de tela encimada por um arame farpado protegendo uma espécie de depósito de peças de motor. Eu vagava pela parte de Port Angeles que eu, como visitante, não devia ver. Estava escurecendo, percebi, as nuvens finalmente voltavam, acumulando-se no horizonte a oeste e criando um pôr do sol prematuro. O céu a leste ainda era claro, mas se acinzentava, tomado de faixas cor-de-rosa e laranja. Eu tinha deixado meu casaco no carro e um tremor súbito me fez cruzar os braços com força no peito. Uma van passou por mim e depois a rua ficou vazia.

O céu de repente escureceu ainda mais e, enquanto eu olhava por sobre o ombro para a nuvem degradante, percebi chocada que dois homens andavam em silêncio uns cinco metros atrás de mim.

Eram do mesmo grupo pelo qual eu havia passado na esquina, mas nenhum deles era o de cabelo escuro que falara comigo. Virei imediatamente a cabeça para a frente, acelerando meu passo. Um arrepio que não tinha nada a ver com o clima me fez tremer de novo. Minha bolsa estava pendurada no ombro e atravessada pelo meu corpo, como usamos para não sermos surpreendidas. Eu sabia exatamente onde estava meu spray de pimenta — na mochila embaixo da cama, a embalagem ainda fechada. Não tinha muito dinheiro agora, só uns vinte e poucos dólares, e pensei em deixar cair minha bolsa "por acidente" e correr. Mas uma vozinha assustada no fundo de minha mente me alertou que eles podiam ser coisa pior do que ladrões.

Tentei escutar atentamente seus passos silenciosos, que eram muito mais silenciosos quando comparados com o barulho tumultuado que fizeram antes, e não parecia que tinham acelerado, nem chegado mais perto de mim. Respire, lembrei a mim mesma. Você não sabe se estão te seguindo. Continuei a andar com a maior rapidez que pude sem correr, concentrando-me na curva à direita, que agora só estava a alguns metros de mim. Eu podia ouvi-los, ficando para trás, como antes. Um carro azul entrou na rua, vindo do sul, e passou rapidamente. Pensei em pular na frente dele, mas hesitei, inibida, sem saber se estavam mesmo me perseguindo, e aí era tarde demais.

Cheguei à esquina, mas um olhar rápido revelou que era só um beco sem saída nos fundos de outro prédio. Dei meia-volta, cheia de expectativa; tinha que corrigir esse erro apressadamente e disparar pelo caminho estreito, de volta à calçada. A rua terminava na esquina seguinte, onde havia uma placa de Pare. Concentrei-me nos passos fracos atrás de mim, decidindo se correria ou não. Mas eles pareciam mais distantes e eu sabia que, de qualquer forma, não podiam me alcançar. Eu tropeçaria e cairia estatelada se tentasse ir mais rápido. Os passos certamente estavam mais distantes. Arrisquei uma olhada rápida por sobre o ombro e agora talvez eles estivessem a uns dez metros de mim, como vi com alívio. Mas os dois me encaravam.

Parecia que eu ia levar uma eternidade para chegar à esquina. Mantive o ritmo constante, os homens atrás de mim ficando um pouquinho mais para trás a cada passo. Talvez eles tivessem percebido que me assustaram e lamentassem por isso. Vi dois carros indo para o norte, passando pelo cruzamento para onde eu me dirigia, e respirei com alívio. Haveria mais gente lá quando eu saísse dessa rua deserta. Virei a esquina rapidamente com um suspiro de gratidão.

E fiquei paralisada.

A rua era cercada dos dois lados por paredes sem portas nem janelas. Eu podia ver à distância dois cruzamentos, postes, carros e mais pedestres, mas estavam todos longe demais. Porque encostados no prédio a oeste, a meio caminho para a rua, estavam outros dois homens do grupo, os dois olhando com sorrisos excitados enquanto eu ficava paralisada feito morta na calçada. Percebi então que não estava sendo seguida.

Estava sendo conduzida.

Parei por um segundo, mas me pareceu muito tempo. Depois virei e disparei para o outro lado da rua. Tive a sensação desanimadora de que era perda de tempo. Os passos atrás de mim agora estavam mais altos.

— Você aí! — O estrondo da voz do homem atarracado de cabelo escuro abalou a quietude intensa e me fez pular. Na escuridão que aumentava, ele parecia olhar através de mim.

— É — gritou uma voz de trás, fazendo-me pular novamente enquanto eu tentava correr pela rua. — Pegamos um atalhozinho.

Meus passos agora tinham que se reduzir. Eu estava encurtando muito rapidamente a distância entre mim e o par que ria. Precisava dar um belo grito e puxei o ar, preparando-me para usá-lo, mas minha garganta estava tão seca que eu não sabia que volume poderia alcançar. Com um movimento rápido, passei a bolsa pela cabeça, pegando a alça com uma das mãos, pronta para me render ou usá-la como arma, o que a necessidade mandasse.

O homem atarracado se afastou do muro enquanto eu cautelosamente parava, e andou devagar pela rua.

— Fique longe de mim — alertei numa voz que devia parecer forte e destemida. Mas eu tinha razão sobre a garganta seca, sem volume nenhum.

— Não fique assim, docinho — gritou ele, e o riso rouco recomeçou atrás.

Eu me abracei e separei os pés, tentando me lembrar, em meu pânico, do pouco de defesa pessoal que conhecia. Vire a face externa da mão para cima, na esperança de quebrar o nariz ou enfiá-lo para dentro do cérebro. O dedo no globo ocular — tente enganchar e arrancar o olho. E a joelhada padrão na virilha, é claro. E aí a mesma voz pessimista falou em minha mente, lembrando-me de que eu provavelmente não teria chance contra um deles, e eles eram quatro. Cale a boca!, exigi da voz antes que o pavor me incapacitasse. Eu não ia cair sem levar alguém comigo. Tentei engolir para poder formar um grito decente.

De repente faróis apareceram na esquina, o carro quase batendo no atarracado, obrigando-o a pular para a calçada. Mergulhei na rua — *este* carro ia parar ou me atropelaria. Mas o carro prata inesperadamente deu uma guinada, cantando pneu, e parou com a porta do carona aberta a pouca distância de mim.

— Entra — ordenou uma voz furiosa.

Fiquei surpresa ao ver como o medo sufocante desapareceu subitamente, surpresa pela sensação de segurança me inundar de repente — mesmo antes que eu saísse da rua — assim que ouvi a voz dele. Pulei para dentro do carro, batendo a porta depois de entrar.

Estava escuro no carro, nenhuma luz entrara com a abertura da porta e eu mal conseguia ver o rosto dele no brilho do painel. Os pneus cantaram enquanto ele virava para o norte, acelerando rápido demais, jogando o carro para cima dos homens atordoados na rua. Vislumbrei um deles mergulhando na calçada enquanto o carro se alinhava e acelerava para o porto.

— Coloque o cinto de segurança — ordenou ele, e percebi que eu estava agarrada ao banco com as duas mãos. Rapidamente obedeci; o estalo do fecho do cinto foi alto no escuro. Ele virou à esquerda, correndo, voando por várias placas de Pare sem se deter.

Mas eu me sentia completamente segura e, no momento, totalmente despreocupada com nosso destino. Olhei o rosto dele com um profundo alívio, um alívio que ia além de minha libertação repentina. Analisei seus traços perfeitos na luz limitada, querendo que minha respiração voltasse ao normal, até que me ocorreu que a expressão dele era de uma raiva homicida.

— Você está bem? — perguntei, surpresa ao constatar como minha voz estava rouca.

— Não — disse ele rispidamente, e seu tom de voz era furioso.

Fiquei sentada ali em silêncio, observando seu rosto enquanto os olhos em brasa olhavam para a frente, até que o carro subitamente parou. Olhei em volta, mas estava escuro demais para ver alguma coisa além do contorno vago de árvores na lateral da rua. Não estávamos mais na cidade.

— Bella? — perguntou ele, a voz dura e controlada.

— Sim? — Minha voz ainda estava rouca. Tentei dar um pigarro baixo.

— Você está bem? — Ele ainda não olhava para mim, mas a fúria tomava todo o seu rosto.

— Estou — resmunguei suavemente.

— Me distraia, por favor — ordenou ele.

— Desculpe, como é?

Ele suspirou com força.

— Tagarele sobre alguma coisa insignificante até que eu me acalme — esclareceu ele, fechando os olhos e apertando a ponte do nariz com o polegar e o indicador.

— Hmmm. — Revirei meu cérebro em busca de alguma coisa banal. — Vou atropelar Tyler Crowley amanhã antes da aula.

Ele ainda estava de olhos bem fechados, mas o canto da boca se retorceu.

— Por quê?

— Ele está dizendo a todo mundo que vai me levar ao baile dos alunos... Ou ele é maluco, ou ainda está tentando compensar o fato de quase ter me matado na... Bom, você se lembra disso, e ele acha que o *baile dos alunos* é a forma correta de fazer isso. Então imagino que, se eu colocar a vida dele em risco, depois vamos ficar quites e ele pode parar de tentar compensar isso. Não preciso de inimigo nenhum e talvez Lauren recue se ele me deixar em paz. Mas pode ser que o Sentra dele tenha perda total. Se ele não tiver carona, não vai poder levar ninguém a baile nenhum... — tagarelei.

— Eu soube disso. — Ele parecia um pouco mais composto.

— *Você* soube? — perguntei, descrente, minha irritação anterior cintilando. — Se ele ficar paralítico do pescoço para baixo, não vai poder ir ao baile dos alunos também — murmurei, refinando meus planos.

Edward suspirou e por fim abriu os olhos.

— Melhor?

— Na verdade, não.

Esperei, mas ele não voltou a falar. Ele encostou a cabeça no banco, olhando o teto do carro. Seu rosto estava rígido.

— Qual é o problema? — Minha voz saiu em um sussurro.

— Às vezes tenho problemas com meu gênio, Bella. — Ele também estava sussurrando e, enquanto olhava pela janela, seus olhos se estreitaram em fendas. — Mas *não seria* de utilidade nenhuma para mim voltar e caçar aqueles... — Ele não terminou a frase, desviando os olhos, lutando por um momento para controlar a raiva de novo. — Pelo menos — continuou ele — é do que estou tentando me convencer.

— Ah. — A palavra parecia inadequada, mas eu não conseguia pensar numa resposta melhor.

Ficamos sentados em silêncio de novo. Olhei o relógio do painel. Eram seis e meia.

— Jessica e Angela vão ficar preocupadas — murmurei. — Eu devia me encontrar com elas.

Ele ligou o motor sem dizer nada, virou silenciosamente e acelerou de volta à cidade. De repente estávamos debaixo dos postes de rua, ainda seguindo rápido demais, costurando com facilidade os carros que passeavam lentamente junto ao calçadão. Estacionou paralelamente ao meio-fio em uma vaga que eu teria achado pequena demais para o Volvo, mas ele deslizou para o local sem esforço na primeira tentativa. Olhei pela janela e vi as luzes de La Bella Italia, e Jess e Angela acabavam de sair, andando ansiosas até nós.

— Como você sabia onde...? — comecei a dizer, mas depois só sacudi a cabeça. Ouvi a porta se abrir, virei-me e o vi saindo. — O que está fazendo? — perguntei.

— Vou levar você para jantar. — Ele sorriu de leve, mas seus olhos eram duros. Ele saiu do carro e bateu a porta. Eu me atrapalhei com o cinto de segurança, depois corri para sair do carro também. Ele esperava por mim na calçada.

Ele falou antes que eu pudesse.

— Detenha Jessica e Angela antes que eu tenha que segui-las também. Não acho que vou poder me controlar se me deparar com seus outros amigos de novo.

Eu estremeci com a ameaça em sua voz.

— Jess! Angela! — gritei para elas, acenando quando se viraram. Elas correram para mim, o alívio acentuado no rosto das duas passando para a surpresa ao verem quem estava parado a meu lado. Elas hesitaram a pouca distância de nós.

— Aonde você foi? — A voz de Jessica era desconfiada.

— Eu me perdi — admiti timidamente. — E depois encontrei o Edward — gesticulei para ele.

— Tudo bem se eu ficar com vocês? — perguntou ele com sua irresistível voz sedosa. Eu podia ver, pela expressão vacilante das duas, que ele nunca havia lançado seus talentos para elas.

— É... claro — sussurrou Jessica.

— Hmmm, na verdade, Bella, já comemos enquanto estávamos esperando... Desculpe — confessou Angela.

— Está tudo bem... Eu não estou com fome. — Dei de ombros.

— Acho que devia comer alguma coisa. — A voz de Edward era baixa, mas cheia de autoridade. Ele olhou para Jessica e falou um pouco mais alto. — Importa-se se eu levar a Bella para casa esta noite? Assim vocês não terão que esperar enquanto ela come.

— Hmmm, tudo bem, eu acho... — Ela mordeu o lábio, tentando deduzir, pela minha expressão, se era o que eu queria. Dei uma piscadela para ela. Só o que eu queria era ficar sozinha com meu eterno salvador. Havia muitas perguntas que eu só podia despejar para cima dele quando estivéssemos sozinhos.

— Tudo bem. — Angela foi mais rápida do que Jessica. — A gente se vê amanhã, Bella... Edward. — Ela pegou a mão de Jessica e a puxou para o carro, que eu pude ver pouco além dali, estacionado do outro lado da First Street. Enquanto elas se afastavam, Jess se virou e acenou, o rosto cheio de curiosidade. Retribuí o aceno, esperando que elas saíssem com o carro antes de me virar para encará-lo.

— Com toda a sinceridade, não estou com fome — insisti, tentando analisar seu rosto. A expressão dele era ilegível.

— Divirta-me.

Ele foi até a porta do restaurante e a manteve aberta com uma expressão obstinada. Obviamente, não haveria nenhuma discussão. Passei por ele e entrei no restaurante com um suspiro resignado.

O restaurante não estava lotado — era a baixa temporada em Port Angeles. Fomos recebidos por uma mulher e entendi o olhar dela enquanto avaliava Edward. Ela o recebeu um pouco mais calorosamente do que o necessário. Fiquei surpresa por isso ter me incomodado tanto. Ela era vários centímetros mais alta do que eu e seu cabelo louro era artificial.

— Mesa para dois? — Sua voz era sedutora, quer fosse intencional ou não. Vi os olhos dela faiscarem para mim e depois se desviarem, satisfeitos com minha evidente banalidade e com o espaço cauteloso e sem contato que Edward mantinha entre nós. Ela nos levou a uma mesa suficiente para quatro no meio da área mais apinhada do salão.

Eu estava prestes a me sentar, mas Edward sacudiu a cabeça para mim.

— Quem sabe um lugar mais reservado? — insistiu ele em voz baixa para a *hostess*. Eu não tinha certeza, mas tive a impressão de que ele lhe passou furtivamente uma gorjeta. Nunca vi ninguém recusar uma mesa, a não ser nos filmes antigos.

— Claro. — Ela parecia tão surpresa quanto eu. Virou-se e nos levou por uma divisória a um pequeno círculo de bancos — todos eles vazios. — Que tal aqui?

— Perfeito. — Ele abriu seu sorriso resplandecente, estonteando a mulher por um momento.

— Hmmm. — Ela sacudiu a cabeça, piscando. — Vocês serão atendidos logo. — Ela se afastou, meio desequilibrada.

— Não devia fazer isso com as pessoas — critiquei. — É muito injusto.

— Fazer o quê?

— Deixá-las tontas desse jeito... Ela pode estar ofegando na cozinha agora mesmo.

Ele pareceu confuso.

— Ah, sem essa — disse eu, desconfiada. — Você *deve* saber o efeito que tem sobre as pessoas.

Ele inclinou a cabeça de lado e seus olhos eram curiosos.

— Eu deixo as pessoas tontas?

— Não percebeu? Acha que todo mundo faz o que você quer com essa facilidade toda?

Ele ignorou minhas perguntas.

— Eu deixo *você* tonta?

— Com muita frequência — admiti.

E depois nossa garçonete chegou, a cara cheia de expectativa. A *hostess* com certeza tinha fofocado nos bastidores e esta garota nova não parecia decepcionada. Ela colocou uma mecha de cabelo preto atrás da orelha e sorriu com uma cortesia desnecessária.

— Oi. Meu nome é Amber e serei sua garçonete esta noite. O que posso trazer para beberem? — Não deixei de notar que ela falava só com ele.

Ele olhou para mim.

— Vou tomar uma Coca. — Pareceu mais uma pergunta.

— Duas Cocas — disse ele.

— Voltarei logo com elas — ela lhe assegurou com outro sorriso desnecessário. Mas ele não viu. Estava olhando para mim.

— Que foi? — perguntei quando ela saiu.

Seus olhos estavam fixos no meu rosto.

— Como está se sentindo?

— Bem — respondi, surpresa com a intensidade dele.

— Não está tonta, enjoada, gelada...?

— Deveria?

Ele riu de meu tom enigmático.

— Bom, na verdade estou esperando que você entre em choque. — Seu rosto se enrugou naquele sorriso torto perfeito.

— Não acho que vá acontecer — eu disse depois de recuperar o fôlego. — Sempre fui muito boa para reprimir coisas desagradáveis.

— Mesmo assim, vou me sentir melhor quando você colocar algum açúcar e comida para dentro.

Bem na deixa, a garçonete apareceu com nossas bebidas e um cesto de pãezinhos. Ela ficou de costas para mim enquanto os colocava na mesa.

— Está pronta para pedir? — perguntou ela a Edward.

— Bella? — perguntou ele. Ela se virou sem a menor vontade para mim.

Escolhi a primeira coisa que vi no cardápio.

— Hmmm... Vou querer ravióli de cogumelos.

— E você? — Ela se virou para ele com um sorriso.

— Para mim, nada — disse ele. É claro que não.

— Avise se mudar de ideia. — O sorriso tímido ainda estava ali, mas ele não a olhou e ela saiu insatisfeita.

— Beba — ordenou ele.

Beberiquei obediente o refrigerante e depois tomei um gole maior, surpresa com a sede que sentia. Percebi que tinha terminado tudo quando ele empurrou o copo dele para mim.

— Obrigada — murmurei, ainda com sede. O frio do refrigerante gelado irradiou por meu peito e eu tremi.

— Está com frio?

— É só a Coca — expliquei, tremendo de novo.

— Não trouxe casaco? — A voz dele era desaprovadora.

— Trouxe. — Olhei o banco vazio ao lado do meu. — Ah... deixei no carro da Jessica — percebi.

Edward estava tirando o casaco. De repente percebi que eu não via o que ele estava vestindo — não hoje à noite, mas sempre. Eu simplesmente não conseguia deixar de olhar para seu rosto. Agora me obriguei a olhar, concentrada. Ele estava tirando uma jaqueta de couro bege; por baixo, tinha um suéter marfim de gola rulê. Caía com perfeição nele, destacando seu peito musculoso.

Edward me passou a jaqueta, interrompendo meu olhar cheio de cobiça.

— Obrigada — eu disse novamente, passando o braço pela jaqueta. Estava fria, como meu casaco quando o peguei de manhã, pendurado no hall de entrada com suas correntes de ar. Tremi de novo. O cheiro era maravilhoso. Inspirei, tentando identificar o aroma delicioso. Não tinha cheiro de colônia. As mangas eram compridas demais; puxei-as para trás para poder libertar minhas mãos.

— O azul fica ótimo em sua pele — disse ele, me olhando. Fiquei surpresa. Olhei para baixo, corando, é claro.

Ele empurrou o cesto de pão para mim.

— Na verdade, não vou entrar em choque — protestei.

— Devia... Uma pessoa *normal* entraria. Você nem parece abalada. — Ele parecia inquieto. Olhou nos meus olhos e vi como os olhos dele estavam claros, mais claros do que já vira, de um caramelo--dourado.

— Eu me sinto muito segura com você — confessei, hipnotizada a dizer a verdade novamente.

Isso o desagradou; sua fisionomia de alabastro se franziu. Ele sacudiu a cabeça, carrancudo.

— Isto é mais complicado do que eu planejei — murmurou ele para si mesmo.

Peguei um pãozinho e comecei a mordiscar a ponta, avaliando a expressão dele. Perguntei-me quando seria uma boa hora para começar a interrogá-lo.

— Em geral você está num humor melhor quando seus olhos estão claros assim — comentei, tentando distraí-lo de qualquer pensamento que o tivesse feito ficar carrancudo e sombrio.

Ele me olhou, atônito.

— Como é?

— Você sempre fica mais azedo quando seus olhos estão escuros... É o que eu espero então — continuei. — Tenho uma teoria para isso.

Ele semicerrou os olhos.

— Mais teorias?

— Arrã. — Dei uma pequena dentada no pão, tentando parecer indiferente.

— Espero que desta vez seja mais criativa... Ou ainda está se inspirando nos quadrinhos? — Seu sorriso fraco era de zombaria; os olhos ainda estavam apertados.

— Bom, não, não tirei nada de quadrinho nenhum, mas também não inventei nada sozinha — confessei.

— E? — incitou ele.

Mas então a garçonete passou pela divisória com meu prato. Percebi que, inconscientemente, tínhamos nos inclinado na direção um do outro sobre a mesa, porque nós dois nos endireitamos quando ela se aproximou. Ela baixou o prato diante de mim — parecia muito bom — e se virou rapidamente para Edward.

— Mudou de ideia? — perguntou ela. — Não há nada que possa trazer para você? — Eu podia muito bem imaginar o duplo sentido das palavras dela.

— Não, obrigado, mas outro refrigerante seria bom. — Ele gesticulou com a mão longa e branca para os copos vazios na minha frente.

— Claro. — Ela retirou os copos e se afastou.

— O que estava dizendo? — perguntou ele.

— Vou falar sobre isso no carro. Se... — eu parei.

— Há alguma condição? — Ele ergueu uma sobrancelha, a voz agourenta.

— Tenho algumas perguntas, é claro.

— É claro.

A garçonete voltou com mais duas Cocas. Desta vez colocou-as na mesa sem dizer nada e saiu novamente.

Tomei um gole.

— Bem, vá em frente — pressionou ele, a voz ainda dura.

Comecei do jeito menos exigente. Ou assim pensei eu.

— Por que está em Port Angeles?

Ele olhou para baixo, cruzando as mãos grandes lentamente sobre a mesa. Seus olhos lampejaram para mim por baixo das pestanas, uma sugestão de sorriso de escárnio no rosto.

— Próxima.

— Mas essa foi a mais fácil — objetei.

— Próxima — repetiu ele.

Olhei para baixo, frustrada. Tirei os talheres do guardanapo, peguei o garfo e espetei com cuidado um ravióli. Coloquei-o na boca devagar, ainda de olhos baixos, mastigando enquanto pensava. Os cogumelos estavam bons. Engoli e tomei outro gole da Coca antes de olhar para ele.

— Tudo bem, então. — Eu o fitei e continuei devagar: — Digamos, é claro que hipoteticamente, que... alguém... pode saber o que as pessoas estão pensando, ler a mente delas, sabe como é... com algumas exceções.

— Só *uma* exceção — corrigiu ele —, hipoteticamente.

— Tudo bem, com uma exceção, então. — Fiquei emocionada que ele estivesse cooperando, mas tentei parecer despreocupada. — Como é que isso funciona? Quais são as limitações? Como... esse alguém... acharia outra pessoa exatamente na hora certa? Como ele saberia que ela estava numa encrenca? — Eu me perguntei se minhas perguntas convolutas faziam algum sentido.

— Hipoteticamente? — perguntou ele.

— Claro.

— Bom, se... esse alguém...

— Vamos chamá-lo de "Joe" — sugeri.

Ele deu um sorriso torto.

— Joe, que seja. Se Joe estivesse prestando atenção, o senso de oportunidade não precisaria ser tão preciso. — Ele sacudiu a cabeça, revirando os olhos. — Só *você* pode se meter em encrenca em uma cidade tão pequena. Você teria acabado com as estatísticas de criminalidade por uma década, sabe disso.

— Estávamos falando de um caso hipotético — lembrei-lhe friamente.

Ele riu para mim, os olhos calorosos.

— Sim, estávamos — concordou ele. — Devo chamá-la de "Jane"?

— Como você sabia? — perguntei, incapaz de reprimir minha intensidade. Percebi que estava me inclinando para ele de novo.

Ele pareceu oscilar, dividido por algum dilema íntimo. Seus olhos pararam nos meus e achei que, naquele momento, ele estava decidindo se simplesmente me contaria a verdade ou não.

— Sabe que pode confiar em mim — murmurei. Estendi a mão, sem pensar, para pegar suas mãos cruzadas, mas ele as afastou rapidamente e eu recuei.

— Não sei se ainda tenho alternativa. — A voz dele era quase um sussurro. — Eu estava errado... Você é muito mais observadora do que eu julgava.

— Achei que você sempre tivesse razão.

— Antigamente era assim. — Ele sacudiu a cabeça de novo. — Eu estava errado sobre você em outra coisa também. Você não é um ímã para acidentes... Esta não é uma classificação muito ampla. Você é um ímã para *problemas*. Se houver alguma coisa perigosa num raio de dez quilômetros, invariavelmente vai encontrar você.

— E você se coloca nesta categoria? — conjecturei.

Seu rosto ficou frio, sem expressão.

— Sem dúvida.

Estiquei a mão pela mesa de novo — ignorando-o quando ele puxou a dele mais uma vez — para tocar timidamente as costas de sua mão com a ponta dos dedos. Sua pele era fria e dura, como uma pedra.

— Obrigada. — Minha voz fervia de gratidão. — Agora são duas vezes.

Seu rosto se suavizou.

— Vamos tentar não ter a terceira, concorda?

Fiz uma careta, mas assenti. Ele tirou a mão de baixo da minha, colocando as duas sob a mesa. Mas se inclinou para mim.

— Eu a segui a Port Angeles — admitiu ele, falando num jato. — Nunca tentei manter uma determinada pessoa viva, e é muito mais problemático do que eu acreditava. Mas deve ser assim porque é você. As pessoas comuns parecem passar o dia todo sem muitas catástrofes. — Ele parou. Eu me perguntei se devia me aborrecer por ele estar me seguindo; em vez disso, senti um surto estranho de prazer. Ele me encarava, talvez se indagando por que meus lábios se curvavam em um sorriso involuntário.

— Já pensou que talvez minha hora tivesse chegado naquela primeira vez, com a van, e você esteja interferindo no meu destino? — especulei, distraindo-me.

— Não foi a primeira vez — disse ele, e mal se ouvia sua voz. Eu o encarei, surpresa, mas ele olhava para baixo. — Sua hora chegou quando eu a conheci.

Senti um espasmo de medo com as palavras dele, e a lembrança abrupta de seu olhar sombrio e violento naquele primeiro dia... Mas a sensação dominadora de segurança que eu tinha em sua presença sufocou isso. Quando ele olhou para cima para ler meus olhos, não havia vestígio de medo neles.

— Você lembra? — perguntou ele, o rosto angelical grave.

— Lembro. — Eu estava calma.

— E no entanto aqui está você. — Havia um toque de descrença em sua voz; ele ergueu uma sobrancelha.

— É, aqui estou eu... graças a você. — Eu parei. — Porque de algum modo você sabia como me achar hoje...? — incitei.

Ele apertou os lábios, encarando-me pelos olhos estreitos, decidindo novamente. Seus olhos faiscaram para meu prato cheio e depois para mim.

— Você come, eu falo — ele propôs a barganha.

Rapidamente garfei outro raviólio e o coloquei na boca.

— É mais difícil do que deveria... rastrear você. Em geral posso encontrar uma pessoa com muita facilidade, depois de ter lido sua mente.

Ele olhou para mim com ansiedade e percebi que eu tinha me paralisado. Obriguei-me a engolir, depois espetei outro raviólio e o coloquei para dentro.

— Eu estava vigiando Jessica, sem cuidado nenhum... Como eu disse, só você pode encontrar problemas em Port Angeles... E no início não percebi quando você saiu sozinha. Depois, quando notei que você não estava mais com ela, fui procurar por você na livraria que vi em sua cabeça. Eu sabia que você não tinha entrado e que não foi para o sul... E sabia que teria que voltar logo. Então eu só estava esperando você, procurando ao acaso pelos pensamentos das pessoas na rua... Para ver se alguém a notara e eu poderia saber onde você estava. Não tinha motivos para ficar preocupado... Mas estava estranhamente ansioso...

Ele estava perdido em pensamentos, olhando através de mim, vendo coisas que eu nem podia imaginar.

— Comecei a dirigir em círculos, ainda... escutando. O sol finalmente se punha e eu estava prestes a sair do carro e seguir você a pé. E então... — Ele parou, trincando os dentes numa fúria súbita. Fez um esforço para se acalmar.

— Então o quê? — sussurrei. Ele continuou a olhar por cima de minha cabeça.

— Ouvi o que eles estavam pensando — grunhiu ele, o lábio superior se virando um pouco para baixo por cima dos dentes. — Vi seu rosto na mente deles.

Ele de repente se recostou, um cotovelo aparecendo na mesa, a mão cobrindo os olhos. O movimento foi tão rápido que me sobressaltou.

— Para mim, foi muito... difícil... nem pode imaginar como foi difícil... simplesmente tirar você dali e deixá-los... vivos. — Sua voz era abafada pelo braço. — Eu podia deixar você ir com Jessica e Angela, mas temia procurar por eles se você me deixasse sozinho — admitiu num sussurro.

Fiquei sentada em silêncio, meus pensamentos incoerentes. Minhas mãos estavam cruzadas no colo, e eu mal me recostava na cadeira. Ele ainda estava com o rosto nas mãos e tão imóvel que era como se tivesse sido entalhado na mesma pedra de sua mão.

Por fim ele olhou para cima, os olhos procurando os meus, cheios de suas próprias perguntas.

— Pronta para ir para casa? — perguntou ele.

— Estou pronta para ir embora — habilitei-me abertamente grata por termos uma viagem de uma hora juntos. Não estava preparada para me despedir dele.

A garçonete apareceu como se tivesse sido chamada. Ou estivesse olhando.

— Como estamos? — perguntou ela a Edward.

— Estamos prontos para a conta, obrigado. — Sua voz era grave, mais rude, ainda refletindo a tensão de nossa conversa. Isso pareceu confundi-la. Ele olhou para ela, esperando.

— C-claro — gaguejou ela. — Aqui está. — Ela pegou uma pastinha de couro no bolso da frente do avental preto e entregou a ele.

Já havia uma nota na mão dele. Ele a colocou dentro da pasta e a devolveu à garçonete.

— Não precisa de troco. — Ele sorriu. Depois se levantou e eu me coloquei de pé, desajeitada.

Ela sorriu convidativamente para ele de novo.

— Tenha uma boa noite.

Ele não tirou os olhos de mim enquanto agradecia a ela. Eu reprimi um sorriso.

Ele andou ao meu lado até a porta, ainda com o cuidado de não tocar em mim. Lembrei-me do que Jessica dissera sobre a relação dela com Mike, como eles quase chegaram à fase do primeiro beijo. Suspirei. Edward parecia me ouvir e olhava para baixo curiosamente. Olhei para a calçada, grata por ele aparentemente não ser capaz de saber o que eu estava pensando.

Ele abriu a porta do carona, segurando-a para mim enquanto eu entrava, fechando-a suavemente depois que entrei. Eu o observei andar pela frente do carro, maravilhada, novamente, com sua elegância. Eu devia ter me acostumado com isso agora — mas não me acostumara. Tinha a sensação de que Edward não era o tipo de pessoa com quem podemos nos acostumar.

Dentro do carro, ele deu a partida no motor e ligou o aquecedor no máximo. Tinha ficado muito frio e achei que o clima bom estava no fim. Mas estava aquecida com a jaqueta dele, respirando aquele aroma quando eu achava que ele não podia ver.

Edward entrou no trânsito, aparentemente sem olhar, virando para pegar a via expressa.

— Agora — disse ele sugestivamente — é a sua vez.

9
Teoria

— Posso fazer só mais uma pergunta? — pedi enquanto Edward acelerava rápido demais. Não parecia estar prestando atenção na estrada.

Ele suspirou.

— Uma — concordou. Seus lábios se apertaram em uma linha cautelosa.

— Bom... Você disse que sabia que eu não tinha entrado na livraria e que fui para o sul. Estou aqui me perguntando como sabia disso.

Ele desviou os olhos, refletindo.

— Pensei que tínhamos deixado as evasivas para trás — murmurei.

Ele quase sorriu.

— Tudo bem, então. Eu segui o seu cheiro. — Ele olhou a estrada, dando-me tempo para recompor minha expressão. Não conseguia pensar em uma resposta aceitável a isso, mas arquivei a questão cuidadosamente para análise posterior. Tentei me concentrar novamente. Não estava pronta para deixar que ele encerrasse o assunto, agora que ele finalmente explicava as coisas.

— E você não respondeu a uma de minhas perguntas... — protelei.

Ele olhou para mim com desaprovação.

— Qual delas?

— Como é que isso funciona... O negócio de ler a mente? Pode ler a mente de qualquer um, em qualquer lugar? Como você faz isso? Toda a sua família pode...? — Eu me senti boba, fingindo querer esclarecimentos.

— É mais de uma — assinalou ele.

Eu simplesmente cruzei os dedos e olhei para ele, esperando.

— Não, só eu. E não posso ouvir todo mundo, em qualquer lugar. Tenho que estar bem perto. Quanto mais conhecida for a... "voz" da pessoa, maior a distância em que posso ouvi-la. Mas ainda assim, só a poucos quilômetros. — Ele parou pensativamente. — É meio como estar em uma sala enorme cheia de gente, todos falando ao mesmo tempo. É como um zumbido... Uma buzina de vozes ao fundo. Até que me concentro em uma só voz, e depois o que ela está pensando fica claro.

Ele continuou:

— Na maior parte do tempo, fico fora de sintonia... Isso pode me distrair muito. E depois, assim é mais fácil parecer *normal* — ele franziu a testa quando disse a palavra —, quando não estou respondendo por acidente aos pensamentos de alguém, em vez de às palavras.

— Por que acha que não pode me ouvir? — perguntei, curiosa.

Ele olhou para mim, os olhos enigmáticos.

— Não sei — murmurou. — A única suposição que eu tenho é que talvez sua mente não funcione da mesma maneira que a mente dos outros. Como se seus pensamentos estivessem na frequência AM e eu só pegasse FM. — Ele deu um sorriso duro para mim, divertindo-se de repente.

— Minha mente não funciona bem? Eu sou alguma aberração? — As palavras me incomodavam mais do que deviam, provavelmente porque a especulação dele acertara na mosca. Eu sempre suspeitei disso e me constrangia ver tudo confirmado.

— Ouço vozes em minha mente e está preocupada que *você* seja a aberração — ele riu. — Não se preocupe, é só uma teoria... — Sua face se enrijeceu. — O que nos leva de volta a você.

Suspirei. Como começar?

— Já não deixamos as evasivas para trás agora? — ele me lembrou delicadamente.

Desviei os olhos de seu rosto pela primeira vez, tentando encontrar as palavras. Foi por acaso que vi o velocímetro.

— Mas que droga! — gritei. — Reduza!

— Qual é o problema? — Ele ficou sobressaltado. Mas o carro não desacelerou.

— Está indo a 150 por hora! — eu ainda gritava. Lancei um olhar de pânico pela janela, mas estava escuro demais para ver grande coisa. O caminho só era visível no longo trecho de luz azulada dos faróis. A floresta junto às margens da estrada era como um muro preto: duro feito uma barreira de aço se derrapássemos na estrada nesta velocidade.

— Relaxe, Bella. — Ele revirou os olhos, ainda sem reduzir.

— Está tentando nos matar? — perguntei.

— Não vamos bater.

Tentei modular minha voz.

— Por que está com tanta pressa?

— Sempre dirijo assim. — Ele se virou para me dar um sorriso torto.

— Não tire os olhos da estrada!

— Nunca sofri um acidente, Bella... Nunca, nem mesmo uma multa. — Ele sorriu e deu um tapinha na testa. — Detector embutido de radar.

— Muito engraçado. — Eu me enfureci. — Charlie é policial, lembra? Fui criada para respeitar as leis de trânsito. Além disso, se nos transformar numa pizza de Volvo em um tronco de árvore, *você* vai conseguir escapar.

— Provavelmente — concordou ele com um riso curto e duro. — Mas você não vai. — Ele suspirou, e eu vi com alívio o ponteiro aos poucos cair para os 120. — Satisfeita?

— Quase.

— Odeio dirigir devagar — resmungou ele.

— Isso é devagar?

— Chega de comentários sobre como eu dirijo — rebateu ele. — Ainda estou esperando por sua teoria mais recente.

Mordi o lábio. Ele olhou para mim, os olhos de mel inesperadamente gentis.

— Eu não vou rir — prometeu ele.

— Meu maior medo é que você fique com raiva de mim.

— É tão ruim assim?

— Muito ruim, sim.

Ele esperou. Eu olhava minhas mãos, então não pude ver sua expressão.

— Continue. — Sua voz era calma.

— Não sei por onde começar — admiti.

— Por que não começa do início... Você disse que não inventou isso sozinha.

— Não.

— De onde tirou... De um livro? Um filme? — sondou ele.

— Não... Foi no sábado, na praia. — Arrisquei uma olhada para a cara dele. Ele parecia confuso. — Eu estive com um velho amigo da família... Jacob Black — continuei. — O pai dele e Charlie são amigos desde que eu era bebê.

Ele ainda parecia confuso.

— O pai dele é um dos anciãos quileutes. — Eu o observava com cuidado. Sua expressão confusa congelou ali. — Fomos dar uma caminhada... — Eu editava todo o meu esquema da história — ... e ele me contou algumas lendas antigas... Acho que tentando me assustar. Ele me contou uma... — Eu hesitei.

— Continue — disse ele.

— Sobre vampiros. — Percebi que eu estava sussurrando. Não conseguia olhar a cara dele agora. Mas vi os nós de seus dedos se apertarem convulsivamente no volante.

— E imediatamente pensou em mim? — Ainda calmo.

— Não. Ele... falou na sua família.

Ele ficou em silêncio, encarando a estrada.

De repente fiquei alarmada, preocupada em proteger Jacob.

— Ele só achava que era uma superstição tola — eu disse rapidamente. — Não esperava que eu acreditasse nela. — Isso não parecia o suficiente; eu tinha que confessar. — A culpa foi minha, eu o obriguei a me contar.

— Por quê?

— Lauren disse uma coisa sobre você... Ela tentava me provocar. E um garoto mais velho disse que sua família não podia ir à reserva, só que deu a impressão de que queria dizer uma coisa diferente. Então consegui ficar sozinha com Jacob e arranquei dele — admiti, inclinando a cabeça.

Ele me surpreendeu, rindo. Olhei para ele. Estava rindo, mas os olhos eram ferozes, olhando direto para a frente.

— Arrancou dele? — perguntou Edward.

— Tentei paquerar... Saiu melhor do que eu esperava. — A descrença tingiu minha voz enquanto eu me lembrava.

— Gostaria de ter visto isso. — Ele deu uma risadinha sombria. — E você me acusou de deixar as pessoas tontas... Coitado do Jacob Black.

Eu corei e olhei para a noite pela minha janela.

— O que você fez depois? — perguntou ele após um minuto.

— Pesquisei um pouco na internet.

— E isso a convenceu? — Sua voz não demonstrava interesse. Mas as mãos estavam agarradas no volante.

— Não. Nada se encaixava. A maior parte era meio boba. E então... — eu parei.

— O quê?

— Concluí que não importava — sussurrei.

— Não *importava*? — Seu tom de voz me fez olhar. Eu finalmente tinha rompido sua máscara cuidadosamente composta. A expressão dele era incrédula, com um toque de raiva que eu temia.

— Não — eu disse suavemente. — Não importa para mim o que você é.

Um tom ríspido de escárnio penetrou sua voz.

— Você não liga que eu seja um monstro? Que eu não seja *humano*?

— Não.

Ele ficou em silêncio, olhando para a frente de novo. Seu rosto era vazio e frio.

— Você está com raiva — suspirei. — Eu não devia ter dito nada.

— Não — disse ele, mas sua voz era tão dura quanto o rosto. — Queria mesmo saber o que você estava pensando... Mesmo que o que pense seja loucura.

— Então estou errada de novo? — eu o desafiei.

— Não é a isso que estou me referindo. "Não importa!" — citou ele, trincando os dentes.

— Eu estou certa? — ofeguei.

— Isso *importa*?

Respirei fundo.

— Na verdade, não — parei. — Mas *estou* curiosa. — Minha voz, enfim, estava composta.

Ele de repente se resignou.

— Está curiosa com o quê?

— Quantos anos você tem?

— Dezessete — respondeu ele prontamente.

— E há quanto tempo tem 17 anos?

Seus lábios se retorceram enquanto ele olhava a estrada.

— Há algum tempo — admitiu ele por fim.

— Tudo bem. — Eu sorri, satisfeita que ele ainda estivesse sendo sincero comigo. Ele me olhou de um jeito cauteloso, como fizera antes, quando se preocupou que eu entrasse em choque. Dei um sorriso largo de estímulo e ele franziu a testa. — Não ria... Mas como pode sair durante o dia?

Ele riu mesmo assim.

— Mito.

— Queimado pelo sol?

— Mito.

— Dormir em caixões?

— Mito. — Ele hesitou por um momento e um tom peculiar entrou em sua voz. — Não posso dormir.

Levei um minuto para absorver essa.

— Nunca?

— Nunca — disse ele, a voz quase inaudível. Ele se virou para me olhar com uma expressão pensativa. Os olhos dourados sustentaram os meus, e perdi o fio da meada. Eu o encarei até que ele desviasse os olhos.

— Ainda não me fez a pergunta mais importante. — Sua voz agora era ríspida e, quando ele se virou para mim, de novo os olhos eram frios.

Eu pestanejei, ainda tonta.

— Qual?

— Não está preocupada com a minha dieta? — perguntou ele sarcasticamente.

— Ah — murmurei —, isso.

— É, isso. — Sua voz era fria. — Quer saber se bebo sangue?

Eu vacilei.

— Bom, o Jacob disse alguma coisa sobre isso.

— O que o Jacob disse? — perguntou ele categoricamente.

— Disse que vocês não... caçam pessoas. Disse que sua família não devia ser perigosa porque vocês só caçavam animais.

— Ele disse que não éramos perigosos? — A voz dele era profundamente cética.

— Não exatamente. Ele disse que vocês não *deviam* ser perigosos. Mas os quileutes ainda não querem vocês nas terras deles, por segurança.

Ele olhou para a frente, mas eu não sabia se estava vendo a estrada.

— E aí, ele tem razão? Sobre não caçar pessoas? — Tentei manter minha voz o mais estável possível.

— Os quileutes têm boa memória — sussurrou ele.

Tomei isto como uma confirmação.

— Mas não permita que isso a deixe complacente — ele me alertou. — Eles têm razão em manter distância de nós. Ainda somos perigosos.

— Não entendi.

— Nós tentamos — explicou ele lentamente. — Em geral somos muito bons no que fazemos. Às vezes cometemos erros. Eu, por exemplo, me permitindo ficar sozinho com você.

— Isso é um erro? — Ouvi a tristeza em minha voz, mas não sabia se ele também tinha percebido.

— Um erro muito perigoso — murmurou ele.

Então nós dois ficamos em silêncio. Olhei os faróis girando com as curvas da estrada. Andavam rápido demais; não parecia real, parecia um videogame. Eu estava ciente de que o tempo passava rapidamente, como a estrada escura diante de nós, e tinha um medo pavoroso de nunca ter outra oportunidade de estar com ele assim de novo — abertamente, sem os muros entre nós, pelo menos uma vez. Suas palavras apontavam para o fim e eu rejeitei a ideia. Eu não podia perder um minuto que fosse com ele.

— Me conte mais — pedi desesperadamente, sem me importar com o que ele disse, só para ouvir sua voz outra vez.

Ele me olhou rapidamente, sobressaltado com a mudança em meu tom de voz.

— O que mais quer saber?

— Me conte por que vocês caçam animais em vez de gente — sugeri, a voz ainda tingida de desespero. Percebi que meus olhos estavam úmidos e lutei contra a tristeza que tentava me dominar.

— Eu *não quero* ser um monstro. — Sua voz era muito baixa.

— Mas os animais não bastam?

Ele parou.

— É claro que não posso ter certeza, mas comparo isso a viver de tofu e leite de soja; nós nos dizemos vegetarianos, nossa piadinha particular. Não sacia completamente a fome... ou melhor, a sede. Mas isso nos mantém fortes o suficiente para resistir. Na maior parte do tempo. — Sua voz ficou agourenta. — Algumas vezes é mais difícil do que em outras.

— Está muito difícil para você agora? — perguntei.

Ele suspirou.

— Sim.

— Mas agora não está com fome — disse eu com confiança; era uma afirmação, e não uma pergunta.

— Por que pensa assim?

— Seus olhos. Eu disse que tinha uma teoria. Percebi que as pessoas, em particular os homens, ficam mais rabugentos quando estão com fome.

Ele riu.

— Você é bem observadora, não é?

Não respondi; só fiquei ouvindo o som de seu riso, confiando-o à memória.

— Foi caçar no fim de semana, com Emmett? — perguntei quando ele ficou em silêncio de novo.

— Fui. — Ele parou por um segundo, como se decidisse se diria ou não alguma coisa. — Eu não queria ir, mas era necessário. É muito mais fácil ficar perto de você quando não estou com sede.

— Por que não queria ir?

— Me deixa... angustiado... ficar longe de você. — Seus olhos eram gentis mas intensos, e pareciam amolecer meus ossos. — Eu não estava brincando quando lhe pedi para tentar não cair no mar nem ser atropelada na quinta passada. Fiquei disperso o fim de semana todo, preocupado com você. E depois do que aconteceu esta noite, é uma surpresa que você tenha passado por todo o fim de semana incólume. — Ele sacudiu a cabeça, depois pareceu se lembrar de alguma coisa. — Bom, não totalmente incólume.

— Como é?

— Suas mãos — ele me lembrou. Olhei para a palma de minhas mãos, para os arranhões quase curados. Seus olhos não perdiam nada.

— Eu caí — suspirei.

— Foi o que pensei. — Seus lábios se curvaram nos cantos. — Imagino que, sendo você, podia ter sido muito pior... E essa possibilidade me atormentou o tempo todo em que estive fora. Foram três dias muito longos. Eu dei nos nervos de Emmett. — Ele sorriu pesaroso para mim.

— Três dias? Não voltou hoje?

— Não, voltamos no sábado.

— Então por que nenhum de vocês foi à escola? — Eu estava frustrada, quase com raiva ao pensar em quanta decepção tinha sofrido por causa da ausência dele.

— Bom, você perguntou se o sol me machucava, e não machuca. Mas não posso sair na luz do sol... Pelo menos, não onde todo mundo possa ver.

— E por quê?

— Um dia eu mostro — prometeu ele.

Pensei nisso por um momento.

— Podia ter me telefonado — concluí.

Ele ficou desnorteado.

— Mas eu sabia que estava segura.

— Mas *eu* não sabia onde *você* estava. Eu... — hesitei, baixando os olhos.

— O quê? — A voz de veludo me compelia.

— Não gosto disso. Não ver você. Me deixa angustiada também. — Eu corei ao dizer isso em voz alta.

Ele ficou em silêncio. Olhei para ele, apreensiva, e vi que sua expressão era de dor.

— Ah — gemeu ele baixinho. — Isso é um erro.

Não consegui entender a resposta dele.

— O que eu disse?

— Não vê, Bella? Uma coisa é eu mesmo ficar infeliz, outra bem diferente é você se envolver tanto. — Ele virou os olhos angustiados para a estrada, suas palavras fluindo quase rápidas demais para que eu entendesse. — Não quero ouvir que você se sente assim. — Sua voz era baixa mas urgente. As palavras me açoitavam. — Está errado. Não é seguro. Eu sou perigoso, Bella... Por favor, entenda isso.

— Não. — Tentei ao máximo não parecer uma criança rabugenta.

— Estou falando sério — grunhiu ele.

— Eu também. Eu disse, não importa o que você seja. É tarde demais.

A voz dele açoitou, baixa e ríspida.

— Nunca mais diga isso.

Mordi o lábio e fiquei feliz por ele não poder saber o quanto isso me magoou. Olhei a estrada. Agora devíamos estar perto. Ele dirigia rápido demais.

— No que está pensando? — perguntou ele, a voz ainda áspera. Eu só sacudi a cabeça, sem saber se conseguiria falar. Podia sentir o olhar dele em meu rosto, mas mantive os olhos na estrada. — Está chorando? — Ele pareceu apavorado. Eu não havia percebido que a umidade em meus olhos tinha transbordado. Rapidamente esfreguei a mão no rosto e é claro que as lágrimas traiçoeiras estavam ali, entregando-me.

— Não — eu disse, mas minha voz falhava.

Eu o vi estender a mão direita para mim, hesitante, mas depois ele parou e a recolocou devagar no volante.

— Desculpe. — Sua voz ardia de arrependimento. Eu sabia que ele não estava se desculpando só pelas palavras que me entristeceram.

A escuridão deslizava por nós em silêncio.

— Diga uma coisa — pediu ele depois de outro minuto, e pude ouvir que ele lutava para usar um tom mais leve.

— Sim?

— O que estava pensando hoje à noite, pouco antes de eu aparecer na esquina? Não consegui entender a sua expressão... Você não parecia tão assustada, parecia que estava se concentrando muito em alguma coisa.

— Tentava me lembrar de como incapacitar um agressor... Sabe como é, defesa pessoal. Eu ia esmagar o nariz dele no cérebro. — Pensei no homem de cabelo escuro com um surto de ódio.

— Você ia lutar com eles? — Isto o aborreceu. — Não pensou em correr?

— Eu caio muito quando corro — admiti.

— E gritar por ajuda?

— Eu ia chegar a essa parte.

Ele sacudiu a cabeça.

— Você tem razão... Definitivamente estou lutando contra o destino ao tentar manter você viva.

Eu suspirei. Estávamos reduzindo, passando pelos limites de Forks. Levou menos de vinte minutos.

— Vou ver você amanhã? — perguntei.

— Vai... Também tenho que entregar um trabalho. — Ele sorriu. — Vou guardar um lugar para você no refeitório.

Era uma idiotice, depois de tudo pelo que passamos esta noite, que essa pequena promessa tenha feito meu estômago revirar e me deixado incapaz de falar.

Estávamos diante da casa de Charlie. As luzes estavam acesas, minha picape no lugar dela, tudo completamente normal. Era como acordar de um sonho. Ele parou o carro, mas eu não me mexi.

— *Promete* estar lá amanhã?

— Prometo.

Considerei isso por um momento, depois assenti. Tirei a jaqueta, dando uma última fungadela.

— Pode ficar com ela... Não vai ter casaco para amanhã — lembrou-me ele.

Eu a devolvi.

— Não quero ter que explicar a Charlie.

— Ah, sim. — Ele sorriu.

Eu hesitei, minha mão na maçaneta da porta, tentando prolongar o momento.

— Bella? — perguntou ele num tom diferente, sério, mas hesitante.

— Sim? — Eu me virei para ele ansiosa demais.

— Me promete uma coisa?

— Prometo — eu disse, e de imediato me arrependi de minha aquiescência incondicional. E se ele me pedisse para ficar longe dele? Eu não ia poder manter a promessa.

— Não vá à floresta sozinha.

Eu o fitei, perplexa.

— Por quê?

Ele franziu o cenho, e seus olhos estavam semicerrados ao fitar pela janela.

— Nem sempre eu sou a coisa mais perigosa por lá. E vamos parar por aqui.

Estremeci um pouco com a súbita frieza na voz dele, mas fiquei aliviada. Pelo menos esta era uma promessa fácil de honrar.

— Como quiser.

— A gente se vê amanhã — ele suspirou, e eu sabia que agora ele queria que eu saísse.

— Amanhã, então. — Abri a porta do carro sem vontade nenhuma.

— Bella? — Eu me virei e ele se inclinou para mim, o rosto pálido e glorioso a centímetros do meu. Meu coração parou de bater. — Durma bem — disse. Seu hálito soprou em minha face, estonteando-me. Era o mesmo cheiro delicioso que havia em sua jaqueta, mas de uma forma mais concentrada. Pisquei, completamente tonta. Ele se afastou.

Fui incapaz de me mexer até que meu cérebro de algum modo se regularizou. Depois saí do carro desajeitada, apoiando-me. Pensei ter ouvido Edward rir, mas o som era baixo demais para que eu tivesse certeza.

Ele esperou até que eu cambaleasse para a porta da frente e depois ouvi o motor acelerar baixinho. Eu me virei e vi o carro prata desaparecer na esquina. Percebi que estava muito frio.

Peguei a chave mecanicamente, destranquei a porta e entrei. Charlie chamou da sala de estar.

— Bella?

— É, pai, sou eu. — Fui até lá para vê-lo. Ele assistia a um jogo de beisebol.

— Chegou cedo.

— Cheguei? — Fiquei surpresa.

— Ainda não são nem oito horas — ele me disse. — Vocês se divertiram?

— É... Foi muito divertido. — Minha cabeça girava enquanto eu tentava me lembrar da noite que tinha planejado com as meninas. — As duas acharam vestidos.

— Está tudo bem com você?

— Só estou cansada. Eu andei muito.

— Bom, talvez deva ir dormir agora. — Ele parecia preocupado. Eu me perguntei o que meu rosto revelava.

— Só vou ligar para a Jessica primeiro.

— Mas você não estava com ela? — perguntou ele, surpreso.

— Estava... Mas deixei meu casaco no carro dela. Quero me certificar de que ela leve amanhã.

— Bom, deixe que ela chegue em casa primeiro.

— Tem razão — concordei.

Fui para a cozinha e desabei, exausta, numa cadeira. Agora me sentia realmente tonta. Imaginei se afinal ia entrar em choque. Controle-se, disse a mim mesma.

De repente o telefone tocou, assustando-me. Eu o peguei do gancho.

— Alô? — perguntei sem fôlego.

— Bella?

— Oi, Jess. Eu ia ligar para você agora.

— Já chegou em casa? — Sua voz era de alívio... e surpresa.

— É. Deixei meu casaco no seu carro... Pode levar para mim amanhã?

— Claro. Mas me conta o que aconteceu! — exigiu ela.

— Hmmm, amanhã... Na aula de trigonometria, tá legal?

Ela entendeu rapidamente.

— Ah, o seu pai está aí?

— É, é isso mesmo.

— Tudo bem. A gente se fala amanhã, então. Tchau! — Pude ouvir a impaciência na voz dela.

— Tchau, Jess.

Subi a escada devagar, um estupor pesado nublando minha mente. Executei os movimentos de me preparar para dormir sem prestar nenhuma atenção ao que estava fazendo. Foi só no banho — a água quente demais, minha pele ardia — que percebi que estava congelando. Estremeci violentamente por vários minutos antes de o jato de vapor finalmente relaxar meus músculos rígidos. Depois fiquei embaixo do chuveiro, cansada demais para me mexer, até que a água quente começou a acabar.

Tropecei para fora do boxe, enrolando-me seguramente em uma toalha, tentando manter o calor da água para que os tremores dolorosos não voltassem. Vesti-me para dormir rapidamente e fui para debaixo de meu cobertor, enroscando-me como uma bola, abraçando-me para me aquecer. Alguns pequenos tremores me assaltaram.

Minha mente ainda girava tonta, cheia de imagens que eu não conseguia entender e algumas que eu lutava para reprimir. No início, nada parecia claro, mas, à medida que me aproximava aos poucos da inconsciência, algumas certezas tornaram-se evidentes.

De três coisas eu estava convicta. Primeira, Edward era um vampiro. Segunda, havia uma parte dele — e eu não sabia que poder essa parte teria — que tinha sede do meu sangue. E terceira, eu estava incondicional e irrevogavelmente apaixonada por ele.

10
Interrogações

Pela manhã, foi muito difícil debater com a parte de mim que tinha certeza de que a noite passada tinha sido um sonho. A lógica não estava do meu lado, nem o bom senso. Agarrei-me às partes que eu não podia ter imaginado — como o cheiro dele. Tinha certeza de que nunca teria inventado isso sozinha.

Do lado de fora de minha janela, havia neblina e estava escuro, absolutamente perfeito. Ele não tinha motivos para não ir à escola hoje. Coloquei minhas roupas pesadas, lembrando-me de que não tinha casaco. Mais uma prova de que minhas lembranças eram reais.

Quando desci, Charlie já havia saído novamente — eu ia me atrasar mais do que tinha percebido. Engoli uma barra de granola em três dentadas, empurrei para dentro com leite bebido direto da caixa, e corri porta afora. Por sorte, a chuva daria um tempo até eu poder encontrar Jessica.

A neblina era incomum; o ar era quase fumarento. A bruma era gelada onde se grudava na pele exposta de meu rosto e meu pescoço. Eu estava louca para entrar no calor de minha picape. Era uma neblina tão densa que eu estava a pouca distância da entrada de veículos antes de perceber o carro; um carro prata. Meu coração disparou, tropeçou e recuperou o batimento no dobro da velocidade.

Não vi de onde ele veio, mas de repente ele estava ali, abrindo a porta para mim.

— Quer uma carona comigo hoje? — perguntou, divertindo-se com minha expressão ao me pegar de surpresa outra vez. Havia incerteza na voz dele. Ele realmente estava me dando alternativas — eu estava livre para recusar, e parte dele esperava por isso. Era uma esperança vã.

— Quero, obrigada — eu disse, tentando manter a voz calma. Enquanto entrava no carro quente, percebi uma jaqueta caramelo pendurada no banco do carona. A porta se fechou atrás de mim e, antes que eu pensasse ser possível, ele estava sentado ao meu lado, dando a partida no carro.

— Trouxe o casaco para você. Não quero que adoeça nem nada disso. — Sua voz era cautelosa. Percebi que ele mesmo não estava de casaco, só com um blusão de tricô cinza com gola em V e mangas compridas. Novamente, o tecido colava em seu peito perfeitamente musculoso. Era um tributo colossal a seu rosto que meus olhos se afastassem daquele corpo.

— Não sou tão frágil assim — eu disse, mas puxei o casaco para o colo, passando os braços pelas mangas compridas demais, curiosa para ver se o cheiro podia ser tão bom quanto minha lembrança dele. Era melhor ainda.

— Não é? — ele me contradisse numa voz tão baixa que não tive certeza se queria que eu ouvisse.

Seguimos pelas ruas envoltas de névoa, sempre rápido demais, com uma estranha sensação. Minha sensação, pelo menos. Na noite passada, todos os muros ruíram... Quase todos. Não sei se ainda seríamos tão francos hoje. Isso me travou a língua. Esperei que ele falasse.

Ele se virou para sorrir com malícia para mim.

— Que foi, hoje não tem vinte perguntas?

— Minhas perguntas o incomodam? — indaguei, aliviada.

— Não tanto quanto suas reações. — Ele parecia estar brincando, mas eu não podia ter certeza.

Franzi o cenho.

— Eu reajo tão mal assim?

— Não, e é esse o problema. Você leva tudo com tanta frieza... Não é natural. Fico me perguntando o que realmente está pensando.

— Sempre digo a você o que estou pensando.

— Você edita — acusou ele.

— Não muito.

— O bastante para me deixar louco.

— Você não quer ouvir — murmurei, quase sussurrando. Assim que as palavras saíram, me arrependi delas. A dor em minha voz era muito fraca; só podia esperar que ele não a tivesse percebido.

Ele não respondeu e me perguntei se eu tinha estragado o clima. Seu rosto era ilegível enquanto seguíamos no carro para o estacionamento da escola. Algo me ocorreu, tardiamente.

— Onde está a sua família? — perguntei, muito contente por estar sozinha com ele, mas lembrando que o carro dele em geral estava cheio.

— Eles usaram o carro da Rosalie. — Ele deu de ombros ao estacionar ao lado de um conversível vermelho com a capota suspensa. — Chamativo, não é?

— Hmmm, caramba — disse à meia-voz. — Se ela tem *isso*, por que pega carona com você?

— Como eu disse, é chamativo. Nós *tentamos* nos misturar.

— E não conseguem. — Eu ri e sacudi a cabeça enquanto saíamos do carro. Não estava mais atrasada; a direção lunática de Edward me levou à escola com tempo de folga. — Então por que Rosalie dirigiu hoje se ele é mais visível?

— Não percebeu? Agora estou quebrando *todas* as regras. — Ele se juntou a mim na frente do carro, ficando bem perto, ao meu lado, ao andarmos para o campus. Eu queria estreitar essa pequena distância, estender a mão e tocar nele, mas tinha medo de que ele não gostasse.

— Por que vocês têm carros assim, então? — perguntei-me em voz alta. — Se procuram ter privacidade?

— Um prazer — admitiu ele com um sorriso diabólico. — Todos gostamos de correr.

— Imagino — murmurei.

Sob o abrigo da marquise do refeitório, Jessica esperava, os olhos quase saltando da cara. No braço, Deus a abençoe, estava meu casaco.

— Oi, Jessica — eu disse quando estávamos a alguns metros de distância. — Obrigada por lembrar. — Ela me passou o casaco sem dizer nada.

— Bom dia, Jessica — disse Edward educadamente. Não era culpa dele que sua voz fosse tão irresistível. Ou do que seus olhos eram capazes.

— É... oi. — Ela levou os olhos arregalados para mim, tentando organizar os pensamentos confusos. — Acho que vejo você na trigonometria. — Ela me lançou um olhar sugestivo e eu reprimi um suspiro. Que diabos ia dizer a ela?

— É, a gente se vê lá.

Ela se afastou, parando duas vezes para nos espiar por sobre o ombro.

— O que vai dizer a ela? — murmurou Edward.

— Ei, pensei que você não podia ler minha mente! — sibilei.

— Não posso — disse ele, sobressaltado. Depois a compreensão iluminou seus olhos. — Mas posso ler a dela... Ela vai pegar você de surpresa na sala.

Eu gemi ao tirar o casaco dele e entregá-lo, substituindo-o pelo meu. Ele dobrou o casaco no braço.

— Então, o que vai dizer a ela?

— Que tal uma mãozinha? — pedi. — O que ela quer saber?

Ele sacudiu a cabeça, sorrindo com malícia.

— Isso não é justo.

— Não, você não está partilhando o que sabe... *Isso* é que não é justo.

Ele deliberou por um momento enquanto andávamos. Paramos do lado de fora da porta de minha primeira aula.

— Ela quer saber se estamos namorando escondido. E ela quer saber como você se sente com relação a mim — disse ele por fim.

— Caramba. O que devo dizer? — Tentei manter minha expressão muito inocente. As pessoas passavam diante de nós a caminho da sala, provavelmente encarando, mas eu mal percebia a presença delas.

— Hmmm. — Ele parou para pegar em meu pescoço uma mecha solta de cabelo que estava escapando do rabo de cavalo e a colocou no lugar. Meu coração crepitou de hiperatividade. — Acho que pode dizer sim à primeira pergunta... Se não se importa... É mais fácil do que qualquer outra explicação.

— Não me importo — eu disse numa voz fraquinha.

— E quanto à outra pergunta de Jessica... Bom, eu estarei ouvindo para saber eu mesmo a resposta.

Um lado de sua boca se repuxou em meu sorriso torto preferido. Não consegui recuperar o fôlego com rapidez suficiente para responder a esta observação. Ele se virou e foi embora.

— A gente se vê no almoço — disse ele sobre o ombro. Três pessoas que passavam pela porta pararam para olhar para mim.

Corri para dentro da sala, corada e irritada. Ele era um trapaceiro e tanto. Agora eu estava ainda mais preocupada com o que ia dizer a Jessica. Sentei em meu lugar de sempre, batendo a bolsa no chão de tão aborrecida.

— Bom dia, Bella — disse Mike da carteira ao meu lado. Olhei para cima e vi uma cara estranha e quase resignada. — Como foi em Port Angeles?

— Foi... — Não havia um jeito honesto de contar tudo. — Ótimo — concluí, pouco convincente. — A Jessica conseguiu um vestido lindo.

— Ela disse alguma coisa sobre a noite de segunda? — perguntou ele, os olhos brilhando. Eu sorri com o rumo que a conversa tomava.

— Disse que se divertiu muito — garanti a ele.

— Se divertiu, é? — disse ele, ansioso.

— Com certeza.

O Sr. Mason chamou a atenção da turma, pedindo-nos para entregar nossos trabalhos. As aulas de inglês e depois educação cívica passaram indistintas, enquanto eu me preocupava em como explicar as coisas a Jessica e me afligia se Edward realmente estaria ouvindo o que eu dissesse por meio dos pensamentos de Jess. Como esse talentozinho dele podia ser inconveniente — quando não estava salvando minha vida.

A neblina quase tinha se dissolvido no final do segundo tempo, mas o dia ainda estava escuro, com nuvens baixas e opressivas. Eu sorri para o céu.

Edward tinha razão, é claro. Quando entrei na aula de trigonometria, Jessica estava sentada na fila de trás, quase quicando na cadeira de tão agitada. Com relutância, fui me sentar ao lado dela, tentando me convencer de que seria melhor acabar com tudo assim que fosse possível.

— Me conta tudo! — exigiu ela antes que eu me sentasse.

— O que quer saber? — tentei escapar.

— O que aconteceu ontem à noite?

— Ele me levou para jantar e depois me levou em casa.

Ela me encarou, com sua expressão rija de ceticismo.

— Como chegou em casa tão rápido?

— Ele dirige como um louco. Foi apavorante. — Esperei que ele tivesse ouvido isso.

— Foi tipo um encontro, disse a ele para encontrar você lá?

Não precisei pensar nisso.

— Não... Eu fiquei *muito* surpresa em vê-lo lá.

Os lábios dela se contraíram de decepção com a sinceridade transparente em minha voz.

— Mas ele pegou você para vir à escola hoje? — sondou ela.

— Foi... Isso também foi uma surpresa. Ele percebeu que eu não estava com o casaco ontem à noite — expliquei.

— E vocês vão sair de novo?

— Ele se ofereceu para me levar a Seattle no sábado porque acha que minha picape não aguenta... Isso conta?

— Conta. — Ela assentiu.

— Bom, então, sim.

— Ca-ram-ba. — Ela exagerou as três sílabas da palavra. — Edward Cullen.

— Eu sei — concordei. "Caramba" era pouco.

— Peraí! — As mãos dela voaram para cima, as palmas viradas para mim como se estivesse parando o trânsito. — Ele beijou você?

— Não — murmurei. — Não foi nada disso.

Ela pareceu decepcionada. Eu certamente também estava.

— Acha que no sábado...? — Ela ergueu as sobrancelhas.

— Duvido muito. — A insatisfação em minha voz foi mal disfarçada.

— Sobre o que vocês conversaram? — Ela pressionou para ter mais informações aos cochichos. A aula tinha começado, mas o Sr. Varner não prestava atenção e não éramos as únicas que ainda conversavam.

— Sei lá, Jess, um monte de coisas — cochichei também. — Falamos um pouco do trabalho de inglês. — Um pouquinho de nada. Acho que ele mencionou isso de passagem.

— Por favor, Bella — implorou ela. — Me dê alguns detalhes.

— Bom... Tudo bem, tenho um. Devia ter visto a garçonete paquerando ele... Foi um exagero. Mas ele não deu nenhuma atenção a ela. — Ele que faça o que puder disso.

— É um bom sinal — assentiu ela. — Ela era bonita?

— Muito... E devia ter uns 19 ou 20 anos.

— Melhor ainda. Ele deve gostar de você.

— Eu *acho* que sim, mas é difícil saber. Ele é sempre tão enigmático. — Lancei essa para persuadi-lo, suspirando.

— Não sei como você tem coragem de ficar sozinha com ele — cochichou ela.

— Por quê? — Eu estava chocada, mas ela não entendeu minha reação.

— Ele é tão... intimidador. Eu não saberia o que dizer a ele. — Ela fez uma careta, provavelmente se lembrando desta manhã ou de ontem à noite, quando ele lançou toda a força dominadora de seus olhos.

— Tenho uns problemas de incoerência quando estou perto dele — admiti.

— Ah, sim. Ele *é mesmo* incrivelmente bonito. — Jessica deu de ombros como se isso desculpasse qualquer defeito. O que, de acordo com as regras dela, desculpava mesmo.

— Há muito mais nele do que isso.

— É mesmo? Tipo o quê?

Eu queria deixar essa passar. Quase tanto quanto esperava que ele estivesse brincando quando disse que ia ouvir.

— Não posso explicar muito bem... Mas ele é ainda mais inacreditável *por trás* daquele rosto. — O vampiro que queria ser bom, que corria para salvar a vida das pessoas para que não fosse um monstro... Fiquei olhando a frente da sala.

— Será *possível*? — ela riu.

Eu a ignorei, tentando dar a impressão de que prestava atenção ao Sr. Varner.

— Então gosta dele, né? — Ela não ia desistir.

— Gosto — disse eu rispidamente.

— Quer dizer, você *realmente* gosta dele? — insistiu ela.

— Gosto — eu disse de novo, corando. Esperava que esse detalhe não fosse registrado nos pensamentos dela.

Ela não se contentaria com uma resposta tão curta.

— O *quanto* você gosta dele?

— Demais — cochichei. — Mais do que ele gosta de mim. Mas não vejo como evitar isso. — Eu suspirei, com um rubor se misturando ao outro.

Depois, felizmente, o Sr. Varner fez uma pergunta a Jessica.

Ela não teve chance de recomeçar o assunto durante a aula e, assim que o sinal tocou, dei um jeito de escapar.

— Na aula de inglês, o Mike me perguntou se você disse alguma coisa sobre a noite de segunda — contei a ela.

— Tá brincando! O que você disse? — ela arfou, completamente desviada.

— Disse a ele que você falou que se divertiu muito... Ele pareceu satisfeito.

— Me conta exatamente o que ele disse, e sua resposta exata!

Passamos o resto da caminhada dissecando as estruturas frasais e a maior parte da aula de espanhol em uma descrição minuciosa das expressões faciais de Mike. Eu não teria me importado de estender o assunto por tanto tempo se não estivesse preocupada que a conversa voltasse para mim.

E então tocou o sinal do almoço. Enquanto eu pulava de minha cadeira, jogando os livros de qualquer jeito na bolsa, minha expressão exaltada deve ter dado a dica a Jessica.

— Não vai se sentar com a gente hoje, não é? — adivinhou ela.

— *Acho* que não. — Não podia ter certeza se ele ia desaparecer daquele jeito inconveniente de novo.

Mas do lado de fora de nossa sala de espanhol, encostado na parede — parecendo mais um deus grego do que qualquer um teria direito — Edward esperava por mim. Jessica deu uma olhada, revirou os olhos e partiu.

— A gente se vê, Bella. — A voz dela estava cheia de subentendidos. Eu talvez tivesse que desligar a campainha do telefone.

— Oi. — A voz dele era divertida e irritada ao mesmo tempo. Ele esteve ouvindo, isso era evidente.

— Oi.

Não consegui pensar em mais nada para dizer e ele não falou — esperando pela oportunidade, eu imaginei —, então foi uma caminhada silenciosa até o refeitório. Andar com Edward durante o movimentado horário de almoço foi quase como meu primeiro dia aqui, todo mundo olhava.

Ele foi na frente indicando o lugar na fila, ainda sem dizer nada, mas seus olhos se viravam para meu rosto a cada poucos segundos, sua expressão especulativa. Parecia que a irritação estava cedendo espaço para a diversão como emoção predominante no rosto dele. Remexi nervosa no zíper de meu casaco.

Ele foi até o balcão e encheu uma bandeja de comida.

— O que está fazendo? — contestei. — Não está pegando tudo isso para mim, não é?

Ele sacudiu a cabeça, avançando um passo para pagar pela comida.

— Metade é para mim, é claro.

Ergui uma sobrancelha.

Ele seguiu na frente para o mesmo lugar em que nos sentamos antes. Do outro lado da mesa comprida, um grupo de veteranos nos olhava surpreso enquanto nos sentávamos um de frente para o outro. Edward parecia distraído.

— Pegue o que quiser — disse ele, empurrando a bandeja para mim.

— Estou curiosa — eu disse enquanto pegava uma maçã, virando-a nas mãos —, o que você faria se alguém o desafiasse a comer comida?

— Você é sempre curiosa. — Fez uma careta, sacudindo a cabeça.

Ele olhou para mim, sustentando meu olhar enquanto levantava a fatia de pizza da bandeja, e deliberadamente mordeu um pedaço, mastigou rapidamente e engoliu. Eu observei, de olhos arregalados.

— Se alguém desafiasse você a comer terra, você poderia, não é? — perguntou ele com condescendência.

Franzi o nariz.

— Eu comi uma vez... num desafio — admiti. — Não foi tão ruim.

Ele riu.

— Eu não devia me surpreender. — Algo por sobre meu ombro parecia atrair a atenção dele.

— Jessica está analisando tudo o que eu faço... Ela vai cair em cima de você depois. — Ele empurrou o resto da pizza para mim. A menção a Jessica devolveu uma pontada de irritação a suas feições.

Baixei a maçã e dei uma dentada na pizza, desviando os olhos, sabendo que ele estava prestes a começar.

— Então a garçonete era bonita, é? — perguntou ele casualmente.

— Você não percebeu mesmo?

— Não. Não estava prestando atenção. Tinha muita coisa em mente.

— Coitada. — Agora eu podia ser generosa.

— Teve uma coisa que você disse a Jessica que... bom, me incomodou. — Ele se recusava a se distrair. Sua voz era rouca e ele olhava de soslaio com olhos perturbados.

— Não me surpreende que tenha ouvido alguma coisa de que não gostou. Você sabe o que dizem sobre ouvir a conversa dos outros — lembrei a ele.

— Eu avisei que estaria ouvindo.

— E eu avisei que você não ia querer saber tudo o que eu estava pensando.

— Avisou mesmo — concordou ele, mas sua voz ainda era áspera. — Mas você não está exatamente correta. Quero saber o que está pensando... Tudo. É só que preferia... que você não ficasse pensando certas coisas.

Dei um olhar zangado.

— É uma honraria e tanto.

— Mas não é o que interessa no momento.

— Então o que é? — Agora estávamos inclinados um para o outro sobre a mesa. Ele estava com as mãos brancas e grandes cruzadas sob o queixo; eu me inclinei para a frente, a mão direita envolvendo meu pescoço. Tive que lembrar a mim mesma que estávamos em um refeitório lotado, com provavelmente muitos olhares curiosos em nós. Era fácil demais ficarmos presos em nossa própria bolha particular e tensa.

— Acredita sinceramente que gosta mais de mim do que eu de você? — murmurou ele, aproximando-se mais ao falar, com os olhos dourado-escuros penetrantes.

Tentei me lembrar de como soltar o ar. Tive que desviar os olhos para recuperar a respiração.

— Está fazendo aquilo de novo — murmurei.

Os olhos dele se arregalaram de surpresa.

— O quê?

— Me deixando tonta — admiti, tentando me concentrar ao voltar a olhar para ele.

— Ah. — Ele franziu o cenho.

— Não é culpa sua — suspirei. — Você não consegue evitar.

— Vai responder à pergunta?

Olhei para baixo.

— Sim.

— Sim, você vai responder, ou sim, você realmente pensa isso? — Ele estava irritado de novo.

— Sim, eu realmente penso isso. — Mantive os olhos baixos na mesa, acompanhando o padrão dos veios falsos de madeira estampados no laminado. O silêncio se arrastava. Desta vez, por teimosia, eu me recusei a ser a primeira a rompê-lo, lutando com todas as minhas forças contra a tentação de olhar a expressão dele.

Por fim ele falou, a voz suave de veludo.

— Está errada.

Olhei para ele e vi que seus olhos eram gentis.

— Não pode saber disso — discordei num sussurro. Sacudi a cabeça em dúvida, mas meu coração afundou com as palavras dele e eu queria muito acreditar nelas.

— O que a faz pensar assim? — Seus olhos de topázio fluido eram penetrantes — tentando inutilmente, pressupus, levantar a verdade direto de minha mente.

Sustentei o olhar dele, lutando para pensar com clareza, apesar da cara de Edward, buscando uma maneira de explicar. Enquanto procurava pelas palavras, pude ver que ele ficava impaciente; frustrado com meu silêncio, ele começava a fechar a cara. Tirei a mão do pescoço e ergui um dedo.

— Me deixe pensar — insisti. Sua expressão clareou, agora que ele estava satisfeito que eu pretendesse responder. Deixei minha mão cair na mesa, movendo a mão esquerda para que as palmas se juntassem. Olhei minhas mãos, girando os dedos, enquanto finalmente eu falava.

— Bom, além do óbvio, às vezes... — hesitei. — Não posso ter certeza... *eu* não sei ler a mente de ninguém... mas às vezes parece que você está tentando dizer adeus quando diz outra coisa. — Era o melhor que eu podia fazer para exprimir a sensação de angústia provocada em mim pelas palavras dele de vez em quando.

— Perceptiva — sussurrou ele. E lá estava a angústia de novo, vindo à tona com a confirmação dele de meu medo. — Mas é exatamente por isso que está errada — ele começou a explicar, mas seus olhos se estreitaram. — O que quer dizer com "o óbvio"?

— Bom, olhe para mim — eu disse, desnecessariamente, pois ele já me encarava. — Sou absolutamente comum... Bom, a não ser pelas coisas ruins, como todas as experiências de quase morte e por ser tão desastrada, o que me torna praticamente incapaz. E olhe para você. — Acenei para ele e toda a sua perfeição desconcertante.

Por um momento sua testa se crispou de irritação, depois suavizou-se enquanto seus olhos assumiam uma expressão maliciosa.

— Você não se vê com muita clareza, sabia? Vou admitir que você é terrível com as coisas ruins — ele riu sombriamente —, mas você não sabia o que cada garoto humano desta escola estava pensando no seu primeiro dia aqui.

Eu pisquei, atônita.

— Não acredito... — murmurei para mim mesma.

— Confie em mim só desta vez... Você é o contrário do comum.

Meu constrangimento foi muito mais forte do que meu prazer com o olhar que ele me deu ao dizer isso. Rapidamente lembrei-o de meu argumento original.

— Mas não estou dizendo adeus — assinalei.

— Não entende? Isso prova que estou certo. Eu é que gosto mais, porque se eu puder fazer isso — ele sacudiu a cabeça, parecendo lutar com a ideia —, se partir é a coisa certa a fazer, então vou me magoar por continuar magoando você, para manter você segura.

Olhei para ele.

— E não acha que eu faria o mesmo?

— Você nunca precisou tomar esta decisão.

Seu humor imprevisível mudou de novo, abruptamente; um sorriso arrasador e maligno rearrumou suas feições.

— É claro que manter você segura está começando a parecer uma ocupação de tempo integral que requer minha presença constante.

— Ninguém tentou me assassinar hoje — lembrei a ele, grata pelo tema mais leve. Não queria que ele falasse novamente em despedidas. Se fosse preciso, acho que eu podia me colocar em perigo de propósito só para que ele estivesse perto... Bani este pensamento antes que seus olhos rápidos o lessem em meu rosto. Esta ideia definitivamente me traria problemas.

— Ainda — acrescentou ele.

— Ainda — concordei; eu teria discutido, mas agora queria que ele esperasse por desastres.

— Tenho outra pergunta para você. — Seu rosto ainda estava despreocupado.

— Manda.

— Você realmente precisa ir a Seattle neste sábado, ou essa era só uma desculpa para dizer não a todos os seus admiradores?

Fiz uma careta com a lembrança.

— Sabe de uma coisa, ainda não perdoei você pela história do Tyler — alertei-o. — É por sua culpa que ele se iludiu em pensar que vou ao baile dos alunos com ele.

— Ah, ele teria encontrado uma oportunidade de convidar você sem mim... Eu só queria ver a sua cara — ele riu. Eu teria ficado mais irritada se o riso dele não fosse tão fascinante. — Se eu a convidasse, você teria rejeitado *a mim*? — perguntou ele, ainda rindo consigo mesmo.

— Provavelmente não — admiti. — Mas eu teria cancelado depois... Fingindo doença ou um tornozelo torcido.

Ele ficou confuso.

— Por que faria isso?

Sacudi a cabeça com tristeza.

— Pelo visto, você nunca me viu na educação física, mas achava que iria entender.

— Está se referindo ao fato de que você não consegue andar numa superfície plana e estável sem encontrar alguma coisa em que tropeçar?

— É óbvio.

— Isso não seria um problema. — Ele era muito confiante. — Tudo depende de quem conduz. — Ele podia ver que eu estava prestes a protestar e me interrompeu. — Mas você não me disse... Está decidida a ir a Seattle ou não se importa se fizermos uma coisa diferente?

Como a parte do "nós" ainda estava ali, não me importei com mais nada.

— Estou aberta a alternativas — cedi. — Mas tenho um favor a pedir.

Ele me olhou cauteloso, como sempre acontecia quando eu fazia uma pergunta pela metade.

— O que é?

— Posso dirigir?

Ele franziu a testa.

— E por quê?

— Bom, principalmente porque quando eu disse a Charlie que ia a Seattle, ele me perguntou especificamente se eu ia sozinha e, na hora, eu ia mesmo. Se ele me perguntasse novamente, eu provavelmente não ia mentir, mas não acho que ele *vá* perguntar de novo, e deixar minha picape em casa só levantaria o assunto sem nenhuma necessidade. E, além disso, porque você dirige de um jeito que me dá medo.

Ele revirou os olhos.

— De todas as coisas sobre mim que podem assustá-la, você se preocupa com meu jeito de dirigir. — Ele sacudiu a cabeça de desgosto, mas depois seus olhos estavam sérios de novo. — Não quer contar a seu pai que vai passar o dia comigo? — Havia alguma coisa por trás da pergunta dele que eu não entendi.

— Com Charlie é melhor não pecar pelo excesso. — Eu sabia muito bem disso. — Aonde vamos, aliás?

— O tempo estará bom, então vou ficar longe dos olhares públicos... E você pode ficar comigo, se quiser. — Novamente, ele estava deixando a decisão nas minhas mãos.

— E vai me mostrar o que quis dizer sobre o sol? — perguntei, animada com a ideia de revelar outro de seus aspectos desconhecidos.

— Vou. — Ele sorriu e depois parou. — Mas se não quiser ficar... só comigo, ainda prefiro que não vá a Seattle sozinha. Eu tremo só de pensar nos problemas que você pode arranjar numa cidade daquele tamanho.

Fiquei aborrecida.

— Phoenix é três vezes maior do que Seattle... só em termos de população. Em tamanho...

— Mas ao que parece — ele me interrompeu — sua hora não ia chegar em Phoenix. Então é melhor ficar perto de mim. — Seus olhos assumiram aquele ardor injusto de novo.

Eu não podia argumentar, nem com os olhos nem com a motivação, e de qualquer modo era uma questão discutível.

— Por acaso, eu não me preocupo de ficar sozinha com você.

— Eu sei — ele suspirou, meditando. — Mas devia contar ao Charlie.

— Por que diabos eu faria isso?

Seus olhos ficaram de repente ameaçadores.

— Para me dar um pequeno incentivo para trazê-la de volta.

Engoli em seco. Mas, depois de pensar um momento, eu tive certeza.

— Acho que vou correr o risco.

Ele suspirou com raiva e desviou os olhos.

— Vamos falar de outra coisa — sugeri.

— Do que você quer falar? — perguntou ele. Ainda estava irritado.

Olhei em volta de nós, certificando-me de que estávamos fora do alcance de ouvidos alheios. Ao passar os olhos pelo salão, captei o olhar da irmã dele, Alice, me encarando. Os outros olhavam para Edward. Virei a cara rapidamente, de volta a ele, e fiz a primeira pergunta que me veio à mente.

— Por que foi àquele lugar em Goat Rocks no fim de semana passado... para caçar? Charlie disse que não era um bom lugar para caminhadas, por causa dos ursos.

Ele me encarou como se eu tivesse deixado escapar alguma coisa muito óbvia.

— Ursos? — arfei e ele sorriu com malícia. — Sabe de uma coisa, não é temporada de ursos — acrescentei austera, para esconder meu espanto.

— Se ler com cuidado, a lei só diz respeito a caça com armas — ele me informou.

Ele olhou para minha cara com prazer enquanto a ficha caía.

— Ursos? — repeti com dificuldade.

— Os pardos são os preferidos de Emmett. — Sua voz ainda era descuidada, mas os olhos analisavam minha reação. Tentei me recompor.

— Hmmm — eu disse, dando outra dentada na pizza como desculpa para olhar para baixo. Mastiguei devagar e depois tomei um longo gole de Coca sem olhar para ele. — E aí — eu disse depois de um momento, encontrando por fim seu olhar, agora ansioso. — Qual é o seu preferido?

Ele ergueu uma sobrancelha e os cantos de sua boca se viraram para baixo em desaprovação.

— O leão da montanha.

— Ah — eu disse num tom educadamente desinteressado, procurando por meu refrigerante novamente.

— É claro que — disse ele, e seu tom espelhava o meu — precisamos ter o cuidado de não causar impacto ambiental com uma caçada imprudente. Tentamos nos concentrar em áreas com uma superpopulação de predadores... na maior extensão que precisarmos. Sempre há muitos cervos por aqui, e eles vão servir, mas que diversão há nisso? — Ele sorriu, me provocando.

— Que diversão? — murmurei com outra dentada na pizza.

— O início da primavera é a temporada de ursos preferida de Emmett... Eles estão saindo da hibernação, então são mais irritadiços. — Ele sorriu de alguma piada que lembrou.

— Não há nada mais divertido do que um urso pardo irritado — concordei, assentindo.

Ele riu baixinho, sacudindo a cabeça.

— Me diga o que realmente está pensando, por favor.

— Estou tentando imaginar... mas não consigo — admiti. — Como vocês caçam um urso sem armas?

— Ah, nós temos armas. — Ele faiscou os dentes brilhantes em um sorriso breve e ameaçador. Lutei para não tremer antes que isso pudesse me expor. — Mas não do tipo que consideram quando redigem as leis de caça. Se já viu um ataque de urso pela televisão, deve poder visualizar Emmett caçando.

Não consegui impedir o tremor seguinte que reverberou por minha coluna. Espiei pelo refeitório para Emmett, grata por ele não estar olhando na minha direção. As faixas largas de músculos que envolviam seus braços e o torso agora eram ainda mais ameaçadoras.

Edward acompanhou meu olhar e riu. Eu olhei para ele, enervada.

— Você também é como um urso? — perguntei em voz baixa.

— Mais como o leão, ou é o que me dizem — disse ele levemente. — Talvez nossas preferências sejam indicativas.

Tentei sorrir.

— Talvez — repeti. Mas minha mente estava cheia de imagens contraditórias que eu não conseguia fundir. — É uma coisa que eu poderia ver?

— Claro que não! — Seu rosto ficou ainda mais branco do que o de costume e seus olhos de repente estavam furiosos. Eu me recostei, atordoada e, embora nunca admitisse isso a ele, assustada com sua reação. Ele também recostou, cruzando os braços.

— É assustador demais para mim? — perguntei quando consegui controlar minha voz de novo.

— Se fosse assim, eu levaria você esta noite — disse ele, a voz cortante. — Você *precisa* de uma dose saudável de medo. Nada pode ser mais benéfico para você.

— Então por quê? — pressionei, tentando ignorar sua expressão irritada.

Ele me olhou por um longo minuto.

— Depois — disse ele por fim. Ele ficou de pé em um movimento leve. — Vamos nos atrasar.

Olhei em volta, sobressaltada ao ver que ele tinha razão e o refeitório estava quase vazio. Quando eu estava com ele, o tempo e o lugar eram uma coisa tão desordenada e indistinta que eu perdia completamente a percepção dos dois. Pulei de pé, pegando minha bolsa do encosto da cadeira.

— Depois, então — concordei. Eu não ia me esquecer.

11
COMPLICAÇÕES

TODO MUNDO NOS VIU ANDANDO JUNTOS PARA NOSSO LUGAR DO laboratório. Percebi que ele não virou mais a cadeira para se sentar o mais distante possível de mim. Em vez disso, sentou-se bem ao meu lado, nossos braços quase se tocando.

O Sr. Banner entrou na sala naquele momento — que senso de oportunidade soberbo tinha aquele homem — empurrando um rack alto de metal, sobre rodas, que sustentava uma TV pesadona e obsoleta e um videocassete. Dia de filme — a melhora no astral da sala era quase tangível.

O Sr. Banner enfiou a fita no relutante videocassete e foi até a parede para apagar a luz.

E então, assim que a sala escureceu, de repente fiquei hiperconsciente de que Edward estava sentado a menos de três centímetros de mim. Fiquei pasma com a eletricidade inesperada que fluía por meu corpo, maravilhada que fosse possível ter *mais* consciência dele do que eu já tinha. Quase fui dominada por um impulso louco de estender a mão e tocá-lo, afagar seu rosto perfeito pelo menos uma vez no escuro. Cruzei os braços bem firmes no peito, os punhos bem apertados. Eu estava perdendo o juízo.

Começaram os créditos de abertura, iluminando a sala um pouquinho. Meus olhos, por vontade própria, vagaram para ele. Sorri timidamente ao notar que sua postura era idêntica à minha, os punhos cerrados sob os braços, olhando-me de lado. Ele também sorriu, os olhos de certo modo conseguindo arder, mesmo no escuro. Virei o rosto antes que começasse a ofegar. Era absolutamente ridículo que eu ficasse tonta.

A hora pareceu muito comprida. Eu não conseguia me concentrar no filme — nem sabia qual era o tema. Tentei sem sucesso relaxar, mas a corrente elétrica que parecia se originar de algum lugar no corpo dele não se atenuou. De vez em quando eu me permitia uma olhada rápida na direção dele, que também não parecia relaxar. O intenso desejo de tocá-lo também se recusava a diminuir, e eu apertei os punhos nas costelas até que meus dedos doeram do esforço.

Soltei um suspiro de alívio quando o Sr. Banner acendeu a luz no fundo da sala e estiquei os braços diante de mim flexionando os dedos enrijecidos. Edward riu ao meu lado.

— Bom, isso foi interessante — murmurou ele. Sua voz era sombria e os olhos, cautelosos.

— Hmmm — foi só o que consegui responder.

— Vamos? — perguntou ele, levantando-se facilmente.

Eu quase gemi. Hora da educação física. Levantei-me com cuidado, preocupada que meu equilíbrio pudesse ter sido afetado pela nova e estranha intensidade entre nós.

Ele me acompanhou em silêncio até minha aula seguinte e parou na porta. Virei-me para me despedir. Seu rosto me assustou — a expressão era dilacerada, quase de dor, e tão terrivelmente linda que o desejo de tocá-lo voltou a cintilar com a mesma força. Minha despedida ficou presa na garganta.

Ele ergueu a mão, hesitante, o conflito assolando seu olhar, e afagou rapidamente meu rosto com a ponta dos dedos. Sua pele estava gelada, como sempre, mas o rastro de seus dedos em minha pele era alarmantemente quente — como se eu tivesse queimado, mas sem sentir a dor.

Ele se virou sem dizer nada e se afastou depressa de mim.

Entrei no ginásio, alegre e trêmula. Vaguei para o vestiário, trocando de roupa em transe, apenas vagamente ciente de que havia outras pessoas em volta de mim. Só caí na realidade quando me deram uma raquete. Não era pesada, e no entanto eu a sentia pouco segura em minha mão. Pude ver alguns dos outros alunos da turma me olhando furtivamente. O treinador Clapp nos mandou formar duplas.

Graças aos céus, alguns vestígios do cavalheirismo de Mike ainda estavam vivos; ele veio se postar ao meu lado.

— Quer fazer dupla comigo?

— Obrigada, Mike... Sabe que não precisa fazer isso. — Fiz uma careta à guisa de desculpas.

— Não se preocupe, vou me manter fora de seu alcance. — Ele sorriu. Às vezes era tão fácil gostar de Mike.

Não foi assim tão tranquilo. De algum jeito eu consegui bater a raquete na minha própria cabeça e golpear o ombro de Mike num mesmo movimento. Passei o resto do tempo no fundo da quadra, a raquete colocada com segurança às minhas costas. Apesar de levar desvantagem por minha causa, Mike era muito bom; venceu três games de quatro jogando sozinho. Ele me cumprimentou com uma batida de mãos não merecida quando o treinador finalmente tocou o apito, encerrando a aula.

— E aí — disse ele enquanto saíamos da quadra.

— E aí o quê?

— Você e o Cullen, hein? — perguntou ele num tom meio revoltado. Minha sensação anterior de afeto desapareceu.

— Isso não é da sua conta, Mike — alertei, xingando Jessica por dentro, amaldiçoando-a a arder nos abismos do Inferno.

— Não gosto disso — murmurou ele de qualquer forma.

— Não tem que gostar ou não — rebati.

— Ele olha para você como se... Como se você fosse uma coisa de comer — continuou ele, ignorando-me.

Sufoquei a raiva que ameaçava explodir, mas uma risadinha conseguiu sair apesar de meus esforços. Ele me fitou. Acenei e disparei para o vestiário.

Vesti-me rapidamente, algo mais estranho do que borboletas batendo as asas sem parar nas paredes de meu estômago, e minha discussão com Mike já uma lembrança distante. Eu me perguntava se Edward estaria esperando, ou se deveria encontrar com ele no carro. E se a família dele estivesse ali? Senti uma onda de puro terror. Será que eles sabiam que eu sabia? Deveria eu saber que eles sabiam que eu sabia, ou não?

Quando saí do ginásio, tinha simplesmente decidido ir a pé direto para casa sem sequer olhar o estacionamento. Mas minhas preocupações eram desnecessárias. Edward me esperava, encostado despreocupadamente na lateral do ginásio, o rosto de tirar o fôlego agora tranquilo. Enquanto ia para o lado dele, senti um alívio peculiar.

— Oi — sussurrei, com um sorriso enorme.

— Olá. — Seu sorriso de resposta era reluzente. — Como foi a educação física?

Meu rosto desmoronou um pouquinho.

— Legal — menti.

— É mesmo? — Ele não estava convencido. Seus olhos mudaram um pouco de foco, olhando por sobre meu ombro e se estreitando. Olhei para trás e vi as costas de Mike se afastando.

— Que foi? — perguntei.

Os olhos dele voltaram para mim, ainda estreitos.

— O Newton está me dando nos nervos.

— Não estava ouvindo de novo, estava? — Fiquei apavorada. Todos os vestígios de meu súbito bom humor desapareceram.

— Como está a sua cabeça? — perguntou ele, inocente.

— Você é inacreditável! — Eu me virei, marchando na direção do estacionamento, embora eu não pretendesse andar a essa altura.

Ele me acompanhou com facilidade.

— Foi você quem disse que eu nunca a vira na educação física... Isso me deixou curioso. — Ele não parecia arrependido, então o ignorei.

Andamos em silêncio — um silêncio furioso e constrangido de minha parte — até o carro dele. Mas tive que parar a alguns passos — uma multidão, todos meninos, cercavam o Volvo. Depois percebi que eles não estavam em volta do Volvo, na verdade estavam em volta do conversível vermelho de Rosalie, o desejo inconfundível em seus olhos. Nenhum deles sequer olhou quando Edward passou entre eles para abrir a porta do carro. Eu subi rapidamente no banco do carona, quase despercebida.

— Chamativo — murmurou ele.

— Que carro é esse? — perguntei.

— Um M3.

— Eu não falo a língua da *Car and Driver*.

— É um BMW. — Ele revirou os olhos, sem olhar para mim, tentando dar a ré sem atropelar os entusiastas de automóveis.

Eu assenti — já ouvira alguma coisa sobre isso.

— Ainda está com raiva? — perguntou enquanto manobrava cuidadosamente para sair dali.

— Com certeza.

Ele suspirou.

— Pode me perdoar se eu pedir desculpas?

— Talvez... Se for sincero. E se me prometer que não vai fazer isso de novo — insisti.

Seus olhos de repente ficaram perspicazes.

— E se eu for sincero *e* concordar em dar uma carona no sábado? — contra-atacou ele.

Pensei no assunto e decidi que esta devia ser a melhor oferta que eu conseguiria.

— Feito — concordei.

— Então me desculpe por tê-la aborrecido. — Seus olhos arderam de sinceridade por um momento prolongado, acabando com o ritmo de meu coração, e depois ficaram brincalhões. — E estarei na sua porta na brilhante manhã de sábado, bem cedo.

— Hmmm, não vai me ajudar nos problemas com o Charlie se um Volvo desconhecido estiver na entrada de carros.

O sorriso dele agora era condescendente.

— Não era minha intenção aparecer de carro.

— Como...

Ele me interrompeu.

— Não se preocupe com isso. Eu estarei lá, sem carro.

Deixei essa passar. Tinha uma pergunta mais premente.

— Já é depois? — perguntei, sugestivamente.

Ele franziu o cenho.

— Acho que já é depois.

Mantive a expressão educada enquanto esperava.

Ele parou o carro. Olhei para ele, surpresa — é claro que já estávamos na casa de Charlie, estacionados atrás da picape. Era mais fácil andar de carro com ele se eu só olhasse quando acabasse. Quando voltei a olhar para ele, Edward me encarava, medindo-me com os olhos.

— E você ainda quer saber por que não pode me ver caçar? — Ele parecia solene, mas pensei ter visto um traço de humor no fundo de seus olhos.

— Bom — esclareci —, eu estava me perguntando sobre sua reação.

— Eu não a assustei? — Sim, sem dúvida havia humor ali.

— Não — menti. Ele não caiu nessa.

— Desculpe por assustá-la — insistiu ele com um sorriso leve, mas depois todas as evidências de deboche desapareceram. — Foi a ideia de que você estivesse lá... enquanto nós caçávamos. — Seu queixo se apertou.

— Seria tão ruim assim?

Ele falou entre dentes.

— Extremamente.

— Por quê...?

Ele respirou fundo e olhou pela janela para as nuvens carregadas que rolavam e pareciam pesar, quase ao alcance da mão.

— Quando caçamos — disse ele lentamente, sem nenhuma vontade —, nós nos entregamos aos nossos sentidos... que governam menos com nossa mente aberta. Em especial o olfato. Se você estivesse perto de mim quando eu perdesse o controle desse jeito... — Ele sacudiu a cabeça, ainda encarando sombriamente as nuvens pesadas.

Mantive a expressão firmemente sob controle, esperando pelo rápido lampejo em seus olhos para avaliar minha reação, que logo se seguiu. Meu rosto não transpareceu nada.

Mas sustentamos o olhar e o silêncio se aprofundou — e mudou. As ondas de eletricidade que senti naquela tarde começaram a carregar a atmosfera enquanto ele fitava insistentemente meus olhos. Foi só quando minha cabeça começou a girar que percebi que eu não estava respirando. Quando puxei o ar numa respiração entrecortada, quebrando o silêncio, ele fechou os olhos.

— Bella, acho que devia entrar agora. — Sua voz baixa era áspera, os olhos nas nuvens de novo.

Abri a porta e a lufada ártica que irrompeu para dentro do carro ajudou a clarear minha mente. Com medo de tropeçar com minha vertigem, saí do carro com cuidado e fechei a porta sem olhar para trás. O zumbido do vidro elétrico baixando fez com que eu me virasse.

— Ah, Bella? — ele me chamou, a voz mais controlada. Ele se inclinou para a janela aberta com um sorriso fraco nos lábios.

— Sim?

— Amanhã é a minha vez.

— Sua vez de quê?

Ele abriu um sorriso largo, os dentes reluzentes faiscando.

— De fazer as perguntas.

E depois ele se foi, o carro veloz pela rua, desaparecendo na esquina antes que eu pudesse organizar os pensamentos. Eu sorri ao andar até em casa. Estava claro que ele pretendia me ver amanhã, simplesmente.

Naquela noite Edward apareceu em meus sonhos, como sempre. Mas o clima de minha inconsciência mudara. Fiquei arrepiada com a mesma eletricidade que se descarregara naquela tarde e me virei na cama sem parar, acordando com frequência. Eram as primeiras horas da manhã quando finalmente afundei em um sono exausto e sem sonhos.

Quando despertei ainda estava cansada, mas também irritada. Vesti o suéter marrom de gola rulê e a inseparável calça jeans, suspirando ao devanear com alças finas e shorts. O café da manhã foi o de sempre, silencioso, como eu esperava. Charlie fritou ovos para ele; eu comi uma tigela de cereais. Perguntei-me se ele tinha se esquecido deste sábado. Ele respondeu a minha pergunta muda enquanto se levantava para colocar o prato na pia.

— Sobre este sábado... — começou ele, andando pela cozinha e abrindo a torneira.

Eu me encolhi.

— Sim, pai?

— Ainda vai a Seattle? — perguntou ele.

— O plano era esse. — Fiz uma careta, querendo que ele não tivesse levantado o assunto para eu não ter que compor cuidadosas meias-verdades.

Ele espremeu um pouco de detergente no prato e o esfregou com uma esponja.

— E tem certeza de que não pode voltar a tempo para o baile?

— Eu não vou ao baile, pai. — Olhei fixamente para ele.

— Ninguém convidou você? — perguntou ele, tentando esconder sua preocupação, concentrando-se em enxaguar o prato.

Evitei o campo minado.

— São as meninas que convidam.

— Ah. — Ele franziu a testa enquanto secava o prato.

Eu me solidarizei com ele. Deve ser difícil ser pai; viver com medo de que sua filha conheça o rapaz de quem goste, mas também se preocupar que ela não conheça. Seria horrível, pensei, tremendo, se Charlie tivesse a mais leve indicação do que eu *gostava* exatamente.

Charlie então saiu, com um aceno de despedida, e eu subi para escovar os dentes e pegar meus livros. Quando ouvi a radiopatrulha arrancar, só precisei esperar alguns segundos para olhar por minha janela. O carro prata já estava ali, esperando na vaga de Charlie, na entrada de carros. Desci a escada aos saltos e saí pela porta da frente, perguntando-me quanto tempo continuaria essa rotina estranha. Eu não queria que tivesse um fim.

Ele esperava no carro e não pareceu ver quando fechei a porta sem me incomodar em passar a chave. Andei até o Volvo, parando timidamente antes de abrir a porta e entrar. Ele sorria, relaxado — e, como sempre, perfeito e lindo de um jeito aflitivo.

— Bom dia. — Sua voz era sedosa. — Como está hoje? — Seus olhos vagaram por meu rosto, como se a pergunta fosse algo mais do que mera cortesia.

— Bem, obrigada. — Eu estava sempre bem, muito mais do que bem, quando ele estava perto de mim.

Seu olhar se demorou nas minhas olheiras.

— Parece cansada.

— Não consegui dormir — confessei, balançando automaticamente o cabelo em meus ombros para ter alguma cobertura.

— Nem eu — brincou ele enquanto ligava o motor. Eu estava me acostumando com o zumbido baixo. Tinha certeza de que o rugido de minha picape me assustaria se eu voltasse a dirigi-la.

Eu ri.

— Acho que tem razão. Imagino que eu tenha dormido um pouco mais do que você.

— Posso apostar que dormiu.

— Então o que fez na noite passada? — perguntei.

Ele riu.

— Sem chances. É meu dia de fazer perguntas.

— Ah, é verdade. O que quer saber? — Minha testa se crispou. Não conseguia imaginar nada sobre mim que pudesse ser de algum interesse para ele.

— Qual é a sua cor preferida? — perguntou ele, a cara séria.

Revirei os olhos.

— Muda de um dia para o outro.

— Qual é a sua cor preferida hoje? — Ele ainda era solene.

— Talvez marrom. — Eu tendia a me vestir de acordo com meu humor.

Ele bufou, deixando de lado a expressão séria.

— Marrom? — perguntou ele, cético.

— Claro. Marrom é quente. Eu *sinto falta* do marrom. Tudo o que deve ser marrom... Troncos de árvores, pedras, terra... Fica o tempo todo coberto por uma coisa verde e mole por aqui — reclamei.

Ele pareceu fascinado com meu pequeno discurso extravagante. Pensou por um momento, olhando-me nos olhos.

— Tem razão — concluiu, sério novamente. — Marrom é quente. — Ele estendeu a mão, rapidamente, mas ainda meio hesitante, para tirar o cabelo de meu ombro.

Agora estávamos na escola. Ele se virou para mim enquanto parava na vaga.

— Que música está em seu CD player agora? — perguntou ele, a expressão tão sombria que parecia ter pedido por uma confissão de homicídio.

Percebi que nunca tirei o CD que Phil me dera. Quando disse o nome da banda, ele deu um sorriso torto, uma expressão peculiar nos olhos. Abriu um compartimento sob o CD player do carro, tirou um dos trinta e tantos CDs que se espremiam no pequeno espaço e passou a mim.

— De Debussy a isto? — Ele ergueu uma sobrancelha.

Era o mesmo CD. Examinei a capa conhecida, mantendo os olhos baixos.

Continuou assim pelo resto do dia. Enquanto me acompanhava até a aula de inglês, quando me encontrou depois da aula de espanhol, em toda a hora do almoço, ele me perguntou incansavelmente sobre cada detalhe insignificante da minha existência. Os filmes de que eu gostei e os que odiei, os poucos lugares em que estive e os muitos lugares aonde queria ir, e livros — livros incontáveis.

Não conseguia me lembrar da última vez que falei tanto. Volta e meia me sentia constrangida, certa de que o entediava. Mas seu rosto totalmente absorto e o fluxo interminável de perguntas me compeliam a continuar. A maioria de suas perguntas era fácil, só algumas me fizeram corar um pouco. Mas quando eu corava, lá vinha outra rodada de perguntas.

Como na vez em que perguntou por minha pedra preciosa preferida e eu soltei topázio antes sequer de pensar. Ele atirava perguntas para mim com tal velocidade que me pareceu que eu estava fazendo um daqueles testes psiquiátricos, quando você responde a primeira coisa que lhe vem à mente. Tinha certeza de que ele teria continuado por qualquer lista mental que estivesse seguindo, a não ser pelo rubor. Minha cara se avermelhou porque, até muito recentemente, minha pedra preciosa preferida era a granada. Era impossível, enquanto fitava seus olhos cor de topázio, não me lembrar do motivo para a mudança. E naturalmente ele não parou até que eu admitisse por que estava constrangida.

— Conte-me — exigiu ele por fim, depois que não conseguiu me convencer, e não conseguiu só porque eu mantinha os olhos seguramente longe de seu rosto.

— É a cor dos seus olhos hoje — suspirei, rendendo-me, fitando minhas mãos enquanto revirava uma mecha do cabelo. — Acho que se você me fizesse essa pergunta há duas semanas, eu diria ônix. — Dei mais informações do que o necessário em minha sinceridade relutante e fiquei preocupada em provocar a raiva estranha que ardia sempre que eu escorregava e revelava com demasiada clareza como era obsessiva.

Mas a pausa dele foi muito curta.

— Que tipo de flores prefere? — disparou ele.

Suspirei de alívio e continuei com a psicanálise.

A aula de biologia foi complicada novamente. Edward continuou com seu interrogatório até que o Sr. Banner entrou na sala, arrastando de novo um rack audiovisual. Enquanto o professor se aproximava do interruptor de luz, percebi que Edward deslizava na cadeira um pouco para longe de mim. Isso não ajudou. Assim que a sala ficou escura, houve as mesmas faíscas elétricas, o mesmo desejo impaciente de estender a mão pelo curto espaço e tocar sua pele fria, como ontem.

Inclinei-me sobre a mesa, pousando o queixo nos braços cruzados, meus dedos escondidos agarrando a beira da mesa enquanto eu lutava para ignorar o desejo irracional que me perturbava. Não olhei para ele, com medo de que, se ele estivesse olhando para mim, fosse muito mais difícil manter o autocontrole. Sinceramente tentei ver o filme, mas no final da aula não fazia ideia do que vira. Suspirei de alívio novamente quando o Sr. Banner acendeu a luz, enfim olhando para Edward; ele me fitava, os olhos ambivalentes.

Ele se levantou em silêncio e ficou parado ali, esperando por mim. Fomos para o ginásio em silêncio, como ontem. E, como ontem, ele tocou meu rosto sem dizer nada — desta vez com as costas da mão fria, de minha têmpora até o queixo — antes de se virar e se afastar.

A aula de educação física passou rapidamente enquanto eu assistia ao show de badminton solitário de Mike. Ele não falou comigo hoje, em resposta a minha expressão vazia ou porque ainda estava irritado com nossa confusão de ontem. Em algum lugar, em um canto de minha mente, eu me senti mal por isso. Mas não consegui me concentrar nele.

Corri para me trocar depois da aula, apreensiva, sabendo que, quanto mais rápido andasse, mais cedo estaria com Edward. A pressão me deixou mais desajeitada do que de costume, mas por fim passei pela porta, sentindo o mesmo alívio quando o vi parado ali, um sorriso largo se espalhando automaticamente por meu rosto. Ele reagiu com um sorriso antes de se atirar a outro interrogatório.

Mas agora suas perguntas eram diferentes, não eram de resposta tão fácil. Ele queria saber do que eu sentia falta em minha cidade, insistindo nas descrições de qualquer coisa que não conhecesse. Ficamos sentados em frente à casa de Charlie por horas, à medida que o céu escurecia e a chuva descia em volta de nós num dilúvio repentino.

Tentei descrever coisas impossíveis, como o cheiro de creosoto — amargo, meio resinoso, mas ainda agradável —, o som alto e agudo das cigarras em julho, a esterilidade das árvores, o tamanho do céu, estendendo-se azul-esbranquiçado de um canto a outro do horizonte, sem ser interrompido pelas montanhas baixas cobertas de rocha vulcânica roxa. A coisa mais difícil de explicar era por que aquilo era tão bonito para mim — justificar a beleza que não estava ligada à vegetação esparsa e espinhosa que sempre parecia meio morta, uma beleza que tinha mais a ver com o formato exposto da terra, com as bacias rasas de vales entre as colinas escarpadas, e o modo como resistiam ao sol. Eu me vi usando as mãos ao tentar descrever isso para ele.

Suas perguntas em voz baixa me mantiveram falando livremente, esquecendo-me, na luz baixa da tempestade, de ficar constrangida por monopolizar a conversa. Por fim, quando tinha terminado de detalhar meu quarto abarrotado em casa, ele parou, em vez de responder com outra pergunta.

— Terminou? — perguntei com alívio.

— Nem cheguei perto... Mas seu pai vai chegar logo.

— Charlie! — De repente me lembrei da existência dele e suspirei. Olhei o céu escuro da chuva, mas não revelava nada. — Que horas são? — perguntei a mim mesma em voz alta ao olhar o relógio. Fiquei surpresa ao ver a hora; Charlie estaria vindo para casa agora.

— É a hora do crepúsculo — murmurou Edward, olhando o horizonte a oeste, obscurecido pelas nuvens. Sua voz era pensativa, como se sua mente estivesse em um lugar distante. Olhei para ele enquanto ele fitava sem ver pelo para-brisa.

Eu ainda o estava encarando quando seus olhos de repente se voltaram para os meus.

— É a hora do dia mais segura para nós — disse ele, respondendo à pergunta em meus olhos. — A hora mais fácil. Mas também a mais triste, de certa forma... O fim de outro dia, a volta da noite. A escuridão é tão previsível, não acha? — Ele sorriu tristonho.

— Gosto da noite. Sem o escuro, nunca veríamos as estrelas. — Franzi a testa. — Não que a gente veja muitas por aqui.

Ele riu e o clima ficou mais leve de repente.

— Charlie chegará daqui a alguns minutos. Então, a não ser que queira dizer a ele que vai comigo no sábado... — Ele ergueu uma sobrancelha.

— Ah, não, obrigada. — Peguei meus livros, percebendo que estava dura de ficar sentada por tanto tempo. — Então amanhã é a minha vez?

— Claro que não! — Sua expressão era de um falso ultraje. — Não lhe disse que não tinha acabado?

— O que mais pode haver?

— Vai descobrir amanhã. — Ele estendeu o braço para abrir a porta para mim e sua proximidade súbita provocou um frenesi de palpitações em meu coração.

Mas a mão dele congelou na maçaneta.

— Nada bom — murmurou ele.

— Que foi? — Fiquei surpresa ao ver que seu queixo estava trincado, os olhos perturbados.

Ele olhou para mim por um breve segundo.

— Outra complicação — disse ele mal-humorado.

Ele abriu a porta num movimento rápido e depois se afastou de mim, quase encolhido.

O lampejo de faróis através da chuva atraiu minha atenção à medida que um carro escuro encostava no meio-fio a pouca distância, de frente para nós.

— Charlie está chegando — alertou ele, encarando o outro veículo pelo aguaceiro.

Saltei para fora rapidamente, apesar de minha confusão e curiosidade. A chuva era mais alta ao bater no meu casaco.

Tentei distinguir as formas no banco da frente do outro carro, mas estava escuro demais. Pude ver Edward iluminado pelo brilho dos faróis do novo carro; ainda olhava à frente, seu olhar preso em alguma coisa ou alguém que eu não podia ver. Sua expressão era uma mistura estranha de frustração e desafio.

Depois ele acelerou o motor e os pneus cantaram no asfalto molhado. O Volvo ficou fora de vista em segundos.

— Ei, Bella! — gritou uma voz conhecida e rouca do lado do motorista no carro preto.

— Jacob? — perguntei, semicerrando os olhos com a chuva. Neste exato momento a radiopatrulha de Charlie virou a esquina, os faróis iluminando os ocupantes do carro diante de mim.

Jacob já estava saindo, o sorriso largo visível apesar da escuridão. No banco do carona havia um homem muito mais velho, um sujeito atarracado com um rosto memorável — um rosto que transbordava, as bochechas descansando nos ombros, com rugas que percorriam a pele curtida como uma velha jaqueta de couro. E os olhos surpreendentemente familiares, olhos pretos que pareciam ao mesmo tempo jovens e antigos demais para a cara larga em que se acomodavam. O pai de Jacob, Billy Black. Eu o reconheci de imediato, embora, nos mais de cinco anos em que não o via, tivesse esquecido seu nome quando Charlie falou dele em meu primeiro dia aqui. Ele me encarava, analisando meu rosto, então eu sorri, insegura. Seus olhos estavam arregalados, de choque ou medo, as narinas infladas. Meu sorriso esmaeceu.

Outra complicação, dissera Edward.

Billy ainda me fitava com olhos intensos e angustiados. Eu gemi por dentro. Será que Billy reconhecera Edward com tanta facilidade? Ele realmente poderia acreditar nas lendas impossíveis que o filho ridicularizava?

A resposta estava clara nos olhos de Billy. Sim. Sim, ele acreditava.

12
OSCILANDO

— BILLY! — GRITOU CHARLIE ASSIM QUE SAIU DO CARRO.

Eu me virei para a casa, acenando para Jacob enquanto corria para a varanda. Ouvi Charlie cumprimentá-los ruidosamente atrás de mim.

— Vou fingir que não o vi ao volante, Jake — disse ele num tom de censura.

— Conseguimos a carteira mais cedo na reserva — disse Jacob enquanto eu destrancava a porta e acendia a luz da varanda.

— Sei, claro que sim. — Charlie riu.

— Eu tenho que me locomover de algum jeito. — Reconheci com facilidade a voz ressoante de Billy, apesar dos anos. Seu som fez com que eu me sentisse mais nova de repente, uma criança.

Entrei, deixando a porta aberta e acendendo as luzes antes de pendurar o casaco. Depois fiquei parada à porta, olhando ansiosamente enquanto Charlie e Jacob ajudavam Billy a sair do carro e sentar em sua cadeira de rodas.

Saí do caminho quando os três entraram às pressas, sacudindo a água da chuva.

— Que surpresa — dizia Charlie.

— Faz muito tempo — respondeu Billy. — Espero que não seja má hora. — Seus olhos escuros lampejaram para mim de novo, a expressão indecifrável.

— Não, está tudo ótimo. Espero que possa ficar para o jogo.

Jacob sorriu.

— A ideia é essa... Nossa TV quebrou na semana passada.

Billy fez uma careta para o filho.

— E é claro que Jacob estava ansioso para ver Bella novamente — acrescentou ele. Jacob deu-lhe um olhar zangado e abaixou a cabeça enquanto eu lutava contra um surto de remorso. Talvez eu tivesse sido convincente demais na praia.

— Estão com fome? — perguntei, virando-me para a cozinha. Estava ansiosa para escapar do olhar perscrutador de Billy.

— Não, comemos antes de vir para cá — respondeu Jacob.

— E você, Charlie? — gritei por sobre o ombro enquanto fugia para a bancada.

— Claro — respondeu ele, a voz na direção da sala e da TV. Eu podia ouvir a cadeira de Billy seguindo-o.

Os sanduíches de queijo grelhados estavam na frigideira e eu fatiava um tomate quando senti alguém atrás de mim.

— E aí, como vão as coisas? — perguntou Jacob.

— Muito bem. — Eu sorri. Era difícil resistir a seu entusiasmo. — E você? Terminou seu carro?

— Não. — Ele franziu a testa. — Ainda preciso de peças. Pegamos esse emprestado. — Ele apontou com o polegar na direção do jardim.

— Lamento. Não vi nenhum... O que estava procurando mesmo?

— Um cilindro mestre. — Ele sorriu. — Alguma coisa errada com a picape? — perguntou ele de repente.

— Não.

— Ah, eu estranhei você não estar dirigindo.

Encarei a frigideira, levantando a beirada de um sanduíche para verificar o lado de baixo.

— Peguei uma carona com um amigo meu.

— Carona legal. — A voz de Jacob era de admiração. — Mas não reconheci o motorista. Pensei que conhecia a maior parte do pessoal daqui.

Assenti sem querer me comprometer, mantendo os olhos baixos ao virar os sanduíches.

— Meu pai parecia conhecê-lo de algum lugar.

— Jacob, pode me passar alguns pratos? Estão no armário embaixo da pia.

— Claro.

Ele pegou os pratos em silêncio. Eu esperava que ele agora desistisse do assunto.

— E aí, quem era? — perguntou, colocando dois pratos na bancada ao meu lado.

Suspirei, derrotada.

— Edward Cullen.

Para minha surpresa, ele riu. Olhei para ele. Jacob parecia meio constrangido.

— Acho que isso explica, então — disse ele. — Estava me perguntando por que meu pai agiu de um jeito tão estranho.

— É verdade. — Fingi uma expressão inocente. — Ele não gosta dos Cullen.

— Velho supersticioso — murmurou Jacob.

— Acha que ele vai dizer alguma coisa a Charlie? — Não consegui deixar de perguntar, as palavras saíram num fluxo lento.

Jacob olhou para mim por um momento e eu não consegui interpretar a expressão em seus olhos escuros.

— Duvido — respondeu por fim. — Acho que o Charlie lhe passou um belo sermão da última vez. Eles não se falaram muito desde então... Hoje à noite é meio que um reencontro, pelo que sei. Não acredito que ele vá levantar o assunto novamente.

— Ah — eu disse, tentando parecer indiferente.

Fiquei na sala depois de levar a comida para Charlie, fingindo ver o jogo enquanto Jacob conversava comigo. Na verdade eu ouvia a conversa dos homens, procurando por qualquer sinal de que Billy ia me entregar, tentando pensar em maneiras de impedi-lo se ele começasse.

Foi uma longa noite. Eu tinha um monte de dever de casa que não fizera, mas tinha medo de deixar Billy sozinho com Charlie. Por fim, o jogo terminou.

— Você e seus amigos vão voltar à praia logo? — perguntou Jacob enquanto empurrava o pai pela soleira da porta.

— Não sei — tentei escapar.

— Foi divertido, Charlie — disse Billy.

— Venha para o próximo jogo — encorajou Charlie.

— Claro, claro — respondeu Billy. — Nós viremos. Boa noite para vocês. — Seus olhos voltaram-se para os meus e seu sorriso desapareceu. — Cuide-se, Bella — acrescentou seriamente.

— Obrigada — murmurei, desviando os olhos.

Fui para a escada enquanto Charlie acenava da porta.

— Espere, Bella — disse ele.

Encolhi. Será que Billy conseguira de algum jeito falar antes que eu me juntasse a eles na sala?

Mas Charlie estava relaxado, ainda sorrindo da visita inesperada.

— Não tive a chance de conversar com você esta noite. Como foi seu dia?

— Foi bom. — Hesitei com um pé no primeiro degrau, procurando por detalhes que pudesse partilhar com segurança. — Meu time de badminton venceu todos os jogos.

— Puxa, não sabia que você jogava badminton.

— Bom, na verdade não jogo, mas meu parceiro é muito bom — admiti.

— Quem é ele? — perguntou Charlie, demonstrando preocupação.

— Hmmm.... Mike Newton — eu lhe disse com relutância.

— Ah, sim... Você disse que era amiga do rapaz dos Newton. — Ele se animou. — Boa família. — Ele refletiu por um minuto. — Por que não o convida para o baile deste fim de semana?

— Pai! — eu rosnei. — Ele está namorando minha amiga Jessica. E, além disso, você sabe que não sei dançar.

— Ah, sim — murmurou ele. Depois ele sorriu para mim, desculpando-se. — Então acho que é bom que esteja fora no sábado... Marquei de pescar com os rapazes da delegacia. O clima deve estar bem quente. Mas se quiser adiar a viagem até que alguém possa ir com você, eu fico em casa. Sei que deixo você muito sozinha aqui.
— Pai, você está se saindo muito bem. — Eu sorri, esperando que meu alívio não transparecesse. — Nunca me importei de ficar sozinha... Sou muito parecida com você. — Dei uma piscadela para ele e ele abriu o sorriso cheio de pés de galinha.

Naquela noite eu dormi melhor, cansada demais para sonhar de novo. Quando acordei para a manhã cinza-pérola, meu estado de espírito era feliz. Agora a noite tensa com Billy e Jacob parecia bem inofensiva; decidi me esquecer completamente dela. Eu me peguei assoviando enquanto puxava a parte da frente de meu cabelo em um grampo, e de novo ao descer a escada aos saltos. Charlie percebeu.
— Está animada esta manhã — comentou ele no café.
Dei de ombros.
— É sexta-feira.
Corri para ficar pronta para sair logo depois de Charlie. Minha bolsa estava preparada, os sapatos calçados, os dentes escovados, mas embora eu corresse para a porta assim que tive certeza de Charlie estar fora de vista, Edward foi mais rápido. Ele esperava em seu carro reluzente, as janelas abertas, o motor desligado.
Desta vez não hesitei, subindo rapidamente no banco do carona, para ver seu rosto o quanto antes. Ele deu aquele sorriso torto para mim, detendo minha respiração e meu coração. Não conseguia imaginar como um anjo poderia ser mais glorioso. Não havia nada nele que pudesse ser melhorado.
— Dormiu bem? — perguntou. Perguntei-me se ele tinha alguma ideia de como sua voz era linda.
— Bem. Como foi sua noite?
— Agradável. — Seu sorriso era de diversão; parecia que eu estava perdendo alguma piadinha pessoal.

— Posso perguntar o que você fez? — indaguei.

— Não. — Ele sorriu. — Ainda é a *minha* vez.

Ele hoje queria saber das pessoas: mais sobre Renée, seus passatempos, o que fazíamos juntas em nosso tempo livre. E depois de uma avó que conheci, de minhas poucas amigas — constrangendo-me quando perguntou sobre os meninos que namorei. Fiquei aliviada que ele não tivesse namorado ninguém, então esta conversa específica não podia durar muito. Ele ficou tão surpreso quanto Jessica e Angela com minha falta de história romântica.

— Então nunca conheceu ninguém que quisesse? — perguntou ele num tom sério que me fez indagar o que ele estava pensando.

Fui relutantemente sincera.

— Não em Phoenix.

Seus lábios se comprimiram num traço duro.

A essa altura, estávamos no refeitório. O dia voara indistinto e isso rapidamente se tornava uma rotina. Tirei vantagem desta breve pausa para dar uma mordida no meu *bagel*.

— Eu devia deixar você dirigir hoje — anunciou ele, a propósito de nada, enquanto eu mastigava.

— Por quê? — perguntei.

— Vou sair com a Alice depois do almoço.

— Ah — pestanejei, confusa e decepcionada. — Está tudo bem, não é uma caminhada tão longa.

Ele franziu o cenho para mim com impaciência.

— Não vou deixar você ir a pé para casa. Vamos lá pegar sua picape e deixar aqui para você.

— Não trouxe a chave — suspirei. — Não me importo mesmo de ir andando. — O que me importava era não ter meu tempo com ele.

Ele sacudiu a cabeça.

— Seu carro estará aqui e a chave estará na ignição... A não ser que tenha medo que alguém possa roubar. — Ele riu da ideia.

— Tudo bem — concordei, franzindo os lábios. Eu tinha certeza absoluta de que a chave estava no bolso de uma calça jeans que usara na quarta-feira, debaixo de uma pilha no cesto de roupa suja. Mesmo que ele invadisse minha casa, ou o que quer que estivesse planejando, nunca a encontraria. Ele parecia sentir o desafio em meu consentimento. Ele sorriu com malícia e um excesso de confiança.

— E aí, aonde vocês vão? — perguntei com a maior despreocupação que pude.

— Caçar — respondeu ele sombriamente. — Se vou ficar sozinho com você amanhã, preciso tomar todas as precauções. — Seu rosto ficou sombrio... E suplicante. — Sabe que pode cancelar a hora que quiser.

Olhei para baixo, com medo do poder persuasivo de seus olhos. Eu me recusava a ser convencida a ter medo dele, mesmo que o perigo fosse real. *Não importa*, repeti em minha cabeça.

— Não — sussurrei, olhando novamente seu rosto. — Não posso.

— Talvez tenha razão — murmurou ele inexpressivamente. Seus olhos pareciam ter a cor mais escura que eu já vira.

Mudei de assunto.

— A que horas vejo você amanhã? — perguntei, já deprimida com a ideia de que ele ia embora agora.

— Isso depende... É sábado, não quer dormir mais um pouco? — propôs ele.

— Não — respondi rápido demais. Ele reprimiu um sorriso.

— A mesma hora de sempre, então — decidiu. — Charlie estará em casa?

— Não, amanhã ele vai pescar. — Fiquei exultante ao lembrar como as coisas seriam convenientes.

A voz dele ficou ríspida.

— E se você não voltar para casa, o que ele vai pensar?

— Não faço a menor ideia — respondi friamente. — Ele sabe que vou lavar roupa. Talvez pense que caí na máquina de lavar.

Ele fechou a cara para mim e eu fiz o mesmo. A raiva dele era muito mais impressionante do que a minha.

— E sua noite de caça? — perguntei quando tive certeza de que tinha perdido a competição de olhar furioso.

— Qualquer coisa que encontrarmos no parque. Não vamos muito longe. — Ele parecia pasmo com minha referência despreocupada a suas realidades secretas.

— Por que vai sair com Alice? — perguntei-lhe.

— A Alice é mais... favorável. — Ele franziu a testa ao falar.

— E os outros? — perguntei timidamente. — São o quê?

Sua testa se enrugou por um breve momento.

— Incrédulos, principalmente.

Espiei a família dele rapidamente atrás de mim. Estavam sentados olhando em direções diferentes, exatamente como na primeira vez que os vi. Só que agora eram quatro; seu lindo irmão de cabelos cor de bronze sentava-se diante de mim, os olhos dourados perturbados.

— Eles não gostam de mim — conjecturei.

— Não é isso — discordou ele, mas seus olhos eram inocentes demais. — Eles não entendem por que não posso deixar você sozinha.

Fiz uma careta.

— Nem eu, aliás.

Edward sacudiu a cabeça devagar, revirando os olhos para o teto antes de encontrar meu olhar de novo.

— Eu lhe disse... Você não se vê com tanta clareza. Não é como ninguém que eu conheça. Você me fascina.

Eu o fitei, certa de que agora ele estava brincando.

Ele sorriu ao decifrar minha expressão.

— Com minhas vantagens — murmurou ele, tocando a testa discretamente —, tenho uma apreensão da natureza humana maior do que a média. As pessoas são previsíveis. Mas você... Nunca faz o que espero. Sempre me pega de surpresa.

Virei a cara, meus olhos vagando de novo para a família dele, constrangida e insatisfeita. Suas palavras fizeram com que eu me sentisse um experimento científico. Eu queria rir para mim mesma por esperar outra coisa.

— Essa parte é bem fácil de explicar — continuou ele. Senti seus olhos em meu rosto, mas ainda não conseguia olhar para ele, com medo de que visse a tristeza em meus olhos. — Mas tem mais... E não é tão fácil de colocar em palavras...

Eu ainda olhava os Cullen enquanto ele falava. De repente Rosalie, a irmã loura e linda, virou-se para me olhar. Não, olhar não — encarar, com os olhos escuros e frios. Quis virar a cara, mas seu olhar me prendeu até que Edward interrompeu o que dizia no meio de uma frase e soltou um murmúrio de raiva. Era quase um sibilar.

Rosalie virou a cabeça e fiquei aliviada por estar livre. Olhei novamente para Edward — e entendi que ele podia ver a confusão e o medo que arregalavam meus olhos.

Seu rosto estava tenso quando ele explicou.

— Desculpe por isso. Ela só está preocupada. Entenda... Não é perigoso só para mim se, depois de passar tanto tempo com você tão publicamente... — Ele olhou para baixo.

— Se?

— Se isto terminar... mal. — Ele baixou a cabeça nas mãos, como fizera na noite em Port Angeles. Sua angústia era patente; ansiei por reconfortá-lo, mas agora não sabia como. Minha mão se estendeu involuntariamente; mas com rapidez, tombei-a na mesa, temendo que meu toque só piorasse as coisas. Percebi aos poucos que as palavras dele deveriam me assustar. Esperei que o medo viesse, mas só o que pude sentir foi mágoa pela dor dele.

E frustração — frustração por Rosalie ter interrompido o que ele estava prestes a dizer. Eu não sabia como voltar ao assunto. Ele ainda estava com a cabeça entre as mãos.

Tentei falar num tom de voz normal.

— E agora tem que ir embora?

— Sim. — Ele levantou o rosto; estava sério por um momento, e depois seu humor mudou e ele sorriu. — Provavelmente é melhor. Ainda teremos que suportar quinze minutos de um filme miserável na aula de biologia... Não acho que possa aguentar mais.

Tomei um susto. Alice — o cabelo curto e escuro em um halo desfiado em torno do rosto incrível de elfo — de repente estava parada atrás dos ombros dele. Seu corpo magro era esbelto e gracioso até em sua absoluta imobilidade.

Ele a cumprimentou sem tirar os olhos de mim.

— Alice.

— Edward — respondeu ela, a voz de soprano alto quase tão linda quanto a dele.

— Alice, Bella... Bella, Alice — ele nos apresentou, gesticulando indiferente, um sorriso torto na cara.

— Oi, Bella. — Seus olhos brilhantes como obsidiana eram indecifráveis, mas o sorriso era simpático. — Que bom finalmente conhecer você.

Edward disparou um olhar sombrio para ela.

— Oi, Alice — murmurei timidamente.

— Está pronto? — ela lhe perguntou.

A voz de Edward era indiferente.

— Quase. Encontro você no carro.

Ela saiu sem dizer mais nada; seu andar era tão leve, tão sinuoso, que senti uma pontada aguda de inveja.

— Devo dizer "divirtam-se" ou este é o sentimento errado? — perguntei, virando-me para ele.

— Não, "divirtam-se" é tão bom quanto qualquer outra coisa. — Ele sorriu.

— Então, divirtam-se. — Tentei parecer sincera. É claro que não o enganei.

— Vou tentar. — Ele ainda sorria. — E você procure ficar sã e salva, por favor.

— Sã e salva em Forks... Mas que desafio.

— Para você, *é mesmo* um desafio. — Seu queixo se endureceu. — Prometa.

— Prometo tentar me manter sã e salva — recitei. — Vou lavar roupa hoje à noite... Deve ser muito perigoso.

— Não caia — zombou ele.

— Farei o máximo.

Então ele se levantou e eu também.

— A gente se vê amanhã — suspirei.

— Parece muito tempo para você, não é? — refletiu ele.

Balancei a cabeça, mal-humorada.

— Estarei lá de manhã — prometeu, dando seu sorriso torto. Ele estendeu o braço pela mesa para tocar meu rosto, afagando de leve minha bochecha de novo. Depois se virou e foi embora. Olhei-o até desaparecer.

Fiquei extremamente tentada a matar o restante do dia, em especial a educação física, mas um instinto de alerta me impediu. Eu sabia que, se desaparecesse agora, Mike e os outros iam imaginar que saíra com Edward. E Edward ficaria preocupado pelo tempo que passamos juntos publicamente... se as coisas dessem errado. Eu me recusei a me prender ao último pensamento, concentrando-me em tornar as coisas mais seguras para ele.

Intuitivamente, eu sabia — e sentia que ele também sabia — que o dia de amanhã seria fundamental. Nosso relacionamento não podia continuar se equilibrando, como estava, na ponta de uma faca. Cairíamos para um lado ou para o outro, dependendo inteiramente da decisão dele, ou de seus instintos. Minha decisão estava tomada antes mesmo que eu tivesse escolhido conscientemente, e eu me comprometera a ir até o fim. Porque não havia nada mais apavorante para mim, mais excruciante, do que a ideia de me afastar dele. Era uma impossibilidade.

Fui para a aula, sentindo-me cumpridora dos deveres. Não podia dizer com sinceridade o que aconteceu na aula de biologia; minha mente estava preocupada demais com pensamentos sobre o dia de amanhã. Na educação física, Mike estava falando comigo de novo. Desejou que me divertisse em Seattle. Expliquei cuidadosamente que tinha cancelado minha viagem, preocupada com minha picape.

— Vai ao baile com o Cullen? — perguntou ele, mal-humorado de repente.

— Não, eu não vou a baile nenhum.

— O que vai fazer então? — perguntou ele, interessado demais.

Meu impulso natural foi dizer a ele para não se intrometer. Em vez disso, menti alegremente.

— Lavar roupa, e depois tenho que estudar para a prova de trigonometria ou vou tomar bomba.

— O Cullen está ajudando você nos estudos?

— *Edward* — destaquei — não vai me ajudar a estudar. Ele foi passar o fim de semana em algum lugar. — As mentiras vinham com mais naturalidade do que de costume, percebi surpresa.

— Ah. — Ele se recuperou. — Sabe de uma coisa, você podia ir ao baile com nosso grupo, assim mesmo... Seria legal. Vamos todos dançar com você — prometeu ele.

A imagem mental da cara de Jessica deixou minha voz mais aguda do que o necessário.

— Eu *não vou* ao baile, Mike, está bem?

— Tudo bem. — Ele ficou carrancudo de novo. — Foi só uma proposta.

Quando as aulas terminaram, fui para o estacionamento sem entusiasmo nenhum. Não queria especialmente ir a pé para casa, mas não conseguia imaginar como ele teria pegado minha picape. Mas eu estava começando a acreditar que nada era impossível para ele. Este último instinto se provou correto — minha picape estava na mesma vaga em que ele estacionara o Volvo hoje de manhã. Sacudi a cabeça, incrédula, enquanto abria a porta destrancada e via a chave na ignição.

Havia uma folha de papel branco dobrada em meu banco. Eu a peguei e fechei a porta antes de ler. Duas palavras estavam escritas em sua caligrafia elegante.

Tome cuidado.

O rugido da picape me assustou. Eu ri comigo mesma.

Quando cheguei em casa, a porta estava trancada, o cadeado aberto, como eu deixara pela manhã. Lá dentro, fui direto para a lavanderia. Parecia exatamente como eu a deixara também. Procurei meu jeans e, depois de encontrá-lo, verifiquei os bolsos. Vazios. Talvez afinal eu tenha pendurado a chave, pensei, sacudindo a cabeça.

Seguindo o mesmo instinto que me incitara a mentir para Mike, liguei para Jessica com o pretexto de desejar-lhe sorte no baile. Quando ela desejou a mesma coisa para meu dia com Edward, falei do cancelamento. Ela ficou mais decepcionada do que era realmente necessário a um observador externo. Depois disso me despedi rapidamente.

Charlie estava distraído no jantar, preocupado com alguma coisa do trabalho, imaginei, ou talvez com um jogo de basquete, ou talvez só estivesse curtindo a lasanha — era difícil adivinhar com o Charlie.

— Sabe de uma coisa, pai... — comecei, interrompendo seus devaneios.

— Que foi, Bella?

— Acho que tem razão sobre Seattle. Acho que vou esperar até que Jessica ou outra pessoa possa ir comigo.

— Ah — disse ele, surpreso. — Ah, tudo bem. Então, quer ficar em casa comigo?

— Não, pai, não mude seus planos. Tenho um milhão de coisas para fazer... Dever de casa, lavar a roupa... Preciso ir à biblioteca e ao armazém. Vou entrar e sair o dia todo... Vá e divirta-se.

— Tem certeza?

— Absoluta, pai. Além disso, o freezer está ficando perigosamente sem peixe... Caímos a dois ou três anos de suprimento.

— É fácil conviver com você, Bella. — Ele sorriu.

— Posso dizer o mesmo de você — eu disse, rindo. Meu riso foi desanimado, mas ele não pareceu perceber. Senti-me tão culpada por enganá-lo que quase aceitei o conselho de Edward e disse a ele onde estaria. Quase.

Depois do jantar, dobrei as roupas e coloquei outra leva na secadora. Infelizmente era o tipo de trabalho que mantém apenas as mãos ocupadas. Minha mente tinha tempo livre demais e estava saindo do controle. Flutuava entre uma expectativa tão intensa que era quase dolorosa e um medo insidioso que ameaçava minha firmeza. Precisei ficar me lembrando de que havia tomado minha decisão e não ia voltar atrás. Peguei o bilhete dele em meu bolso com uma frequência muito maior do que a necessária para absorver as duas palavrinhas que ele escrevera. Ele queria que eu ficasse sã e salva, disse a mim mesma repetidas vezes. Simplesmente me prenderia à crença de que, no final das contas, esse desejo venceria os outros. E qual era minha alternativa — suprimi-lo de minha vida? Intolerável. Além disso, desde que vim para Forks, parecia realmente que minha vida *acontecia em torno* dele.

Mas uma vozinha no fundo da minha mente se preocupava, perguntando se machucaria *muito*... se tudo acabasse mal.

Fiquei aliviada quando ficou tarde o bastante para ser admissível ir para a cama. Eu sabia que estava estressada demais para dormir, então fiz uma coisa que nunca fizera. Deliberadamente tomei remédio para gripe, sem necessidade — do tipo que me nocauteava por umas boas oito horas. Normalmente eu não toleraria esse tipo de comportamento, mas amanhã já seria bem complicado sem que eu estivesse, antes de qualquer coisa, doida por não ter dormido. Enquanto esperava que o remédio fizesse efeito, sequei meu cabelo limpo até que ficou impecavelmente liso e fui escolher o que vestiria amanhã.

Com tudo pronto, finalmente caí na cama. Estava agitada; não conseguia parar de me revirar. Levantei-me e mexi na caixa de CDs até encontrar uma coletânea de noturnos de Chopin. Coloquei um bem baixinho e deitei novamente, concentrando-me em relaxar partes isoladas de meu corpo. Em algum lugar no meio desse exercício os comprimidos para gripe fizeram efeito e afundei satisfeita na inconsciência.

Acordei cedo, tendo dormido profunda e perfeitamente graças a meu uso desnecessário de remédios. Embora estivesse descansada, voltei de imediato ao mesmo frenesi da noite anterior. Vesti-me a jato, alisando a gola no pescoço, puxando o suéter caramelo até que ele caísse sobre meu jeans. Dei uma olhada rápida pela janela e vi que Charlie já havia saído. Uma camada fina de nuvens, como algodão, cobria o céu. Não parecia que ia durar muito.

Tomei o café da manhã sem sentir o gosto da comida e limpei tudo correndo depois que terminei. Olhei pela janela novamente, mas nada mudara. Eu tinha acabado de escovar os dentes e estava descendo a escada de novo quando uma batida baixinha fez meu coração martelar na caixa torácica.

Voei para a entrada; tive um probleminha com a tranca simples, mas por fim escancarei a porta, e ali estava ele. Toda a agitação se dissolveu assim que vi seu rosto, a calma assumindo seu lugar. Soltei um suspiro de alívio — os temores da véspera pareciam muito tolos com ele aqui.

Ele no início não sorriu — seu rosto era sombrio. Mas depois sua expressão se iluminou ao me olhar de cima a baixo, e ele riu.

— Bom dia — disse ele rindo.

— Qual é o problema? — Olhei para baixo para me certificar de que não tinha esquecido nada de importante, como os sapatos, ou as calças.

— Nós combinamos. — Ele riu de novo. Percebi que ele estava com um suéter caramelo comprido, a gola aparecendo por baixo, e jeans azuis. Eu ri com ele, escondendo uma pontada secreta de mágoa — por que ele tinha que parecer um modelo de passarela quando eu não conseguia?

Tranquei a porta de casa enquanto ele seguia para a picape. Ele esperou junto à porta do carona com uma expressão de martírio que era fácil de entender.

— Fizemos um acordo — lembrei-lhe presunçosa, subindo ao banco do motorista e estendendo a mão para destrancar a porta dele. — Para onde? — perguntei.

— Coloque o cinto... Eu já estou nervoso.

Olhei longamente para ele enquanto obedecia.

— Para onde? — repeti com um suspiro.

— Pegue a um-zero-um norte — ordenou ele.

Foi surpreendentemente difícil me concentrar na estrada ao sentir o olhar dele em meu rosto. Compensei dirigindo com mais cautela do que de costume pela cidade ainda adormecida.

— Você pretende deixar Forks antes do anoitecer?

— Esta picape é velha o bastante para ser o carro do seu avô... Tenha respeito — retorqui.

Apesar do negativismo dele logo estávamos fora dos limites da cidade. Uma grossa vegetação rasteira e troncos cobertos de verde substituíram os gramados e casas.

— Vire à direita na um-um-zero — instruiu ele assim que eu estava prestes a perguntar. Obedeci em silêncio. — Agora vamos seguir até o final do asfalto.

Pude ouvir um sorriso em sua voz, mas estava com medo demais de sair da estrada e provar que ele tinha razão.

— E o que tem lá, no final do asfalto? — perguntei.

— Uma trilha.

— Vamos andar? — Graças a Deus eu estava de tênis.

— O problema é esse? — Ele deu a impressão de que esperava mais.

— Não. — Tentei fazer com que a mentira parecesse confiante. Mas se ele achava que minha picape era lenta...

— Não se preocupe, são só uns oito quilômetros e não vamos correr.

Oito quilômetros. Não respondi, para que ele não tivesse que ouvir minha voz falhar de pânico. Oito quilômetros de raízes traiçoeiras e pedras soltas, tentando torcer meu tornozelo ou qualquer outra coisa que me incapacitasse. Isto ia ser humilhante.

Seguimos em silêncio por algum tempo enquanto eu contemplava o horror que estava por vir.

— No que está pensando? — perguntou ele com impaciência depois de alguns minutos.

Menti de novo.

— Só me perguntando aonde vamos.

— É um lugar aonde gosto de ir quando o tempo está bom. — Nós dois olhamos pela janela para as nuvens finas depois que ele falou.

— Charlie disse que hoje faria calor.

— E você disse a Charlie que íamos sair? — perguntou ele.

— Não.

— Mas Jessica acha que vamos juntos a Seattle? — Ele parecia animado com a ideia.

— Não, eu disse a ela que você cancelou... O que é verdade.

— Ninguém sabe que você está comigo? — Agora com raiva.

— Isso depende... Imagino que Alice saiba.

— Isso é muito útil, Bella — rebateu ele.

Fingi não ter ouvido essa.

— Está tão deprimida com Forks que ficou suicida? — perguntou ele quando eu o ignorei.

— Você disse que podia causar problemas para você... que nós estejamos juntos publicamente — lembrei a ele.

— Então você estava preocupada com os problemas que podia causar *a mim*... se *você* não voltasse para *sua* casa? — A voz dele ainda estava irritada, com um sarcasmo amargo.

Assenti, mantendo os olhos na estrada.

Ele murmurou alguma coisa, falando tão baixo que não consegui entender.

Ficamos em silêncio pelo resto da viagem. Eu podia sentir as ondas de censura furiosa vindo dele e não consegui pensar em nada para dizer.

E depois a estrada terminou, restringindo-se a uma trilha estreita com uma pequena placa de madeira. Estacionei no pequeno acostamento e saí, com medo porque ele estava irritado comigo e eu não tinha dirigido como uma desculpa para não olhar para ele. Agora estava quente, mais quente do que vira em Forks desde que cheguei, quase mormacento sob as nuvens. Tirei o suéter e o amarrei na cintura, feliz por ter vestido a blusa leve e sem mangas — em especial se eu ainda tinha oito quilômetros de caminhada pela frente.

Ouvi a porta dele bater e vi que ele também tinha tirado o suéter. Ele agora estava de frente para mim, na floresta cerrada ao lado da picape.

— Por aqui — disse, olhando para mim por sobre o ombro, os olhos ainda irritados. Ele entrou na floresta escura.

— A trilha? — O pânico era evidente em minha voz enquanto eu contornava correndo a picape para acompanhá-lo.

— Eu disse que havia uma trilha no final da estrada, e não que íamos pegá-la.

— Não tem trilha? — perguntei, desesperada.

— Não vou deixar você se perder. — Ele se virou então, com um sorriso de zombaria, e eu reprimi um suspiro. A camisa branca de Edward não tinha mangas e ele a usava desabotoada, de modo que a pele branca e macia de seu pescoço fluía ininterrupta pelos contornos de mármore de seu peito, a musculatura perfeita agora não só sugerida por baixo das roupas que a escondiam. Ele era perfeito demais, percebi com uma pontada penetrante de desespero. Não havia como esta criatura divina ser cruel comigo.

Ele me encarou, confuso com minha expressão torturada.

— Quer ir para casa? — disse ele em voz baixa, uma dor diferente da minha saturando sua voz.

— Não. — Avancei até estar bem a seu lado, ansiosa para não perder um segundo sequer que podia ter com ele.

— Qual é o problema? — perguntou ele, sua voz gentil.

— Não sou boa andarilha — respondi. — Terá que ter muita paciência.

— Posso ser paciente... Se me esforçar muito. — Ele sorriu, sustentando meu olhar, tentando me demover de meu abatimento súbito e inexplicável.

Tentei sorrir também, mas o sorriso não foi convincente. Ele analisou meu rosto.

— Vou levar você para casa — prometeu ele. Eu não sabia se a promessa era incondicional, ou restrita a uma partida imediata. Eu sabia que ele pensava que era o medo que me incomodava e fiquei grata novamente por ser a única pessoa cuja mente ele não conseguia ouvir.

— Se quiser que eu atravesse os oito quilômetros pela selva antes do pôr do sol, é melhor começar a andar — eu disse com azedume. Ele franziu o cenho para mim, lutando para entender meu tom e minha expressão.

Edward desistiu depois de um momento e seguiu para a floresta.

Não foi tão difícil quanto eu temia. A maior parte do caminho era plana e ele empurrou as samambaias e teias de musgo para o lado a fim de me dar passagem. Quando o caminho reto nos levava por árvores caídas e pedregulhos, ele me ajudava, erguendo-me pelo cotovelo e depois me soltando de imediato quando o caminho era limpo. Seu toque frio na minha pele não deixava de provocar um batimento errático em meu coração. Por duas vezes, quando isso aconteceu, captei uma expressão nele garantindo-me que ele podia ouvir alguma coisa.

Tentei ao máximo desviar os olhos de sua perfeição, mas sempre escorregava. A cada vez, sua beleza penetrava em mim com tristeza.

Na maior parte do tempo, andamos em silêncio. De vez em quando ele me fazia uma pergunta qualquer que não incluíra nos dois últimos dias de interrogatório. Perguntou-me sobre meus aniversários, meus professores na escola, meus animais de estimação da infância — e eu tive que admitir que depois de matar três peixes seguidos, desisti de seus costumes. Ele riu disso, mais alto do que eu estava acostumada — o tinido do eco voltava para nós do bosque vazio.

A caminhada me tomou a maior parte da manhã, mas ele não demonstrou nenhum sinal de impaciência. A floresta se espalhava à nossa volta em um labirinto ilimitado de árvores antigas e comecei a ficar nervosa, acreditando que nunca encontraríamos o caminho de volta. Ele estava perfeitamente à vontade, confortável no labirinto verde, sem jamais aparentar nenhuma dúvida quanto à direção que tomávamos.

Depois de várias horas, a luz que se infiltrava pelas copas das árvores se transformou, o tom verde-oliva escuro passando para um jade-claro. O dia ficara ensolarado, assim como ele previra. Pela primeira vez desde que entramos no bosque, senti um arrepio de excitação — que rapidamente se transformou em impaciência.

— Ainda não chegamos? — brinquei, fingindo mau humor.

— Quase. — Ele sorriu com a mudança no meu estado de espírito. — Está vendo aquela claridade ali?

Olhei a floresta densa.

— Hmmm, deveria ver?

Ele deu um sorriso malicioso.

— Talvez seja cedo demais para os *seus* olhos.

— Hora de ir ao oftalmologista — murmurei. Seu sorriso se tornou mais pronunciado.

Mas então, depois de mais uns cem metros, pude ver nitidamente um clarão nas árvores adiante, um brilho que era amarelo e não verde. Acelerei o ritmo, minha ansiedade aumentando a cada passo. Ele agora ia atrás de mim, seguindo sem fazer barulho.

Cheguei à beira da fonte de luz e passei por cima da última franja de samambaias, entrando no lugar mais lindo que já vira na vida. A campina era pequena, perfeitamente redonda e cheia de flores silvestres — violeta, amarelas e de um branco delicado. Em algum lugar perto dali, pude ouvir a música borbulhante de um riacho. O sol estava a pino, enchendo o círculo de uma névoa de luz cor de manteiga. Andei devagar, assombrada, através da relva macia, agitando as flores, e do ar quente e encantador. Eu quase me virei, querendo partilhar isso com ele, mas ele não estava atrás de mim, onde pensei que estivesse. Girei o corpo, procurando com um súbito sobressalto. Por fim localizei Edward, ainda sob a sombra densa da floresta, na margem da clareira, observando-me com olhos cautelosos. Só então me lembrei do que a beleza da campina expulsara de minha mente — o enigma de Edward e o sol, que ele prometeu explicar para mim hoje.

Dei um passo na direção dele, meus olhos brilhando de curiosidade. Os olhos dele eram cautelosos e relutantes. Sorri para encorajá-lo e acenei para ele, dando outro passo. Ele ergueu a mão num alerta e eu hesitei, girando em meus calcanhares.

Edward pareceu respirar fundo e entrou no brilho intenso do sol de meio-dia.

13
CONFISSÕES

NA LUZ DO SOL, EDWARD ERA CHOCANTE. EU NÃO CONSEGUIA ME acostumar com aquilo, embora o tivesse olhado a tarde toda. Sua pele, branca apesar do rubor fraco da viagem de caça da véspera, literalmente faiscava, como se milhares de diamantes pequenininhos estivessem incrustados na superfície. Ele se deitou completamente imóvel na relva, a camisa aberta no peito incandescente e escultural, os braços nus cintilando. As reluzentes pálpebras pálidas como lavanda estavam fechadas, embora ele evidentemente não estivesse dormindo. Uma estátua perfeita, entalhada em alguma pedra desconhecida, lisa como mármore, cintilante como cristal.

De vez em quando seus lábios se mexiam, tão rápido que pareciam estar tremendo. Mas quando perguntei, ele me disse que estava cantando consigo mesmo; era baixo demais para que eu ouvisse.

Também aproveitei o sol, embora o ar não estivesse tão seco para o meu gosto. Eu teria gostado de me deitar de costas, como ele fez, e deixar o sol aquecer meu rosto. Mas fiquei sentada, o queixo apoiado nos joelhos, sem vontade de tirar os olhos dele. O vento era suave; enroscava meu cabelo e agitava a relva que se espalhava ao redor de sua forma imóvel.

A campina, tão espetacular para mim no início, empalidecia perto de sua magnificência.

Hesitante, sempre temerosa, mesmo agora, que ele desaparecesse como uma miragem, lindo demais para ser real... Hesitante, estendi um dedo e afaguei as costas de sua mão faiscante, onde estava ao meu alcance. Outra vez fiquei maravilhada com a textura perfeita, macia como cetim, fria como pedra. Quando ergui a cabeça novamente, seus olhos estavam abertos, observando-me. Hoje cor de caramelo, mais claro, mais quente depois da caçada. Seu sorriso rápido virou o canto de seus lábios perfeitos para cima.

— Eu não assusto você? — perguntou ele brincalhão, mas pude sentir a curiosidade real em sua voz suave.

— Não mais do que de costume.

Ele abriu mais o sorriso; seus dentes cintilaram ao sol.

Aproximei-me mais um pouco, agora com a mão toda estendida para acompanhar os contornos de seu braço com a ponta dos dedos. Vi que meus dedos tremiam e sabia que ele não deixaria de perceber isso.

— Importa-se? — perguntei, porque ele fechara os olhos novamente.

— Não — disse ele sem abrir os olhos. — Nem imagina como é. — Suspirou.

Passei a mão suavemente pelos músculos perfeitos de seu braço, acompanhando o leve padrão de veias arroxeadas por dentro da dobra de seu cotovelo. Com a outra mão, virei a palma dele para cima. Percebendo o que eu queria, ele virou a mão naqueles seus movimentos ofuscantes de tão rápidos e desconcertantes. Isso me sobressaltou; meus dedos paralisaram em seu braço por um breve segundo.

— Desculpe — murmurou ele. Ergui a cabeça a tempo de ver seus olhos dourados se fecharem novamente. — É muito fácil ser eu mesmo com você.

Levantei a mão dele, virando-a enquanto via o sol cintilar em sua palma. Eu a trouxe para mais perto de meu rosto, tentando ver os aspectos ocultos de sua pele.

— Diga o que está pensando — sussurrou ele. Olhei-o e vi seus olhos me fitando, intensos de repente. — Não saber ainda é estranho para mim.

— Sabe de uma coisa, todos nós nos sentimos assim o tempo todo.

— É uma vida difícil. — Será que imaginei o sinal de arrependimento em sua voz? — Mas você não me contou.

— Eu é que queria poder saber o que você está pensando... — hesitei.

— E?

— E queria poder acreditar que você é real. E queria não ter medo.

— Não quero que sinta medo. — Sua voz era um murmúrio suave. Ouvi o que ele não pôde dizer verdadeiramente, que eu não precisava ter medo, que não havia nada para temer.

— Bom, não me refiro exatamente ao medo, embora isso certamente dê o que pensar.

Tão rapidamente que perdi seu movimento, ele estava quase sentado, apoiado no braço direito, a palma esquerda ainda em minhas mãos. Seu rosto de anjo estava a centímetros do meu. Eu podia — devia — ter me afastado de sua proximidade inesperada, mas não consegui me mexer. Os olhos dourados me hipnotizavam.

— Do que tem medo, então? — sussurrou ele intensamente.

Mas não consegui responder. Como tinha feito antes, senti seu hálito frio em meu rosto. Doce, delicioso, o aroma me dava água na boca. Era diferente de tudo o que eu conhecia. Instintivamente, sem pensar, cheguei mais perto, inspirando.

E ele se foi, a mão arrancada de mim. Quando consegui colocar os olhos em foco, ele estava a uns cinco metros de distância, parado na beira da campina pequena, na sombra de um abeto enorme. Ele me encarava, os olhos escuros nas sombras, a expressão indecifrável.

Eu podia sentir a dor e o choque em meu rosto. Minhas mãos vazias formigavam.

— Desculpe... Edward — sussurrei. Eu sabia que ele podia ouvir.

— Me dê um minuto — disse ele, alto o suficiente para meus ouvidos menos sensíveis. Fiquei sentada, imóvel.

Depois de dez segundos incrivelmente longos, ele voltou, devagar para ele. Parou, ainda longe, e afundou graciosamente no chão, cruzando as pernas. Os olhos não deixavam os meus. Ele respirou fundo duas vezes e depois sorriu, desculpando-se.

— Lamento muito. — Ele hesitou. — Você entenderia se eu dissesse que fui apenas humano?

Assenti uma vez, sem conseguir sorrir da piada dele. A adrenalina pulsava em minhas veias enquanto a percepção do perigo afundava lentamente em mim. Ele podia sentir o cheiro de onde estava sentado. Seu sorriso ficou debochado.

— Sou o melhor predador do mundo, não sou? Tudo em mim convida você... Minha voz, meu rosto, até meu *cheiro*. Como se eu precisasse disso! — Inesperadamente, ele estava de pé, afastando-se num salto, de imediato fora de vista, aparecendo debaixo da mesma árvore de antes, depois de contornar a campina em meio segundo. — Como se pudesse ser mais rápida do que eu — ele riu amargamente.

Ele estendeu a mão e, com um estalo ensurdecedor, quebrou sem esforço um galho de sessenta centímetros de espessura do tronco de um abeto. Balançou-o na mão por um momento, depois o atirou numa velocidade ofuscante, espatifando-o em uma árvore enorme, que sacudiu e tremeu com o golpe.

E ele estava na minha frente de novo, parado a meio metro, ainda como uma pedra.

— Como se pudesse lutar comigo — disse ele delicadamente.

Fiquei sentada sem me mexer, com mais medo dele do que jamais senti. Nunca o vi tão completamente livre de sua fachada refinada. Ele nunca foi menos humano... Nem mais lindo. Pálida e de olhos arregalados, fiquei sentada como uma ave presa pelos olhos de uma serpente.

Seus olhos adoráveis pareciam brilhar com uma excitação imprudente. Depois, com o passar dos segundos, escureceram. Sua expressão aos poucos assumiu a máscara de uma tristeza antiga.

— Não tenha medo — murmurou ele, a voz de veludo involuntariamente sedutora. — Eu prometo... — ele hesitou. — *Nunca* machucar você.

Parecia mais preocupado em convencer a si mesmo do que a mim.

— Não tenha medo — sussurrou ele novamente enquanto se aproximava, com uma lentidão exagerada. Sentou-se sinuosamente, com movimentos deliberadamente lentos, até que nossos rostos estivessem no mesmo nível, a trinta centímetros de distância. — Perdoe-me, por favor — disse formalmente. — Eu *posso* me controlar. Você me pegou de guarda baixa. Mas agora estou me comportando melhor.

Ele esperou, mas eu ainda não conseguia falar.

— Hoje não estou com sede, é sério. — Ele piscou.

Com essa eu tive que rir, embora o som fosse trêmulo e entrecortado.

— Você está bem? — perguntou ele ternamente, estendendo o braço lenta e cuidadosamente para colocar sua mão de mármore nas costas da minha.

Olhei a mão macia e fria, e depois os olhos dele. Eram suaves e preocupados. Olhei novamente para a mão e depois deliberadamente voltei a acompanhar suas linhas com a ponta dos dedos. Olhei para ele e sorri timidamente.

Seu sorriso em resposta era estonteante.

— Então onde estávamos mesmo, antes de eu ser tão rude? — perguntou ele com a cadência delicada de um século passado.

— Sinceramente, não me lembro.

Ele sorriu, mas sua expressão era de vergonha.

— Acho que estávamos falando sobre por que você tinha medo, além do motivo óbvio.

— Ah, sim.

— E então?

Olhei sua mão e rabisquei erraticamente a palma iridescente e macia. Os segundos passavam.

— Eu me frustro com tanta facilidade — ele suspirou. Olhei em seus olhos, de repente entendendo que tudo isso era tão novo para ele como era para mim. Mesmo com os muitos anos de experiência insondável que tinha, também era difícil para ele. Tomei coragem com esta ideia.

— Eu estava com medo... porque, bom, por motivos óbvios, não posso *ficar* com você. E tenho medo de que goste de ficar com você, muito mais do que deveria. — Eu olhava suas mãos enquanto falava. Era difícil dizer isso em voz alta.

— Sim — concordou ele lentamente. — É de fato motivo para ter medo. Querer ficar comigo. Não é nada bom para você.

Fechei a cara.

— Eu devia ter me afastado há muito tempo — ele suspirou. — Devia ir embora agora. Mas não sei se posso.

— Não quero que vá embora — murmurei pateticamente, de novo olhando para baixo.

— É exatamente este o motivo para que eu vá. Mas não se preocupe. Sou essencialmente uma criatura egoísta. Quero demais sua companhia para fazer o que deveria.

— Fico feliz por isso.

— Não fique! — Ele retirou a mão, desta vez com mais delicadeza; sua voz era mais áspera do que o normal. Áspera para ele, mas ainda mais linda do que qualquer voz humana.

Era difícil acompanhá-lo — suas oscilações de humor sempre me deixavam com o pé atrás, tonta.

— Não é só sua companhia que eu anseio! Jamais se esqueça *disso*. Jamais se esqueça de que sou mais perigoso para você do que para qualquer outra pessoa. — Ele parou e vi que olhava a floresta sem ver.

Pensei por um momento.

— Não acho que entenda exatamente o que quer dizer... Pelo menos essa última parte — falei.

Ele olhou para mim e sorriu, seu humor mudando novamente.

— Como posso explicar? — refletiu. — E sem assustar você de novo... Hmmm. — Sem parecer pensar, ele colocou a mão novamente na minha; eu a segurei com força. Ele olhou nossas mãos.

— É incrivelmente agradável, o calor. — Ele suspirou.

Passou-se um minuto enquanto ele organizava os pensamentos.

— Todo mundo gosta de sabores diferentes, certo? — começou ele. — Algumas pessoas adoram sorvete de chocolate, outras preferem morango.

Balancei a cabeça.

— Desculpe pela analogia com comida... Não consegui pensar em outra forma de explicar.

Eu sorri. Ele também sorriu, tristonho.

— Veja bem, cada pessoa tem um cheiro diferente, tem uma essência diferente. Se você trancar um alcoólatra em uma sala cheia de cerveja choca, ele vai ficar feliz em bebê-la. Mas podia resistir, se quisesse, se fosse um alcoólatra em recuperação. Agora digamos que você tenha colocado naquela sala uma taça de conhaque de cem anos, o conhaque mais raro e mais refinado... E enchido a sala com seu aroma quente... Como pensa que ele se comportaria?

Ficamos sentados em silêncio, olhando-nos nos olhos — tentando ler os pensamentos do outro.

Ele foi o primeiro a romper o silêncio.

— Talvez esta não seja a comparação correta. Talvez seja mais fácil rejeitar o conhaque. Talvez eu deva fazer de nosso alcoólatra um viciado em heroína.

— Então o que está dizendo é que sou seu tipo preferido de heroína? — eu disse num tom de brincadeira, tentando deixar o clima mais leve.

Ele sorriu rapidamente, parecendo gostar de meu esforço.

— Sim, você é *exatamente* meu tipo preferido de heroína.

— Isso acontece com frequência? — perguntei.

Ele olhou para a copa das árvores, pensando na resposta.

— Falei com meus irmãos sobre isso. — Ele ainda olhava fixamente a distância. — Para Jasper, todos vocês são a mesma coisa. Ele é o mais novo em nossa família. É uma luta para ele se privar de tudo isso. Não teve tempo para desenvolver a sensibilidade às diferenças de cheiro, de sabor.

Ele olhou rapidamente para mim, com uma expressão de quem se desculpa.

— Desculpe — disse.

— Não ligo. Por favor, não se preocupe em me ofender, nem em me assustar, o que for. Esse é o seu jeito de pensar. Posso entender isso, ou pelo menos posso tentar. Só explique como puder.

Ele respirou fundo e olhou o céu de novo.

— Então Jasper não tem certeza se já se deparou com alguém que fosse tão... — ele hesitou, procurando pela palavra certa — *atraente* como você é para mim. O que me faz pensar que não. Emmett está na estrada há mais tempo, por assim dizer, e ele me compreendeu. Disse que foram duas vezes, para ele, uma mais forte do que a outra.

— E para você?

— Nunca.

A palavra ficou pairando ali por um momento na brisa quente.

— O que o Emmett fez? — perguntei para romper o silêncio.

Era a pergunta errada. Seu rosto escureceu, a mão se fechou em punho na minha. Ele desviou os olhos. Esperei, mas ele não ia responder.

— Acho que sei — disse eu por fim.

Ele ergueu os olhos; sua expressão era pensativa e suplicante.

— Até o mais forte de nós cai do galho, não é?

— O que está pedindo? Minha permissão? — Minha voz ficou mais aguda do que eu pretendia. Tentei manter o tom mais delicado; eu imaginava o que a sinceridade custava para ele. — Quer dizer, não há esperança então? — Mas com que calma eu podia discutir minha própria morte!

— Não, não! — Ele de imediato ficou pesaroso. — É claro que há esperança! Quer dizer, é claro que eu não ia... — Ele deixou a frase inacabada. Seus olhos arderam nos meus. — É diferente para nós. Emmett... topou com estranhos por acaso. Foi há muito tempo e ele não tinha tanta... prática, tanto cuidado, como tem agora.

Ele silenciou e me observou intensamente enquanto eu pensava.

— Então, se tivéssemos nos encontrado... hã, em um beco escuro ou coisa parecida... — minha voz falhou.

— Juntei todas as minhas forças para não pular naquela sala cheia de crianças e... — Ele parou de repente, desviando os olhos. — Quando você passou por mim, eu podia ter estragado tudo o que Carlisle construiu para nós, naquele exato momento. Se não tivesse renegado minha sede pelos últimos anos, por tantos anos, não teria sido capaz de me refrear. — Ele parou, franzindo o cenho para as árvores.

Edward olhou para mim melancolicamente, nós dois nos lembrando.

— Deve ter pensado que eu estava possuído.

— Eu não entendi o motivo. Como podia me odiar com tanta rapidez...

— Para mim, foi como se você fosse uma espécie de demônio, conjurado de meu inferno pessoal para me arruinar. A fragrância que vinha de sua pele... Pensei que me enlouqueceria naquele primeiro dia. Naquela hora que passou, pensei em cem maneiras diferentes de atrair você para fora da sala comigo, ficar sozinho com você. E combati cada uma delas, pensando em minha família, o que eu faria a eles. Tive que fugir, sair dali antes que pudesse pronunciar as palavras que a fariam me seguir...

Ele olhou então para minha expressão hesitante enquanto eu tentava absorver suas lembranças amargas. Seus olhos dourados chamuscaram sob as pálpebras, hipnóticos e mortíferos.

— Você teria vindo — garantiu ele.

Tentei falar calmamente:

— Sem dúvida nenhuma.

Ele olhou com raiva para minhas mãos, liberando-me da força de seu olhar.

— E depois, enquanto eu tentava reorganizar meu horário numa tentativa insensata de evitá-la, você estava ali... Naquela sala quente e apertada, o cheiro era enlouquecedor. Foi por muito pouco que não a peguei ali mesmo. Só havia outro ser humano frágil na sala... Era tão fácil lidar com aquilo.

Eu tremi no sol quente, vendo minhas lembranças novamente pelos olhos dele, só agora entendendo o perigo. Coitada da Srta. Cope; tremi novamente ao pensar em como estive perto de ser inadvertidamente responsável por sua morte.

— Mas resisti. Não sei como. E me obriguei a *não* esperar por você, *não* segui-la da escola. Lá fora, quando não podia mais sentir seu cheiro, era mais fácil pensar com clareza, tomar a decisão certa. Deixei os outros perto de casa... Eu estava envergonhado demais para dizer a eles como eu era fraco, eles só souberam que alguma coisa estava errada... E depois fui procurar Carlisle, no hospital, para lhe dizer que eu iria embora.

Eu o encarei, surpresa.

— Troquei de carro com ele... Ele tinha o tanque cheio e eu não queria parar. Não ousei ir para casa e enfrentar Esme. Ela teria feito uma cena e não me deixaria ir. Teria tentado me convencer de que não era necessário... Mas na manhã seguinte eu estava no Alasca.

Ele pareceu envergonhado, como se admitisse uma grande covardia.

— Passei dois dias lá, com alguns velhos conhecidos... Mas estava com saudade de casa. Odiava saber que tinha aborrecido Esme, e o resto deles, minha família adotiva. No ar puro das montanhas era difícil acreditar que você era tão irresistível. Convenci a mim mesmo de que estava fraco para fugir. Eu havia lidado com a tentação antes, não desta magnitude, nem perto disso, mas foi forte. Quem era você, uma garotinha insignificante — de repente ele sorriu —, para me tirar do lugar em que eu queria estar? Então voltei... — Ele fitou o vazio.

Eu não consegui falar.

— Tomei precauções, caçando, alimentando-me mais do que de costume antes de ver você de novo. Tinha certeza de que era forte o bastante para tratá-la como a qualquer outro ser humano. Fui arrogante com relação a isso. Foi uma complicação inquestionável que eu não pudesse simplesmente ler seus pensamentos para saber qual seria sua reação a mim. Não estava acostumado a ter que chegar a medidas tão tortuosas, ouvindo suas palavras na mente de Jessica... que não é muito original, e era irritante ter que condescender com isso. E depois eu não podia saber se você realmente foi sincera no que disse. Era tudo extremamente irritante.

Ele franziu o cenho ao se lembrar disso.

— Eu queria que você esquecesse meu comportamento naquele primeiro dia, se possível, então tentei falar com você como faria com qualquer pessoa. Na verdade eu estava ansioso, esperando decifrar parte de seus pensamentos. Mas você era interessante demais. Eu me vi presa de suas expressões... E de vez em quando você agitava o ar com a mão ou seu cabelo, e o cheiro me tomava de novo... É claro que depois você estava quase dominada pela paixão diante de meus olhos. Mais tarde, pensei em uma desculpa perfeita para eu ter agido naquele momento...

Porque se eu não tivesse salvado você, se seu sangue fosse derramado na minha frente, não acho que eu poderia deixar de expor o que nós somos. Mas eu só pensei nessa desculpa depois. Na hora, só no que eu pensava era: "Ela não."

Ele fechou os olhos, perdido em sua confissão angustiada. Eu ouvi, com mais ansiedade do que era racional. O bom senso me dizia que eu devia estar apavorada. Em vez disso, fiquei aliviada por finalmente entender. E estava cheia de compaixão pelo sofrimento dele, mesmo agora, enquanto ele confessava seu desejo de tirar minha vida.

Por fim fui capaz de falar, embora minha voz fosse fraca.

— No hospital?

Seus olhos lampejaram para os meus.

— Eu fiquei horrorizado. Não conseguia acreditar que afinal havia nos colocado em risco, havia colocado a mim mesmo em seu poder... Justo você. Como se eu precisasse de outro motivo para matá-la. — Nós dois vacilamos à menção desta palavra. — Mas teve o efeito contrário — continuou ele rapidamente. — Eu briguei com Rosalie, Emmett e Jasper quando eles sugeriram que estava na hora... A pior briga que tivemos na vida. Carlisle ficou do meu lado, e Alice. — Ele fez uma careta quando disse o nome dela. Não consegui entender por quê. — Esme me disse para fazer o que eu precisasse para ficar.

Ele sacudiu a cabeça com condescendência.

— Por todo o dia seguinte, ouvi a mente de todos que falaram com você, chocado por você ter mantido sua palavra. Eu não a entendia. Mas sabia que não podia me envolver mais com você. Fiz o máximo que pude para ficar o mais longe possível. E todo dia o perfume de sua pele, de seu hálito, de seu cabelo... me atingiam com a mesma intensidade do primeiro dia.

Ele encontrou meus olhos de novo e eles estavam surpreendentemente ternos.

— E por tudo isso — continuou ele — eu teria feito melhor se *tivesse mesmo* exposto a nós todos naquele primeiro momento, do que se agora, aqui... sem testemunhas nem nada que me impeça... eu viesse a machucar você.

Eu era bastante humana para ter que perguntar:

— Por quê?

— Isabella. — Ele pronunciou meu nome inteiro cuidadosamente, depois brincou com meu cabelo com a mão livre. Um choque percorreu meu corpo com seu toque despreocupado. — Bella, eu não poderia conviver comigo mesmo se a ferisse. Você não sabe como isso me torturou. — Ele baixou os olhos, novamente envergonhado. — Pensar em você, imóvel, lívida, fria... Nunca mais vê-la corar de novo, nunca mais ver esse lampejo de intuição em seus olhos quando você vê através de meus pretextos... Seria insuportável. — Ele ergueu os gloriosos olhos angustiados para os meus. — Você é, agora, a coisa mais importante do mundo para mim. A mais importante de toda a minha vida.

Minha cabeça girava com a mudança rápida de direção em nossa conversa. A partir do tema alegre de meu falecimento iminente, de repente estávamos nos declarando. Ele esperou, e embora eu olhasse para baixo para examinar nossas mãos entre nós, eu sabia que seus olhos dourados estavam nos meus.

— Já sabe como me sinto, é claro — eu disse por fim. — Eu estou aqui... O que, numa tradução grosseira, significa que eu preferiria estar morta a ficar longe de você. — Franzi o cenho. — Sou uma idiota.

— Você *é mesmo* uma idiota — concordou ele com uma risada. Nossos olhos se encontraram e eu ri também. Rimos juntos da idiotice e da mera impossibilidade de um momento desses.

— E então o leão se apaixonou pelo cordeiro... — murmurou ele.

Virei a cara, escondendo os olhos enquanto me arrepiava com a palavra.

— Que cordeiro imbecil — suspirei.

— Que leão masoquista e doentio. — Ele olhou a floresta sombreada por um longo momento e eu me perguntei aonde seus pensamentos o levavam.

— Por quê...? — comecei e depois parei, sem ter certeza de como continuar.

Ele olhou para mim e sorriu; o sol reluzia em seu rosto, em seus dentes.

— Sim?
— Diga por que fugiu de mim antes.

O sorriso dele desapareceu.

— Você não sabe por quê?

— Não, quer dizer, *exatamente* o que eu fiz de errado? Não vou poder abaixar a guarda, está vendo, então é melhor eu começar a aprender o que não devo fazer. Isto, por exemplo — eu afaguei as costas da mão dele —, parece não fazer mal nenhum.

Ele sorriu de novo.

— Você não fez nada de errado, Bella. A culpa foi minha.

— Mas eu quero ajudar, se puder, a não dificultar ainda mais as coisas para você.

— Bom... — ele pensou por um momento. — Foi o modo como você se aproximou. A maioria dos humanos se intimida conosco por instinto, são repelidos por nossa estranheza... Eu não esperava que você chegasse tão perto. E o cheiro de seu *pescoço*. — Ele parou de repente, olhando para verificar se tinha me perturbado.

— Tudo bem, então — eu disse de um jeito impertinente, tentando aliviar o clima subitamente tenso. Segurei meu queixo. — Nenhum pescoço exposto.

Deu certo; ele riu.

— Não, é sério, foi mais a surpresa do que qualquer outra coisa.

Ele ergueu a mão livre e a colocou delicadamente em meu pescoço. Fiquei imóvel, o arrepio de seu toque um alerta natural — um alerta me dizendo para ficar apavorada. Mas não havia nenhuma sensação de medo em mim. Havia, porém, outras sensações...

— Está vendo — disse ele. — Perfeitamente bem.

Meu sangue disparava e eu queria poder reduzir sua velocidade, sentindo que isto devia tornar tudo muito mais difícil — o martelar de minha pulsação em minhas veias. Certamente ele podia ouvi-lo.

— O rubor em seu rosto é lindo — murmurou Edward. Ele soltou gentilmente a outra mão. Minhas mãos caíram flácidas no colo. Suavemente, ele afagou minha bochecha, depois segurou meu rosto entre as mãos de mármore. — Fique completamente parada — sussurrou ele, como se eu já não estivesse congelada ali.

Devagar, sem tirar os olhos dos meus, ele se inclinou para mim. Depois, de repente, mas com muita delicadeza, pousou seu rosto frio no espaço da base de meu pescoço. Fui completamente incapaz de me mexer, mesmo que eu quisesse. Ouvi o som de sua respiração tranquila, observando o sol e o vento brincarem em seu cabelo de bronze, mais humano do que qualquer outra parte dele.

Com uma lentidão deliberada, suas mãos deslizaram pela lateral de meu pescoço. Eu tremi, e o ouvi prender a respiração. Mas suas mãos não pararam enquanto moviam-se suavemente por meus ombros, e depois se detiveram.

Ele virou o rosto para o lado, o nariz roçando minha clavícula. E recostou a cabeça ternamente em meu peito.

Ouvindo meu coração.

— Ah — ele suspirou.

Não sei quanto tempo ficamos sentados sem nos mexer. Podem ter sido horas. Por fim o batimento de minha pulsação se aquietou, mas ele não se mexeu nem falou enquanto me segurava. Eu sabia que a qualquer momento isso podia ser demais, e minha vida chegaria ao fim — tão rapidamente que eu talvez sequer percebesse. E eu não conseguia sentir medo. Não conseguia pensar em nada, a não ser que ele estava me tocando.

E depois, cedo demais, ele me soltou.

Seus olhos estavam tranquilos.

— Não foi assim tão difícil novamente — disse ele com satisfação.

— Foi muito difícil para você?

— Não tanto quanto eu imaginei que seria. E você?

— Não, não foi ruim... para mim.

Ele riu da inflexão de minha voz.

— Você entendeu o que eu quis dizer.

Eu sorri.

— Olhe aqui. — Ele pegou minha mão e a colocou em seu rosto. — Sente como está quente?

E estava quase quente, sua pele em geral gélida. Mas eu mal percebi, porque tocava seu rosto, algo com que sonhava constantemente desde o primeiro dia que o vi.

— Não se mexa — sussurrei.

Ninguém ficava parado como Edward. Ele fechou os olhos e ficou imóvel como uma pedra, uma pedra esculpida sob minha mão.

Eu me mexi ainda mais lentamente do que ele, com o cuidado de não fazer nenhum movimento inesperado. Acariciei sua face, delicadamente afaguei sua pálpebra, a sombra roxa na cavidade sob o olho. Acompanhei o formato de seu nariz perfeito e depois, com muito cuidado, seus lábios impecáveis. Os lábios se separaram em minha mão e eu pude sentir o hálito frio na ponta de meus dedos. Eu queria me inclinar, inspirar o cheiro dele. Depois baixei a mão e me aproximei, sem querer pressioná-lo demais.

Ele abriu os olhos e eram olhos famintos. Não de uma forma que me desse medo, mas de modo a estreitar os músculos na boca do estômago e mandar minha pulsação martelar nas veias de novo.

— Eu quero — sussurrou ele —, quero que você sinta a... complexidade... a confusão... que eu sinto. Isso você poderia entender.

Ele levantou a mão até meu cabelo, depois afagou com cuidado minha face.

— Me diga — sussurrei.

— Não acho que possa. Eu lhe falei, por um lado, a fome... a sede... que, criatura deplorável que sou, eu sinto por você. E penso que você pode entender isso, até certo ponto. Mas — ele deu um meio sorriso —, como você não é viciada em nenhuma substância ilegal, provavelmente não pode ter uma empatia completa. Mas... — Seus dedos tocaram meus lábios de leve, fazendo-me tremer outra vez. — Existem outras fomes. Fomes que eu sequer entendo, que são estranhas a mim.

— Posso entender *isso* melhor do que você pensa.

— Não estou acostumado a me sentir tão humano. É sempre assim?

— Para mim? — eu parei. — Não, nunca. Não até agora.

Ele segurou minhas mãos entre as dele. Pareciam tão frágeis em seu aperto de ferro.

— Não sei como ficar perto de você — admitiu ele. — Não sei se posso.

Eu me inclinei para ele muito lentamente, alertando-o com meus olhos. Encostei meu rosto em seu peito de pedra. Podia ouvir sua respiração, e mais nada.

— Isso basta — eu suspirei, fechando os olhos.

Em um gesto muito humano, ele pôs os braços em volta de mim e apertou o rosto em meu cabelo.

— Você é melhor nisso do que eu pensava — observei.

— Tenho instintos humanos... Podem estar enterrados no fundo, mas estão presentes.

Ficamos sentados assim por mais um momento imensurável; eu me perguntei se ele podia estar tão sem vontade de se mexer quanto eu. Mas eu podia ver que a luz desaparecia, as sombras da floresta começavam a nos tocar, e suspirei.

— Você tem que ir.

— Achei que não pudesse ler minha mente.

— Está ficando mais clara. — Pude ouvir um sorriso em sua voz.

Ele pegou meus ombros e eu olhei seu rosto.

— Posso lhe mostrar uma coisa? — perguntou Edward, uma excitação repentina brilhando em seus olhos.

— Me mostrar o quê?

— Vou lhe mostrar como *eu* viajo na floresta. — Ele viu minha expressão. — Não se preocupe, você estará segura e chegaremos a sua picape muito mais rápido. — Sua boca se abriu naquele sorriso torto tão lindo e meu coração quase parou.

— Vai se transformar em morcego? — perguntei, cautelosamente.

Ele riu, mais alto do que eu já ouvira.

— Como se eu não tivesse ouvido essa antes!

— Tudo bem, tenho certeza de que faz isso o tempo todo.

— Venha, sua covardezinha, suba em minhas costas.

Esperei para ver se estava brincando mas, ao que parecia, ele tinha falado sério. Ele sorriu enquanto lia minha hesitação e estendeu a mão para mim. Meu coração reagiu; embora ele não pudesse ouvir meus pensamentos, minha pulsação sempre me entregava. Depois ele começou a me colocar em suas costas, com muito pouco esforço de minha parte e, além disso, quando estava no lugar, segurou minhas pernas e braços com tanta força em volta dele que eu sufocaria uma pessoa normal. Foi como subir em uma pedra.

— Sou um pouco mais pesada do que a sua mochila — alertei.

— Rá! — ele bufou. Eu quase podia ouvir seus olhos revirando. Nunca o vi com tamanho bom humor antes.

Ele me sobressaltou, pegando minha mão de repente, apertando a palma em seu rosto e inspirando profundamente.

— Fica a cada vez mais fácil — murmurou ele.

E depois ele estava correndo.

Se um dia eu tive um medo mortal na presença dele, não foi nada se comparado com o que sentia agora.

Ele disparou pelos arbustos escuros e densos da floresta como um projétil, como um fantasma. Não havia nenhum som, nenhuma prova de que seus pés tocavam a terra. Sua respiração não se alterava, não indicava esforço nenhum. Mas as árvores voavam a uma velocidade mortal, passando a centímetros de nós.

Fiquei tão apavorada que fechei os olhos, embora o ar frio da mata vergastasse meu rosto e o queimasse. Senti como se estivesse colocando a cabeça como uma idiota para fora da janela de um avião em pleno voo. E, pela primeira vez na minha vida, senti a fraqueza vertiginosa do enjoo de movimento.

Depois acabou. Tínhamos andado por horas esta manhã até a campina de Edward e agora, em questão de minutos, estávamos de volta ao carro.

— Divertido, não? — sua voz estava alta e animada.

Ele ficou imóvel, esperando que eu descesse. Eu tentei. Mas meus músculos não reagiam. Meus braços e pernas ficaram em volta dele, presos, enquanto a cabeça girava de um jeito desagradável.

— Bella? — perguntou ele, agora ansioso.

— Acho que preciso me deitar — eu arfei.

— Ah, me desculpe. — Ele esperou por mim, mas eu ainda não conseguia me mexer.

— Acho que preciso de ajuda — admiti.

Ele riu baixinho e delicadamente afrouxou meu aperto esmagador de seu pescoço. Não houve resistência à força férrea de suas mãos. Depois ele me puxou de frente para ele, aninhando-me nos braços como uma criança pequena. Segurou-me por um momento, depois colocou-me com cuidado sobre as samambaias primaveris.

— Como se sente? — perguntou ele.

Eu não podia ter certeza de como me sentia quando minha cabeça girava tão loucamente.

— Acho que estou tonta.

— Coloque a cabeça entre os joelhos.

Tentei fazer isso e ajudou um pouco. Respirei lentamente, mantendo a cabeça parada. Senti que ele se sentava ao meu lado. Os minutos se passaram e por fim descobri que podia levantar a cabeça. Havia um zumbido oco em meus ouvidos.

— Parece que não foi uma grande ideia — refletiu ele.

Tentei ser confiante, mas minha voz era fraca.

— Não, foi muito interessante.

— Rá! Você está branca feito um fantasma... Não, está branca feito *eu*!

— Acho que devia ter fechado os olhos.

— Lembre-se disso da próxima vez.

— Próxima vez! — gemi.

Ele riu, o humor ainda radiante.

— Exibido — eu murmurei.

— Abra os olhos, Bella — disse ele em voz baixa.

E ele estava bem ali, a cara tão perto da minha. Sua beleza atordoou minha mente — era demais, um excesso a que eu não conseguia me acostumar.

— Fiquei pensando, enquanto estava correndo... — ele parou.

— Em não bater nas árvores, espero.

— Bella, a bobinha — ele riu. — Correr é uma segunda natureza para mim, não é uma coisa na qual tenha que pensar.

— Exibido — murmurei de novo.

Ele sorriu.

— Não — continuou ele —, estava pensando que há uma coisa que quero experimentar. — E ele pegou meu rosto nas mãos de novo.

Eu não conseguia respirar.

Ele hesitou — não do jeito normal, do jeito humano.

Não como um homem pode hesitar antes de beijar uma mulher, para avaliar sua reação, para ver como seria recebido. Talvez ele hesitasse para prolongar o momento, esse momento ideal da expectativa, às vezes melhor do que o próprio beijo.

Edward hesitou para se testar, para ver se era seguro, para se certificar de que ainda tinha controle de suas necessidades.

E depois seus lábios frios e marmóreos encostaram com muita delicadeza nos meus.

Nenhum de nós estava preparado para minha reação.

O sangue ferveu sob minha pele, ardendo em meus lábios. Minha respiração assumiu um ofegar louco. Meus dedos se trançaram em seu cabelo, puxando-o para mim. Meus lábios se separaram enquanto eu respirava seu cheiro inebriante.

Imediatamente senti que ele se transformava numa pedra inanimada sob meus lábios. Suas mãos empurraram meu rosto para trás delicadamente, mas com uma força irresistível. Abri os olhos e vi a expressão de cautela.

— Epa — sussurrei.

— Está atenuando as coisas.

Seus olhos eram arredios, o queixo trincado num freio firme, e no entanto ele não perdia a articulação perfeita. Ele segurou meu rosto a centímetros do dele. Ele deslumbrou meus olhos.

— Será que devo...? — Tentei me desestimular, para dar algum espaço para ele.

Suas mãos se recusaram a deixar que eu me mexesse um centímetro que fosse.

— Não, é tolerável. Espere um momento, por favor. — A voz era educada e controlada.

Mantive os olhos nele, enquanto assistia à excitação neles, que diminuía e se suavizava.

Depois ele deu um sorriso surpreendentemente travesso e diabólico.

— Pronto — disse, obviamente satisfeito consigo mesmo.

— Tolerável? — perguntei.

Ele riu alto.

— Sou mais forte do que eu pensava. É bom saber disso.

— Queria poder dizer o mesmo. Desculpe.

— Você é *apenas* humana, afinal de contas.

— Muito obrigada — eu disse, a voz áspera.

Ele estava de pé em um de seus movimentos leves e quase invisíveis de tão rápidos. Ele estendeu a mão para mim, um gesto inesperado. Eu estava tão acostumada com nosso cuidadoso padrão de falta de contato. Peguei a mão gelada, precisando de apoio mais do que eu pensava. Meu equilíbrio ainda não voltara.

— Ainda está fraca por causa da corrida? Ou foi minha perícia no beijo? — Como estava despreocupado, como parecia humano enquanto ria agora, sua face de serafim imperturbável. Ele era um Edward diferente daquele que conheci. E fiquei ainda mais inebriada por ele. Podia me doer fisicamente ser separada dele agora.

— Não tenho certeza, ainda estou tonta — consegui responder.

— Talvez deva me deixar dirigir.

— Ficou maluco? — protestei.

— Posso dirigir melhor do que você em seu melhor dia — zombou ele. — Você tem reflexos muito mais lentos.

— Não sei bem se isso é verdade, mas não acho que meus nervos, ou minha picape, possam aguentar.

— Um pouco de confiança, por favor, Bella.

Minha mão estava no bolso, enroscada com força na chave. Franzi os lábios, pensei, depois sacudi a cabeça com um sorriso duro.

— Nada disso. Nem pensar.

Ele ergueu as sobrancelhas, sem acreditar.

Comecei a andar em torno dele, indo para o lado do motorista. Ele podia ter me deixado passar se eu não tivesse cambaleado um pouco. Mas também podia ter feito o contrário. Seu braço criou uma armadilha inescapável em minha cintura.

— Bella, já gastei muito esforço pessoal a essa altura para manter você viva. Não vou deixar você se sentar ao volante de um carro quando nem consegue andar direito. E, além disso, as pessoas não deixam que os amigos dirijam bêbados — citou ele com uma risadinha. Eu podia sentir a fragrância insuportavelmente doce vinda de seu peito.

— Bêbada? — objetei.

— Está embriagada com minha presença. — Ele dava aquele sorriso brincalhão de novo.

— Não posso contestar isso — suspirei. Não havia como escapar; não podia resistir a ele em nada. Ergui a chave e a larguei, vendo sua mão voar como um raio para pegá-la sem fazer nenhum som. — Vá com calma... Meu carro é um cidadão idoso.

— Muito sensível — aprovou ele.

— E você não está nada afetado? — perguntei, aborrecida. — Com minha presença?

Novamente suas feições mutáveis se transformaram, a expressão tornando-se suave e quente. Ele não respondeu a princípio; simplesmente aproximou o rosto do meu e roçou os lábios lentamente, de minha orelha ao queixo, descendo e subindo. Eu tremi.

— Apesar disso — murmurou ele enfim —, tenho reflexos melhores.

14
A MENTE DOMINA A MATÉRIA

Eu tinha que admitir que ele podia dirigir bem, quando mantinha a velocidade razoável. Como em muitas coisas, parecia não exigir esforço nenhum. Ele mal olhava a estrada, e no entanto os pneus nunca se desviavam mais de um centímetro do meio da pista. Ele dirigia com uma só mão, segurando minha mão no banco. Às vezes olhava o sol poente, às vezes olhava para mim — para meu rosto, meu cabelo voando pela janela aberta, nossas mãos entrelaçadas.

Ele ligara o rádio em uma emissora de música antiga e cantava uma música que eu nunca ouvi. Conhecia toda a letra.

— Gosta de música dos anos 50? — perguntei.

— A música dos anos 50 era boa. Muito melhor do que a dos anos 60, ou dos 70, eca! — Ele estremeceu. — A dos anos 80 era suportável.

— Vai me dizer um dia qual é a sua idade? — perguntei, insegura, sem querer perturbar seu ânimo.

— Isso importa muito? — Seu sorriso, para meu alívio, continuava sereno.

— Não, mas ainda assim fico imaginando... — Fiz uma careta. — Não há nada como um mistério não resolvido para manter a gente acordada à noite.

— Eu me pergunto se vai perturbar você — ele refletiu para si mesmo. Olhou para o sol; os minutos se passaram.

— Experimente — eu disse por fim.

Ele suspirou e depois olhou nos meus olhos, parecendo se esquecer completamente da estrada por um tempo. O que quer que tenha visto ali deve tê-lo estimulado. Ele olhou o sol — a luz do círculo poente cintilava em sua pele em faíscas num tom de rubi — e falou.

— Nasci em Chicago em 1901. — Ele parou e olhou para mim pelo canto do olho. Tive o cuidado de não demonstrar surpresa, esperando pacientemente pelo resto. Ele deu um sorrisinho e continuou. — Carlisle me encontrou em um hospital no verão de 1918. Eu tinha 17 anos e estava morrendo de gripe espanhola.

Ele me ouviu respirar, embora mal fosse audível a meus próprios ouvidos. Edward me olhou dentro dos olhos de novo.

— Não lembro muito bem... Foi há muito tempo e a memória humana diminui. — Ficou perdido em pensamentos por um curto tempo antes de prosseguir. — Lembro como foi, quando Carlisle me salvou. Não é fácil, não é uma coisa de que se possa esquecer.

— E seus pais?

— Eles já haviam morrido da doença. Eu estava sozinho. Foi por isso que ele me escolheu. Em todo o caos da epidemia, ninguém sequer percebeu que eu tinha desaparecido.

— Como foi que ele... salvou você?

Alguns segundos se passaram antes que respondesse. Ele parecia escolher as palavras com cuidado.

— Foi difícil. Não há muitos de nós com a necessidade de fazer isso. Mas Carlisle sempre foi o mais humano, o mais compassivo de nós... Não acredito que se possa encontrar alguém igual a ele em toda a história. — Ele parou. — Para mim, foi simplesmente muito, muito doloroso.

Vi, pela disposição de seus lábios, que ele não falaria mais no assunto. Reprimi minha curiosidade, embora ela estivesse longe de ser saciada. Havia muitas coisas que eu precisava pensar sobre esta questão em particular, coisas que só agora começavam a me ocorrer. Sem dúvida sua mente rápida já compreendia cada aspecto que me escapava.

Sua voz suave interrompeu meus pensamentos.

— Ele agiu por solidão. Este em geral é o motivo por trás da decisão. Fui o primeiro da família de Carlisle, embora ele tenha encontrado Esme logo depois. Ela havia caído de um penhasco. Levaram-na diretamente para o necrotério do hospital mas, de alguma forma, seu coração ainda batia.

— Então você precisa estar morrendo para se tornar... — Nós nunca dizíamos a palavra e eu não conseguia pronunciá-la agora.

— Não, Carlisle é assim. Ele nunca faria isso com alguém que tivesse alternativas. — O respeito em sua voz era profundo sempre que falava da figura paterna. — Diz ele que é mais fácil, porém — continuou —, se o sangue estiver fraco. — Edward olhou a estrada agora escura e pude sentir que o assunto se encerrava de novo.

— E Emmett e Rosalie?

— Carlisle trouxe Rosalie à nossa família em seguida. Só bem mais tarde percebi que ele esperava que ela fosse para mim o que Esme é para ele... Ele era cauteloso com seus pensamentos perto de mim. — Edward revirou os olhos. — Mas ela nunca foi mais do que uma irmã. Apenas dois anos depois ela encontrou Emmett. Ela estava caçando... Estávamos nos Apalaches naquela época... E encontramos um urso prestes a acabar com a vida dele. Ela o levou para Carlisle, mais de 150 quilômetros de distância, com medo de não conseguir fazer isso sozinha. Mal consigo imaginar como a viagem foi difícil para ela.

Ele me lançou um olhar penetrante e ergueu as mãos, ainda entrelaçadas, para afagar meu rosto.

— Mas ela conseguiu — eu o estimulei, desviando-me da beleza insuportável de seus olhos.

— Sim — murmurou ele. — Ela viu alguma coisa em seu rosto que lhe deu forças. E eles estão juntos desde então. Às vezes eles moram separados de nós, como um casal. Mas quanto mais novos fingimos ser, mais tempo podemos ficar em um determinado lugar. Forks parecia perfeito, então todos nos matriculamos no colégio. — Ele riu. — Imagino que tenhamos que ir ao casamento deles daqui a alguns anos, *de novo*.

— Alice e Jasper?

— Alice e Jasper são duas criaturas muito raras. Os dois desenvolveram uma consciência, como dizemos, sem nenhuma orientação externa. Jasper pertencia a outra... família, um tipo *muito* diferente de família. Ele estava deprimido e vagava sozinho. Alice o encontrou. Como eu, ela possui certos dons que estão além da norma de nossa espécie.

— É mesmo? — eu o interrompi, fascinada. — Mas você disse que era o único que podia ouvir os pensamentos das pessoas.

— E é verdade. Ela sabe outras coisas. Ela *vê* coisas... Coisas que podem acontecer, coisas que estão chegando. Mas é muito subjetivo. O futuro não está gravado em pedra. As circunstâncias mudam.

Seu queixo travou quando ele disse isso, e os olhos dispararam para meu rosto e se desviaram tão rapidamente que não tive certeza se tinha só imaginado.

— Que tipo de coisas ela vê?

— Ela viu Jasper e entendeu que ele procurava por ela antes de saber de sua existência. Ela viu Carlisle e nossa família, e eles se uniram para nos encontrar. Ela é mais sensível a não humanos. Sempre vê, por exemplo, quando outro grupo de nossa espécie está se aproximando. E qualquer ameaça que eles possam representar.

— E existem muitos de... sua espécie? — Fiquei surpresa. Quantos deles podiam estar andando entre nós sem ser detectados?

— Não, não são muitos. Mas a maioria não se acomoda em um lugar. Só os que são como nós, que desistiram de caçar pessoas — um sorriso tímido em minha direção —, podem viver juntos com os humanos por um determinado tempo. Só descobrimos uma família como a nossa em uma pequena aldeia do Alasca. Moramos juntos por um tempo, mas éramos tantos que ficamos visíveis demais. Aqueles de nós que vivem... de forma diferente tendem a ficar juntos.

— E os outros?

— Nômades, em sua maioria. Às vezes todos nós vivemos desse jeito. Fica tedioso, como qualquer outra coisa. Mas nos deparamos uns com os outros de vez em quando, porque a maioria de nós prefere o norte.

— Por que isso?

Agora estávamos estacionados na frente da minha casa e ele desligou o motor. Estava muito silencioso e escuro; não havia luar. A luz da varanda estava apagada, então eu sabia que meu pai ainda não chegara.

— Não abriu os olhos esta tarde? — zombou ele. — Acha que posso andar pela rua à luz do sol sem provocar acidentes de trânsito? Há um motivo para que tenhamos escolhido a península de Olympic, um dos lugares mais desprovidos de sol do mundo. É bom ser capaz de sair à luz do dia. Você não acreditaria em como pode ser cansativo viver à noite por oitenta anos.

— Então é daí que vêm as lendas?

— Provavelmente.

— E Alice veio de outra família, como Jasper?

— Não, e isso *é mesmo* um mistério. Alice não se lembra de nada de sua vida humana. E ela não sabe quem a criou. Ela despertou sozinha. Quem a criou desapareceu, e nenhum de nós entende por que, ou como, ele pôde fazer isso. Se ela não tivesse aquele outro sentido, se não tivesse visto Jasper e Carlisle e soubesse que um dia se tornaria uma de nós, provavelmente teria se transformado numa completa selvagem.

Havia tanta coisa em que pensar, tanto que eu ainda queria perguntar. Mas, para meu grande constrangimento, meu estômago roncou. Eu nem havia notado que estava com fome. Percebi então que estava absolutamente faminta.

— Desculpe, estou impedindo você de jantar.

— Eu estou bem, verdade.

— Nunca passei tanto tempo com alguém que se alimenta de comida. Eu me esqueci.

— Quero ficar com você. — Era mais fácil dizer isso no escuro, sabendo, ao falar, que minha voz me trairia, trairia meu vício irremediável nele.

— Não posso entrar? — perguntou ele.

— Gostaria de entrar? — Não imaginei isso, esta criatura divina sentada na cadeira esfrangalhada da cozinha do meu pai.

— Sim, se não houver problema. — Ouvi a porta se fechar baixinho e quase ao mesmo tempo ele estava do meu lado da porta, abrindo-a para mim.

— Muito humano — eu o elogiei.

— Definitivamente está vindo à tona.

Ele andou a meu lado na noite, tão silencioso que eu precisava olhar constantemente para ter certeza de que ainda estava ali. Na escuridão, ele parecia muito mais normal. Ainda pálido, ainda onírico em sua beleza, mas não era mais a criatura cintilante e fantástica de nossa tarde ao sol.

Ele chegou à porta antes de mim e a abriu. Eu parei a meio caminho na soleira.

— A porta estava destrancada?

— Não, usei a chave que estava embaixo do beiral.

Entrei, acendi a luz da varanda e me virei para olhá-lo com as sobrancelhas erguidas. Tinha certeza de nunca ter usado a chave na frente dele.

— Estava curioso sobre você.

— Você me espionou? — Mas de certo modo não consegui infundir o ultraje adequado à minha voz. Eu estava lisonjeada.

Ele não parecia arrependido.

— O que mais se pode fazer à noite?

Deixei passar por um momento e fomos para a cozinha. Ele estava ali na minha frente, precisando me guiar. Sentou-se na mesma cadeira em que tentei imaginá-lo. Sua beleza iluminou a cozinha. Foi um minuto antes de eu conseguir desviar o rosto.

Concentrei-me em preparar meu jantar, tirando da geladeira o que restava da lasanha, colocando um quadrado em um prato, aquecendo-a no micro-ondas. Ela girou, enchendo a cozinha com o cheiro de tomate e orégano. Eu não tirava os olhos do prato de comida enquanto falava.

— Com que frequência? — perguntei casualmente.

— Hmmm? — Ele deu a impressão de que tinha sido arrancado de uma sequência de pensamentos.

Eu ainda não tinha me virado.

— Com que frequência você veio aqui?

— Venho aqui quase toda noite.

Eu girei, atordoada.

— Por quê?

— Você é interessante quando dorme. — Ele falou categoricamente.

— Você fala.

— Não! — arfei, o calor inundando meu rosto até a raiz dos cabelos. Segurei-me na bancada da cozinha para me apoiar. É claro que eu sabia que falava dormindo; minha mãe brincava comigo sobre isso. Mas não pensei que fosse uma coisa com que precisasse me preocupar aqui.

Sua expressão mudou de imediato para o pesar.

— Está com raiva de mim?

— Isso depende! — Eu senti, e parecia, que minha respiração fora arrancada de mim.

Ele esperou.

— De? — insistiu ele.

— Do que você ouviu! — eu gemi.

No mesmo instante, silenciosamente, ele estava do meu lado, pegando minhas mãos com cuidado.

— Não fique chateada! — pediu ele. Ele baixou o rosto ao nível de meus olhos, acompanhando meu olhar. Fiquei sem graça. Tentei desviar os olhos.

— Você sente falta da sua mãe — sussurrou ele. — Lamenta por ela. E quando chove, o som a deixa inquieta. Você costumava falar muito de sua cidade, mas agora é menos frequente. Uma vez você disse: "É *verde* demais." — Ele riu baixinho, esperando, como pude ver, não me ofender ainda mais.

— Mais alguma coisa? — perguntei.

Ele sabia que eu estava chegando lá.

— Você disse meu nome — admitiu ele.

Suspirei, derrotada.

— Muito?

— O quanto chama de "muito", exatamente?

— Ah, não! — baixei a cabeça.

Ele me puxou de novo para seu peito, delicada e naturalmente.

— Não fique constrangida — sussurrou em meu ouvido. — Se eu pudesse sonhar, seria com você. Não me envergonharia disso.

Depois nós dois ouvimos o som de pneus na entrada de carros, vimos os faróis lampejarem nas janelas da frente, descendo pelo corredor até nós. Enrijeci em seus braços.

— Seu pai pode saber que eu estou aqui? — perguntou ele.

— Não sei bem... — tentei pensar em alguma coisa rapidamente.

— Em outra ocasião, então...

E eu estava só.

— Edward? — sibilei.

Ouvi uma risada espectral, depois mais nada.

A chave de meu pai girou na porta.

— Bella? — chamou ele. Isso me incomodava antes; quem mais poderia ser? De repente não parecia tão desproposital.

— Aqui. — Esperei que ele não pudesse ouvir o desespero em minha voz. Peguei o jantar no micro-ondas e sentei-me à mesa enquanto ele entrava. Seus passos pareciam tão ruidosos depois de meu dia com Edward.

— Posso comer um pouco disso? Estou morto de fome. — Segurando o encosto da cadeira de Edward para se apoiar, ele se equilibrou em uma das botas para tirá-las.

Levei a comida comigo, esquartejando-a enquanto via o jantar dele. Queimou minha língua. Enchi dois copos de leite enquanto a lasanha dele aquecia e engoli o meu para aplacar a ardência. Enquanto baixava o copo, percebi que o leite se sacudia e que minha mão tremia. Charlie estava sentado na cadeira, e o contraste entre ele e seu antigo ocupante era cômico.

— Obrigado — disse ele enquanto eu colocava a comida na mesa.

— Como foi seu dia? — perguntei. As palavras saíram apressadas; eu estava morrendo de vontade de fugir para meu quarto.

— Foi bom. Os peixes estavam mordendo... E você? Conseguiu fazer tudo o que queria?

— Na verdade, não... Estava bom demais para ficar em casa. — Dei outra dentada grande.

— Foi um lindo dia — concordou ele. Lindo é pouco, pensei comigo mesma.

Terminado o último pedaço de lasanha, levantei o copo e entornei o resto do leite.

Charlie me surpreendeu tornando-se observador.

— Com pressa?

— É, estou cansada. Vou dormir cedo.

— Você parece meio animada — observou ele. Por que, ah, por que ele tem que prestar atenção justo esta noite?

— Pareço? — foi só o que consegui responder. Rapidamente lavei minha louça na pia e coloquei-a de cabeça para baixo em um pano de prato para secar.

— É sábado — refletiu ele.

Não respondi.

— Não tem planos para esta noite? — perguntou ele de repente.

— Não, pai, só quero dormir um pouco.

— Nenhum dos meninos da cidade faz seu tipo, hein? — Ele estava desconfiado, mas tentava pegar leve comigo.

— Não, nenhum dos meninos atraiu minha atenção ainda. — Tive o cuidado de não enfatizar demais a palavra *meninos* em minha tentativa de ser sincera com Charlie.

— Pensei que talvez aquele Mike Newton... Você disse que ele era simpático.

— Ele é *só* um amigo, pai.

— Bom, de qualquer forma, você é boa demais para todos eles. Espere até entrar na faculdade para começar a procurar. — O sonho de todo pai, que sua filha saia de casa antes que os hormônios ataquem.

— Parece uma boa ideia para mim — concordei enquanto ia para a escada.

— Boa noite, querida — disse ele atrás de mim. Sem dúvida ele estaria ouvindo com cuidado toda noite, esperando que eu tentasse escapulir.

— Te vejo de manhã, pai. — Vejo você entrando de fininho no meu quarto à meia-noite para dar uma olhada em mim.

Tentei fazer com que meus passos parecessem lentos e cansados ao subir para o quarto. Fechei a porta alto o bastante para que ele ouvisse, depois fui na ponta dos pés até a janela. Eu a abri e me inclinei para a noite. Meus olhos varreram o escuro, as sombras impenetráveis das árvores.

— Edward? — sussurrei, sentindo-me uma completa idiota.

A resposta baixa e risonha veio de trás de mim.

— Sim?

Eu girei, a mão voando para o pescoço de pura surpresa.

Ele estava deitado em minha cama, com um sorriso enorme, as mãos na nuca, os pés se balançando na ponta, a imagem do conforto.

— Oh! — sussurrei, afundando sem equilíbrio no chão.

— Desculpe. — Ele apertou os lábios, tentando esconder como se divertia.

— Me dê um minuto para meu coração voltar a bater.

Ele se sentou devagar, para não me assustar de novo. Depois se inclinou para a frente e estendeu os braços longos para me pegar, agarrando-me pelos braços como se eu fosse um bebê. Sentou-me na cama ao lado dele.

— Por que não se senta aqui comigo? — sugeriu ele, colocando a mão fria na minha. — Como está o coração?

— Me diga você... Sei que você o ouve melhor do que eu.

Senti seu riso baixo estremecer a cama.

Ficamos sentados ali por um momento em silêncio, os dois tentando ouvir meu batimento lento. Pensei em Edward no meu quarto, com meu pai em casa.

— Posso ter um minuto como ser humano? — perguntei.

— Certamente. — Ele gesticulou com uma das mãos para que eu prosseguisse.

— Parado — eu disse, tentando parecer severa.

— Sim, senhora. — E ele fez um espetáculo virando estátua na beira da minha cama.

Eu me levantei num salto, pegando o pijama atrás da porta e o *nécessaire* na mesa. Deixei a luz apagada e saí, fechando a porta.

Pude ouvir o som da TV subindo pela escada. Bati a porta do banheiro ruidosamente, assim Charlie não viria me incomodar.

Eu quis me apressar. Escovei os dentes com força, tentando ser completa *e* rápida, retirando todos os vestígios de lasanha. Mas não pude me apressar na água quente do banho. Ela desemaranhou os músculos de minhas costas, acalmou minha pulsação. O cheiro familiar de meu xampu fez com que eu me sentisse a mesma pessoa que era esta manhã. Tentei não pensar em Edward, sentado em meu quarto, esperando, porque teria que recomeçar todo o processo de tranquilização. Por fim, não consegui adiar mais. Fechei a água, enxuguei-me rapidamente, correndo de novo. Vesti a camiseta furada e o moletom cinza. Tarde demais para me arrepender de não ter trazido o pijama de seda Victoria Secrets que minha mãe me deu dois aniversários atrás, que ainda tinha as etiquetas em uma gaveta em algum lugar lá na minha casa.

Passei a toalha no cabelo de novo e depois o escovei rapidamente. Atirei a toalha no cesto, enfiei a escova e o creme dental na bolsa. Depois disparei escada abaixo para que Charlie pudesse ver que eu estava de pijama, com o cabelo molhado.

— Boa noite, pai.

— Boa noite, Bella. — Ele pareceu se assustar com minha presença. Talvez isso o impedisse de vir me ver esta noite.

Subi a escada de dois em dois degraus, tentando fazer silêncio, e voei para meu quarto, fechando a porta ao entrar.

Edward não havia se mexido nem um milímetro, um adônis entalhado empoleirado em minha colcha desbotada. Eu sorri e seus lábios se retorceram, a estátua que ganhava vida.

Seus olhos me avaliaram, passando pelo cabelo molhado, a camiseta puída. Ele ergueu uma sobrancelha.

— Bonita.

Fiz uma careta.

— Não, fica bem em você.

— Obrigada — sussurrei. Voltei para o lado dele, sentando de pernas cruzadas. Olhei as linhas no piso de madeira.

— Para que tudo isso?

— Charlie pensa que estou escapulindo de casa.

— Ah. — Ele pensou no assunto. — E por quê? — Como se ele não pudesse ver a mente de Charlie com muito mais clareza do que eu podia imaginar.

— Ao que parece, eu pareço meio animada demais.

Ele ergueu meu queixo, examinando meu rosto.

— Na verdade, você parece quente.

Ele aproximou o rosto lentamente para mim, pousando a bochecha fria em minha pele. Fiquei completamente imóvel.

— Hmmm — murmurou ele.

Era muito difícil, enquanto ele me tocava, elaborar uma pergunta coerente. Precisei de um minuto de concentração para começar.

— Parece ser... muito mais fácil para você, agora, ficar perto de mim.

— É assim que parece para você? — murmurou ele, o nariz deslizando pelo canto de meu queixo. Senti sua mão, mais leve do que uma asa de mariposa, afastando meu cabelo molhado na nuca, de modo que seus lábios pudessem tocar o espaço abaixo de minha orelha.

— Muito, muito mais fácil — eu disse, tentando respirar.

— Hmmm.

— Então eu estava me perguntando... — comecei de novo, mas seus dedos delineavam lentamente minha clavícula e eu perdi o fio da meada.

— Sim? — sussurrou ele.

— Por que — minha voz tremeu, constrangendo-me — você pensa assim?

Senti o tremor de sua respiração em meu pescoço enquanto ele ria.

— A mente domina a matéria.

Eu recuei; enquanto me mexia, ele congelou — e não pude mais ouvir o som de sua respiração.

Nós nos olhamos cuidadosamente por um minuto e depois, enquanto seu queixo trincado aos poucos relaxava, sua expressão tornou-se confusa.

— Fiz alguma coisa errada?

— Não... Ao contrário. Está me deixando louca — expliquei.

Ele pensou no assunto por um tempo e, quando falou, parecia satisfeito.

— É mesmo? — Um sorriso de triunfo iluminou lentamente seu rosto.

— Gostaria de uma rodada de aplausos? — perguntei sarcasticamente.

Ele deu um sorriso malicioso.

— É uma surpresa agradável — esclareceu ele. — Nos últimos cem anos, mais ou menos — sua voz era debochada —, nunca imaginei uma coisa dessas. Não acreditava que um dia iria encontrar alguém com quem quisesse ficar... de outra maneira, não como meus irmãos e irmãs. E então descobrir, embora tudo seja novo para mim, que sou bom nisso... Em ficar com você...

— Você é bom em tudo — assinalei.

Ele deu de ombros, admitindo isso, e nós dois rimos aos sussurros.

— Mas como pode ser tão fácil agora? — pressionei. — Esta tarde...

— Não é *fácil* — ele suspirou. — Mas hoje à tarde, eu ainda estava... indeciso. Lamento muito por isso, foi imperdoável de minha parte me comportar daquele jeito.

— Não foi imperdoável — discordei.

— Obrigado. — Ele sorriu. — Veja você — continuou ele, agora olhando para baixo. — Não tinha certeza se eu era bastante forte... — Ele pegou minha mão e a apertou de leve em seu rosto. — E enquanto ainda havia essa possibilidade de que eu fosse... dominado — ele respirou o aroma em meu pulso —, eu era... suscetível. Até que me decidi que tinha *força* suficiente, que não havia nenhuma possibilidade de que eu fosse... De que eu um dia pudesse...

Nunca o vi lutar tanto com as palavras. Era tão... humano.

— E não existe essa possibilidade agora?

— A mente domina a matéria — repetiu ele, sorrindo, os dentes brilhando mesmo no escuro.

— Caramba, essa foi fácil — eu disse.

Ele atirou a cabeça para trás e riu, baixo como um sussurro, mas ainda exuberante.

— Fácil para *você*! — corrigiu ele, tocando meu nariz com a ponta do dedo.

E seu rosto de repente ficou sério.

— Estou tentando — sussurrou ele, a voz cheia de dor. — Se for... demasiado, tenho certeza absoluta de que poderei partir.

Fechei a cara. Não gostei dessa conversa de partir.

— E será mais difícil amanhã — continuou ele. — Fiquei com seu cheiro em minha cabeça o dia todo e vou ficar incrivelmente dessensibilizado. Se ficar longe de você por qualquer período de tempo, terei que começar de novo. Mas não do zero, imagino.

— Então não vá embora — respondi, incapaz de esconder o desejo em minha voz.

— Isso é bom para mim — respondeu ele, o rosto relaxando num sorriso suave. — Coloque os grilhões... Sou seu prisioneiro. — Mas suas longas mãos formaram algemas em *meus* pulsos enquanto ele falava. Edward soltou sua risada musical e baixa. Ele riu mais esta noite do que em todo o tempo que passei com ele.

— Você parece mais... otimista do que de costume — observei. — Não o vi assim antes.

— Não é para ser assim? — Ele sorriu. — A glória do primeiro amor, essas coisas. É inacreditável, não é, a diferença entre ler sobre uma coisa, vê-la em fotos e experimentá-la?

— Muito diferente — concordei. — Mais poderoso do que imaginei.

— Por exemplo — suas palavras agora fluíam rapidamente, precisei me concentrar para apreendê-las —, a emoção do ciúme. Li sobre isso umas cem vezes, vi atores que o retrataram em mil peças e filmes diferentes. Eu acreditava que o entendia com muita clareza. Mas foi um choque para mim... — Ele fez uma careta. — Lembra o dia em que Mike a convidou para o baile?

Assenti, embora me lembrasse do dia por um motivo diferente.

— Quando você começou a falar comigo de novo.

— Fiquei surpreso com o surto de ressentimento, quase de fúria, que senti... Inicialmente não reconheci o que era. Fiquei ainda mais exasperado do que de costume por não saber o que você estava pensando, por que o rejeitou. Seria simplesmente pelo bem de sua amizade? Haveria outra pessoa? Eu sabia que não tinha o direito de me importar nem com uma coisa, nem com outra. *Tentei* não me importar. E depois a fila começou a se formar — ele riu.

Franzi a testa no escuro.

— Eu esperei, irracionalmente ansioso para ouvir o que você diria a eles, para ver sua expressão. Não pude negar o alívio que senti, vendo a irritação em seu rosto. Mas não podia ter certeza. Foi a primeira noite em que vim aqui. Eu lutei todas as noites, enquanto via você dormir, com o abismo entre o que eu sabia que era *certo*, moral, ético, e o que eu *queria*. Sabia que se continuasse a ignorá-la, como devia fazer, ou se me afastasse por alguns anos, até que você fosse embora, um dia você diria sim a Mike, ou a outro igual a ele. Isso me deu raiva.

Ele sussurrou:

— E então, enquanto você estava dormindo, disse meu nome. Falou com tanta clareza que no começo pensei que estivesse acordada. Mas você se virou inquieta e murmurou meu nome mais uma vez, e suspirou. A sensação que me tomou depois foi enervante, foi perturbadora. E eu sabia que não podia mais ignorar você.

Ele ficou em silêncio por um minuto, provavelmente ouvindo o martelar irregular e súbito de meu coração.

— Mas o ciúme... é uma coisa estranha. É muito mais poderoso do que eu teria pensado. E é irracional! Agora há pouco, quando Charlie lhe perguntou sobre aquele ser desprezível do Mike Newton... — Ele sacudiu a cabeça, com raiva.

— Eu devia saber que você estava ouvindo — resmunguei.

— É claro.

— *Isso* o deixou com ciúme, não é?

— Sou novo nisso; você está revivendo o que há de humano em mim e tudo parece mais forte porque é novo.

— Mas sinceramente — zombei —, isso incomodar você, depois de eu ouvir que Rosalie... Rosalie, a encarnação da pura beleza, *Rosalie*... era para ser sua. Com ou sem Emmett, como posso competir com isso?

— Não existe competição. — Seus dentes reluziram. Ele colocou minhas mãos em suas costas, segurando-me no peito. Fiquei o mais imóvel que pude, ainda respirando com cuidado.

— Eu *sei* que não existe competição — murmurei em sua pele fria. — É esse o problema.

— É claro que Rosalie *é mesmo* linda à maneira dela, mas mesmo que não fosse minha irmã, mesmo que Emmett não lhe pertencesse, ela não exerceria nem um décimo, não, nem um centésimo da atração que você exerce sobre mim. — Ele agora estava sério e pensativo. — Por quase noventa anos andei entre os meus, e entre os seus... O tempo todo pensando que eu era completo comigo mesmo, sem perceber o que procurava. E sem encontrar nada, porque você ainda não estava viva.

— Não é justo — sussurrei, meu rosto ainda pousado em seu peito, ouvindo sua respiração ir e vir. — Não tive que esperar tanto. Por que me saí com tanta facilidade?

— Tem razão — concordou ele, divertindo-se. — Eu devia mesmo dificultar as coisas para você. — Ele libertou uma das mãos, liberou meu pulso, só para colocá-lo com cuidado na outra mão. Afagou meu cabelo molhado delicadamente, do alto de minha cabeça à minha cintura. — Você só tem que arriscar sua vida a cada segundo que passa comigo e certamente não é muito. Só precisa dar as costas para sua natureza, sua humanidade... Que valor tem isso?

— Muito pouco... Não me sinto privada de nada.

— Ainda não. — E a voz dele de repente se encheu de uma tristeza antiga.

Tentei recuar, olhar seu rosto, mas sua mão se fechou em meus pulsos em um aperto insuportável.

— O que... — comecei a perguntar, quando seu corpo ficou alerta. Fiquei imóvel, mas de repente ele soltou minhas mãos e desapareceu. Por muito pouco não caí de cara.

— Deite-se — sibilou ele. Eu não sabia de onde ele falava no escuro.

Rolei para baixo de minha colcha, enroscando-me de lado, como costumava dormir. Ouvi a porta se abrir um pouco, enquanto Charlie espiava para se certificar de que eu estava onde devia. Respirei tranquilamente, exagerando o movimento.

Passou-se um longo minuto. Fiquei escutando, sem ter certeza se tinha ouvido a porta se fechar. Depois o braço frio de Edward estava em volta de mim, sob as cobertas, os lábios em minha orelha.

— Você é péssima atriz... Eu diria que esta carreira está vetada para você.

— Dane-se — murmurei. Meu coração esmagava meu peito.

Ele cantarolou uma melodia que não reconheci; parecia uma cantiga de ninar.

Ele parou.

— Quer que eu cante para você dormir?

— Ah, sei — eu ri. — Como se eu pudesse dormir com você aqui!

— Você faz isso o tempo todo — lembrou-me ele.

— Mas sem *saber* que você estava aqui — respondi friamente.

— Então, se não quer dormir... — sugeriu ele, ignorando meu tom de voz. Parei de respirar.

— Se não quero dormir...?

Ele riu.

— O que quer fazer, então?

Não consegui responder a princípio.

— Não tenho certeza — respondi por fim.

— Conte-me quando decidir.

Eu podia sentir seu hálito frio em meu pescoço, sentir seu nariz deslizando por meu queixo, inspirando.

— Achei que estivesse dessensibilizado.

— Só porque estou resistindo ao vinho, não quer dizer que não possa apreciar o buquê — sussurrou ele. — Você tem um aroma floral, de lavanda... ou frésia — observou ele. — É de dar água na boca.

— É, o dia fica perdido quando não há *alguém* me dizendo que meu cheiro é apetitoso.

Ele riu e depois suspirou.

— Decidi o que quero fazer — eu disse a ele. — Quero saber mais de você.

— Pergunte o que quiser.

Procurei pela mais vital entre minhas perguntas.

— Por que você faz isso? — eu disse. — Ainda não entendo como pode se esforçar tanto para resistir ao que você... *é*. Por favor, não me entenda mal, é claro que fico feliz que resista. Só não vejo por que você se incomoda com isso.

Ele hesitou antes de responder.

— É uma boa pergunta e você não é a primeira a fazê-la. Os outros, ou seja, a maioria de nossa espécie que se satisfaz com nosso quinhão, eles também se perguntam por que vivemos. Mas veja bem, só porque recebemos... uma certa mão de cartas... não quer dizer que não possamos levantar as apostas... Conquistar as fronteiras de um destino que nenhum de nós quis. Tentar reter o que quer que seja de humanidade essencial que pudermos.

Fiquei deitada sem me mexer, presa em um silêncio pasmo.

— Dormiu? — sussurrou ele depois de alguns minutos.

— Não.

— Está curiosa só sobre isso?

Revirei os olhos.

— Não é só isso.

— O que mais quer saber?

— Por que pode ler mentes... Por que só você? E Alice, vendo o futuro... Por que é assim?

Senti que ele dava de ombros no escuro.

— Não sabemos realmente. Carlisle tem uma teoria... Ele acredita que todos trazemos para esta vida algumas de nossas características humanas mais fortes, e que elas se intensificam... Como nossa mente e nossos sentidos. Ele acha que eu devo ter sido muito sensível aos pensamentos dos que me cercavam. E que Alice tinha alguma precognição, onde quer que estivesse.

— O que ele trouxe para a nova vida, e os outros?

— Carlisle trouxe sua compaixão. Esme trouxe sua capacidade de amar apaixonadamente. Emmett trouxe sua força, Rosalie, sua... tenacidade. Ou você pode chamar de teimosia — ele riu. — Jasper é muito interessante. Ele foi muito carismático em sua primeira vida, capaz de influenciar quem estivesse por perto a ver as coisas da maneira dele. Agora ele pode manipular as emoções dos que o cercam... Tranquilizar o ambiente de pessoas irritadas, por exemplo, ou excitar uma turba letárgica. É um dom muito sutil.

Pensei nas impossibilidades que ele descreveu, tentando apreendê-las. Ele esperou pacientemente enquanto eu pensava.

— Então, onde tudo começou? Quer dizer, Carlisle mudou você e antes alguém deve tê-lo mudado, e assim por diante...

— Bom, de onde você veio? Da evolução? Da criação? Não podemos ter evoluído da mesma maneira que as outras espécies, predador e presa? Ou, se não acredita que tudo neste mundo simplesmente aconteceu sozinho, o que eu mesmo tenho dificuldade de aceitar, é tão difícil acreditar que a mesma força que criou o delicado peixe-anjo e o tubarão, o bebê foca e a baleia-assassina, possa ter criado nossas espécies juntas?

— Vamos esclarecer isso... Eu sou o bebê foca, não é?

— É. — Ele riu e algo tocou meu cabelo, talvez seus lábios?

Eu quis me virar, para ver se eram mesmo os lábios em meu cabelo. Mas precisava ter cuidado; não queria tornar tudo mais difícil do que já era para ele.

— Está pronta para dormir? — perguntou ele, interrompendo o curto silêncio. — Ou tem mais alguma pergunta?

— Só um milhão delas, ou dois.

— Temos amanhã, e depois de amanhã, e o dia seguinte... — lembrou-me ele. Eu sorri, eufórica com a ideia.

— Tem certeza de que não vai desaparecer de manhã? — Eu queria me certificar. — Afinal de contas, você é mítico.

— Não vou deixá-la. — Sua voz tinha o selo da promessa.

— Mais uma, então, esta noite... — E eu corei. A escuridão não ajudava. Eu tinha certeza de que ele podia sentir o calor repentino sob minha pele.

— O que é?

— Não, deixa pra lá. Mudei de ideia.

— Bella, pode me perguntar qualquer coisa.

Não respondi e ele gemeu.

— Pensei que seria menos frustrante não ouvir seus pensamentos. Mas está ficando cada vez *pior*.

— Fico feliz que não possa ler meus pensamentos. Já é bem difícil que você me ouça falar dormindo.

— Por favor? — Sua voz era tão convincente, era absolutamente impossível resistir a ela.

Sacudi a cabeça.

— Se não me disser, vou supor que é algo muito pior do que é na realidade — ele ameaçou sombriamente. — Por favor? — De novo, a voz suplicante.

— Bom — comecei, feliz por ele não poder ver meu rosto.

— Sim?

— Disse que Rosalie e Emmett vão se casar logo... Esse... casamento... é igual ao dos humanos?

Ele riu abertamente, entendendo.

— É a *isso* que quer chegar?

Fiquei inquieta, incapaz de responder.

— Sim, imagino que deve ser igual — disse ele. — Eu lhe disse, a maioria dos desejos humanos está presente, só oculta por trás de nossos desejos poderosos.

— Ah — foi só o que pude dizer.

— Havia algum propósito por trás de sua curiosidade?

— Bom, eu fiquei me perguntando.. sobre você e eu... um dia...

Ele ficou sério imediatamente, percebi pela imobilidade súbita de seu corpo. Fiquei paralisada também, reagindo automaticamente.

— Não acho que... que... fosse possível para nós.

— Porque seria difícil demais para você, se eu ficasse assim tão... perto?

— Certamente isso é um problema. Mas não era no que eu estava pensando. É só que você é tão macia, tão frágil. Tenho que calcular meus atos a cada momento em que estamos juntos para não machucá-la. Posso matá-la com muita facilidade, Bella, simplesmente por acidente. — Sua voz tornou-se um murmúrio delicado. Ele pousou a palma gelada em meu rosto. — Se eu fosse precipitado demais... Se por um segundo não estiver prestando a devida atenção, posso estender a mão, querendo tocar seu rosto, e esmagar seu crânio por engano. Não sabe como é incrivelmente *quebradiça*. Eu não posso, jamais, perder qualquer controle quando estou com você.

Ele esperou que eu respondesse, a ansiedade crescendo quando eu não disse nada.

— Está com medo? — perguntou ele.

Esperei um minuto para responder, assim as palavras seriam sinceras.

— Não. Eu estou bem.

Ele pareceu deliberar por um segundo.

— Mas agora estou curioso... — disse ele, a voz leve novamente. — *Você* já...? — ele se interrompeu sugestivamente.

— É claro que não. — Eu corei. — Eu lhe disse que nunca senti isso por ninguém, nem perto.

— Eu sei. Mas sei o que outras pessoas pensam. Sei que o amor e o desejo nem sempre andam de mãos dadas.

— Para mim, andam. Agora, de qualquer modo, eles existem para mim dessa forma — eu suspirei.

— Isso é bom. Temos pelo menos uma coisa em comum. — Ele pareceu satisfeito.

— Seus instintos humanos... — comecei. Ele esperou. — Bom, você me acha atraente *nesse* sentido, afinal?

Ele riu e desarrumou de leve meu cabelo quase seco.

— Posso não ser humano, mas sou um homem — garantiu-me ele.

Soltei um bocejo involuntário.

— Respondi a suas perguntas, agora deve dormir.

— Não sei se posso.

— Quer que eu vá embora?

— Não! — eu disse alto demais.

Ele riu, depois começou a cantalorar a mesma cantiga desconhecida. A voz de um arcanjo, suave em meu ouvido.

Mais cansada do que tinha percebido, exausta do longo dia de estresse mental e emocional que nunca sentira antes, vaguei para o sono em seus braços frios.

15
Os Cullen

A LUZ SUFOCADA DE OUTRO DIA NUBLADO ACABOU ME ACORDANDO. Fiquei deitada com o braço nos olhos, grogue e confusa. Algo, um sonho tentando ser lembrado, lutava para irromper em minha consciência. Eu gemi e rolei de lado, esperando que o sono voltasse. E depois o dia anterior inundou minha consciência.

— Ah! — Sentei-me tão rápido que minha cabeça girou.

— Seu cabelo parece um monte de feno... Mas gosto assim. — A voz abafada vinha da cadeira de balanço no canto.

— Edward! Você ficou! — eu disse em júbilo e, sem pensar, disparei pelo quarto e me atirei no colo dele. No momento em que meus pensamentos acompanharam meus atos, eu estaquei, chocada com meu entusiasmo descontrolado. Olhei para ele, com medo de ter atravessado o limite errado.

Mas ele riu.

— É claro — respondeu, sobressaltado, mas parecendo satisfeito com minha reação. Suas mãos afagaram minhas costas.

Pousei a cabeça com cuidado em seu ombro, respirando o cheiro de sua pele.

— Eu tinha certeza de que era um sonho.

— Você não é tão criativa assim — zombou ele.

— Charlie! — lembrei, pulando de imediato novamente e indo para a porta.

— Ele saiu há uma hora... Depois de desconectar os cabos de bateria de seu carro, devo acrescentar. Tenho que admitir que fiquei decepcionado. Será que isso realmente a impediria, se você estivesse decidida a sair?

Eu pensei, ali onde estava, querendo loucamente voltar para ele, mas com medo de estar com mau hálito matinal.

— Em geral você não é tão confusa de manhã — observou ele. E abriu os braços para me receber de volta. Um convite quase irresistível.

— Preciso de outro minuto humano — admiti.

— Vou esperar.

Pulei para o banheiro, minhas emoções irreconhecíveis. Eu não me conhecia, por dentro ou por fora. O rosto no espelho era praticamente estranho a mim — olhos brilhantes demais, pontos febris de vermelho nas maçãs do rosto. Depois que escovei os dentes, consegui consertar o caos embaraçado que era meu cabelo, joguei água fria na cara e tentei respirar normalmente, sem nenhum sucesso perceptível. Eu praticamente corri de volta ao meu quarto.

Parecia um milagre que ele estivesse ali, os braços ainda esperando por mim. Ele estendeu a mão e meu coração martelou, instável.

— Bem-vinda de volta — murmurou, pegando-me nos braços.

Ele me embalou por um tempo em silêncio, até que percebi que suas roupas haviam mudado, o cabelo penteado.

— Você saiu? — eu o acusei, tocando a gola de sua camisa limpa.

— Não podia sair nas roupas com que eu vim... O que os vizinhos iam pensar?

Fiz um beicinho.

— Você tem um sono muito profundo, não perdi nada. — Seus olhos cintilavam. — O falatório veio antes disso.

Eu gemi.

— O que você ouviu?

Seus olhos dourados ficaram muito suaves.

— Você disse que me amava.

— Você já sabia disso — lembrei a ele, afundando minha cabeça.

— Mesmo assim, foi bom ouvir.

Escondi o rosto em seu ombro.

— Eu te amo — sussurrei.

— Agora você é a minha vida — respondeu ele simplesmente.

Não havia nada mais a dizer naquele momento. Ele me embalou enquanto o quarto ficava mais claro.

— Hora do café da manhã — disse ele por fim, despreocupadamente, para provar, tenho certeza, que se lembrava de todas as minhas fragilidades humanas.

Então segurei meu pescoço com as duas mãos e arregalei os olhos para ele. O choque atravessou seu rosto.

— Brincadeirinha! — eu disse, rindo. — E você disse que eu não sabia atuar!

Ele fez uma careta de aversão.

— Não foi engraçado.

— Foi muito engraçado e você sabe disso. — Mas examinei seus olhos dourados com cuidado, para ter certeza de que eu estava perdoada. Ao que parecia, estava.

— Devo reformular o que disse? — perguntou ele. — Hora do café da manhã para os humanos.

— Ah, tudo bem.

Ele me atirou delicadamente sobre o ombro de pedra, mas com uma velocidade que me deixou sem fôlego. Protestei enquanto ele me carregava facilmente escada abaixo, mas ele me ignorou. Ele me sentou de lado em uma cadeira.

A cozinha estava resplandecente, feliz, parecendo absorver meu estado de espírito.

— O que temos para o café? — perguntei, satisfeita.

— Hã, não sei bem. O que quer comer? — Sua testa marmórea se enrugou.

Eu sorri com malícia, colocando-me de pé.

— Está tudo bem, eu me viro sozinha. Observe-me caçar.

Encontrei uma tigela e uma caixa de cereais. Eu podia sentir seus olhos em mim enquanto eu me servia de leite e pegava uma colher. Coloquei minha comida na mesa e depois parei.

— Posso lhe servir alguma coisa? — perguntei, sem querer ser rude.

Ele revirou os olhos.

— Coma, Bella.

Sentei à mesa, observando-o enquanto dava uma colherada. Ele me fitava, analisando cada movimento. Isso me deixou constrangida. Limpei a boca para falar, para distraí-lo.

— Qual é a programação de hoje? — perguntei.

— Hmmm... — Vi que ele preparava a resposta com muito cuidado. — O que diria de conhecer minha família?

Engoli em seco.

— Está com medo agora? — Ele pareceu esperançoso.

— Estou — admiti; como podia negar isso? Ele podia ver meus olhos.

— Não se preocupe. — Ele sorriu. — Vou proteger você.

— Não estou com medo *deles* — expliquei. — Tenho medo que eles não... gostem de mim. Eles não se surpreenderiam se você levasse alguém... como eu... para conhecê-los em casa? Eles sabem que eu sei sobre eles?

— Ah, já sabem de tudo. Eles fizeram umas apostas ontem, sabia? — Edward sorriu, mas sua voz era áspera. — Se eu traria você de volta. Mas por que alguém apostaria contra Alice, não consigo imaginar. De qualquer modo, não temos segredos em nossa família. Não é viável, com minha leitura de pensamento, Alice vendo o futuro e tudo isso.

— E Jasper fazendo você se sentir todo alvoroçado para despejar tudo o que sabe, não se esqueça.

— Você prestou atenção. — Ele sorriu com aprovação.

— De vez em quando sei fazer isso. — Eu sorri. — Então Alice me viu chegando?

Sua reação foi estranha.

— Alguma coisa assim — disse ele pouco à vontade, virando-se para que eu não pudesse ver seus olhos.

Eu o fitei, curiosa.

— Isso é bom? — perguntou ele, virando-se para mim abruptamente e olhando meu café da manhã de um jeito debochado. — Francamente, não parece muito apetitoso.

— Bom, não é dos piores... — murmurei, ignorando-o quando ele fez uma careta. Eu ainda estava me perguntando por que ele respondeu daquele jeito quando falei em Alice. Comi os cereais às pressas, especulando.

Ele ficou de pé no meio da cozinha, a estátua de Adônis de novo, olhando distraído pela janela dos fundos.

Depois seus olhos voltaram para mim e ele abriu aquele sorriso de partir o coração.

— E você deve me apresentar a seu pai também, imagino.

— Ele já conhece você — lembrei a ele.

— Como seu namorado, eu quero dizer.

Eu o encarei com desconfiança.

— Por quê?

— Não é esse o costume? — perguntou ele inocentemente.

— Não sei — admiti. Meu histórico de namoros me dava poucos pontos de referência com que trabalhar. Não que as regras normais fossem válidas aqui. — Não é necessário, sabe disso. Não espero que você... Quer dizer, você não precisa me pedir em casamento.

Seu sorriso era paciente.

— Não estou pedindo.

Empurrei o que restava do cereal para a beira da tigela, mordendo o lábio.

— Vai ou não contar a Charlie que sou seu novo namorado? — perguntou ele.

— E você é isso mesmo? — Reprimi minha lisonja íntima com a ideia de Edward, Charlie e a palavra *namorado* no cômodo ao mesmo tempo.

— Esta é uma interpretação livre da palavra "novo", admito.

— Tive a impressão de que você era algo mais, na verdade — confessei, olhando a mesa.

— Bom, não sei se precisamos dar a ele todos os detalhes sórdidos.

— Ele estendeu a mão por sobre a mesa para erguer meu queixo com o dedo frio e delicado. — Mas ele vai precisar de alguma explicação para eu andar tanto por aqui. Não quero que o chefe Swan consiga um mandado de segurança contra mim.

— Você fará isso? — perguntei, ansiosa de repente. — Realmente estará aqui?

— Desde que você me queira — garantiu-me.

— Sempre vou querer você — eu o alertei. — Para sempre.

Ele contornou lentamente a mesa e, parando a pouca distância, tocou meu rosto com a ponta dos dedos. Sua expressão era insondável.

— Isso o deixa triste? — perguntei.

Ele não respondeu. Olhou nos meus olhos por um período imensurável de tempo.

— Já terminou? — perguntou por fim.

Pulei de pé.

— Sim.

— Vá se vestir... Vou esperar aqui.

Foi difícil decidir que roupa usar. Eu duvidava de que houvesse algum livro de etiqueta detalhando como se vestir quando seu namorado vampiro a leva para casa para conhecer sua família de vampiros. Foi um alívio pensar a palavra comigo mesma. Eu sabia que a rejeitava intencionalmente.

Acabei com minha única saia — longa, cáqui, ainda informal. Vesti a blusa azul-escura que ele elogiou um dia. Uma olhada rápida no espelho me disse que meu cabelo estava impossível, então eu o puxei em um rabo de cavalo.

— Tudo bem. — Quiquei escada abaixo. — Estou decente.

Ele esperava ao pé da escada, mais perto do que eu pensava, e eu saltei direto para ele. Ele me segurou, mantendo-me a uma distância cautelosa por alguns segundos antes de repentinamente me puxar para mais perto.

— Errado de novo — murmurou ele em meu ouvido. — Você está totalmente indecente... Ninguém deve ser uma tentação tão grande, não é justo.

— Tentação, como? — perguntei. — Posso trocar...

Ele suspirou, sacudindo a cabeça.

— Você é *tão* absurda. — Ele apertou os lábios frios delicadamente em minha testa e a sala girou. O cheiro de seu hálito me impossibilitava de pensar.

— Devo explicar como é tentadora para mim? — disse ele. Era obviamente uma pergunta retórica. Seus dedos acompanharam lentamente minha coluna, sua respiração saindo com mais rapidez em minha pele. Minhas mãos estavam flácidas em seu peito e senti vertigem novamente. Ele inclinou a cabeça devagar e tocou os lábios frios nos meus pela segunda vez, com muito cuidado, separando-os um pouco.

E então eu desmaiei.

— Bella? — Sua voz estava alarmada enquanto ele me pegava e me erguia.

— Você... me... deixa... fraca — eu o acusei, tonta.

— *O que vou fazer com você?* — gemeu ele, exasperado. — Ontem eu a beijei, e você me atacou! Hoje você desmaia nos meus braços!

Eu ri bem fraquinho, deixando que seus braços me apoiassem enquanto minha cabeça girava.

— É nisso que dá ser bom em tudo — ele suspirou.

— É esse o problema. — Eu ainda estava tonta. — Você é bom *demais*. Muito, muito bom.

— Está enjoada? — perguntou ele; ele nunca me vira assim antes.

— Não... Não é o mesmo tipo de desmaio. Não sei o que aconteceu. — Sacudi a cabeça, desculpando-me. — Acho que esqueci de respirar.

— Não posso levar você a lugar nenhum desse jeito.

— Eu estou bem — insisti. — Sua família vai pensar que sou louca mesmo, que diferença faz?

Ele avaliou minha expressão por um momento.

— Gosto muito dessa cor em sua pele — disse ele inesperadamente.

Eu corei de prazer e desviei os olhos.

— Olhe, estou tentando ao máximo não pensar no que estou prestes a fazer, então, será que podemos ir? — perguntei.

— E você não está preocupada porque vai conhecer uma casa de vampiros, mas porque acha que aqueles vampiros não vão aprová-la, não estou certo?

— Está certo — respondi imediatamente, escondendo minha surpresa com o uso despreocupado da palavra.

Ele sacudiu a cabeça.

— Você é inacreditável.

Percebi, enquanto ele dirigia minha picape pela parte principal da cidade, que eu não fazia ideia de onde ele morava. Passamos pela ponte sobre o rio Calawah, a estrada que serpenteava ao norte, as casas aparecendo rapidamente ao nosso lado, cada vez maiores. E depois passamos por outras casas, seguindo para a floresta brumosa. Eu tentava resolver se perguntava ou se seria paciente quando ele entrou abruptamente em uma estrada sem pavimentação. Não tinha placa, mal era visível em meio às samambaias. A floresta invadia os dois lados, deixando a estrada à frente discernível apenas por alguns metros enquanto se curvava, como uma serpente, em torno das árvores antigas.

E então, depois de alguns quilômetros, havia um espaço no bosque e de repente estávamos em uma campina pequena, ou seria um gramado? Mas a escuridão da floresta não cedia, porque havia seis cedros centenários que sombreavam meio hectare com seus longos ramos. As árvores lançavam as sombras protetoras nas paredes da casa que se erguia entre elas, tornando obsoleta a varanda larga que contornava o primeiro andar.

Não sei o que eu esperava, mas definitivamente não era isso. A casa era atemporal, graciosa, e devia ter uns cem anos. Era pintada de um branco suave e desbotado, tinha três andares, era retangular e proporcional. As janelas e as portas ou faziam parte da estrutura original ou eram uma restauração perfeita. Minha picape era o único carro à vista. Pude ouvir o rio perto dali, oculto nas sombras da floresta.

— Caramba.

— Gosta? — Ele sorriu.

— Tem... certo charme.

Ele puxou a ponta de meu rabo de cavalo e riu.

— Pronta? — perguntou, abrindo a porta do carona para mim.

— Nem um pouquinho... Vamos. — Tentei rir, mas o riso pareceu preso na garganta. Alisei o cabelo, nervosa.

— Você está linda. — Ele pegou minha mão tranquilamente, sem pensar.

Andamos pelas sombras densas até a varanda. Eu sabia que ele podia sentir minha tensão; seu polegar fazia círculos suaves nas costas de minha mão.

Ele abriu a porta para mim.

O interior era ainda mais surpreendente, menos previsível do que o exterior. Era muito iluminado, muito aberto e muito grande. Originalmente devia ter tido muitos cômodos, mas a maioria das paredes fora derrubada, criando um único espaço amplo. A parede de trás, dando para o sul, fora inteiramente substituída por vidro e, para além da sombra dos cedros, o gramado se estendia até o rio largo. Uma enorme escada em curva dominava o lado oeste da sala. As paredes, o teto de vigas altas, o piso de madeira e os tapetes grossos eram de tons variados de branco.

Esperando para nos receber, de pé pouco à esquerda da porta, numa parte elevada do chão junto a um piano de cauda espetacular, estavam os pais de Edward.

É claro que eu já havia visto o Dr. Cullen, mas ainda assim não consegui deixar de ficar pasma novamente com sua beleza, sua perfeição ultrajante. A seu lado estava Esme, imaginei, a única da família que eu nunca vira. Tinha os mesmos traços pálidos e lindos dos demais. Alguma coisa em seu rosto em formato de coração, as ondas de seu cabelo macio cor de caramelo, lembrava-me as ingênuas da época do cinema mudo. Ela era baixa e esguia, no entanto menos angulosa, mais arredondada do que os outros. Ambos estavam com roupas informais, em cores claras que combinavam com o interior da casa. Eles sorriram dando as boas-vindas, mas não se aproximaram de nós. Tentando não me assustar, imaginei.

— Carlisle, Esme — a voz de Edward rompeu o curto silêncio —, esta é Bella.

— É muito bem-vinda aqui, Bella. — O andar de Carlisle era cadenciado e cuidadoso ao se aproximar de mim. Ele ergueu a mão, inseguro, e eu me aproximei para cumprimentá-lo.

— É bom vê-lo novamente, Dr. Cullen.

— Por favor, chame-me de Carlisle.

— Carlisle. — Eu sorri para ele, minha súbita confiança me surpreendendo. Podia sentir o alívio de Edward ao meu lado.

Esme sorriu e também se aproximou, estendendo a mão para mim. Seu aperto frio e pétreo era exatamente o que eu esperava.

— É muito bom conhecer você — disse ela com sinceridade.

— Obrigada. Fico feliz por conhecê-la também. — E estava mesmo. Era como conhecer um conto de fadas; a Branca de Neve em pessoa.

— Onde estão Alice e Jasper? — perguntou Edward, mas ninguém respondeu, enquanto eles simplesmente apareciam no alto da ampla escada.

— Oi, Edward! — gritou Alice com entusiasmo.

Ela correu escada abaixo, um raio de cabelos pretos e pele branca, vindo parar súbita e silenciosamente diante de mim. Carlisle e Esme lançaram olhares de alerta para ela, mas eu gostei. Era natural — para ela, de qualquer forma.

— Oi, Bella! — disse Alice, e ela quicou para a frente para me dar um beijo no rosto. Se antes Carlisle e Esme pareciam cautelosos, agora ficaram vacilantes. Havia choque nos meus olhos, mas também prazer por ela parecer me aprovar tão sinceramente. Fiquei assustada ao sentir Edward enrijecer ao meu lado. Olhei para seu rosto, mas a expressão era indecifrável.

— Seu cheiro é bom, nunca percebi antes — comentou ela, para meu extremo constrangimento.

Ninguém mais pareceu saber o que dizer, e então Jasper estava ali — alto e leonino. Uma sensação de tranquilidade me tomou e eu de repente estava à vontade, apesar de onde me encontrava. Edward olhou para Jasper, erguendo uma sobrancelha, e eu me lembrei do que Jasper podia fazer.

— Olá, Bella — disse Jasper. Ele manteve distância, sem se oferecer para um aperto de mãos. Mas era impossível se sentir desconfortável perto dele.

— Oi, Jasper. — Sorri timidamente para ele e depois para os outros. — É ótimo conhecer vocês todos... Vocês têm uma bela casa — acrescentei, convencionalmente.

— Obrigada — disse Esme. — Ficamos felizes por ter vindo. — Ela falava com sentimento e percebi que me considerava corajosa.

Também percebi que Rosalie e Emmett não estavam em lugar nenhum à vista, e me lembrei da negativa inocente demais de Edward quando perguntei se os outros não gostavam de mim.

A expressão de Carlisle me distraiu dessa linha de pensamento; sugestivamente ele encarava Edward, com intensidade. Pelo canto do olho, vi que Edward assentiu uma vez.

Desviei os olhos, tentando ser educada. Meus olhos vagaram novamente para o belo instrumento no tablado junto à porta. De repente me lembrei de minha fantasia de infância de que, se um dia ganhasse na loteria, compraria um piano de cauda para minha mãe. Ela não era muito boa — só tocava para si mesma em nosso piano de armário de segunda mão —, mas eu adorava vê-la tocar. Ela ficava tão feliz e absorta — na época parecia um ser novo e misterioso para mim, alguém de fora da *persona* da "mamãe" que eu conhecia tanto. É claro que ela me pagou algumas aulas, mas, como a maioria das crianças, eu choraminguei até que ela me deixou largar tudo.

Esme percebeu minha preocupação.

— Você toca? — perguntou ela, inclinando a cabeça para o piano.

Sacudi a cabeça.

— Nem um pouco. Mas é lindo. É de vocês?

— Não — ela riu. — Edward não lhe disse que era músico?

— Não. — Olhei sua expressão inocente com os olhos semicerrados. — Mas acho que eu devia saber.

Esme ergueu, confusa, as sobrancelhas delicadas.
— Edward pode fazer de tudo, não é? — expliquei.
Jasper deu uma risadinha e Esme olhou para Edward com reprovação.
— Espero que não tenha se exibido... É uma grosseria — ralhou ela.
— Só um pouco — ele riu livremente. A expressão de Esme se atenuou com o som e eles dividiram um breve olhar que não entendi, embora o rosto de Esme parecesse quase afetado.
— Na verdade, ele tem sido muito modesto — corrigi.
— Bem, toque para ela — estimulou Esme.
— Acabou de dizer que me exibir era grosseria — contestou ele.
— Toda regra tem sua exceção — respondeu ela.
— Gostaria de ouvir você tocar — propus.
— Então está combinado. — Esme o empurrou para o piano. Ele me puxou, sentando-me a seu lado na banqueta.
Ele me deu um olhar longo e exasperado antes de se voltar para as teclas.
E então seus dedos fluíram velozes pelo marfim, e a sala se encheu de uma composição tão complexa, tão luxuriante, que era impossível acreditar que só um par de mãos a tocava. Senti meu queixo cair, minha boca se abrir de assombro, e ouvi risinhos baixos atrás de mim com a minha reação.
Edward olhou para mim casualmente, a música ainda em volta de nós sem pausa, e piscou.
— Gosta dessa?
— Você compôs? — eu arfei, compreendendo.
Ele assentiu.
— É a preferida de Esme.
Fechei os olhos, sacudindo a cabeça.
— Qual é o problema?
— Eu me sinto extremamente insignificante.
A música ficou mais lenta, transformando-se em algo mais delicado, e para minha surpresa detectei a melodia da cantiga de ninar ondulando pela profusão de notas.

— Você me inspirou nesta aqui — disse ele suavemente. A música tornou-se insuportavelmente doce.

Eu não conseguia falar.

— Eles gostam de você, sabia? — disse ele mudando de assunto. — Especialmente Esme.

Olhei para trás, mas agora a sala imensa estava vazia.

— Aonde eles foram?

— Deram-nos privacidade com muita sutileza, imagino.

Eu suspirei.

— *Eles* gostam de mim. Mas Rosalie e Emmett... — eu me interrompi, sem ter certeza de como expressar minhas dúvidas.

Ele franziu a testa.

— Não se preocupe com Rosalie — disse ele, os olhos grandes e convincentes. — Ela vai aparecer.

Franzi os lábios, cética.

— E Emmett?

— Bom, é verdade que ele acha que *sou mesmo* um lunático, mas não tem problemas com você. Está tentando ponderar com Rosalie.

— O que a incomoda? — Não tinha certeza se queria saber a resposta.

Ele deu um suspiro fundo.

— Rosalie é a que mais luta com... com o que somos. É difícil para ela ter alguém de fora sabendo a verdade. E ela tem um pouco de inveja.

— A *Rosalie* tem inveja *de mim*? — perguntei, incrédula. Tentei imaginar um universo em que alguém tão estonteante como Rosalie teria um motivo possível para ter inveja de uma pessoa como eu.

— Você é humana. — Ele deu de ombros. — Ela também queria ser.

— Ah — murmurei, ainda atordoada. — Mas até o Jasper...

— Na verdade, a culpa é minha — disse ele. — Eu lhe falei que ele era o mais recente a tentar nosso jeito de viver. Alertei-o para guardar distância.

Pensei no motivo para isso e estremeci.

— Esme e Carlisle...? — continuei rapidamente, para que ele não percebesse.

— Ficam felizes por me verem feliz. Na verdade, Esme não se importaria se você tivesse três olhos e pés de pato. Em todo esse tempo ela se preocupou comigo, com medo de que houvesse alguma coisa ausente em minha constituição básica, que eu fosse jovem demais quando Carlisle me mudou... Ela está em êxtase. O tempo todo que toco você, ela praticamente afoga-se em satisfação.

— Alice parece muito... entusiasmada.

— Alice tem um jeito próprio de ver as coisas — disse ele através dos lábios apertados.

— E não vai me explicar isso, não é?

Um minuto de comunicação sem palavras se passou entre nós. Ele percebeu que eu sabia que ele estava escondendo alguma coisa de mim. Percebi que ele não ia soltar nada. Não agora.

— Então, o que Carlisle estava dizendo a você antes?

Suas sobrancelhas se uniram.

— Percebeu isso, não foi?

Dei de ombros.

— Claro que sim.

Ele me olhou pensativamente por alguns segundos antes de responder.

— Ele queria me contar algumas novidades... Não sabia se era algo que eu quisesse partilhar com você.

— E você vai?

— Preciso, porque ficarei um pouco... insuportavelmente protetor nos próximos dias... ou semanas... e não gostaria que pensasse que sou naturalmente um tirano.

— Qual é o problema?

— Não há exatamente nada de errado. Alice só vê alguns visitantes chegando logo. Eles sabem que estamos aqui e estão curiosos.

— Visitantes?

— Sim... Bom, eles não são como nós, é claro... Em seus hábitos de caça, quero dizer. Não devem entrar na cidade, mas certamente não vou perder você de vista até irem embora.

Eu tremi.

— Enfim, uma reação racional! — murmurou ele. — Estava começando a pensar que você não tinha nenhum senso de autopreservação.

Deixei essa passar, virando a cara, meus olhos vagando novamente pela sala espaçosa.

Ele seguiu meu olhar.

— Não era o que esperava, não é? — perguntou ele, a voz afetada.

— Não — admiti.

— Não tem caixões, nem crânios empilhados nos cantos; nem acredito que tenha teias de aranha... Que decepção deve estar sendo para você — continuou ele maliciosamente.

Ignorei o escárnio.

— É tão claro... e aberto.

Ele estava mais sério quando respondeu.

— É um lugar que nunca precisamos esconder.

A música que ele ainda tocava, a minha música, chegava ao fim, os últimos acordes passando para um tom mais melancólico. A última nota pairou pungentemente no silêncio.

— Obrigada — murmurei. Percebi que havia lágrimas em meus olhos. Eu as enxuguei, sem graça.

Ele tocou o canto de meu olho, pegando uma lágrima que deixei escapar. Levantou o dedo, examinando a gota pensativamente. Depois, tão rápido que não tive certeza de que realmente fez isso, ele pôs o dedo na boca para sentir o sabor.

Olhei para ele interrogativamente e ele retribuiu o olhar por um longo momento antes de sorrir.

— Quer ver o resto da casa?

— Sem caixões? — indaguei, o sarcasmo em minha voz sem mascarar inteiramente a ansiedade leve mas autêntica que sentia.

Ele riu, pegando minha mão, levando-me para longe do piano.

— Sem caixões — prometeu ele.

Subimos a enorme escada, minha mão roçando o corrimão macio como cetim. O longo corredor no alto da escada era revestido de madeira cor de mel, a mesma do piso de tábua corrida.

— O quarto de Rosalie e Emmett... O gabinete de Carlisle... O quarto de Alice... — Ele gesticulava ao passarmos pelas portas.

Ele teria continuado, mas estaquei no final do corredor, olhando incrédula o ornamento pendurado no alto da parede. Edward riu ao ver minha expressão confusa.

— Pode rir — disse ele. — *É mesmo* meio irônico.

Eu não ri. Minha mão se ergueu automaticamente, um dedo esticado como que para tocar a grande cruz de madeira, sua pátina escura formando um contraste com o tom mais leve da parede. Eu não a toquei, mas fiquei curiosa se a madeira envelhecida seria tão sedosa como parecia.

— Deve ser muito antiga — conjecturei.

Ele deu de ombros.

— Mais ou menos do início de 1630.

Desviei os olhos da cruz para encará-lo.

— Por que vocês mantêm isso aqui? — perguntei.

— Nostalgia. Pertenceu ao pai de Carlisle.

— Ele colecionava antiguidades? — sugeri, insegura.

— Não. Ele mesmo entalhou. Ficava pendurada na parede acima do púlpito da paróquia em que ele pregava.

Não tive certeza se meu rosto traía meu choque, mas voltei a olhar a cruz simples e antiga, só por garantia. Rápida e mentalmente, fiz as contas; a cruz tinha mais de 370 anos. O silêncio se prolongou enquanto eu lutava para apreender o conceito de tantos anos.

— Você está bem? — Ele parecia preocupado.

— Que idade tem Carlisle? — perguntei rapidamente, ignorando sua pergunta, ainda fitando a cruz.

— Ele acaba de comemorar o aniversário de 362 anos — disse Edward. Olhei para ele, um milhão de perguntas em meus olhos.

Ele me observava cuidadosamente ao falar.

— Carlisle nasceu em Londres, por volta de 1640, segundo ele acredita. O tempo não era marcado com precisão na época, pelo menos pelas pessoas comuns. Mas foi pouco antes do governo de Cromwell.

Mantive a expressão composta, ciente de seu escrutínio enquanto ouvia. Era mais fácil se eu não tentasse acreditar.

— Ele era filho único de um pastor anglicano. A mãe morreu dando à luz. Seu pai era um homem intolerante. À medida que os protestantes chegavam ao poder, ele ficou entusiasmado com a perseguição de católicos romanos e outras religiões. Também acreditava fortemente na realidade do mal. Ele liderou a perseguição de bruxas, de lobisomens... e de vampiros.

Fiquei paralisada com a palavra. Tenho certeza de que ele percebeu, mas prosseguiu sem se interromper.

— Eles queimaram muita gente inocente... É claro que não era tão fácil alcançar as criaturas reais que procuravam. Quando o pastor envelheceu, encarregou o filho obediente das incursões. No início Carlisle foi uma decepção; não era rápido para denunciar, para ver demônios onde não existiam; mas era persistente e mais inteligente do que o pai. De fato, ele descobriu um esconderijo de vampiros de verdade que viviam nos esgotos da cidade, alguns saindo à noite para caçar. Naquela época, quando os monstros não eram só mitos e lendas, era assim que muitos viviam.

E continuou:

— As pessoas reuniram seus forcados e archotes, é claro — seu riso breve agora era mais sombrio —, e esperaram onde Carlisle havia visto os monstros saírem para a rua. Por fim, um deles apareceu.

A voz de Edward era mais baixa; eu me esforcei para ouvir as palavras.

— Ele devia ser antigo e estar fraco de fome. Carlisle o ouviu gritar em latim para os outros quando sentiu o cheiro da turba. Ele correu pelas ruas, e Carlisle... que tinha 23 anos e era muito veloz... liderou a perseguição. A criatura podia ter escapado facilmente, mas Carlisle acredita que estivesse faminta demais, então ela se virou e atacou. Caiu primeiro em Carlisle, mas os outros se aproximavam e ela se virou para se defender. Matou dois homens e feriu um terceiro, deixando Carlisle sangrando na rua.

Ele parou. Pude sentir que estava editando alguma coisa, escondendo algo de mim.

— Carlisle sabia o que o pai faria. Os corpos seriam queimados... Qualquer coisa contaminada pelo monstro deveria ser destruída. Carlisle agiu por instinto para salvar a própria vida. Arrastou-se do beco enquanto a turba seguia o demônio e sua vítima. Ele se escondeu num porão, enterrado em batatas podres por três dias. Foi um milagre que conseguisse manter silêncio, passar despercebido. Então havia terminado e ele percebeu no que se transformara.

Não tive certeza se meu rosto era revelador, mas de repente ele mudou de assunto.

— Como está se sentindo? — perguntou ele.

— Estou bem — garanti. E, embora eu mordesse o lábio de hesitação, ele deve ter visto a curiosidade ardendo em meus olhos.

Ele sorriu.

— Imagino que tenha mais algumas perguntas para mim.

— Algumas.

Seu sorriso se alargou sobre os dentes brilhantes. Ele começou a voltar pelo corredor, puxando-me pela mão.

— Então, venha — encorajou ele. — Eu vou lhe mostrar.

16

CARLISLE

ELE ME LEVOU AO CÔMODO QUE ME APONTARA COMO O GABINETE DE Carlisle. Parou do lado de fora da porta por um instante.

— Entre — convidou a voz de Carlisle.

Edward abriu a porta para um cômodo de teto elevado com janelas altas dando para o oeste. As paredes também eram revestidas, de uma madeira escura — onde eram visíveis. A maior parte do espaço nas paredes era tomada de estantes altas que sustentavam mais livros do que eu já vira em uma biblioteca.

Carlisle estava sentado atrás de uma enorme mesa de mogno, em uma poltrona de couro. Havia acabado de colocar um marcador nas páginas de um livro grosso que segurava. A sala era como sempre imaginei que seria um gabinete de reitor de universidade — só que Carlisle parecia jovem demais para o papel.

— O que posso fazer por vocês? — perguntou-nos ele com satisfação, levantando-se.

— Queria mostrar a Bella um pouco de nossa história — disse Edward. — Bom, de sua história, na verdade.

— Não queríamos incomodá-lo — eu me desculpei.

— De forma alguma. Por onde querem começar?

— Pelo cocheiro — respondeu Edward, colocando a mão de leve em meu ombro e girando-me para me voltar para a porta de onde tínhamos vindo. A cada vez que ele me tocava, mesmo da forma mais despreocupada, meu coração tinha uma reação audível. Era mais constrangedor com Carlisle presente.

A parede diante de nós agora era diferente das outras. Em vez de ter uma estante, esta parede era abarrotada de quadros emoldurados de todos os tamanhos, alguns de cores vibrantes, outros monocromáticos e opacos. Procurei por alguma lógica, algum motivo que a coleção tivesse em comum, mas nada descobri em meu exame apressado.

Edward me puxou para o canto esquerdo, parando-me diante de uma pequena tela a óleo em uma moldura de madeira simples. Esta não se destacava entre as peças maiores e mais brilhantes; pintada em tons de sépia, retratava uma pequena cidade cheia de telhados escarpados, com suas agulhas encimando algumas torres esparsas. Um rio largo enchia o fundo, atravessado por uma ponte coberta de estruturas que pareciam pequenas catedrais.

— Londres em 1650 — disse Edward.

— A Londres de minha juventude — acrescentou Carlisle, a pouca distância de nós. Eu vacilei; não havia ouvido sua aproximação. Edward apertou minha mão.

— Vai contar a história? — perguntou Edward. Eu girei um pouco para ver a reação de Carlisle.

Ele encontrou meu olhar e sorriu.

— Eu iria — respondeu. — Mas na verdade está ficando tarde. O hospital ligou esta manhã... O Dr. Snow tirou o dia de licença. Além disso, você conhece as histórias tão bem quanto eu — acrescentou ele, sorrindo agora para Edward.

Era uma estranha associação a ser assimilada — as preocupações diárias do médico da cidade no meio de uma discussão de seus primeiros tempos na Londres do século XVII.

Também era inquietante saber que ele falava em voz alta só porque eu estava ali.

Depois de outro sorriso caloroso para mim, Carlisle saiu da sala.

Olhei a pequena tela da cidade natal de Carlisle por um longo momento.

— O que aconteceu, então? — perguntei por fim, olhando para Edward, que me observava. — Quando ele percebeu o que havia lhe ocorrido?

Ele olhou as telas e vi qual imagem atraía seu interesse agora. Era uma paisagem maior em cores melancólicas de outono — uma campina vazia e sombreada numa floresta, com um pico escarpado à distância.

— Quando ele entendeu no que tinha se transformado — disse Edward em voz baixa —, rebelou-se contra isso. Quis se destruir. Mas não é tão fácil.

— Como? — Eu não queria dizer isso em voz alta, mas a palavra saiu devido a meu choque.

— Ele pulou de grandes alturas — contou-me Edward, a voz impassível. — Tentou se afogar no mar... Mas era jovem na nova vida, e muito forte. Era incrível a que era capaz de resistir... alimentando-se... enquanto ainda era tão novo. O instinto é mais forte nesse período, controla tudo. Mas ele sentia tanta repulsa por si mesmo que teve forças para tentar se matar de inanição.

— Isso é possível? — minha voz era fraca.

— Não, não há muitas maneiras com que possamos ser mortos.

Abri a boca para perguntar, mas antes disso ele falou:

— Então ele ficou com muita fome e por fim enfraqueceu. Afastou-se o máximo que pôde dos humanos, reconhecendo que sua força de vontade também se enfraquecia. Durante meses, vagou à noite, procurando pelos lugares mais solitários, abominando a si mesmo. Numa noite, uma horda de cervos passou por seu esconderijo. Ele estava tão louco de sede que atacou sem pensar. Sua força voltou e ele percebeu que havia uma alternativa a ser o monstro vil que temia. E se não tivesse comido carne de cervo em sua vida anterior? Nos meses seguintes, nasceu sua nova filosofia. Ele podia existir sem ser um demônio. Ele se reencontrou. Começou a fazer melhor uso de seu tempo. Sempre foi inteligente, ansioso por aprender. Agora tinha um tempo ilimitado diante de si. Estudava à noite, planejava durante o dia. Nadou até a França e...

— Ele *nadou* até a França?

— As pessoas atravessam o canal a nado o tempo todo, Bella — lembrou-me ele pacientemente.

— Acho que é verdade. Só pareceu engraçado no contexto. Continue.

— Nadar é fácil para nós...

— Tudo é fácil para *você* — provoquei.

Ele esperou com um ar divertido.

— Não vou interromper de novo, eu prometo.

Ele riu sombriamente e terminou a frase.

— Porque, tecnicamente, não precisamos respirar.

— Vocês...

— Não, não, você prometeu. — Ele riu, colocando o dedo de leve em minha boca. — Quer ouvir a história ou não?

— Não pode atirar uma coisa dessas para cima de mim e depois esperar que eu não diga nada — murmurei contra o dedo dele.

Ele levantou a mão, pousando-a em meu pescoço. A velocidade de meu coração reagiu, mas eu insisti.

— Você não precisa *respirar*? — perguntei.

— Não, não é necessário. É só um hábito. — Ele deu de ombros.

— Quanto tempo pode ficar... sem *respirar*?

— Indefinidamente, imagino; não sei. É um tanto desagradável... Ficar sem o olfato.

— Um tanto desagradável — repeti.

Eu não estava prestando atenção à minha própria expressão, mas alguma coisa nela o deixou mais sombrio. Sua mão caiu de lado e ele ficou imóvel, os olhos intensos em meu rosto. O silêncio se prolongou. Suas feições eram imóveis como uma pedra.

— Que foi? — sussurrei, tocando seu rosto congelado.

Seu rosto se atenuou sob minha mão e ele suspirou.

— Continuo esperando que aconteça.

— Que aconteça o quê?

— Sei que a certa altura, algo que direi a você ou algo que você verá será demais. E então você vai fugir de mim, aos gritos. — Ele me deu um meio sorriso, mas os olhos eram sérios. — Não vou impedi-la. Quero que isso aconteça, porque quero que esteja segura. E, no entanto, quero ficar com você. É impossível conciliar os dois desejos... — Ele se interrompeu, olhando meu rosto. Esperando.

— Não vou fugir para lugar nenhum — prometi.

— Veremos — disse ele, sorrindo novamente.

Franzi a testa.

— Então, continue... Carlisle nadou para a França.

Ele parou, voltando para sua história. Por reflexo, seus olhos passaram a outro quadro — o mais colorido de todos, o de moldura mais ornamentada e o maior; tinha duas vezes a largura da porta ao lado da qual pendia. A tela transbordava de figuras de cores vivas em mantos rodopiantes, em volta de pilares longos e para fora de balcões de mármore. Eu não sabia se representavam a mitologia grega, ou se os personagens que flutuavam nas nuvens do alto deviam ser bíblicos.

— Carlisle nadou para a França e continuou pela Europa, para as universidades de lá. À noite estudava música, ciências, medicina... E descobria sua vocação, seu pendor, isto é, salvar vidas humanas. — Sua expressão tornou-se temerosa, quase reverente. — Não é possível descrever adequadamente a luta; Carlisle levou dois séculos de esforço torturante para aperfeiçoar o autocontrole. Agora ele é imune inclusive ao cheiro de sangue humano e é capaz de fazer o trabalho que ama sem nenhuma agonia. Ele encontrou muita paz lá, no hospital...

Edward olhou o vazio por um longo momento. De repente pareceu se lembrar de seu propósito. Bateu o dedo na tela enorme diante de nós.

— Ele estava estudando na Itália quando descobriu outros lá. Eram muito mais civilizados e mais instruídos do que os espectros dos esgotos de Londres.

Ele tocou um quarteto comparativamente sereno de figuras pintadas no balcão superior, olhando calmamente para o tumulto abaixo deles.

Examinei o grupo com cuidado e percebi, com um riso de sobressalto, que reconheci o homem de cabelos dourados.

— Solimena foi muito inspirado pelos amigos de Carlisle. Em geral os pintava como deuses. — Edward riu. — Aro, Marcus, Caius — disse ele, indicando os outros três, dois de cabelos escuros, um de cabelos brancos como a neve. — Os patronos noturnos das artes.

— O que aconteceu com eles? — perguntei alto, a ponta de meu dedo pairando a um centímetro das figuras na tela.

— Ainda estão lá. — Ele deu de ombros. — Como sempre, por quem sabe quantos milênios. Carlisle ficou com eles apenas por um breve tempo, só algumas décadas. Ele admirava muito sua civilidade, seu refinamento, mas eles insistiam em tentar curar sua aversão à sua "fonte natural de alimento", como diziam. Tentaram convencê-lo e ele tentou persuadi-los, sem proveito algum. A esta altura, Carlisle decidiu tentar o Novo Mundo. Sonhava com encontrar outros iguais a ele. Estava muito solitário, como pode entender.

Continuou:

— Não encontrou ninguém por um longo tempo. Mas, à medida que os monstros tornavam-se tema de contos de fadas, ele descobriu que podia interagir com humanos, que de nada suspeitavam, como se fosse um deles. Começou a praticar a medicina. Mas a companhia pela qual ansiava lhe escapava; ele não podia se arriscar à familiaridade. Quando a epidemia de gripe atacou, ele trabalhava à noite em um hospital de Chicago. Revirava em sua mente uma ideia há muitos anos, e quase decidira agir — uma vez que não conseguia encontrar uma companhia, criaria uma. Não tinha certeza de como ocorrera sua própria transformação, então hesitou. E relutava em roubar a vida de alguém como a sua fora roubada. Foi nesse contexto mental que ele me encontrou. Não havia esperanças para mim; fui largado em uma enfermaria com os moribundos. Ele tinha cuidado de meus pais e sabia que eu estava só. Decidiu tentar...

Sua voz, agora quase um sussurro, falhou. Ele olhou sem ver as janelas a oeste. Perguntei-me que imagens lhe enchiam a mente agora, as lembranças de Carlisle ou as suas próprias. Esperei em silêncio.

Quando ele se virou para mim, um sorriso delicado de anjo iluminava sua expressão.

— E assim fechamos o círculo — concluiu.

— Então sempre esteve com Carlisle? — perguntei.

— Quase sempre. — Ele pôs a mão de leve em minha cintura e me puxou para si enquanto passava pela porta. Olhei a parede de quadros, perguntando-me se um dia ouviria outras histórias.

Edward não disse mais nada enquanto andávamos pelo corredor, então eu perguntei:

— Quase?

Ele suspirou, parecendo relutante em responder.

— Bom, eu tive um ataque típico de rebeldia adolescente... Uns dez anos depois que eu... nasci... fui criado, como quiser chamar. Não concordava com sua vida de abstinência, e me ressentia dele por restringir meu apetite. Então parti para ficar sozinho por algum tempo.

— É mesmo? — Eu estava intrigada, e não assustada, como talvez devesse estar.

Ele sabia disso. Percebi vagamente que estávamos indo para o lance de escada seguinte, mas não estava prestando muita atenção ao meu redor.

— Isso não lhe dá repulsa?

— Não.

— E por que não?

— Acho que... parece razoável.

Ele soltou uma risada, mais alto do que antes. Agora estávamos no topo da escada, em outro corredor revestido de madeira.

— Desde a época de meu novo nascimento — murmurou ele — tive a vantagem de saber o que todos em volta de mim pensavam, tanto humanos como não humanos. Foi por isso que precisei de dez anos para desafiar Carlisle... Eu podia ler sua sinceridade impecável, entender exatamente por que ele vivia daquela maneira.

E continuou:

— Precisei de mais alguns anos para voltar para Carlisle e me comprometer novamente com seu modo de viver. Pensei que estaria isento da...

depressão... que acompanha a consciência. Como eu sabia dos pensamentos de minhas presas, podia desprezar os inocentes e perseguir somente os maus. Se eu seguisse um assassino por uma viela escura, onde ele atacaria uma jovem, se eu a salvasse, então certamente eu não seria tão horrível.

Estremeci, imaginando com clareza demais o que ele descreveu — a viela à noite, a garota apavorada, o homem sombrio atrás dela. E Edward, Edward enquanto caçava, terrível e glorioso como um deus jovem, inevitável. Teria ela ficado agradecida, a garota, ou mais apavorada do que antes?

— Mas à medida que o tempo passava, comecei a ver o monstro em meus olhos. Não podia escapar da dívida de tanta vida humana roubada, mesmo sendo justificado. E voltei a Carlisle e Esme. Eles me receberam de volta como o filho pródigo. Era mais do que eu merecia.

Paramos diante da última porta do corredor.

— Meu quarto — ele me informou, abrindo-o e me puxando para dentro.

O quarto dava para o sul, com uma janela de parede inteira, como o salão embaixo. Todo o lado dos fundos da casa devia ser de vidro. A vista do quarto dava para o sinuoso rio Sol Duc, do outro lado da floresta intocada até a cadeia de montanhas Olympic. As montanhas ficavam muito mais perto do que eu teria acreditado.

A parede oeste era completamente coberta de prateleiras de CDs. Seu quarto era mais bem-abastecido do que uma loja de música. No canto havia um sistema de som sofisticado, do tipo que eu tinha medo de tocar porque tinha certeza de que quebraria alguma coisa. Não havia cama, só um convidativo sofá de couro, largo e preto. O chão era coberto de um tapete dourado grosso e das paredes pendiam tecidos pesados num tom um pouco mais escuro.

— Acústica boa? — deduzi.

Ele riu e concordou.

Ele pegou um controle remoto e ligou o aparelho de som. Estava baixo, mas o jazz suave dava a impressão de que a banda estava no quarto conosco. Fui olhar a estonteante coleção de música.

— Como organiza tudo? — perguntei, incapaz de encontrar uma ordem nos títulos.

Ele não estava prestando atenção.

— Hmmm, por ano, e depois por preferência pessoal de acordo com as circunstâncias — disse ele, distraído.

Eu me virei e ele olhava para mim com uma expressão peculiar.

— Que foi?

— Eu estava preparado para sentir... alívio. Você, sabendo de tudo, sem que eu precise guardar segredos. Mas não esperava sentir mais do que isso. *Gosto* disso. Me faz... feliz. — Ele deu de ombros, sorrindo de leve.

— Que bom — eu disse, sorrindo também. Estava preocupada que ele se arrependesse de me contar essas coisas. Era bom saber que não era verdade.

Mas então, enquanto seus olhos dissecavam minha expressão, o sorriso desapareceu e sua testa se enrugou.

— Você ainda está esperando que eu fuja aos gritos, não é? — conjecturei.

Um sorriso fraco tocou seus lábios e ele assentiu.

— Odeio romper sua bolha, mas você não é tão assustador quanto pensa. Na verdade, não acho você nada assustador — menti casualmente.

Ele parou, erguendo as sobrancelhas numa descrença evidente. Depois faiscou um sorriso largo e malicioso.

— Você *realmente* não devia ter dito isso — ele riu.

Edward grunhiu, um som grave do fundo da garganta; seus lábios se curvaram para baixo sobre os dentes perfeitos. Seu corpo mudou de repente, meio agachado, tenso como um leão prestes a atacar.

Eu recuei, olhando fixamente.

— Não devia.

Não o vi saltar para mim — foi rápido demais. Só me vi de repente no ar e depois nos chocamos no sofá, batendo-o na parede. Em todo esse tempo, seus braços formaram uma gaiola de proteção em volta de mim

— eu mal senti o impacto. Mas ainda estava arfando quanto tentei me endireitar.

Ele não permitiu. Me enrolou em uma bola em seu peito, segurando-me com mais firmeza do que correntes de ferro. Olhei para ele alarmada, mas ele parecia controlado, o queixo relaxado enquanto sorria, os olhos brilhando só de humor.

— O que estava dizendo mesmo? — grunhiu ele de brincadeira.

— Que você é um monstro muito, muito terrível — eu disse, meu sarcasmo meio desfigurado por minha voz sem fôlego.

— Muito melhor assim — aprovou ele.

— Hmmm. — Eu lutei. — Posso me levantar agora?

Ele se limitou a rir.

— Podemos entrar? — Uma voz suave soou do corredor.

Lutei para me libertar, mas Edward apenas me ajeitou para que eu ficasse sentada de forma mais convencional no colo dele. Pude ver então que eram Alice e Jasper atrás dela, na soleira da porta. Meu rosto ardeu, mas Edward parecia tranquilo.

— Entrem. — Edward ainda ria baixinho.

Alice pareceu não achar nada de incomum em nosso abraço; ela entrou — quase dançou, seus movimentos eram tão graciosos — até o meio do quarto, onde se sentou sinuosamente no chão. Jasper, porém, parou na porta, a expressão um pouquinho chocada. Encarou Edward e eu me perguntei se ele estava testando o clima com sua sensibilidade incomum.

— Parecia que você estava almoçando a Bella, e viemos ver se podíamos dividir — anunciou Alice.

Eu me enrijeci por um instante, até que percebi Edward sorrindo — ou do comentário dela, ou de minha reação. Eu não sabia.

— Desculpe, não acredito ter o suficiente de sobra — respondeu ele, os braços segurando-me despreocupadamente.

— Na verdade — disse Jasper, sorrindo contra sua vontade enquanto entrava no quarto —, Alice disse que vai haver uma boa tempestade esta noite e Emmett quer jogar bola. Está dentro?

As palavras eram bem comuns, mas o contexto me confundiu. Deduzi, porém, que Alice era um pouco mais confiável do que o meteorologista.

Os olhos de Edward se iluminaram, mas ele hesitou.

— É claro que deve trazer Bella — disse Alice. Pensei ter visto Jasper lançar um olhar rápido para ela.

— Quer ir? — perguntou-me Edward, empolgado, a expressão cheia de vida.

— Claro. — Eu não podia decepcionar aquele rosto. — Hmmm, aonde vamos?

— Precisamos esperar pelo trovão para jogar bola... Você verá por quê — prometeu ele.

— Vou precisar de guarda-chuva?

Todos riram alto.

— Vai? — perguntou Jasper a Alice.

— Não. — Ela estava segura. — A tempestade vai cair na cidade. Deve estar seco o bastante na clareira.

— Que bom, então. — O entusiasmo na voz de Jasper era contagiante, naturalmente. Eu me vi ansiosa, em vez de dura de susto.

— Vamos ver se Carlisle irá. — Alice se levantou e foi para a porta de um jeito que magoaria qualquer bailarina.

— Como se você não soubesse — brincou Jasper, e eles saíram rapidamente. Jasper conseguiu fechar a porta sem que percebêssemos.

— O que vamos jogar? — perguntei.

— *Você* vai assistir — esclareceu Edward. — Nós vamos jogar beisebol.

Revirei os olhos.

— Os vampiros gostam de beisebol?

— É o típico passatempo americano — disse ele com uma solenidade debochada.

17
O JOGO

STAVA COMEÇANDO A CHUVISCAR QUANDO EDWARD ENTROU NA MINHA rua. Até este momento, eu não tinha dúvidas de que ele ia ficar comigo enquanto eu passava alguns poucos momentos no mundo real.

E depois vi o carro preto, um Ford batido, estacionado na entrada de carros de Charlie — e ouvi Edward murmurar alguma coisa ininteligível numa voz baixa e rouca.

Fugindo da chuva na pequena varanda da frente, Jacob Black estava atrás da cadeira de rodas do pai. O rosto de Billy era impassível como pedra enquanto Edward estacionava minha picape junto ao meio-fio. Jacob olhou, a expressão mortificada.

A voz baixa de Edward era furiosa.

— Isso está passando dos limites.

— Ele veio alertar Charlie? — conjecturei, mais apavorada do que irritada.

Edward limitou-se a assentir, respondendo ao olhar de Billy através da chuva com os olhos semicerrados.

Senti um fraco alívio por Charlie ainda não estar em casa.

— Eu cuido disso — sugeri. O olhar sombrio de Edward me deixava ansiosa.

Para minha surpresa, ele concordou.

— Provavelmente é melhor assim. Mas cuidado. A criança não faz ideia.

Eu me empertiguei um pouco com a palavra *criança*.

— Jacob não é muito mais novo do que eu — lembrei a ele.

Ele então olhou para mim, a raiva desaparecendo de repente.

— Ah, eu sei — garantiu-me com um sorriso malicioso.

Eu suspirei e pus a mão na maçaneta da porta.

— Leve-os para dentro — instruiu ele —, assim posso ir embora. Voltarei ao anoitecer.

— Quer minha picape? — ofereci, enquanto me perguntava como explicaria a Charlie a ausência do carro.

Ele revirou os olhos.

— Posso ir *a pé* para casa mais rápido do que esta picape.

— Não precisa ir embora — eu disse, pensativa.

Ele sorriu para minha expressão mal-humorada.

— Na verdade, vou ficar. Depois que você se livrar deles — ele lançou um olhar sombrio na direção dos Black —, ainda terá que preparar Charlie para conhecer seu novo namorado. — Ele deu um sorriso largo, mostrando todos os dentes.

Eu gemi.

— Muito obrigada.

Ele deu o sorriso torto que eu adorava.

— Será em breve — prometeu ele. Seus olhos voltaram à varanda e ele se inclinou para me dar um beijo rápido embaixo de meu queixo. Meu coração oscilou freneticamente e também olhei a varanda. A cara de Billy não estava mais impassível e suas mãos se fecharam nos braços da cadeira.

— *Em breve* — destaquei enquanto abria a porta e saía para a chuva.

Pude sentir os olhos dele nas minhas costas enquanto quase corria no chuvisco leve até a varanda.

— Oi, Billy. Oi, Jacob. — Cumprimentei-os do modo mais animado que pude. — Charlie passou o dia fora... Espero que não estejam aguardando há muito tempo.

— Não muito — disse Billy num tom de derrota. Seus olhos escuros eram penetrantes. — Eu só queria trazer isto. — Ele indicou um saco de papel pardo em seu colo.

— Obrigada — eu disse, mas não fazia ideia do que podia ser. — Por que não entram por um minuto e se secam?

Fingi não perceber sua análise cuidadosa enquanto eu destrancava a porta, e acenei para que passassem na minha frente.

— Deixe que eu leve isso — ofereci, virando-me para fechar a porta. Eu me permiti um último olhar para Edward. Ele esperava, perfeitamente imóvel, os olhos solenes.

— Vai precisar colocar na geladeira — Billy ressaltou enquanto me passava o pacote. — É um peixe frito caseiro do Harry Clearwater... O preferido de Charlie. A geladeira o mantém seco. — Ele deu de ombros.

— Obrigada — repeti, mas desta vez com sinceridade. — Eu estava pensando em novas maneiras de preparar peixe e ele acabou trazendo mais para casa ontem à noite.

— Foi pescar de novo? — perguntou Billy com um brilho súbito nos olhos. — No lugar de sempre? Talvez eu passe por lá para vê-lo.

— Não — menti rapidamente, minha cara ficando dura. — Ele foi a um lugar novo... Mas não faço ideia de onde fica.

Ele considerou minha expressão alterada e isso o deixou pensativo.

— Jake — disse ele, ainda me avaliando. — Por que não pega aquela foto nova de Rebecca no carro? Vou deixar para o Charlie também.

— Onde está? — perguntou Jacob, a voz sombria. Olhei para ele, mas ele encarava a porta, as sobrancelhas unidas.

— Acho que vi na mala — disse Billy. — Talvez tenha que procurar.

Jacob voltou curvado para a chuva.

Billy e eu nos encaramos em silêncio. Depois de alguns segundos, a quietude começou a parecer estranha, então eu me virei e fui à cozinha. Pude ouvir suas rodas molhadas guinchando no linóleo enquanto ele me seguia.

Coloquei o saco na prateleira abarrotada de cima da geladeira e me virei para enfrentá-lo. Seu rosto de rugas profundas era indecifrável.

— Charlie vai demorar a voltar. — Minha voz era quase rude.

Ele assentiu, concordando, mas não disse nada.

— Obrigada novamente pelo peixe frito — intimidei-o.

Ele continuou balançando a cabeça. Eu suspirei e cruzei os braços.

Ele pareceu sentir que eu tinha desistido de bater papo.

— Bella — disse ele, e depois hesitou.

Esperei.

— Bella — falou novamente —, Charlie é um de meus melhores amigos.

— Sim.

Ele pronunciava cada palavra com cuidado com sua voz de trovão.

— Percebi que você anda saindo com um dos Cullen.

— Sim — repeti asperamente.

Seus olhos se estreitaram.

— Talvez não seja da minha conta, mas não acho que seja uma boa ideia.

— Tem razão — concordei. — *Não* é da sua conta.

Ele ergueu as sobrancelhas grisalhas ao ouvir meu tom de voz.

— Você não deve saber disso, mas a família Cullen tem uma fama ruim na reserva.

— Na verdade, eu sei disso — informei a ele numa voz dura. Isto o surpreendeu. — Mas essa fama pode não ser merecida, não é? Porque os Cullen nunca colocaram os pés na reserva, colocaram? — Pude ver que meu recado nada sutil do acordo que ambos fizeram para proteção de seu povo o fez estacar.

— É verdade — cedeu ele, os olhos em guarda. — Você parece... bem-informada sobre os Cullen. Mais informada do que eu esperava.

Olhei-o de cima.

— Talvez ainda mais bem-informada do que você.

Ele franziu os lábios grossos, pensando no assunto.

— Talvez — admitiu ele, mas os olhos eram astutos. — Charlie está bem-informado?

Ele encontrou uma brecha em minha armadura.

— Charlie gosta muito dos Cullen — tentei escapar. Ele claramente entendeu minha evasiva. Sua expressão era infeliz, mas não trazia surpresa.

— Não é problema meu — disse ele. — Mas pode ser problema de Charlie.

— Mas de novo seria problema meu pensar se é ou não problema de Charlie, não é?

Perguntei-me se ele entendeu minha pergunta confusa enquanto eu lutava para não dizer nada de comprometedor. Mas ele pareceu entender. Pensou no assunto enquanto a chuva batia no telhado, o único som que quebrava o silêncio.

— Sim — rendeu-se, por fim. — Acho que também é problema seu.

Eu suspirei de alívio.

— Obrigada, Billy.

— Mas pense no que está fazendo, Bella — insistiu ele.

— Tudo bem — concordei rapidamente.

Ele franziu o cenho.

— O que eu queria dizer era, não faça o que está fazendo.

Olhei nos olhos dele, cheios apenas de preocupação por mim, e não havia nada que eu pudesse dizer.

Neste momento a porta da frente bateu alto e eu pulei com o som.

— Não tem foto nenhuma no carro — a voz queixosa de Jacob chegou a nós antes dele. Os ombros de sua camisa estavam manchados de chuva, o cabelo pingava, quando ele apareceu.

— Hmmm — grunhiu Billy, distante de repente, girando a cadeira para olhar o filho. — Acho que deixei em casa.

Jacob revirou os olhos teatralmente.

— Que ótimo.

— Bem, Bella, diga ao Charlie — Billy parou antes de continuar — que passamos por aqui.

— Vou dizer — murmurei.

Jacob ficou surpreso.

— Já estamos indo embora?

— O Charlie vai chegar tarde — explicou Billy ao passar por Jacob.

— Ah — Jacob parecia decepcionado. — Bom, acho que a gente se vê depois, Bella.

— Claro — concordei.

— Cuide-se — alertou-me Billy. Não respondi.

Jacob ajudou o pai a sair pela porta. Dei um aceno breve, olhando rapidamente para minha picape agora vazia, e depois fechei a porta antes que eles tivessem ido.

Fiquei no hall por um minuto, ouvindo o som do carro dos dois enquanto dava a ré e partia. Fiquei onde estava, esperando que a irritação e a angústia passassem. Quando a tensão enfim diminuiu um pouco, subi para trocar de roupa.

Tentei algumas camisetas diferentes, sem ter certeza do que esperar desta noite. Enquanto me concentrava no que ia acontecer, o que acabara de se passar tornou-se insignificante. Agora que eu estava livre da influência de Edward e Jasper, comecei a entender que devia ter ficado apavorada antes. Desisti rapidamente de escolher uma roupa — vestindo jeans e uma camisa velha de flanela — sabendo que, de qualquer forma, ficaria de capa de chuva a noite toda.

O telefone tocou e disparei escada abaixo para atender. Só havia uma voz que eu queria ouvir, a de qualquer outra pessoa seria uma decepção. Mas eu sabia que se *ele* quisesse falar comigo, provavelmente se materializaria no meu quarto.

— Alô? — eu disse, sem fôlego.

— Bella? Sou eu — disse Jessica.

— Ah, oi, Jess. — Tive alguma dificuldade para voltar à realidade. Parecia que meses tinham se passado, e não dias, desde que eu falara com Jess. — Como foi o baile?

— Foi tão divertido! — explodiu Jessica. Sem precisar de mais convite do que isso, ela se lançou em um relato minucioso da noite anterior. Eu dizia meus *hmmm* e *ah* nos momentos certos, mas não foi fácil me concentrar. Jessica, Mike, o baile, a escola, todos pareciam estranhamente irrelevantes no momento. Meus olhos disparavam para a janela, tentando avaliar o grau de luminosidade por trás das nuvens pesadas.

— Você ouviu o que eu disse, Bella? — perguntou Jess, irritada.

— Desculpe, o que foi?

— Eu disse que o Mike me beijou! Dá para acreditar?

— É maravilhoso, Jess — eu disse.

— E aí, o que *você* fez ontem? — desafiou Jessica, ainda parecendo aborrecida com a minha desatenção. Ou talvez ela estivesse irritada porque eu não pedi detalhe nenhum.

— Na verdade, nada. Só fiquei por aí, curtindo o sol.

Ouvi o carro de Charlie na garagem.

— Soube mais alguma coisa do Edward Cullen?

A porta da frente bateu e pude ouvir os passos pesados de Charlie sob a escada, guardando o equipamento.

— Hmmm — hesitei, a essa altura sem ter certeza de qual era minha história.

— Olá, garota! — gritou Charlie ao entrar na cozinha. Acenei para ele.

Jess ouviu a voz dele.

— Ah, seu pai está aí. Deixa pra lá... A gente conversa amanhã. Vejo você na trigonometria.

— Até mais, Jess. — Desliguei o telefone. — Oi, pai — eu disse. Ele estava esfregando as mãos na pia. — Onde está o peixe?

— Coloquei no freezer.

— Vou separar uns pedaços antes que congelem... Billy deixou um pouco do peixe frito de Harry Clearwater esta tarde. — Tentei parecer entusiasmada.

— Deixou, é? — Os olhos de Charlie se iluminaram. — É o meu favorito.

Charlie se limpava enquanto eu preparava o jantar. Em pouco tempo estávamos sentados à mesa, comendo em silêncio. Charlie desfrutava de sua refeição. Eu me perguntava desesperadamente como cumprir minha atribuição, lutando para pensar em uma maneira de abordar o assunto.

— O que fez hoje? — perguntou ele, arrancando-me de meus devaneios.

— Bom, hoje à tarde só fiquei em casa... — Só a parte mais recente desta tarde, na verdade. Tentei manter a voz tranquila, mas meu estômago estava oco. — E hoje de manhã fui à casa dos Cullen.

Charlie largou o garfo.

— À casa do Dr. Cullen? — perguntou ele, atordoado.

Fingi não perceber a reação dele.

— É.

— O que foi fazer lá? — Ele não pegou o garfo de novo.

— Bom, eu tenho uma espécie de encontro com Edward Cullen esta noite e ele queria me apresentar aos pais dele... Pai?

Parecia que Charlie estava tendo um aneurisma.

— Pai, você está bem?

— Você está saindo com Edward Cullen? — trovejou ele.

Opa.

— Pensei que gostasse dos Cullen.

— Ele é velho demais para você — ralhou ele.

— Nós dois somos do primeiro ano — eu o corrigi, embora ele estivesse mais certo do que sonhava.

— Espere... — ele parou. — Quem é o Edwin?

— *Edward* é o mais novo, aquele de cabelo castanho-avermelhado. — O lindo, o divino...

— Ah, bom, isso é melhor, eu acho. Não gosto do jeito daquele grandalhão. Tenho certeza de que é um bom rapaz e tudo, mas ele parece tão... maduro para você. Este Edwin é seu namorado?

— É Edward, pai.

— Ele é?

— Mais ou menos, eu acho.

— Ontem à noite você disse que não estava interessada em nenhum dos rapazes da cidade. — Mas ele pegou o garfo de novo, então pude ver que o pior havia passado.

— Bom, Edward não mora na cidade, pai.

Ele me lançou um olhar de desdém enquanto mastigava.

— E de qualquer forma — continuei —, ainda é uma fase meio inicial, sabe? Não me constranja com toda aquela conversa de namorado, está bem?

— Quando é que ele chega?

— Vai aparecer daqui a alguns minutos.

— Aonde ele vai levar você?

Gemi alto.

— Espero que você tenha eliminado a Inquisição Espanhola de seu sistema agora. Vamos jogar beisebol com a família dele.

Seu rosto se enrugou e ele finalmente riu.

— *Você* vai jogar beisebol?

— Bom, provavelmente vou ficar assistindo a maior parte do tempo.

— Deve gostar mesmo desse rapaz — observou ele, cheio de desconfiança.

Eu suspirei e revirei os olhos para convencê-lo.

Ouvi o ronco de um motor na frente da casa. Coloquei-me de pé num salto e comecei a lavar os pratos.

— Deixe os pratos, posso cuidar deles hoje. Você me mima demais.

A campainha tocou e Charlie foi atender. Eu meio que fiquei um passo atrás dele.

Não percebi como estava chovendo lá fora. Edward estava parado no halo de luz da varanda, parecendo um modelo de anúncio de capas de chuva.

— Entre, Edward.

Soltei um suspiro de alívio quando Charlie disse o nome dele certo.

— Obrigado, chefe Swan — disse Edward num tom respeitoso.

— Pode me chamar de Charlie. Me dê seu casaco.

— Obrigado, senhor.

— Sente-se aqui, Edward.

Eu sorri.

Edward se sentou languidamente na única poltrona, obrigando-me a me sentar no sofá ao lado do chefe Swan. Rapidamente eu o fuzilei com os olhos. Ele piscou às costas de Charlie.

— Então eu soube que vai levar minha menina para ver um jogo de beisebol. — Só mesmo em Washington o fato de estar chovendo baldes não perturbaria em nada os esportes ao ar livre.

— Sim, senhor, o plano é esse. — Ele não pareceu surpreso que eu tivesse contado a verdade a meu pai. Mas ele também podia estar ouvindo.

— Bem, mais poder para você, imagino.

Charlie riu e Edward o acompanhou.

— Muito bem. — Eu me levantei. — Chega de se divertirem à minha custa. Vamos. — Voltei ao hall e vesti meu casaco. Eles me seguiram.

— Não chegue muito tarde, Bell.

— Não se preocupe, Charlie. Vou trazê-la para casa cedo — prometeu Edward.

— Cuide de minha menina, está bem?

Suspirei, mas os dois me ignoraram.

— Ela estará segura comigo, eu prometo, senhor.

Charlie não podia duvidar da sinceridade de Edward, ela soava em cada palavra.

Olhei para fora. Os dois riram e Edward me seguiu.

Fiquei imóvel na varanda. Ali, atrás de minha picape, estava um Jeep monstruoso. Seus pneus eram mais altos do que minha cintura. Havia grades de metal sobre os faróis e as lanternas traseiras, e quatro refletores grandes presos no para-choque. O chassi era vermelho vivo.

Charlie soltou um assovio baixo.

— Coloquem o cinto — disse ele numa voz abafada.

Edward seguiu até meu lado e abriu a porta do carro. Avaliei a distância até o banco e me preparei para pular. Ele suspirou e me ergueu com uma das mãos. Eu esperei que Charlie não tivesse visto isso.

Enquanto ele ia para o lado do motorista num passo humano e normal, eu tentava colocar o cinto de segurança. Mas havia fivelas demais.

— O que é tudo isso? — perguntei quando ele abriu a porta.

— É um arnês de *off-road*.

— Ah, bom.

Tentei encontrar os lugares certos para todas as fivelas, mas não estava sendo muito rápida. Ele suspirou e estendeu a mão para me ajudar. Fiquei feliz que a chuva fosse pesada demais para que Charlie enxergasse com clareza da varanda. Isso significava que ele não podia ver como as mãos de Edward se demoraram em meu pescoço, roçando em minha clavícula. Desisti de tentar ajudá-lo e me concentrei em não perder o fôlego.

Edward girou a chave e o motor rugiu. Nós nos afastamos da casa.

— Mas é um... hã... Jeep *bem grande* o que você tem.

— É de Emmett. Não acho que você queira correr o caminho todo.

— Onde vocês guardam essa coisa?

— Reformamos um dos anexos da casa e fizemos uma garagem.

— Não vai colocar o cinto de segurança?

Ele me lançou um olhar de descrença.

E então a ficha caiu.

— Correr o caminho *todo*? Ainda vamos ter que correr parte do caminho? — Minha voz subiu algumas oitavas.

Ele deu um sorriso duro.

— Você não vai correr.

— Eu vou é ficar enjoada.

— Mantenha os olhos fechados, vai ficar bem.

Mordi o lábio, lutando contra o pânico.

Ele se inclinou para dar um beijo no alto de minha cabeça, e depois suspirou. Olhei para ele, confusa.

— Você cheira tão bem na chuva — explicou ele.

— De um jeito bom ou de um jeito ruim? — perguntei com cautela.

Ele suspirou.

— Os dois, sempre os dois.

Não sei como ele encontrou o caminho no escuro e no temporal, mas de algum modo achou uma estrada vicinal que era menos uma estrada e mais uma trilha montanhosa. Foi impossível conversar por algum tempo, porque ficamos quicando no banco como uma britadeira. Mas ele parecia gostar da viagem, com um sorriso largo o caminho todo.

E depois chegamos ao final da estrada; as árvores formavam muralhas verdes dos dois lados do Jeep. A chuva era apenas um chuvisco, diminuindo a cada segundo, o céu mais claro através das nuvens.

— Desculpe, Bella, temos que ir a pé a partir daqui.

— Sabe de uma coisa? Vou esperar por aqui mesmo.

— O que aconteceu com toda a sua coragem? Você foi extraordinária hoje de manhã.

— Ainda não me esqueci da última vez. — Será que foi só ontem?

De repente, ele estava do meu lado do carro. Começou a me desafivelar.

— Vou ficar com isso, você vai em frente — protestei.

— Hmmm... — murmurou ele enquanto terminava rapidamente. — Parece que terei que mexer na sua memória.

Antes que eu pudesse reagir, ele me puxou do Jeep e me colocou de pé no chão. Agora mal havia uma névoa; Alice tinha razão.

— Mexer com minha memória? — perguntei, nervosa.

— Algo parecido.

Ele me observava intensamente, com cuidado, mas havia humor no fundo de seus olhos. Apoiou as mãos no Jeep dos dois lados de minha cabeça e se inclinou para a frente, obrigando-me a encostar na porta. Chegou mais perto ainda, o rosto a centímetros do meu. Eu não tinha espaço para escapar.

— Agora — murmurou ele, e seu cheiro perturbou meu processo de pensamento —, com o que exatamente está se preocupando?

— Bom, hmmm, bater numa árvore — engoli em seco — e morrer. E depois ficar enjoada.

Ele reprimiu um sorriso. Depois baixou a cabeça e tocou com os lábios frios a base de meu pescoço.

— Ainda está preocupada? — sussurrou ele contra minha pele.

— Sim. — Lutei para me concentrar. — Com bater em árvores e ficar enjoada.

Seu nariz traçou uma linha pela pele de meu pescoço até a ponta do queixo. Seu hálito frio pinicou minha pele.

— E agora? — Seus lábios sussurraram em meu rosto.

— Árvores — arfei. — Enjoo de viagem.

Ele ergueu o rosto para beijar minhas pálpebras.

— Bella, você não acha realmente que eu bateria numa árvore, acha?

— Não, mas *eu* posso bater. — Não havia confiança nenhuma em minha voz. Ele farejou uma vitória fácil.

Edward beijou lentamente meu pescoço, parando perto do canto de minha boca.

— Eu deixaria uma árvore machucar você? — Seus lábios mal roçaram meu lábio inferior trêmulo.

— Não — sussurrei. Eu sabia que havia uma segunda parte em minha defesa brilhante, mas não conseguia resgatá-la.

— Está vendo — disse ele, os lábios movendo-se nos meus. — Não há motivo para temer, há?

— Não — eu suspirei, desistindo.

Depois ele pegou meu rosto nas mãos quase com indelicadeza e me beijou, os lábios inflexíveis movimentando-se nos meus.

Não havia desculpa nenhuma para meu comportamento. Obviamente, agora eu sabia disso. E no entanto não consegui deixar de reagir exatamente como naquela primeira vez. Em vez de ficar imóveis, meus braços se estenderam para agarrar com força seu pescoço e eu de repente estava colada em sua figura pétrea. Eu suspirei e meus lábios se separaram.

Ele recuou, cambaleando, interrompendo sem esforço meu abraço.

— Droga, Bella! — explodiu ele, ofegando. — Você vai me matar, juro que vai.

Eu me curvei, segurando os joelhos para me apoiar.

— Você é indestrutível — murmurei, tentando recuperar o fôlego.

— Eu podia ter acreditado nisso antes de conhecer *você*. Agora vamos sair daqui antes que eu faça alguma idiotice — rosnou ele.

Ele me atirou em suas costas como fizera antes e pude ver o esforço a mais que fez para ser tão gentil como tinha sido. Fechei as pernas em sua cintura e mantive os braços seguros em um aperto sufocante em seu pescoço.

— Não se esqueça de fechar os olhos — alertou ele, sério.

Rapidamente meti o rosto em sua omoplata, sob meu próprio braço, e fechei os olhos com força.

Mal pude notar que estávamos em movimento. Senti que ele deslizava embaixo de mim, mas ele podia estar andando na calçada, tão suave era o movimento. Fiquei tentada a olhar, só para ver se estava voando pela floresta como antes, mas resisti. Não valia a pena ter aquela vertigem medonha. Concentrei-me em ouvir sua respiração indo e vindo tranquilamente.

Só tive certeza de que paramos quando ele estendeu a mão para trás e tocou meu cabelo.

— Acabou, Bella.

Ousei abrir os olhos e, evidentemente, estávamos parados. Rígida soltei todo o abraço que me travava em seu corpo e escorreguei para o chão, caindo de costas.

— Ai! — gemi ao atingir o chão molhado.

Ele me olhava incrédulo, evidentemente sem ter certeza se ainda estava irritado demais para me achar engraçada. Mas minha expressão desnorteada foi demais para ele, e ele soltou uma gargalhada ruidosa.

Eu me endireitei, ignorando-o enquanto tirava a lama e as samambaias de meu casaco. Isso só o fez rir ainda mais. Irritada, comecei a entrar na floresta.

Senti seu braço em minha cintura.

— Aonde vai, Bella?

— Ver o jogo de beisebol. Você não parece mais estar interessado em jogar, mas tenho certeza de que os outros se divertirão sem você.

— Está indo pelo caminho errado.

Eu me virei sem olhar para ele e fui na direção contrária. Ele me pegou novamente.

— Não fique chateada, não consegui evitar. Devia ter visto a sua cara. — Ele riu antes que pudesse se conter.

— Ah, então só você pode ficar chateado? — perguntei, erguendo as sobrancelhas.

— Eu não queria aborrecer você.

— "Bella, você vai me matar?" — citei acidamente.

— *Esta* foi simplesmente a declaração de uma realidade. Tentei me afastar de novo, mas ele me segurou rapidamente.

— Você ficou irritado — insisti.

— Sim.

— Mas acaba de dizer...

— Que não estava irritado com *você*. Não entende isso, Bella? — De repente ele estava intenso, sem nenhum vestígio de escárnio. — Não compreende?

— Compreendo o quê? — perguntei, confusa com sua súbita oscilação de humor e com suas palavras.

— Eu nunca tenho raiva de você... Como poderia? Corajosa, confiante... quente, como você é.

— Então por quê? — sussurrei, lembrando-me do estado de espírito sombrio que o afastava de mim e que eu sempre interpretava como frustração justificada; frustração com minha fraqueza, minha lentidão, minhas reações humanas desgovernadas...

Ele pôs as mãos com cuidado em meu rosto.

— Eu me enfureço comigo mesmo — disse ele delicadamente. — Por não conseguir manter você longe do perigo. Minha própria existência a coloca em risco. Às vezes eu me odeio verdadeiramente. Eu devia ser mais forte, devia ser capaz de...

Coloquei a mão em sua boca.

— Não.

Ele pegou minha mão, passando-a pelos lábios, mas a segurou em seu rosto.

— Eu te amo — disse ele. — É uma desculpa ruim para o que estou fazendo, mas ainda é verdadeira.

Foi a primeira vez que ele disse que me amava — com todas as letras. Ele podia não perceber isso, mas eu sem dúvida percebi.

— Agora, por favor, procure se comportar — continuou ele, e roçou suavemente os lábios nos meus.

Fiquei adequadamente imóvel. Depois suspirei.

— Você prometeu ao chefe Swan que me levaria para casa cedo, lembra? É melhor irmos.

— Sim, senhora.

Ele sorriu com malícia e me soltou, ainda segurando minha mão. Levou-me alguns metros pelas samambaias altas, molhadas e lamacentas, contornamos uma cicuta e lá estávamos, na beira de um enorme campo aberto ao pé dos picos Olympic. Tinha duas vezes o tamanho de qualquer estádio de beisebol.

Pude ver todos os outros ali; Esme, Emmett e Rosalie, sentados em um afloramento de rocha nua, eram os mais próximos de nós, talvez a uns cem metros. A uma distância muito maior pude ver Alice e Jasper, pelo menos a quatrocentos metros, parecendo atirar alguma coisa entre eles, mas não vi bola nenhuma. Parecia que Carlisle estava preparando as bases, mas será que podiam ficar tão longe assim?

Quando entramos em seu campo de visão, os três na pedra se levantaram. Esme veio na nossa direção. Emmett a seguiu depois de olhar longamente para Rosalie. Rosalie se levantou graciosamente e se afastou do campo sem olhar para nós. Meu estômago tremeu inquieto em reação a isso.

— Foi você que ouvimos, Edward? — perguntou Esme enquanto se aproximava.

— Parecia um urso sufocando — esclareceu Emmett.

Eu sorri hesitante para Esme.

— Foi ele.

— Bella foi engraçada sem querer — explicou Edward, rapidamente se desforrando.

Alice tinha deixado sua posição e corria, ou dançava, para nós. Atirou-se até parar a nossos pés.

— Está na hora — anunciou ela.

Assim que ela falou, um estrondo grave de trovão sacudiu a floresta para além de nós e explodiu a oeste, na cidade.

— Sinistro, não é? — disse Emmett com uma familiaridade tranquila, piscando para mim.

— Vamos. — Alice estendeu a mão para Emmett e eles dispararam para o campo gigantesco; ela corria como uma gazela. Ele era igualmente gracioso e rápido; mas jamais poderia ser comparado a uma gazela.

— Está pronta para uma bola? — perguntou Edward, os olhos ansiosos, brilhantes.

Tentei parecer adequadamente entusiasmada.

— Vai nessa!

Ele riu baixinho e, depois de afagar meu cabelo, saiu quicando atrás dos outros dois. Sua corrida era mais agressiva, um guepardo, e não uma gazela, e ele rapidamente os ultrapassou. A graça e a força me tiraram o fôlego.

— Vamos? — perguntou Esme com sua voz melodiosa e baixa, e percebi que eu encarava Edward boquiaberta. Rapidamente recompus minha expressão e assenti. Esme mantinha alguma distância entre nós e eu me perguntei se ela ainda estava tendo o cuidado de não me assustar. Ela acompanhou meus passos sem aparentar impaciência com meu ritmo.

— Não vai jogar com eles? — perguntei timidamente.

— Não, prefiro fazer a arbitragem... Gosto de mantê-los honestos — explicou ela.

— Eles trapaceiam, então?

— Ah, sim... Devia ouvir as discussões em que se metem! Na verdade, espero que não ouça, você pensaria que foram criados por uma matilha de lobos.

— Você parece a minha mãe — eu ri, surpresa.

Ela também riu.

— Bem, eu os vejo como meus filhos do mesmo jeito. Jamais consegui superar meus instintos maternos... Edward lhe contou que perdi um filho?

— Não — murmurei, atordoada, lutando para entender de que vida ela estava se lembrando.

— Sim, meu primeiro e único bebê. Ele morreu alguns dias depois de nascer, o coitadinho — ela suspirou. — Isso me destruiu... Foi por isso que pulei do penhasco, sabia? — acrescentou ela simplesmente.

— Edward disse que você ca-caiu — gaguejei.

— Sempre um cavalheiro. — Ela sorriu. — Edward foi o primeiro de meus novos filhos. Sempre penso nele desta forma, embora ele seja mais velho do que eu, pelo menos de certa maneira. — Ela sorriu para mim calorosamente. — É por isso que fico tão feliz que ele tenha encontrado você, querida. — A estima parecia bem natural em seus lábios. — Ele tem sido um homem solitário há muito tempo; magoa-me vê-lo tão só.

— Não se importa, então? — perguntei, hesitante de novo. — Que eu seja... completamente errada para ele?

— Não. — Ela ficou pensativa. — É você quem ele quer. Vai dar certo, de algum jeito — disse ela, embora sua testa tenha se vincado de preocupação. Começou outro estrondo de trovão.

Esme parou então; aparentemente, tínhamos chegado à beira do campo. Parecia que tinham formado equipes. Edward estava à esquerda, Carlisle entre a primeira e a segunda bases, e Alice segurava a bola, posicionada no local que devia ser o montinho do lançador.

Emmett girava um bastão de alumínio; sibilava quase invisível no ar. Esperei que ele se aproximasse da base do batedor, mas depois percebi, enquanto ele assumia a posição, que já estava lá — mais distante do lançador do que eu achava possível. Jasper estava vários metros atrás dele, pegando para a outra equipe. É claro que nenhum deles tinha luvas.

— Tudo bem — gritou Esme numa voz clara, que eu sabia que até Edward podia ouvir, embora estivesse muito longe. — Podem bater.

Alice se endireitou, enganosamente imóvel. Seu estilo parecia ser cauteloso, e não um movimento circular intimidador. Ela segurava a bola com as duas mãos à altura da cintura e depois, como o bote de uma cobra, a mão direita voou e a bola bateu na mão de Jasper.

— Foi um *strike*? — sussurrei para Esme.

— Se não rebaterem, não é *strike* — disse-me ela.

Jasper devolveu a bola à mão de Alice, que aguardava. Ela se permitiu um sorriso breve. E depois sua mão girou novamente.

Desta vez o bastão de algum jeito conseguiu girar a tempo de se chocar na bola invisível. O som do impacto foi de despedaçar, um trovão; ecoou nas montanhas — imediatamente entendi a necessidade da tempestade.

A bola passou como um meteoro pelo campo, voando para a floresta ao redor.

— *Home run* — murmurei.

— Espere — alertou Esme, ouvindo com atenção, a mão erguida. Emmett era um borrão pelas bases, Carlisle lhe fazia sombra. Percebi que Edward não estava lá.

— Fora — gritou Esme numa voz clara.

Olhei sem acreditar enquanto Edward disparava da margem das árvores, a bola na mão erguida, o sorriso largo visível até para mim.

— Emmett bateu com muita força — explicou Esme —, mas Edward é o que corre mais rápido.

O *inning* continuou diante de meus olhos incrédulos. Era impossível acompanhar a velocidade com que a bola voava, o ritmo de seus corpos disparando pelo campo.

Entendi outro motivo para que eles esperassem por uma tempestade e pelos trovões para jogar quando Jasper, tentando evitar a infalível devolução de Edward, bateu uma bola para Carlisle. Carlisle correu para a bola e esbarrou em Jasper na primeira base. Quando eles se chocaram, o som foi como o esmagar da queda de duas pedras enormes. Pulei de preocupação, mas eles de algum modo estavam ilesos.

— Salva — gritou Esme numa voz calma.

O time de Emmett vencia de um a zero — Rosalie conseguiu flutuar pelas bases depois de seguir um dos longos voos de Emmett — quando Edward pegou a terceira bola fora. Ele correu para o meu lado, cintilando de empolgação.

— O que está achando? — perguntou.

— De uma coisa eu tenho certeza, nunca mais vou conseguir ficar sentada vendo um jogo da liga principal de beisebol.

— Até parece que você já fez muito isso — ele riu.

— Estou meio decepcionada — disse com escárnio.

— Por quê? — perguntou ele, confuso.

— Bom, seria ótimo se eu pudesse encontrar só uma coisa em que você não seja melhor do que todo mundo do planeta.

Ele abriu o sorriso torto especial, deixando-me sem fôlego.

— Estou pronto — disse ele, indo para a base.

Ele jogava com inteligência, mantendo a bola baixa, fora do alcance da mão sempre preparada de Rosalie, conquistando duas bases como um raio antes que Emmett pudesse recolocar a bola em jogo. Carlisle bateu uma tão longe do campo — com uma explosão que feriu meus ouvidos — que ele e Edward chegaram na bola. Alice os cumprimentou com um bater de palmas delicado.

O placar mudava constantemente com o decorrer do jogo e eles implicavam uns com os outros como jogadores de rua enquanto se alternavam na liderança. De vez em quando Esme os chamava à ordem. O trovão soou, mas ficamos secos, como Alice havia previsto.

Carlisle estava com o bastão, Edward pegando, quando Alice de repente ofegou. Meus olhos estavam em Edward, como sempre, e vi sua cabeça virar para olhá-la. Os olhos dos dois se encontraram e alguma coisa fluiu entre eles em um segundo. Ele estava ao meu lado antes que os outros pudessem perguntar a Alice o que havia de errado.

— Alice? — A voz de Esme era tensa.

— Eu não vi... Não sabia — sussurrou ela.

Todos os outros estavam reunidos a essa altura.

— O que é, Alice? — perguntou Carlisle com a voz calma de autoridade.

— Eles estavam viajando muito mais rápido do que eu pensava. Posso ver que tive a perspectiva errada antes — murmurou ela.

Jasper se inclinou para ela, a postura protetora.

— O que mudou? — perguntou ele.

— Eles nos ouviram jogando e isso alterou seu rumo — disse ela, pesarosa, como se se sentisse responsável pelo que a assustara.

Vários pares de olhos dispararam para mim e se desviaram.

— Quanto tempo? — disse Carlisle, virando-se para Edward. Um olhar de preocupação intensa atravessou seu rosto.

— Menos de cinco minutos. Estão correndo... Querem jogar. — Ele fechou a cara.

— Acha que consegue? — perguntou-lhe Carlisle, os olhos disparando para mim de novo.

— Não, não carregando... — Ele se interrompeu. — Além disso, a última coisa de que precisamos é que eles sintam o cheiro e comecem a caçar.

— Quantos? — perguntou Emmett a Alice.

— Três — respondeu ela, tensa.

— Três! — zombou ele. — Que venham, então. — Os feixes de aço dos músculos se flexionaram por seus braços imensos.

Por uma fração de segundo que pareceu muito maior do que era, Carlisle refletiu. Só Emmett parecia não se perturbar; os demais fitavam Carlisle com os olhos ansiosos.

— Vamos continuar o jogo — decidiu por fim Carlisle. Sua voz era fria e inalterada. — Alice disse que estavam simplesmente curiosos.

Tudo isso foi dito num jato de palavras que só durou alguns segundos. Ouvi com cuidado e peguei a maior parte delas, embora não pudesse ouvir o que Esme agora perguntava a Edward com uma vibração silenciosa dos lábios. Só vi o leve tremor na cabeça de Edward e o olhar de alívio no rosto de Esme.

— Você pega, Esme — disse ele. — Agora eu sou o juiz. — E ele se plantou diante de mim.

Os outros voltaram ao campo, varrendo cautelosos a floresta escura com os olhos afiados. Alice e Esme pareciam orientadas para onde eu estava.

— Solte os cabelos — disse Edward num tom baixo e tranquilo.

Obediente, tirei o elástico de meu cabelo e o sacudi em volta de mim.

Declarei o óbvio:

— Os outros estão chegando agora.

— Sim, fique muito quieta e não saia do meu lado, por favor. — Ele escondeu bem a ênfase em sua voz, mas pude ouvi-la. Ele puxou meu cabelo comprido para a frente, em torno de meu rosto.

— Isso não vai ajudar — disse Alice delicadamente. — Posso sentir o cheiro dela do outro lado do campo.

— Eu sei. — Um toque de frustração tingiu sua voz.

Carlisle se colocou na base e os outros se juntaram ao jogo sem muita disposição.

— O que Esme perguntou a você? — sussurrei.

Ele hesitou por um segundo antes de responder.

— Se eles estavam com sede — murmurou ele de má vontade.

Os segundos passavam; o jogo continuava agora de forma apática. Ninguém ousava rebater mais de uma vez e Emmett, Rosalie e Jasper pairavam pelo campo. De vez em quando, apesar do medo que entorpecia meu cérebro, eu percebia os olhos de Rosalie em mim. Não tinham expressão, mas alguma coisa no modo como mantinha a boca me fazia pensar que estava com raiva.

Edward não prestou atenção ao jogo, os olhos e a mente vagando pela floresta.

— Desculpe, Bella — murmurou com ferocidade. — Foi idiotice, uma irresponsabilidade, expor você desta forma. Desculpe-me.

Ouvi sua respiração parar e os olhos estacaram no campo. Ele deu um meio passo, postando-se entre mim e o que estava chegando.

Carlisle, Emmett e os outros se viraram na mesma direção, ouvindo sons de passos fracos demais para minha audição.

18
A CAÇADA

UM POR UM, ELES SAÍRAM DA FLORESTA, SEPARADOS UNS DEZ METROS um do outro. O primeiro homem na clareira recuou de imediato, permitindo que o segundo tomasse a frente, orientando-se pelo homem alto de cabelos escuros que claramente parecia ser o líder do bando. O terceiro membro era uma mulher; desta distância, só o que pude ver foi que seu cabelo era de um tom surpreendente de vermelho.

Cerraram fileira antes de continuar cautelosamente em direção à família de Edward, exibindo o respeito natural de um bando de predadores ao encontrar um grupo maior e desconhecido de sua própria espécie.

À medida que se aproximavam, pude ver como eram diferentes dos Cullen. Seu andar era como o de um felino, um caminhar que parecia constantemente prestes a mudar para o rastejar. Vestiam roupas comuns de mochileiros: jeans e camisas informais de tecido pesado e impermeável. Mas as roupas estavam puídas pelo uso e eles estavam descalços. Os dois homens tinham o cabelo curto, mas o cabelo alaranjado brilhante da mulher estava cheio de folhas e outros restos da mata.

Seus olhos penetrantes pararam cuidadosamente na atitude mais educada e cortês de Carlisle que, ladeado por Emmett e Jasper, avançou atentamente para encontrá-los. Sem nenhuma comunicação aparente, cada um deles se endireitou numa postura mais despreocupada e ereta.

O homem na frente era sem dúvida o mais bonito, a pele azeitonada com a palidez típica, o cabelo de um preto acetinado. Era de estatura mediana, musculoso, é claro, mas nada parecido com a força de Emmett. Abriu um sorriso tranquilo, expondo um lampejo de dentes brancos cintilantes.

A mulher era mais impetuosa, os olhos vagando incansavelmente entre os homens que a encaravam e o grupo destacado em torno de mim, o cabelo caótico vibrando na leve brisa. Sua postura era distintamente felina. O segundo homem pairava atrás deles sem atrapalhar, mais magro do que o líder, o cabelo castanho-claro e as feições comuns sem revelar nada. Seus olhos, embora completamente imóveis, de algum modo pareciam os mais vigilantes.

Os olhos também eram diferentes. Nem dourados nem pretos, o que eu esperava, mas de um vinho profundo que era perturbador e sinistro.

O homem de cabelos pretos, ainda sorrindo, aproximou-se de Carlisle.

— Pensamos ter ouvido um jogo — disse ele num tom relaxado, com um leve sotaque francês. — Meu nome é Laurent, estes são Victoria e James. — Ele gesticulou para os vampiros atrás dele.

— Sou Carlisle. Esta é minha família, Emmett e Jasper, Rosalie, Esme e Alice, Edward e Bella. — Ele nos apontou como grupo, deliberadamente sem chamar a atenção para cada um de nós. Senti um choque quando disse meu nome.

— Tem vaga para mais alguns jogadores? — perguntou Laurent socialmente.

Carlisle acompanhou o tom amistoso de Laurent.

— Na verdade, estávamos terminando. Mas certamente nos interessaríamos, em outra ocasião. Pretendem ficar na área por muito tempo?

— Nós vamos para o norte, mas ficamos curiosos para ver quem estava nos arredores. Não encontramos companhia há muito tempo.

— Não, esta região em geral é vazia, a não ser por nós e visitantes ocasionais, como vocês.

O clima tenso lentamente se amenizava em uma conversa despreocupada; imaginei que Jasper estivesse usando seu dom peculiar para controlar a situação.

— Qual é sua área de caça? — perguntou Laurent casualmente.

Carlisle ignorou o pressuposto por trás da indagação.

— A área do Olympic, aqui, a área costeira de vez em quando. Mantemos residência permanente aqui perto. Há outra base permanente como a nossa perto de Denali.

Laurent ficou um pouco surpreso.

— Permanente? Como conseguem isso? — Havia uma curiosidade sincera em sua voz.

— Por que não nos acompanham à nossa casa e poderemos conversar com mais conforto? — convidou Carlisle. — É uma história bem longa.

James e Victoria trocaram um olhar de surpresa à menção da palavra "casa", mas Laurent controlou melhor sua expressão.

— Parece muito interessante, e nós aceitamos. — Seu sorriso era afável. — Viemos caçando desde Ontário e por algum tempo não tivemos a oportunidade de nos limpar. — Seus olhos moveram-se apreciando a aparência refinada de Carlisle.

— Não se ofendam, por favor, mas gostaríamos que refreassem a caça nesta região. Temos que ficar invisíveis, você compreende — explicou Carlisle.

— É claro. — Laurent assentiu. — Certamente não invadiríamos seu território. De qualquer forma, acabamos de nos alimentar nos arredores de Seattle — ele riu. Um tremor percorreu minha coluna.

— Mostraremos o caminho, se quiserem correr conosco... Emmett e Alice, vocês podem ir com Edward e Bella para pegar o Jeep — acrescentou ele casualmente.

Parece que três coisas aconteceram simultaneamente enquanto Carlisle falava. Meu cabelo se levantou com a leve brisa, Edward enrijeceu e o segundo homem, James, virou a cabeça de repente, examinando-me, as narinas infladas.

Uma rigidez súbita caiu sobre eles enquanto James avançava um passo, agachando-se. Edward arreganhou os dentes, agachando-se defensivamente, um rosnado de fera rasgando sua garganta. Não era nada parecido com os sons de brincadeira que eu ouvira dele esta manhã; foi a coisa mais ameaçadora que já ouvi, e arrepios desceram do alto de minha cabeça até os calcanhares.

— O que é isso? — exclamou Laurent, abertamente surpreso. Nem James nem Edward relaxaram sua postura agressiva. James fintou de leve para o lado e Edward se mexeu em resposta.

— Ela está conosco. — A firme repulsa de Carlisle foi dirigida a James. Laurent pareceu captar meu cheiro de forma menos intensa do que James, mas agora o conhecimento disso tomava seu rosto.

— Vocês trouxeram um lanche? — perguntou ele, a expressão incrédula enquanto dava um passo involuntário para a frente.

Edward rosnou com ferocidade ainda maior, asperamente, o lábio se curvando por cima dos dentes nus e reluzentes. Laurent recuou de novo.

— Eu disse que ela está conosco — corrigiu Carlisle numa voz áspera.

— Mas ela é *humana* — protestou Laurent. As palavras não eram agressivas, apenas surpresas.

— Sim. — Emmett estava muito mais em evidência ao lado de Carlisle, os olhos em James. James lentamente se endireitou, mas seus olhos não me deixavam, as narinas ainda infladas. Edward permaneceu tenso como um leão diante de mim.

Quando Laurent falou, seu tom era tranquilizador — tentando aquietar a súbita hostilidade.

— Parece que temos de aprender muito um sobre o outro.

— De fato. — A voz de Carlisle ainda era fria.

— Mas gostaríamos de aceitar seu convite. — Seus olhos dispararam para mim e de volta a Carlisle. — E é claro que não prejudicaremos a garota humana. Não caçaremos em seu território, como eu disse.

James olhou para Laurent, aborrecido e incrédulo, e trocou outro breve olhar com Victoria, cujos olhos ainda disparavam de um rosto para outro.

Carlisle avaliou a expressão franca de Laurent por um momento antes de falar.

— Vamos lhes mostrar o caminho. Jasper, Rosalie, Esme? — chamou ele. Eles se reuniram, bloqueando-me de vista ao convergirem. Alice imediatamente estava ao meu lado e Emmett recuou devagar, os olhos em James enquanto se colocava atrás de nós.

— Vamos, Bella. — A voz de Edward era baixa e inexpressiva.

Nesse tempo todo, fiquei enraizada em meu lugar, apavorada, numa imobilidade absoluta. Edward teve que pegar meu cotovelo e me empurrar com força para me retirar do transe. Cambaleei ao lado de Edward, ainda atordoada de medo. Não pude ouvir se o grupo principal ainda estava ali. A impaciência de Edward era quase tangível enquanto seguíamos a um ritmo humano para a margem da floresta.

Depois que estávamos nos bosques, Edward me pendurou em suas costas sem parar de andar. Agarrei-me com a maior força que pude enquanto ele partia, os outros nos seus calcanhares. Mantive a cabeça baixa, mas meus olhos, arregalados de susto, não se fecharam. Eles mergulharam na floresta agora escura como espectros. A alegria que em geral parecia possuir Edward quando ele corria estava completamente ausente, substituída por uma fúria que o consumia e o impelia a seguir ainda mais rápido. Mesmo comigo nas costas, os outros ficaram para trás.

Chegamos ao Jeep em um tempo impossivelmente curto e Edward mal reduziu o ritmo ao me atirar no banco traseiro.

— Prenda-a — ordenou ele a Emmett, que deslizou para o meu lado.

Alice já estava no banco da frente e Edward ligava o motor. Ele rugiu e viramos para trás, girando para ficar de frente para a estrada sinuosa.

Edward grunhia alguma coisa rápido demais para que eu entendesse, mas parecia uma série de obscenidades.

A viagem sacolejante desta vez foi muito pior, e a escuridão só a tornou mais assustadora. Emmett e Alice olhavam pela janela.

Chegamos à estrada principal e, embora nossa velocidade aumentasse, eu podia ver muito melhor aonde estávamos indo. E íamos para o sul, para longe de Forks.

— Aonde vamos? — perguntei.

Ninguém respondeu. Ninguém sequer olhou para mim.

— Droga, Edward! Aonde está me levando?

— Temos que afastar você daqui... para longe... agora. — Ele não olhou para trás, os olhos na estrada. O velocímetro marcava 160 quilômetros por hora.

— Dê a volta! Tem que me levar para casa! — gritei. Lutei com o arnês idiota, rasgando as tiras.

— Emmett — disse Edward sombriamente.

E Emmett segurou minhas mãos num aperto de aço.

— Não! Edward! Não, não pode fazer isso.

— Preciso fazer, Bella. Agora por favor, fique quieta.

— Não fico! Tem que me levar de volta... Charlie vai chamar o FBI! Eles vão cair em cima de sua família... Carlisle e Esme! Eles vão ter que ir embora, se esconder para sempre!

— Acalme-se, Bella. — Sua voz era fria. — Já passamos por isso antes.

— Não por minha causa, não pode! Você não vai estragar tudo por minha causa! — Eu lutava violentamente, em vão.

Alice falou pela primeira vez.

— Edward, encoste.

Ele disparou um olhar duro para ela e acelerou.

— Edward, vamos conversar sobre isso.

— Você não entende — rugiu ele de frustração. Nunca ouvi sua voz tão alta; era ensurdecedora dentro do espaço do Jeep. O velocímetro quase chegava a 240 quilômetros. — Ele é um rastreador, Alice, não *viu* isso? Ele é um rastreador!

Senti Emmett se enrijecer a meu lado e me surpreendi com sua reação à palavra. Significava para os três mais do que para mim; eu queria entender, mas não tive oportunidade de perguntar.

— Encoste, Edward. — O tom de Alice era razoável, mas havia um toque de autoridade que eu nunca ouvira antes.

O velocímetro passava um pouco dos 190 por hora.

— Encoste, Edward.

— Ouça, Alice. Eu vi a mente dele. Rastrear é a paixão dele, sua obsessão... E ele a quer, Alice... Quer a *ela* especificamente. Ele começará a caçada hoje à noite.

— Ele não sabe onde...

Ele a interrompeu:

— Quanto tempo acha que ele precisará para sentir o cheiro dela na cidade? Seus planos já estavam preparados antes que as palavras saíssem da boca de Laurent.

Eu arfei, sabendo onde meu cheiro podia levar.

— Charlie! Não pode deixá-lo lá! Não pode abandoná-lo! — Eu lutava contra o arnês.

— Ela tem razão — disse Alice.

O carro reduziu um pouco.

— Vamos considerar nossas opções por um minuto — disse Alice, tentando persuadi-lo.

O carro reduziu outra vez, mais perceptivelmente e depois, de repente, paramos cantando pneus no acostamento da estrada. Eu voei de encontro ao arnês e bati de costas no banco.

— Não temos opções — sibilou Edward.

— Não vou deixar o Charlie! — gritei.

Ele me ignorou completamente.

— Precisamos levá-la de volta — Emmett finalmente falou.

— Não. — Edward era categórico.

— Ele não é páreo para nós, Edward. Não seria capaz de tocar nela.

— Ele vai esperar.

Emmett sorriu.

— Eu também posso esperar.

— Não veem... Vocês não entendem. Depois que ele se compromete com uma caçada, é inabalável. Vamos ter que matá-lo.

Emmett não parecia se incomodar com a ideia.

— Esta é uma opção.

— E a mulher. Ela está com ele. Se houver uma luta, o líder irá com eles também.

— Nós estamos em número suficiente.

— Há outra opção — disse Alice em voz baixa.

Edward virou-se para ela furioso, a voz rosnando ferozmente.

— Não... há... outra... opção!

Emmett e eu o olhamos chocados, mas Alice não pareceu se surpreender. O silêncio perdurou um longo minuto enquanto Edward e Alice se encaravam.

Eu interrompi.

— Alguém quer ouvir meu plano?

— Não — grunhiu Edward. Alice o encarou, finalmente encolerizada.

— Ouçam — pedi. — Me levem de volta.

Olhei para ele e continuei.

— Você me leva de volta. Eu digo a meu pai que quero ir para Phoenix. Faço minhas malas. Vamos esperar até que esse rastreador esteja observando e depois corremos. Ele vai nos seguir e deixar Charlie em paz. Charlie não vai mandar o FBI atrás da sua família. Depois você pode me levar para a droga do lugar que quiser.

Eles me encararam, atordoados.

— Na verdade, não é má ideia. — A surpresa de Emmett definitivamente era um insulto.

— Pode dar certo... E não podemos deixar o pai dela desprotegido. Você sabe disso — disse Alice.

Todos olharam para Edward.

— É perigoso demais... Não quero que ele chegue nem a cem quilômetros dela.

Emmett tinha extrema confiança.

— Edward, ele não vai nos pegar.

Alice pensou por um minuto.

— Não o vejo atacando. Ele vai tentar esperar que a deixemos sozinha.

— Ele logo vai perceber que isso não vai acontecer.

— Eu *exijo* que me leve para casa. — Tentei parecer firme.

Edward colocou os dedos nas têmporas e fechou os olhos com força.

— Por favor — eu disse numa voz bem mais baixa.

Ele não olhou. Quando falou, sua voz parecia exausta.

— Você vai embora esta noite, quer o rastreador veja ou não. Vai dizer a Charlie que não suporta nem mais um minuto em Forks. Conte a ele uma história que convença. Faça suas malas com o que estiver à mão e entre em sua picape. Não me importo com o que ele lhe disser. Você terá quinze minutos. Ouviu? Quinze minutos a partir do momento em que passar pela porta.

O Jeep rugiu e ele fez a volta, os pneus cantando. O ponteiro do velocímetro começou a disparar pelo mostrador.

— Emmett? — perguntei, olhando sugestivamente para minhas mãos.

— Ah, desculpe. — Ele me soltou.

Alguns minutos se passaram em silêncio, a não ser pelo rugido do motor. Depois Edward falou novamente.

— É assim que vai acontecer. Quando chegarmos à casa, se o rastreador não estiver lá, vou levá-la à porta. Depois ela terá quinze minutos. — Ele olhou para mim pelo retrovisor. — Emmett, você fica na lateral da casa. Alice, você fica na picape. Eu vou ficar lá dentro pelo tempo que ela estiver. Depois que ela sair, vocês dois podem levar o Jeep para casa e contar a Carlisle.

— De jeito nenhum — interrompeu Emmett. — Eu vou com você.

— Pense bem, Emmett. Não sei quanto tempo vou ficar fora.

— Enquanto não soubermos até que ponto isso vai, eu vou com você.

Edward suspirou.

— Se o rastreador estiver lá — continuou ele de mau humor —, vamos continuar dirigindo.

— Vamos chegar lá antes dele — disse Alice confiante.

Edward pareceu aceitar isso. Qualquer que fosse seu problema com Alice, ele agora não duvidava dela.

— O que vamos fazer com o Jeep? — perguntou ela.

A voz dele era tensa.

— Você o levará para casa.

— Não vou levar — disse ela calmamente.

O fluxo ininteligível de blasfêmias recomeçou.

— Não cabemos todos na minha picape — sussurrei.

Edward não pareceu me ouvir.

— Acho que devem me deixar ir sozinha — eu disse num tom ainda mais baixo.

Ele ouviu isso.

— Bella, por favor, faça o que eu digo pelo menos desta vez — disse ele entre os dentes trincados.

— Olhe, o Charlie não é um imbecil — protestei. — Se você não estiver na cidade amanhã, ele vai ficar desconfiado.

— Isso é irrelevante. Vamos nos certificar de que ele esteja seguro, e é só isso que importa.

— E esse rastreador? Ele viu como você agiu esta noite. Vai pensar que você está comigo, aonde quer que você vá.

Emmett olhou para mim, ofensivamente surpreso de novo.

— Edward, ouça o que ela diz — insistiu ele. — Acho que ela tem razão.

— Sim, tem mesmo — concordou Alice.

— Não posso fazer isso. — A voz de Edward era gelada.

— Emmett deve ficar também — continuei. — Emmett o encarou com determinação.

— Como é? — Emmett se virou para mim.

— Você terá uma oportunidade melhor com ele se ficar — concordou Alice.

Edward olhou para ela, incrédulo.

— Acha que devo deixá-la sozinha?

— É claro que não — disse Alice. — Jasper e eu cuidaremos dela.

— Não posso fazer isso — repetiu Edward, mas desta vez havia um vestígio de derrota em sua voz. Ele começava a perceber a lógica.

Tentei persuadi-lo.

— Fique aqui por uma semana — eu vi a expressão no espelho e me corrigi —, alguns dias. Deixe que Charlie veja que você não me raptou e leve este James em perseguição inútil. Certifique-se de que ele esteja completamente longe de meu rastro. Depois venha me encontrar. Pegue um atalho, é claro, e depois Jasper e Alice poderão ir para casa.

Pude ver que ele começava a pensar no assunto.

— Onde encontro você?

— Em Phoenix. — É claro.

— Não. Ele vai ouvir onde você estiver indo — disse ele com impaciência.

— E você vai fazer com que pareça um ardil, obviamente. Ele vai saber que sabemos que ele está ouvindo. E não vai acreditar que eu realmente fui aonde disse que vou.

— Ela é diabólica. — Emmett riu.

— E se não der certo?

— Há milhões de pessoas em Phoenix — informei.

— Não é tão difícil encontrar uma lista telefônica.

— Eu não vou para casa da minha mãe.

— Hã? — perguntou ele, um tom perigoso em sua voz.

— Tenho idade suficiente para ter minha própria casa.

— Edward, vamos ficar com ela — lembrou-lhe Alice.

— O que *você* vai fazer em *Phoenix*? — perguntou-lhe ele com aspereza.

— Ficar entre quatro paredes.

— Eu até gosto disso. — Emmett estava pensando em encurralar James, sem dúvida.

— Cale a boca, Emmett.

— Olhe, se tentarmos pegá-lo enquanto ela ainda estiver por perto, há uma probabilidade muito maior de que alguém se machuque... Ela vai se machucar, ou você, tentando protegê-la. Agora, se o deixarmos só... — Ele se interrompeu com um sorriso baixo. Eu tinha razão.

O Jeep se arrastava lentamente ao entrarmos na cidade. Apesar de meu discurso corajoso, pude sentir os pelos em meus braços se eriçando. Pensei em Charlie, sozinho em casa, e tentei ser corajosa.

— Bella. — A voz de Edward era muito suave. Alice e Emmett olharam pela janela. — Se alguma coisa acontecer com você... qualquer coisa... Eu vou te responsabilizar — falou, com uma voz suave. — Entende isso?

— Sim — engoli em seco.

Ele se virou para Alice.

— Jasper pode lidar com isso?

— Dê algum crédito a ele, Edward. Ele tem se saído muito, muito bem, considerando todas as coisas.

— *Você* pode lidar com isso? — perguntou ele.

E a baixinha e graciosa Alice abriu os lábios em um sorriso apavorante e soltou um rosnado gutural que me fez agachar de pavor no banco.

Edward sorriu para ela.

— Mas guarde suas opiniões para si mesma — sussurrou ele de repente.

19
Despedidas

CHARLIE ESPERAVA POR MIM. TODAS AS LUZES DA CASA ESTAVAM ACESAS. Minha mente estava vazia enquanto eu tentava pensar numa maneira de convencê-lo a me deixar ir. Não ia ser agradável.

Edward encostou devagar, colocando-se bem atrás de minha picape. Os três estavam extremamente atentos, duros feito toras em seus lugares, ouvindo cada som da floresta, vasculhando cada sombra, sentindo cada cheiro, procurando por alguma coisa fora de lugar. O motor foi desligado e eu fiquei sentada, imóvel, enquanto eles escutavam.

— Ele não está aqui — disse Edward, tenso. — Vamos.

Emmett estendeu a mão para me ajudar a sair do arnês.

— Não se preocupe, Bella — disse ele numa voz baixa mas animada —, vamos resolver as coisas por aqui rapidamente.

Senti meus olhos se encherem de lágrimas ao olhar para Emmett. Eu mal o conhecia e no entanto, de certa forma, era angustiante não saber quando o veria depois desta noite. Eu sabia que esta era só uma provinha das despedidas a que teria de sobreviver na próxima hora, e a ideia fez com que as lágrimas começassem a transbordar.

— Alice, Emmett. — A voz de Edward era um comando. Eles deslizaram sem ruído para a escuridão, desaparecendo de imediato. Edward abriu minha porta e pegou minha mão, depois me puxou para o cerco protetor de seu braço. Ele me conduziu rapidamente para a casa, os olhos sempre vagando pela noite.

— Quinze minutos — alertou ele aos sussurros.

— Eu consigo. — Funguei. Minhas lágrimas me davam inspiração.

Cheguei à varanda e segurei seu rosto entre minhas mãos. Olhei intensamente em seus olhos.

— Eu te amo — eu disse numa voz baixa e intensa. — Sempre o amarei, não importa o que acontecer.

— Nada acontecerá a você, Bella — disse ele com a mesma intensidade.

— Siga o plano, está bem? Mantenha Charlie seguro para mim. Ele não vai simpatizar muito comigo depois disso, e quero ter a chance de me desculpar depois.

— Entre, Bella. Precisamos nos apressar. — Sua voz era urgente.

— Mais uma coisa — sussurrei apaixonadamente. — Não ouça uma palavra do que eu disser esta noite!

Ele estava curvado e só o que tive de fazer foi me esticar na ponta dos pés para beijar seus lábios franzidos e surpresos com a maior força que pude. Depois me virei e abri a porta.

— Vá embora, Edward! — gritei para ele, correndo para dentro e batendo a porta em sua cara ainda chocada.

— Bella? — Charlie estava na sala e já se colocara de pé.

— Me deixe em paz! — gritei para ele através de minhas lágrimas, que agora fluíam sem parar. Corri para meu quarto, fechando a porta e trancando-a. Corri até minha cama, atirando-me no chão para pegar minha bolsa de viagem. Estendi a mão rapidamente entre o colchão e o estrado para pegar a meia velha de tricô que continha minhas economias secretas.

Charlie batia na minha porta.

— Bella, você está bem? O que aconteceu? — Sua voz estava assustada.

— Eu vou para *casa* — gritei, minha voz falhando no momento perfeito.

— Ele magoou você? — Seu tom de voz beirava a raiva.

— Não! — guinchei algumas oitavas acima. Virei-me para minha cômoda e Edward já estava ali, arrancando em silêncio braçadas de roupas ao acaso, que ele depois atirou para mim.

— Ele terminou com você? — Charlie estava perplexo.

— Não! — gritei, agora com menos fôlego enquanto atirava tudo na bolsa. Edward lançou o conteúdo de outra gaveta para mim. A bolsa agora estava muito cheia.

— O que aconteceu, Bella? — gritou Charlie pela porta, batendo novamente.

— *Eu* é que terminei com *ele*! — eu gritei, lutando com o zíper da bolsa. As mãos hábeis de Edward afastaram as minhas e puxaram o zíper com suavidade. Ele colocou a alça com cuidado em meu ombro.

— Estarei na picape... vá! — sussurrou ele, e me empurrou para a porta. Edward desapareceu pela janela.

Abri a porta e passei por Charlie rudemente, lutando com a bolsa pesada enquanto descia a escada às pressas.

— O que houve? — gritou. Ele estava bem atrás de mim. — Pensei que você gostasse dele.

Ele agarrou meu cotovelo na cozinha. Apesar de ainda estar confuso, seu aperto era firme.

Ele me girou para que o olhasse e pude ver em seu rosto que ele não pretendia me deixar partir. Só pude pensar em uma maneira de escapar, e implicava magoá-lo tanto que odiei a mim mesma por sequer pensar no assunto. Mas eu não tinha tempo e precisava mantê-lo em segurança.

Encarei meu pai, as lágrimas frescas nos olhos pelo que eu estava prestes a fazer.

— Eu *gosto* dele... É esse o problema. Não posso mais fazer isso! Não posso criar mais raízes aqui! Não quero terminar presa nessa cidade idiota e chata como a mamãe! Não vou cometer o mesmo erro estúpido que ela cometeu. Eu odeio esse lugar... Não posso ficar aqui nem mais um minuto!

Sua mão largou meu braço como se eu o tivesse eletrocutado. Desviei-me de seu rosto chocado e ferido e parti para a porta.

— Bella, não pode ir embora agora. É tarde — sussurrou ele atrás de mim.

Eu não me virei.

— Vou dormir na picape se ficar cansada.

— Espere só mais uma semana — pediu ele, ainda chocado. — A Renée estará de volta então.

Isso me tirou completamente dos trilhos.

— O quê?

Charlie continuou ansiosamente, quase balbuciando de alívio quando eu hesitei.

— Ela ligou quando você estava fora. As coisas não vão bem na Flórida, e se Phil não assinar um contrato no final da semana, eles vão voltar para o Arizona. O assistente técnico dos Sidewinders disse que eles podem ter um lugar para outro jogador de segunda base.

Sacudi a cabeça, tentando reorganizar os pensamentos agora confusos. Cada segundo que passava colocava Charlie num perigo maior.

— Tenho uma chave — murmurei, girando a maçaneta. Ele estava perto demais, a mão estendida para mim, o rosto confuso. Não podia perder mais tempo discutindo com ele. Eu teria que magoá-lo ainda mais. — Me deixe ir, Charlie. — Repeti as últimas palavras de minha mãe quando ela saiu pela mesma porta tantos anos atrás. Eu as disse com a maior raiva que pude reunir e escancarei a porta. — Não deu certo, está bem? Eu realmente *odeio* Forks!

Minhas palavras cruéis fizeram seu trabalho — Charlie ficou paralisado na soleira da porta, atordoado, enquanto eu corria para a noite. Fiquei apavorada com o jardim vazio. Corri como louca para a picape, visualizando uma sombra escura atrás de mim. Atirei minha sacola na carroceria e abri a porta. A chave esperava na ignição.

— Ligo para você amanhã! — gritei, querendo mais do que qualquer coisa poder explicar tudo a ele então, e sabendo que jamais seria capaz disso. Liguei o motor e arranquei.

Edward pegou minha mão.

— Encoste — disse ele enquanto a casa e Charlie desapareciam atrás de nós.

— Posso dirigir — eu disse através das lágrimas que caíam por meu rosto.

Suas mãos longas inesperadamente pegaram minha cintura e seus pés empurraram os meus no acelerador. Ele me puxou para o colo, soltando minhas mãos do volante, e de repente estava no banco do motorista. A picape não oscilou nem um centímetro.

— Não conseguiria encontrar a casa — explicou ele.

De repente luzes brilharam atrás de nós. Olhei pelo vidro traseiro, os olhos arregalados de pavor.

— É só a Alice — garantiu-me ele. Ele pegou minha mão de novo.

Minha mente estava cheia da imagem de Charlie na soleira da porta.

— O rastreador?

— Ele ouviu o final de seu teatro — disse Edward sombriamente.

— Charlie? — perguntei, mortificada.

— O rastreador nos seguiu. Está correndo atrás de nós agora.

Meu corpo ficou gelado.

— Podemos escapar dele?

— Não. — Mas ele acelerou enquanto falava. O motor da picape gemeu, protestando.

Meu plano de repente não parecia mais tão brilhante.

Eu olhava os faróis do carro de Alice quando a picape tremeu e uma sombra escura disparou do lado de fora da janela.

Meu grito horripilante durou uma fração de segundo antes que a mão de Edward cobrisse minha boca.

— É Emmett!

Ele libertou minha boca e passou o braço por minha cintura.

— Está tudo bem, Bella — prometeu ele. — Você vai ficar segura.

Corremos pela cidade silenciosa, na direção da rodovia norte.

— Não percebi que você ainda estava tão entediada com a vida na cidade pequena — disse ele querendo conversar, e eu sabia que ele tentava me distrair. — Parecia que você estava se adaptando muito bem... Em especial recentemente. Talvez eu só estivesse me iludindo que estava tornando a vida mais interessante para você.

— Eu não fui gentil — confessei, ignorando sua tentativa de me distrair, olhando meus joelhos. — Foi a mesma coisa que minha mãe disse quando o deixou. Deu para ver que foi golpe baixo.

— Não se preocupe. Ele vai perdoá-la. — Ele sorriu um pouco, embora seus olhos não sorrissem.

Eu o olhei desesperada e ele viu o pânico em meus olhos.

— Bella, vai ficar tudo bem.

— Mas não vai ficar tudo bem quando eu não estiver com você — sussurrei.

— Vamos nos reunir daqui a alguns dias — disse ele, apertando o braço em volta de mim. — Não se esqueça de que isso foi ideia sua.

— Foi a melhor ideia... É claro que foi minha.

Seu sorriso de resposta era vazio e desapareceu de imediato.

— Por que isso aconteceu? — perguntei. — Por que eu?

Ele olhava a estrada à frente, inexpressivo.

— A culpa é minha... Fui um tolo por expô-la desse jeito. — A raiva em sua voz era voltada para dentro.

— Não foi o que eu quis dizer — insisti. — Eu estava lá, grande coisa. Isso não incomodou os outros dois. Por que esse James decidiu matar *a mim*? Tem tanta gente em toda parte, por que eu?

Ele hesitou, pensando antes de responder:

— Tenho que dar uma olhada na mente dele agora — começou Edward numa voz baixa. — Não tenho certeza se havia alguma coisa que eu pudesse ter feito para evitar isso, depois que ele a viu. A culpa praticamente é *sua*. — Sua voz era irônica. — Se não tivesse um cheiro tão delicioso e atraente, ele podia não ter se dado ao trabalho. Mas quando eu defendi você... Bom, isso piorou as coisas. Ele não está acostumado a ser contrariado, por mais insignificante que seja o objeto. Ele se considera um caçador e mais nada. Sua existência é consumida com a caça e tudo o que ele quer da vida é um desafio. De repente estávamos lhe mostrando um lindo desafio... Um grande clã de lutadores fortes protegendo o elemento vulnerável. Você não acreditaria em como ele está eufórico agora. É seu jogo preferido, e estamos tornando o jogo ainda mais empolgante. — Sua voz estava cheia de repulsa.

Ele parou por um momento.

— Mas se eu não estivesse perto, ele a teria matado imediatamente — disse ele com uma frustração desesperançada.

— Eu pensei... que não tinha para os outros... o cheiro que tenho para você — eu disse, hesitante.

— Não tem. Mas isso não quer dizer que ainda não seja uma tentação para todos eles. Se você *fosse* atraente para o rastreador... ou para qualquer um deles... como é atraente para mim, isso teria significado uma luta lá mesmo.

Eu estremeci.

— Não acho que tenha alternativa, a não ser matá-lo agora — murmurou Edward. — Carlisle não vai gostar.

Pude ouvir os pneus atravessando a ponte, embora não pudesse ver o rio no escuro. Eu sabia que estávamos chegando perto. Tinha que perguntar agora.

— Como se pode matar um vampiro?

Ele olhou para mim com os olhos inescrutáveis e sua voz de repente ficou rude.

— A única maneira de ter certeza é dilacerá-lo, e depois queimar os pedaços.

— E os outros dois vão lutar com ele?

— A mulher vai. Não tenho certeza sobre Laurent. Eles não têm um vínculo muito forte... Ele só está com os dois por conveniência. Ele ficou constrangido por James na campina...

— Mas James e a mulher... vão tentar matar você? — perguntei com a voz rouca.

— Bella, não *se atreva* a perder tempo preocupando-se comigo. Sua única preocupação é manter-se segura e... por favor, por favor... *procure* não ser imprudente.

— Ele ainda está me seguindo?

— Sim. Mas não vai atacar a casa. Não esta noite.

Ele pegou um caminho imperceptível, com Alice atrás de nós.

Seguimos direto para a casa. As luzes lá dentro eram fortes, mas pouco faziam para abrandar a escuridão da floresta que tomava tudo. Emmett abriu minha porta antes que a picape tivesse parado; ele me puxou do banco, enfiando-me como uma bola de futebol americano no peito largo, e correu comigo para a porta.

Irrompemos pela grande sala branca, Edward e Alice nos ladeando. Todos estavam ali; eles já estavam de pé ao som de nossa aproximação. Laurent ficou no meio. Pude ouvir rosnados baixos e graves na garganta de Emmett enquanto ele me baixava ao lado de Edward.

— Ele está nos perseguindo — anunciou Edward, olhando malignamente para Laurent.

A expressão de Laurent era infeliz.

— Era o que eu temia.

Alice dançou para o lado de Jasper e cochichou no ouvido dele; seus lábios tremeram com a velocidade de sua fala silenciosa. Eles dispararam escada acima juntos. Rosalie os observou e passou rapidamente para o lado de Emmett. Seus lindos olhos eram intensos e — quando se voltaram de má vontade para meu rosto — furiosos.

— O que ele vai fazer? — perguntou Carlisle a Laurent num tom gelado.

— Eu lamento — respondeu ele. — Quando seu rapaz ali a defendeu, receio que isso o tenha estimulado.

— Pode impedi-lo?

Laurent sacudiu a cabeça.

— Nada detém James depois que ele começa.

— Nós vamos detê-lo — prometeu Emmett. Não havia dúvida de suas intenções.

— Não podem derrotá-lo. Jamais vi nada parecido com ele em meus 100 anos. Ele é absolutamente letal. Foi por isso que me juntei ao bando dele.

O bando *dele*, pensei, é claro. A exibição de liderança na clareira era apenas isso, uma exibição.

Laurent sacudia a cabeça. Olhou para mim, perplexo, e de novo para Carlisle.

— Tem certeza de que vale a pena?

O rugido enfurecido de Edward encheu a sala; Laurent se encolheu.

Carlisle olhou gravemente para Laurent.

— Temo que tenha de tomar uma decisão.

Laurent entendeu. Ele deliberou por um momento. Seus olhos atingiram cada rosto, e por fim varreram a sala iluminada.

— Fiquei intrigado com o modo de viver que vocês criaram por aqui. Mas não vou me intrometer. Não vejo um inimigo em nenhum de vocês, mas não me colocarei contra James. Acho que seguirei para o norte... Para aquele clã em Denali. — Ele hesitou. — Não subestimem James. Ele tem uma mente brilhante e sentidos incomparáveis. Fica tão à vontade no mundo humano quanto vocês parecem estar, e ele não os enfrentará diretamente... Lamento pelo que foi desencadeado aqui. Eu realmente lamento. — Ele baixou a cabeça, mas eu o vi disparar outro olhar confuso para mim.

— Vá em paz — foi a resposta formal de Carlisle.

Laurent deu outro longo olhar ao redor e correu para a porta.

O silêncio durou menos de um segundo.

— A que distância? — Carlisle olhou para Edward.

Esme já estava se mexendo; sua mão tocou um teclado oculto na parede e, com um rangido, persianas de metal começaram a selar a parede de vidro. Eu ofeguei.

— A uns cinco quilômetros depois do rio; está rondando para se reunir à mulher.

— Qual é o plano?

— Vamos despistá-lo, depois Jasper e Alice a levarão para o sul.

— E depois?

A voz de Edward era mortal.

— Assim que Bella estiver segura, vamos caçá-lo.

— Acho que não há alternativa — concordou Carlisle, a face sombria.

Edward se virou para Rosalie.

— Leve-a para cima e troque as roupas — ordenou Edward. Ela olhou para ele lívida de incredulidade.

— Por que deveria? — sibilou. — O que ela é para mim? A não ser uma ameaça... Um perigo que você decidiu infligir a todos nós.

Eu recuei com o veneno em sua voz.

— Rose... — murmurou Emmett, colocando a mão em seu ombro. Ela a sacudiu.

Mas eu observava Edward cuidadosamente, sabendo de seu gênio, preocupada com sua reação.

Ele me surpreendeu. Desviou os olhos de Rosalie como se ela não tivesse falado, como se ela não existisse.

— Esme? — perguntou ele calmamente.

— É claro — murmurou ela.

Esme estava a meu lado em meia batida do coração, balançando-me facilmente nos braços e disparando escada acima antes que eu pudesse arfar de choque.

— O que estamos fazendo? — perguntei sem fôlego enquanto ela me baixava em um quarto escuro em algum lugar no segundo andar.

— Tentando confundir o cheiro. Não vai funcionar por muito tempo, mas pode ajudá-la a escapar. — Pude ouvir suas roupas caindo no chão.

— Não acho que vá caber... — Eu hesitei, mas suas mãos de repente estavam arrancando minha blusa por minha cabeça. Rapidamente tirei eu mesma os jeans. Ela me passou alguma coisa, parecia uma blusa. Lutei para enfiar os braços pelos buracos certos. Assim que terminei, ela me passou suas calças. Eu as puxei, mas não consegui passar os pés; eram compridas demais. Ela enrolou a bainha algumas vezes para que eu conseguisse vestir. De algum jeito ela já estava com minhas roupas. Ela me puxou de volta para a escada, onde Alice esperava, uma bolsa de couro pequena na mão. Cada uma delas pegou um cotovelo meu e me carregaram enquanto voavam escada abaixo.

Parecia que, em nossa ausência, tudo fora preparado no primeiro andar. Edward e Emmett estavam prontos para partir, Emmett com uma mochila que parecia pesada no ombro. Carlisle entregava alguma coisa pequena a Esme. Ele se virou e passou a mesma coisa a Alice — era um minúsculo celular prateado.

— Esme e Rosalie levarão sua picape, Bella — disse-me ele enquanto passava. Eu assenti, olhando timidamente para Rosalie. Ela fitava Carlisle com uma expressão ressentida.

— Alice, Jasper... Peguem a Mercedes. Vão precisar da cor escura no sul. Eles também assentiram.

— Vamos levar o Jeep.

Fiquei surpresa ao ver que Carlisle pretendia ir com Edward. Percebi de repente, com uma pontada de medo, que eles preparavam uma caçada coletiva.

— Alice — perguntou Carlisle —, eles vão morder a isca?

Todos olharam para Alice enquanto ela fechava os olhos e ficava incrivelmente imóvel.

Por fim, seus olhos se abriram.

— Ele vai perseguir você. A mulher seguirá a picape. É provável que consigamos partir depois disso. — Sua voz era segura.

— Vamos. — Carlisle começou a andar para a cozinha.

Mas Edward logo estava ao meu lado. Ele me pegou em seu aperto de ferro, esmagando-me de encontro a ele. Parecia não ter consciência dos olhares de sua família enquanto puxava meu rosto para si, erguendo meus pés do chão. Pelo menor dos segundos, seus lábios estavam gelados e rígidos nos meus. Depois acabou. Ele me desceu, ainda segurando meu rosto, os olhos gloriosos ardendo nos meus.

Seus olhos ficaram inexpressivos, curiosamente mortos, ao se afastarem de mim.

E eles partiram.

Ficamos ali, os outros se distanciando enquanto as lágrimas desciam silenciosamente por meu rosto.

O momento de silêncio se arrastou, e depois o telefone de Esme vibrou em sua mão. Ele disparou até sua orelha.

— Agora — disse ela. Rosalie saiu pela porta da frente sem olhar na minha direção, mas Esme tocou meu rosto ao passar.

— Tenha cuidado. — Seu sussurro perdurou enquanto eles deslizavam pela porta. Ouvi minha picape trovejar e depois desaparecer.

Jasper e Alice esperavam. O celular de Alice parecia estar em sua orelha antes mesmo de tocar.

— Edward disse que a mulher está na trilha de Esme. Vou pegar o carro. — Ela desapareceu nas sombras, como Edward partira.

Jasper e eu nos olhamos. Ele se postou entre mim e a entrada... Sendo cauteloso.

— Sabe que está enganada — disse ele baixinho.

— Como é? — arfei.

— Posso sentir o que está sentindo agora... E você *vale* tudo isso.

— Não valho — murmurei. — Se alguma coisa acontecer a eles, terá sido em vão.

— Está enganada — repetiu ele, sorrindo gentilmente para mim.

Não ouvi nada, mas então Alice passou pela porta da frente e veio na minha direção de braços estendidos.

— Posso? — perguntou ela.

— É a primeira a pedir permissão — dei um sorriso torto.

Ela me ergueu nos braços magros com a mesma facilidade de Emmett, abrigando-me protetoramente, e voamos porta afora, deixando as luzes acesas para trás.

20

Impaciência

Fiquei confusa quando acordei. Meus pensamentos eram nebulosos, ainda distorcidos por sonhos e pesadelos; precisei de mais tempo do que devia para entender onde me encontrava.

Este quarto era suave demais para pertencer a um lugar que não fosse um hotel. Os abajures, presos nas mesas de cabeceira, traíam o local, assim como as cortinas longas feitas do mesmo tecido da colcha e as aquarelas genéricas nas paredes.

Tentei me lembrar de como cheguei aqui, mas de início nada me ocorreu.

Lembrei-me do carro preto brilhante, o vidro das janelas mais escuro do que os de uma limusine. O motor era quase silencioso, embora disparássemos pelas estradas escuras com o dobro da velocidade normal.

E me lembrei de Alice sentada comigo no banco traseiro de couro preto. De certo modo, durante a longa noite, minha cabeça terminara em seu pescoço de granito. Minha proximidade não pareceu incomodá-la em nada e sua pele fria e dura me foi estranhamente reconfortante. A frente de sua blusa de algodão fino estava fria, molhada das lágrimas que jorravam de meus olhos até que, vermelhos e inchados, eles secaram.

O sono me escapou; meus olhos doloridos insistiam em ficar abertos embora a noite finalmente terminasse e o amanhecer surgisse sobre um pico baixo em algum lugar na Califórnia. A luz cinzenta, raiando no céu sem nuvens, feriu meus olhos. Mas eu não conseguia fechá-los; quando o fiz, as imagens que faiscavam com demasiada nitidez, como *slides* por trás de minhas pálpebras, eram insuportáveis. A expressão magoada de Charlie; o rosnado brutal de Edward, os dentes à mostra; o olhar ressentido de Rosalie; o exame incisivo do rastreador; o olhar mortal de Edward depois de ele me beijar pela última vez... Eu não suportava vê-los. Então lutei contra minha fraqueza e o sol ficou mais alto.

Eu ainda estava acordada quando chegamos a uma passagem rasa pelas montanhas, e o sol, agora atrás de nós, era refletido nos telhados do Vale do Sol. Não me restava emoção suficiente para me surpreender que tivéssemos feito uma viagem de três dias em apenas um. Olhei inexpressivamente a amplidão plana que se estendia diante de mim. Phoenix — as palmeiras, o raquítico chaparral, as linhas fortuitas das vias expressas que se cruzavam, as fileiras de campos de golfe e manchas turquesa de piscinas, todos submersos em uma névoa tênue e envolvidos pelas cristas baixas e rochosas que não eram grandes o suficiente para que fossem chamadas de montanhas.

As sombras das palmeiras se inclinavam para a estrada — definidas, mais agudas do que eu me lembrava, mais claras do que deviam ser. Nada podia se esconder nestas sombras. A estrada aberta e iluminada parecia bastante favorável. Mas não senti alívio, nenhuma sensação de volta ao lar.

— Qual é o caminho para o aeroporto, Bella? — perguntara Jasper, e eu me encolhi, embora sua voz fosse bem suave e não trouxesse alarme. Foi o primeiro som, além do zumbido do carro, a romper o longo silêncio da noite.

— Fique na I-10 — respondi automaticamente. — Vamos passar já por lá.

Meu cérebro funcionava lentamente através da névoa da privação de sono.

— Vamos pegar algum avião? — perguntei a Alice.

— Não, mas é melhor ficar perto, só por garantia.

Lembrei-me de começar o retorno para o Aeroporto Internacional Sky Harbor... Mas não de terminá-lo. Acho que deve ter sido quando eu dormi.

Mas, agora que eu recuperara as lembranças, eu tinha uma vaga impressão de ter saído do carro — o sol estava caindo no horizonte —, meu braço em torno do ombro de Alice e seu braço firme em minha cintura, arrastando-me enquanto eu cambaleava pelas sombras quentes e secas.

Eu não tinha lembrança deste quarto.

Olhei o relógio digital na mesa de cabeceira. Os números vermelhos afirmavam que eram três horas, mas não diziam se era noite ou dia. Nenhum fiapo de luz escapava das grossas cortinas, mas o quarto era iluminado pela luz dos abajures.

Levantei-me, tensa, e cambaleei até a janela, puxando as cortinas.

Estava escuro lá fora. Três da manhã, então. Meu quarto dava para uma parte deserta da rodovia e para o novo estacionamento de mensalistas do aeroporto. Era um tanto reconfortante poder situar tempo e lugar.

Olhei para mim mesma. Eu ainda estava com as roupas de Esme e elas não caíam muito bem. Olhei o quarto, feliz por encontrar minha bolsa de viagem em cima da cômoda baixa.

Eu estava prestes a pegar roupas novas quando uma leve batida na porta me fez pular.

— Posso entrar? — perguntou Alice.

Respirei fundo.

— Claro.

Ela entrou e me olhou com cautela.

— Você parece ter dormido demais — disse ela.

Sacudi a cabeça.

Ela vagou em silêncio até as cortinas e as fechou com segurança antes de se virar para mim.

— Vamos precisar ficar aqui dentro — disse-me ela.

— Tudo bem. — Minha voz rouca falhou.

— Com sede? — perguntou ela.

Dei de ombros.

— Eu estou bem. E você?

— Nada que não possa administrar. — Ela sorriu. — Pedi comida para você, está na sala da frente. Edward me lembrou de que você precisa comer com muito mais frequência do que nós.

Imediatamente fiquei mais alerta.

— Ele ligou?

— Não — disse ela, e observou minha expressão desmoronar. — Foi antes de partirmos.

Ela pegou minha mão com cuidado e me levou pela porta até a sala da suíte do hotel. Pude ouvir um zumbido baixo de vozes vindo da TV. Jasper estava sentado imóvel à mesa no canto, os olhos vendo o noticiário sem o menor sinal de interesse.

Sentei no chão ao lado da mesa de centro, onde uma bandeja de comida me esperava, e comecei a pegá-la sem perceber o que estava comendo.

Alice se empoleirou no braço do sofá e começou a olhar a TV inexpressivamente, como Jasper.

Comi devagar, observando-a, de vez em quando me virando para olhar rapidamente para Jasper. Comecei a me dar conta de que eles estavam parados demais. Nunca desviavam os olhos da tela, embora agora estivessem passando os comerciais. Empurrei a bandeja, meu estômago inquieto de repente. Alice olhou para mim.

— Qual é o problema, Alice? — perguntei.

— Nenhum. — Seus olhos eram grandes, sinceros... E eu não confiava neles.

— O que vamos fazer agora?

— Vamos esperar que Carlisle telefone.

— E ele devia ter ligado agora? — Eu podia ver que estava perto do alvo. Os olhos de Alice flutuaram dos meus para o telefone em cima de sua bolsa de couro e voltaram a mim.

— O que isso quer dizer? — Minha voz tremeu e lutei para controlá-la. — Ele ainda não ligou?

— Quer dizer apenas que eles não têm nada para nos contar. — Mas sua voz era tranquila demais e o ar ficou mais pesado.

Jasper de repente estava ao lado de Alice, mais perto de mim do que de costume.

— Bella — disse ele numa voz suspeitamente tranquilizadora. — Você não tem motivos para se preocupar. Está completamente segura aqui.

— Sei disso.

— Então por que está assustada? — perguntou ele, confuso. Ele podia sentir o teor de minhas emoções, mas não conseguia ler os motivos por trás delas.

— Você ouviu o que Laurent disse. — Minha voz era só um sussurro, mas eu tinha certeza de que eles podiam me ouvir. — Ele disse que James era letal. E se alguma coisa deu errado e eles foram separados? Se alguma coisa acontecer com qualquer um deles, Carlisle, Emmett... Edward... — engoli em seco. — Se aquela descontrolada caçar Esme... — Minha voz ficou mais aguda, um tom de desespero começando a surgir. — Como eu poderia conviver comigo mesma quando a culpa é minha? Nenhum de vocês devia estar se arriscando por mim...

— Bella, Bella, pare — ele me interrompeu, as palavras jorrando tão rapidamente que era difícil entendê-las. — Você está se preocupando com as coisas erradas, Bella, confie em mim nisso... Nenhum de nós está em risco. Você está sob uma tensão muito grande; não a aumente com preocupações totalmente desnecessárias. Ouça o que eu digo! — ordenou ele, porque eu desviei os olhos. — Nossa família é forte. Nosso único medo é perder você.

— Mas por que vocês deviam...

Alice me interrompeu, tocando meu rosto com os dedos frios.

— Faz quase um século que Edward está sozinho. Agora ele encontrou você. Não pode ver as mudanças que nós, que estamos com ele há tanto tempo, vemos. Acha que algum de nós vai querer olhar nos olhos dele pelos próximos cem anos se ele perder você?

Minha culpa lentamente cedeu enquanto eu olhava seus olhos escuros. Mas, mesmo à medida que a calma se espalhava por mim, eu sabia que não podia confiar em meus sentimentos com Jasper presente.

Foi um dia muito longo.

Ficamos no quarto. Alice ligou para a recepção e pediu que não mandassem mais a camareira. As janelas continuaram fechadas, a TV ligada, embora ninguém estivesse assistindo a ela. A intervalos regulares, a comida me era entregue. O telefone prata em cima da bolsa de Alice parecia brilhar mais com o passar das horas.

Minhas babás lidavam com o suspense melhor do que eu. Enquanto eu remexia nas coisas e andava de um lado para outro, eles simplesmente ficaram imóveis, duas estátuas cujos olhos seguiam imperceptivelmente meus movimentos. Ocupei-me de memorizar a sala; a padronagem listrada das almofadas, caramelo, pêssego, creme, dourado desbotado e caramelo de novo. Às vezes eu olhava as pinturas abstratas, encontrando aleatoriamente imagens nas formas, como encontrava nas nuvens quando criança. Vi uma mão azul, uma mulher penteando o cabelo, um gato se espreguiçando. Mas quando o círculo vermelho claro tornou-se um olho que me encarava, eu virei a cara.

À medida que a tarde se esgotava, voltei para a cama, apenas para ter alguma coisa para fazer. Eu esperava que, sozinha no escuro, pudesse ceder aos temores terríveis que pairavam à beira de minha consciência, incapazes de vir à superfície sob a supervisão cuidadosa de Jasper.

Mas Alice me seguiu casualmente, como se, por coincidência, tivesse ficado cansada da sala naquela mesma hora. Eu estava começando a me perguntar exatamente que tipo de instruções Edward lhe dera. Deitei atravessada na cama e ela se sentou, de pernas cruzadas, a meu lado. No início eu a ignorei, de repente cansada o bastante para dormir. Mas, depois de alguns minutos, o pânico que recuara na presença de Jasper começou a se mostrar. Desisti da ideia de dormir rapidamente, enroscando-me numa bola, abraçando minhas pernas.

— Alice? — perguntei.

— Sim?

Mantive a voz muito calma.

— O que acha que eles estão fazendo?

— Carlisle queria levar o rastreador o máximo possível para o norte, esperar que ele chegasse perto e depois emboscá-lo. Esme e Rosalie deviam seguir para o oeste pelo maior tempo que pudessem manter a mulher atrás delas. Se ela voltasse, teriam de seguir para Forks e ficar de olho em seu pai. Então imagino que as coisas estejam indo bem, se eles não telefonaram. Isto significa que o rastreador está perto o bastante para que eles não queiram que ele ouça.

— E Esme?

— Acho que ela deve ter voltado a Forks. Ela não ia ligar se houvesse alguma possibilidade de a mulher ouvir. Espero que todos estejam sendo muito cuidadosos.

— Acha que eles estão mesmo seguros?

— Bella, quantas vezes temos que lhe dizer que não há perigo nenhum para nós?

— Mas você me contaria a verdade?

— Sim. Sempre vou lhe contar a verdade. — Sua voz era sincera.

Refleti por um momento e concluí que ela falava a sério.

— Então me diga... Como se tornou uma vampira?

Minha pergunta a pegou de guarda baixa. Ela ficou em silêncio. Eu me virei para olhar para ela e sua expressão parecia ambivalente.

— Edward não quer que eu lhe conte isso — disse ela firmemente, mas parecia não concordar.

— Isso não é justo. Acho que tenho o direito de saber.

— Eu sei.

Olhei para ela, esperando.

Ela suspirou.

— Ele vai ficar com *muita* raiva.

— Não é da conta dele. Isto é entre mim e você. Alice, como amiga, eu imploro. — E agora éramos amigas, de certo modo, como Alice devia saber que seríamos, o tempo todo.

Ela olhou para mim com seus olhos sábios e esplêndidos... Decidindo.

— Vou lhe contar a mecânica disto — disse ela por fim —, mas eu mesma não me lembro, e nunca fiz nem vi ninguém fazer, então tenha em mente que só posso lhe contar a teoria.

Eu esperei.

— Como predadores, temos uma profusão de armas em nosso arsenal psíquico... Muito, muito mais do que o realmente necessário. A força, a velocidade, os sentidos aguçados, para não falar daqueles de nós como Edward, Jasper e eu, que também têm sentidos a mais. E então, como uma planta carnívora, somos fisicamente atraentes para nossa presa.

Eu estava muito quieta, lembrando-me da clareza com que Edward demonstrou o mesmo conceito para mim na campina.

Ela deu um sorriso largo e agourento.

— Temos outra arma bastante supérflua. Todos somos venenosos — disse ela, os dentes cintilando. — O veneno não mata... É apenas incapacitante. Age lentamente, espalhando-se pela corrente sanguínea de modo que, depois de mordida, nossa presa sente uma dor física forte demais para escapar de nós. É principalmente supérfluo, como eu disse. Se chegássemos tão perto, a presa não escaparia. É claro que sempre existem exceções. Carlisle, por exemplo.

— Então... Se o veneno se espalha... — murmurei.

— Leva alguns dias para que a transformação seja completa, dependendo da quantidade de veneno na corrente sanguínea e da proximidade entre o veneno e o coração. Desde que o coração continue batendo, o veneno se espalha, curando, transformando o corpo ao se movimentar por ele. Por fim o coração para e a conversão é concluída. Mas em todo esse tempo, em cada minuto dele, a vítima desejaria estar morta.

Estremeci.

— Como vê, não é agradável.

— Edward disse que é muito difícil de fazer... Eu não entendi — eu disse.

— De certa forma, também somos como tubarões. Depois que sentimos o gosto de sangue, ou o cheiro dele, fica muito difícil evitar o alimento. Às vezes é impossível. Então entenda, morder realmente alguém, sentir o gosto de sangue, seria o frenesi. É difícil para ambas as partes... A sede de sangue de um lado, a dor medonha do outro.

— Por que acha que você não se lembra?

— Não sei. Para todos os outros, a dor da transformação é a lembrança mais forte que têm de sua vida humana. Eu não me lembro de nada de ser humana. — Sua voz era pensativa.

Ficamos ali em silêncio, envolvidas em nossas meditações pessoais.

Os segundos se passavam e eu quase me esquecera de sua presença, tão imersa estava em meus pensamentos.

E então, sem nenhum aviso, Alice saltou da cama, colocando-se de pé com leveza. Minha cabeça se ergueu bruscamente enquanto eu a olhava, sobressaltada.

— Alguma coisa mudou. — Sua voz era urgente e ela não estava mais falando comigo.

Ela chegou à porta ao mesmo tempo que Jasper. Ele obviamente ouvira nossa conversa e a súbita exclamação de Alice. Ele pôs as mãos nos ombros dela e a guiou de volta à cama, sentando-a na beira.

— O que você vê? — perguntou ele intensamente, fitando-a nos olhos, focalizados em alguma coisa muito distante. Eu me aproximei dela, inclinando-me para acompanhar sua voz baixa e rápida.

— Vejo um quarto. É comprido, há espelhos em toda parte. O chão é de madeira. Ele está na sala e espera. Há ouro... Uma tira dourada ao longo dos espelhos.

— Onde fica a sala?

— Não sei. Falta alguma coisa... Outra decisão que ainda não foi tomada.

— Quanto tempo?

— Logo. Ele ficará na sala de espelhos hoje, ou talvez amanhã. Depende. Ele espera por alguma coisa. E agora está no escuro.

A voz de Jasper era calma e metódica enquanto a interrogava de forma prática.

— O que ele está fazendo?

— Ele vê televisão... Não, está passando um vídeo, no escuro, em outro lugar.

— Pode ver onde ele está?

— Não, está escuro demais.

— E a sala de espelhos, o que mais há nela?

— Só os espelhos e o ouro. É uma faixa, em volta da sala. E há uma mesa preta com um aparelho de som grande e uma TV. Ele está passando o vídeo ali, mas não assiste, como fez na sala escura. Esta é a sala onde ele espera. — Seus olhos vagaram, depois focalizaram o rosto de Jasper.

— Não há mais nada?

Ela sacudiu a cabeça. Eles se olharam, imóveis.

— O que isso significa? — perguntei.

Nenhum dos dois respondeu por um momento, depois Jasper olhou para mim.

— Significa que os planos do rastreador mudaram. Ele tomou uma decisão que o levará à sala de espelhos e à sala escura.

— Mas não sabemos onde ficam estas salas?

— Não.

— Mas sabemos que ele não estava nas montanhas ao norte de Washington, sendo caçado. Ele os enganou. — A voz de Alice era inexpressiva.

— Não devemos telefonar? — perguntei. Eles trocaram um olhar sério e indeciso.

E o telefone tocou.

Alice chegou à sala antes que eu conseguisse levantar a cabeça para olhar para lá.

Ela apertou um botão e colocou o fone na orelha, mas não foi a primeira a falar.

— Carlisle — sussurrou ela. Ela não parecia surpresa nem aliviada, como eu me sentia. — Sim — disse ela, olhando para mim. Ela ouviu por um longo momento. — Acabo de vê-lo. — Ela descreveu novamente a visão que teve. — O que quer que o tenha feito pegar esse avião... está levando a estas salas. — Ela parou. — Sim — disse Alice ao telefone e depois falou comigo. — Bella?

Passou o telefone para mim. Eu corri para ele.

— Alô? — sussurrei.

— Bella — disse Edward.

— Ah, Edward! Fiquei tão preocupada.

— Bella — ele suspirou de frustração. — Eu lhe disse para não se preocupar com nada, a não ser consigo mesma. — Era tão inacreditavelmente bom ouvir a voz dele. Senti a nuvem de desespero que pairava acima de mim ficar mais leve e se afastar enquanto ele falava.

— Onde você está?

— Estamos nos arredores de Vancouver. Bella, eu sinto muito... Nós o perdemos. Ele parece desconfiar de nós... Tem tido o cuidado de ficar bem longe para que não possamos ouvir seus pensamentos. Mas ele agora se foi... Parece que pegou um avião. Acreditamos que está voltando a Forks para recomeçar. — Pude ouvir Alice informando Jasper atrás de mim, as palavras rápidas misturando-se em um zumbido.

— Eu sei. Alice viu que ele partiu.

— Mas não precisa se preocupar. Ele não vai encontrar nada que o leve a você. Só precisa ficar aí e esperar até que o encontremos novamente.

— Eu vou ficar bem. Esme está com Charlie?

— Sim... A fêmea estava na cidade. Ela foi até a casa, mas enquanto Charlie estava no trabalho. Não chegou perto dele, então não tema. Ele está seguro com Esme e Rosalie vigiando-o.

— O que ela está fazendo?

— Deve estar tentando pegar o rastro. Ela andou por toda a cidade durante a noite. Rosalie a seguiu até o aeroporto, por todas as ruas da cidade, a escola... Ela está cavando, Bella, mas não há nada para ser encontrado.

— E tem certeza de que Charlie está seguro?

— Sim, Esme não o perdeu de vista. E chegaremos lá em breve. Se o rastreador conseguir chegar perto de Forks, nós o pegaremos.

— Estou com saudade — sussurrei.

— Eu sei, Bella. Acredite, eu sei. É como se você tivesse levado metade de mim com você.

— Venha pegar, então — eu o desafiei.

— Logo, assim que for possível. Primeiro *vou* garantir que esteja segura. — Sua voz era áspera.

— Eu te amo — lembrei a ele.

— Você acreditaria que, apesar de tudo o que fiz você passar, eu também te amo?

— Sim, eu acredito.

— Encontrarei você em breve.

— Vou ficar esperando.

Assim que o telefone ficou mudo, a nuvem de depressão começou a se arrastar acima de mim de novo.

Eu me virei para devolver o telefone a Alice e a encontrei com Jasper, curvados sobre a mesa, onde Alice desenhava em um papel de carta do hotel. Encostei-me no sofá, olhando por sobre o ombro dela.

Ela desenhava uma sala: comprida, retangular, com uma parte mais fina e quadrada ao fundo. As tábuas de madeira que compunham o piso se estendiam pelo ambiente. Pelas paredes havia linhas denotando as interrupções nos espelhos. E depois, envolvendo as paredes, na altura da cintura, uma faixa comprida. A faixa que Alice disse ser dourada.

— É um estúdio de balé — eu disse, reconhecendo de repente as formas familiares.

Eles olharam para mim, surpresos.

— Conhece esta sala? — A voz de Jasper parecia calma, mas havia alguma coisa disfarçada que não consegui identificar. Alice tombou a cabeça sobre o trabalho, a mão agora voando pelo papel, uma saída de emergência tomando forma na parede escura, o aparelho de som e a TV em uma mesa baixa diante do canto direito.

— Parece um lugar onde eu fazia aulas de dança... Quando tinha 8 ou 9 anos. Tem o mesmo formato. — Eu toquei o papel onde se destacava a parte quadrada, estreitando os fundos da sala. — Ali ficavam os banheiros... As portas davam para outra sala de dança. Mas o aparelho de som ficava aqui — apontei o canto esquerdo —, era mais antigo e não tinha uma TV. Havia uma janela na sala de espera... Você veria a sala desta perspectiva se olhasse por ela.

Alice e Jasper me encaravam.

— Tem certeza de que é a mesma sala? — perguntou Jasper, ainda calmo.

— Não, não tenho certeza... Acho que a maioria dos estúdios de dança seria parecida... Os espelhos, a barra. — Acompanhei com o dedo a barra de balé junto aos espelhos. — É só o formato que me parece familiar. — Toquei a porta, colocada exatamente no mesmo lugar que eu me lembrava.

— Você teria algum motivo para ir lá agora? — perguntou Alice, interrompendo meus devaneios.

— Não, já não vou lá há dez anos. Eu era uma dançarina péssima... Nos recitais, sempre me colocavam atrás — admiti.

— Então não há como relacionar este lugar a você? — perguntou Alice intensamente.

— Não, eu nem acho que pertence ao mesmo dono. Tenho certeza de que é outro estúdio de dança, em algum lugar.

— Onde ficava o estúdio que você frequentava? — perguntou Jasper numa voz despreocupada.

— Bem na esquina da casa de minha mãe. Eu ia a pé depois da escola... — eu disse, minha voz falhando. Não me passou despercebido o olhar que eles trocaram.

— Aqui em Phoenix, então? — A voz dele ainda era despreocupada.

— Sim — sussurrei. — Rua Cinquenta e Oito com Cactus.

Todos nos sentamos em silêncio, olhando o desenho.

— Alice, este telefone é seguro?

— Sim — ela me garantiu. — O número é identificado como de Washington.

— Então posso usar para ligar para minha mãe.

— Pensei que ela estivesse na Flórida.

— Ela está... Mas volta para casa logo, e não pode voltar para essa casa enquanto... — Minha voz tremeu. Eu estava pensando numa coisa que Edward havia dito, sobre a ruiva na casa de Charlie, na escola, onde poderiam estar meus registros.

— Como você falará com ela?

— Eles não têm número fixo, a não ser o da casa... Ela deve verificar os recados regularmente.

— Jasper? — perguntou Alice.

Ele pensou no assunto.

— Não acho que isso possa fazer algum mal... Certifique-se de não dizer onde está, é claro.

Peguei ansiosamente o telefone e disquei o número familiar. Tocou quatro vezes e depois ouvi a voz leve de minha mãe dizendo para deixar um recado.

— Mãe — disse eu depois do sinal —, sou eu. Olhe, preciso que você faça uma coisa. É importante. Assim que receber este recado, me ligue neste número — Alice já estava do meu lado, escrevendo o número para mim embaixo de seu desenho. Eu li com cuidado, duas vezes. — Por favor, não vá a lugar nenhum antes de falar comigo. Não se preocupe, eu estou bem, mas tenho que conversar com você imediatamente, não importa a hora que você ligar, está bem? Eu te amo, mãe. Tchau. — Fechei os olhos e rezei com todas as forças para que nenhuma mudança de planos imprevista levasse minha mãe para casa antes de ela receber meu recado.

Acomodei-me no sofá, mexendo em um prato com restos de fruta, prevendo uma longa noite. Pensei em ligar para Charlie, mas eu não tinha certeza se devia estar em casa agora ou não. Concentrei-me no noticiário, procurando por matérias sobre a Flórida, ou sobre a temporada de treinos — greves ou furacões ou ataques terroristas —, qualquer coisa que pudesse mandar os dois para casa antes da hora.

A imortalidade deve garantir uma paciência interminável. Nem Jasper nem Alice pareciam sentir necessidade de fazer qualquer coisa. Por algum tempo, Alice desenhou o contorno vago da sala escura de sua visão, o máximo que pôde enxergar à luz da TV. Mas quando terminou, ela simplesmente se sentou, olhando as paredes vazias com seus olhos atemporais. Jasper também parecia não ter o impulso de andar, ou olhar pelas cortinas, ou sair correndo e gritando porta afora, como eu tinha.

Eu devo ter dormido no sofá, esperando que o telefone tocasse de novo. O toque das mãos frias de Alice me acordou brevemente enquanto ela me levava para a cama, mas voltei a ficar inconsciente antes que minha cabeça tocasse o travesseiro.

21
TELEFONEMA

Pude sentir que era cedo demais quando acordei de novo, e eu sabia que estava invertendo meus horários, trocando o dia pela noite. Fiquei deitada na cama e ouvi a voz baixa de Alice e Jasper no outro cômodo. O fato de que estavam altas o bastante para que eu ouvisse era muito estranho. Rolei até que meu pés tocaram o chão e cambaleei para a sala.

O relógio da TV dizia que passava um pouco das duas da manhã. Alice e Jasper estavam sentados juntos no sofá, Alice desenhando de novo e Jasper olhando por sobre seu ombro. Eles não se viraram quando entrei, envolvidos demais no trabalho de Alice.

Andei de mansinho até o lado de Jasper para espiar.

— Ela viu mais alguma coisa? — perguntei a ele em voz baixa.

— Sim. Alguma coisa a levou de volta à sala com o vídeo, mas agora há luz.

Observei Alice desenhar uma sala quadrada com vigas escuras no teto baixo. As paredes eram revestidas de madeira, um pouco escura demais, fora de moda. O piso tinha um carpete escuro com uns desenhos. Havia uma janela grande na parede sul e uma abertura na parede oeste levava à sala de estar. Um lado dessa entrada era de pedra — uma grande lareira de pedra caramelo que se abria para os dois cômodos. Dessa perspectiva, o foco da sala, a TV e o videocassete, equilibrados em um rack de madeira pequeno demais, estavam no canto sul da sala. Um sofá modulado envelhecido se curvava em torno da frente da TV, uma mesa de centro diante dele.

— O telefone fica aqui — sussurrei, apontando.

Dois pares de olhos eternos me fitaram.

— Esta é a casa da minha mãe.

Alice já estava fora do sofá, o telefone na mão, teclando. Olhei o retrato exato da sala de estar de minha mãe. Jasper, o que não era característico dele, deslizou para mais perto de mim. Tocou de leve em meu ombro e o contato físico parecia intensificar sua influência tranquilizadora. O pânico permaneceu sufocado, sem foco.

Os lábios de Alice tremiam com a velocidade de suas palavras, o zumbido baixo impossível de decifrar. Eu não conseguia me concentrar.

— Bella — disse Alice.

Olhei para ela, entorpecida.

— Bella, Edward vem pegar você. Ele, Emmett e Carlisle a levarão para algum lugar, para escondê-la por algum tempo.

— Edward está vindo? — As palavras foram como um colete salva-vidas, mantendo minha cabeça acima da inundação.

— Sim, ele vai pegar o primeiro voo para Seattle. Vamos nos encontrar com ele no aeroporto e você partirá com ele.

— Mas, minha mãe... Ele vai atrás da minha mãe, Alice! — Apesar de Jasper, a histeria borbulhava em minha voz.

— Jasper e eu ficaremos até que ela esteja segura.

— Não posso vencer, Alice. Você não pode proteger todo mundo que eu conheço para sempre. Não vê o que ele está fazendo? Ele não está mais me rastreando. Ele vai encontrar alguém, vai machucar alguém que eu amo... Alice, eu não posso...

— Nós vamos pegá-lo, Bella — ela me garantiu.

— E se você se ferir, Alice? Acha que está tudo bem para mim? Acha que é só a minha família humana que ele pode usar para me atingir?

Alice olhou sugestivamente para Jasper. Fui dominada por uma névoa de letargia intensa e pesada, e meus olhos se fecharam sem minha permissão. Minha mente lutou contra a névoa, percebendo o que acontecia ali. Forcei meus olhos a se abrirem e me levantei, soltando a mão de Jasper.

— Não quero voltar a dormir — rebati.

Fui até o quarto e fechei a porta, na verdade a bati, assim eu podia ficar livre para tentar me recompor. Desta vez Alice não me seguiu. Por três horas e meia fiquei olhando a parede, enroscada numa bola, balançando-me. Minha mente andava em círculos, tentando tirar algum sentido deste pesadelo. Não havia escapatória, nenhuma alternativa. Eu só podia ver um final possível assomando sombriamente em meu futuro. A única pergunta era quantas outras pessoas seriam feridas antes que eu chegasse lá.

O único consolo, a única esperança que me restava, era saber que veria Edward em breve. Talvez, se pudesse apenas ver seu rosto novamente, eu fosse capaz de enxergar a solução que agora me escapava.

Quando o telefone tocou, voltei à sala, um pouco envergonhada por meu comportamento. Esperei não ter ofendido nenhum dos dois e que eles soubessem como eu estava grata pelos sacrifícios que faziam por mim.

Alice falava com mais rapidez do que nunca, mas o que chamou minha atenção foi que, pela primeira vez, Jasper não estava na sala. Olhei o relógio — eram cinco e meia da manhã.

— Eles estão embarcando no avião — disse-me Alice. — Vão pousar às nove e quarenta e cinco.

Eu só precisava continuar respirando por algumas horas até que ele estivesse aqui.

— Onde está Jasper?

— Foi pagar a conta.

— Você não vai ficar aqui?

— Não, vamos ficar mais perto da casa de sua mãe.

Meu estômago revirou inquieto com as palavras dela.

Mas o celular tocou novamente, distraindo-me. Ela pareceu surpresa, mas eu já estava avançando, estendendo a mão com esperança para o telefone.

— Alô? — perguntou Alice. — Não, ela está bem aqui. — Ela estendeu o celular para mim. — Sua mãe — murmurou.

— Alô?

— Bella? Bella? — Era a voz de minha mãe, em um tom familiar que eu ouvi mil vezes em minha infância sempre que eu chegava perto demais da beira da calçada ou ela me perdia de vista em um lugar abarrotado. Era o som do pânico.

Suspirei. Estava esperando por isso, embora tentasse fazer com que meu recado parecesse o menos alarmante possível, sem diminuir sua urgência.

— Calma, mãe — eu disse na voz mais tranquilizadora que pude, afastando-me lentamente de Alice. Não tinha certeza se podia mentir de forma convincente com os olhos dela em mim. — Está tudo bem, tá? Só me dê um minuto e vou explicar tudo, eu prometo.

Eu parei, surpresa que ela ainda não tivesse me interrompido.

— Mãe?

— Não diga nada até que eu autorize.

A voz que ouvi era desconhecida e inesperada. Era uma voz masculina de tenor, uma voz genérica e agradável — o tipo de voz que ouvimos ao fundo dos comerciais de carros de luxo. Ele falava com muita rapidez.

— Agora, não preciso machucar sua mãe, então, por favor, faça exatamente o que eu disser e ela ficará bem. — Ele parou por um minuto enquanto eu ouvia num pavor emudecido. — Muito bom — elogiou. — Agora repita comigo e procure parecer natural. Diga, por favor: "Não, mãe, fique aí onde está."

— Não, mãe, fique aí onde está. — Minha voz mal passava de um sussurro.

— Estou vendo que será difícil. — A voz revelava diversão, ainda leve e amistosa. — Por que não vai para outro cômodo agora, para que sua cara não estrague tudo? Não há motivos para que sua mãe sofra.

Enquanto estiver andando, por favor, diga: "Mãe, por favor, me ouça." Diga isso agora.

— Mãe, por favor, me ouça — pediu minha voz. Andei muito devagar para o quarto, sentindo o olhar preocupado de Alice nas minhas costas. Fechei a porta depois de entrar, tentando pensar com clareza através do terror que se apoderara de meu cérebro.

— E agora, está sozinha? Responda apenas sim ou não.

— Sim.

— Mas eles ainda podem ouvi-la, tenho certeza.

— Sim.

— Muito bem, então — continuou a voz agradável —, diga: "Mãe, confie em mim."

— Mãe, confie em mim.

— Isso. Está se saindo melhor do que eu esperava. Estava preparado para esperar, mas sua mãe chegou antes do programado. É mais fácil assim, não acha? Menos suspense, menos ansiedade para você.

Esperei.

— Agora quero que ouça com muito cuidado. Vou precisar que se afaste de seus amigos; acha que pode fazer isso? Responda sim ou não.

— Não.

— Lamento ouvir isso. Esperava que você fosse um pouco mais criativa. Acha que pode se afastar deles se a vida de sua mãe depender disso? Responda sim ou não.

Tinha de haver um jeito. Lembrei-me de que íamos para o aeroporto. O Aeroporto Internacional Sky Harbor: apinhado de gente, de arquitetura confusa...

— Sim.

— Assim está melhor. Tenho certeza de que não será fácil, mas se eu captar o menor sinal de que você tem companhia, bem, seria muito ruim para a sua mãe — prometeu a voz simpática. — Deve saber o suficiente agora para perceber com que rapidez eu saberia se você tentasse levar alguém. E o pouco tempo de que eu precisaria para lidar com a sua mãe, se fosse necessário. Você entendeu? Responda sim ou não.

— Sim. — Minha voz falhava.

— Muito bom, Bella. Agora eis o que terá de fazer. Quero que vá para a casa de sua mãe. Ao lado do telefone, haverá um número. Ligue para ele e eu lhe direi aonde ir em seguida. — Eu já sabia aonde iria e onde isso terminaria. Mas eu seguiria suas instruções com exatidão. — Pode fazer isso? Responda sim ou não.

— Sim.

— Antes do meio-dia, por favor, Bella. Não tenho o dia todo — disse ele educadamente.

— Onde está Phil? — perguntei, tensa.

— Ah, cuidado agora, Bella. Espere até que eu lhe peça para falar, por favor.

Eu esperei.

— É importante, agora, que você não deixe seus amigos desconfiados quando voltar a eles. Diga-lhes que sua mãe telefonou e que você a convenceu a não voltar para casa por enquanto. Agora repita comigo: "Obrigada, mãe." Diga isso agora.

— Obrigada, mãe. — As lágrimas estavam surgindo. Tentei reprimi-las.

— Diga: "Eu te amo, mãe. A gente se vê logo." Diga isso agora.

— Eu te amo, mãe. — Minha voz era grave. — A gente se vê logo — prometi.

— Adeus, Bella. Estou ansioso para vê-la novamente. — Ele desligou.

Segurei o telefone em minha orelha. Minhas articulações estavam congeladas de pavor — eu não conseguia dobrar os dedos para largá-lo.

Eu sabia que precisava pensar, mas minha cabeça estava cheia do som do pânico de minha mãe. Os segundos passaram enquanto eu lutava para me controlar.

Devagar, lentamente, meus pensamentos começaram a furar o muro de dor. Planejar. Porque agora eu não tinha alternativa, exceto uma: ir para a sala de espelhos e morrer. Eu não tinha garantias, nada para dar a fim de manter minha mãe viva. Só podia esperar que James se satisfizesse com a vitória no jogo, que derrotar Edward fosse o bastante para ele. O desespero me dominou; não havia como barganhar, nada que eu pudesse oferecer ou retirar que o pudesse influenciar. Mas, ainda assim, eu não tinha alternativas. Precisava tentar.

Empurrei o terror para o fundo o máximo que pude. Minha decisão estava tomada. Não fazia nenhum bem perder tempo torturando-me com o resultado. Eu precisava pensar com clareza, porque Alice e Jasper esperavam por mim, e fugir deles era absolutamente essencial, e absolutamente impossível.

De repente fiquei grata por Jasper ter saído. Se ele estivesse aqui para sentir minha angústia nos últimos cinco minutos, como eu poderia evitar que eles suspeitassem? Sufoquei o medo, a ansiedade, tentei abafá-los. Agora eu não podia me permitir isso. Não sabia quando ele voltaria.

Concentrei-me em minha fuga. Eu tinha que esperar que minha familiaridade com o aeroporto me trouxesse vantagem. De algum modo, eu precisava manter Alice longe...

Eu sabia que Alice estava no outro cômodo esperando por mim, curiosa. Mas eu precisava lidar com mais uma coisa em particular, antes que Jasper retornasse.

Tinha que admitir que não veria Edward novamente, nem mesmo um último vislumbre de seu rosto para levar comigo para a sala de espelhos. Eu ia magoá-lo e não podia dizer adeus. Deixei que as ondas de tortura percorressem meu corpo, fizessem sua parte por algum tempo. Depois, também as empurrei para o fundo e fui enfrentar Alice.

A única expressão que pude fazer foi um olhar apagado e vazio. Vi seu sobressalto e não esperei que ela perguntasse. Eu tinha apenas um roteiro e jamais conseguiria improvisar.

— Minha mãe ficou preocupada, queria vir para casa. Mas está tudo bem, eu a convenci a ficar. — Minha voz não tinha vida.

— Vamos cuidar para que ela fique bem, Bella, não se preocupe.

Eu me virei; não podia permitir que ela visse meu rosto.

Meus olhos caíram em uma página em branco do papel de carta do hotel na mesa. Fui até lá lentamente, um plano se formava. Também havia um envelope ali. Isso era bom.

— Alice — perguntei devagar, sem me virar, mantendo a voz estável. — Se eu escrever uma carta para minha mãe, você entregaria a ela? Deixaria na casa, quero dizer.

— Claro, Bella. — Sua voz era cautelosa. Ela podia ver que eu estava dilacerada. Eu *precisava* manter minhas emoções sob o maior controle.

Fui novamente para o quarto e me ajoelhei ao lado da mesinha de cabeceira para escrever.

"Edward", escrevi. Minha mão tremia, as letras mal eram legíveis.

Eu te amo. Eu lamento muito. Ele pegou minha mãe e eu preciso tentar. Sei que pode não dar certo. Eu sinto muito, muito mesmo.

Não fique com raiva de Alice e Jasper. Se eu conseguir escapar deles, será um milagre. Agradeça a eles por mim. Especialmente a Alice, por favor.

E por favor, eu imploro, não venha atrás de mim. É isso que ele quer. Não vou suportar se alguém se ferir por minha causa, em especial você. Por favor, esta é a única coisa que lhe peço agora. Por mim.

Eu te amo. Perdoe-me.
Bella

Dobrei a carta com cuidado e a lacrei no envelope. Um dia ele iria encontrá-la. Eu só esperava que ele entendesse e me desse ouvidos pelo menos desta vez.

E então selei cuidadosamente meu coração.

22

ESCONDE-ESCONDE

L EVOU MUITO MENOS TEMPO DO QUE EU PENSAVA — TODO O PAVOR, O desespero, meu coração estilhaçando-se. Os minutos passavam mais lentamente do que de costume. Jasper ainda não tinha retornado quando voltei para Alice. Eu tinha medo de ficar no mesmo ambiente que ela, medo de que ela adivinhasse... E medo de me esconder dela, pelo mesmo motivo.

Eu havia pensado que estava muito além de minha capacidade ficar surpresa, meus pensamentos torturados e instáveis, mas eu *fiquei* surpresa quando vi Alice curvada sobre a mesa, segurando-se na beira com as duas mãos.

— Alice?

Ela não reagiu quando chamei seu nome, mas sua cabeça lentamente virou para o meu lado e eu vi seu rosto. Seus olhos eram inexpressivos e apagados... Meus pensamentos voaram para minha mãe. Já era tarde demais para mim?

Corri para o lado dela, estendendo o braço automaticamente para pegar sua mão.

— Alice! — A voz de Jasper foi uma chicotada e logo ele estava bem atrás de Alice, as mãos envolvendo as dela, soltando-as do aperto na mesa. Do outro lado da sala, a porta se fechou com um estalo baixo.

— O que é? — perguntou ele.

Ela desviou os olhos de mim, olhando o peito dele.

— Bella — disse ela.

— Eu estou aqui — respondi.

Sua cabeça girou, os olhos fitando os meus, sua expressão ainda estranhamente vazia. Percebi logo que ela não estava falando comigo, estava respondendo à pergunta de Jasper.

— O que você viu? — eu disse, e não havia indagação em minha voz uniforme e despreocupada.

Jasper me olhou atentamente. Mantive a expressão vazia e esperei. Os olhos dele estavam confusos enquanto passavam rapidamente do rosto de Alice para o meu, sentindo o caos... Pelo que eu adivinhava que Alice vira agora.

Senti uma atmosfera tranquila em volta de mim. Eu a abriguei, usando-a para manter minhas emoções disciplinadas, sob controle.

Alice também se recuperou.

— Na verdade, nada — respondeu ela por fim, a voz extraordinariamente calma e convincente. — Só a mesma sala de sempre.

Ela por fim olhou para mim, a expressão tranquila e reservada.

— Quer seu café da manhã?

— Não, vou comer no aeroporto. — Eu também estava muito calma. Fui tomar um banho. Quase como se eu tivesse pegado emprestado o estranho sexto sentido de Jasper, pude sentir o desespero desenfreado de Alice, embora bem escondido, por eu sair da sala, por ficar sozinha com Jasper. Assim ela podia contar a ele que iam fazer algo errado, que iam falhar...

Eu me arrumei metodicamente, concentrando-me em cada pequena tarefa. Deixei o cabelo solto, balançando em volta de mim, cobrindo meu rosto. O estado de espírito tranquilo criado por Jasper funcionou comigo e me ajudou a pensar com clareza. Ajudou-me a planejar. Vasculhei minha bolsa até achar a meia cheia de dinheiro. Eu a esvaziei no meu bolso.

Estava ansiosa para chegar ao aeroporto e fiquei feliz quando saímos às sete. Desta vez senti-me sozinha no banco traseiro do carro escuro.

Alice encostou-se à porta, o rosto voltado para Jasper mas, por trás dos óculos de sol, lançava olhares na minha direção a cada poucos segundos.

— Alice? — perguntei, indiferente.

Ela era cautelosa.

— Sim?

— Como isso funciona? As coisas que você vê? — Olhei pela janela lateral e minha voz parecia entediada. — Edward disse que não era definitivo... Que as coisas mudam, é verdade? — Dizer o nome dele era mais difícil do que eu pensava. Deve ter sido isso que alertou Jasper, porque uma nova onda de serenidade encheu o carro.

— Sim, as coisas mudam... — murmurou ela. Com esperança, pensei. — Algumas coisas são mais certas do que outras... Como o clima. As pessoas são mais difíceis. Só vejo o rumo que tomam quando estão nele. Depois que mudam de ideia... tomam uma nova decisão, por menor que seja... todo o futuro se altera.

Eu assenti pensativamente.

— Então você não poderá ver James em Phoenix enquanto ele não decidir vir para cá.

— Sim — concordou ela, cautelosa novamente.

E ela só me viu na sala de espelhos com James quanto eu tomei a decisão de encontrá-lo lá. Tentei não pensar no que mais Alice havia visto. Não queria que meu pânico deixasse Jasper mais desconfiado. Agora eles estariam me vigiando com o dobro de cuidado, depois da visão de Alice. Isto ia ser impossível.

Chegamos ao aeroporto. A sorte estava comigo, ou talvez fosse só o acaso. O avião de Edward ia pousar no terminal quatro, o maior terminal, onde a maioria dos voos pousava — então não surpreendeu que o dele fosse para lá. Mas era o terminal de que eu precisava: grande, mais confuso. E havia uma porta para o terceiro pavimento que podia ser minha única chance.

Estacionamos no quarto andar da garagem imensa. Eu os conduzi, outra vez por conhecer mais o ambiente do que eles. Pegamos o elevador para o terceiro pavimento, onde os passageiros desembarcavam. Alice e

Jasper passaram um longo tempo olhando o quadro de embarque. Eu podia ouvi-los discutindo os prós e contras de Nova York, Atlanta, Chicago. Lugares que eu não conhecia. E jamais conheceria.

Esperei por minha oportunidade, impaciente, incapaz de impedir que os dedos de meus pés batessem. Sentamos nas longas filas de cadeiras perto dos detectores de metal, Jasper e Alice fingindo olhar as pessoas, mas na verdade me vigiando. Cada centímetro que eu mexia em minha cadeira era acompanhado por um olhar rápido pelo canto de seus olhos. Era inútil. Será que eu devia correr? Eles ousariam me deter fisicamente neste lugar público? Ou simplesmente me seguiriam?

Peguei o envelope em branco em meu bolso e o coloquei em cima da bolsa de couro preto de Alice. Ela olhou para mim.

— Minha carta — eu disse. Ela assentiu, enfiando-a sob a aba de cima. Ele a encontraria logo.

Os minutos passaram e a chegada de Edward ficava mais próxima. Era incrível como cada célula de meu corpo parecia saber que ele estava vindo, ansiava por sua chegada. Isso dificultou muito as coisas. Eu me vi tentando pensar em desculpas para ficar, para vê-lo primeiro e depois fugir. Mas eu sabia que era impossível, se quisesse ter alguma chance de escapar.

Por várias vezes, Alice ofereceu-se para me acompanhar ao café da manhã. Mais tarde, eu disse, agora não.

Olhei o quadro de chegadas, observando enquanto um voo depois de outro pousava no horário. O voo de Seattle se aproximava cada vez mais do alto do quadro.

E então, quando eu só tinha trinta minutos para escapar, os números mudaram. O avião dele estava dez minutos adiantado. Eu não tinha mais tempo.

— Acho que vou comer agora — disse eu rapidamente.

Alice se levantou.

— Vou com você.

— Importa-se se Jasper for comigo? — perguntei. — Estou me sentindo meio... — Não terminei a frase. Meus olhos eram turbulentos o bastante para transmitir o que não falei.

Jasper se levantou. Os olhos de Alice estavam confusos, mas — como vi, para meu alívio — não havia suspeita neles. Ela deve estar atribuindo a mudança em sua visão a alguma manobra do rastreador e não a uma traição minha.

Jasper andou em silêncio ao meu lado, a mão na base de minhas costas, como se me guiasse. Fingi perder o interesse nas primeiras lanchonetes do aeroporto, minha cabeça procurando o que eu realmente queria. E lá estava, na esquina, fora da vista afiada de Alice: o banheiro das mulheres do terceiro pavimento.

— Importa-se? — perguntei a Jasper enquanto passávamos. — Só vou levar um minuto.

Assim que a porta se fechou atrás de mim, eu estava correndo. Eu me lembrava da época em que me perdi saindo deste banheiro, porque havia duas saídas.

Do lado de fora da porta, era só uma curta corrida até os elevadores, e se Jasper ficasse onde disse que estaria, eu nunca entraria em sua linha de visão. Não olhei para trás enquanto corria. Era minha única chance e, mesmo que ele me visse, eu precisava continuar. As pessoas olhavam, mas eu as ignorei. Na esquina, os elevadores esperavam e disparei para a frente, lançando a mão entre as portas que se fechavam de um elevador cheio que estava descendo. Eu me espremi ao lado de passageiros irritados e olhei para ter certeza de que o botão para o primeiro andar fora pressionado. Já estava aceso, e as portas se fecharam.

Assim que as portas se abriram novamente eu saí, causando murmúrios irritados atrás de mim. Diminuí o passo enquanto passava pela segurança perto da esteira de bagagem e disparei novamente quando as portas de saída entraram em meu campo de visão. Eu não tinha como saber se Jasper ainda estava procurando por mim. Eu só teria segundos se ele estivesse seguindo meu cheiro. Pulei para as portas automáticas, quase me chocando contra o vidro quando elas se abriram devagar demais.

Junto ao meio-fio abarrotado de gente, não havia nenhum táxi à vista.

Eu não tinha tempo. Alice e Jasper ou estavam prestes a perceber que eu sumira, ou já haviam se dado conta disso. Eles me encontrariam numa batida de coração.

Um micro-ônibus para o hotel Hyatt estava fechando as portas a pouca distância de mim.

— Espere! — gritei, correndo, acenando para o motorista.

— Este é o micro-ônibus para o Hyatt — disse o motorista numa confusão enquanto abria as portas.

— Sim — gritei —, é para lá que eu vou. — Subi correndo a escada.

Ele olhou desconfiado para mim, sem bagagem, mas deu de ombros, sem se incomodar em perguntar.

A maioria dos lugares estava vaga. Sentei o mais distante possível dos outros passageiros e olhei pela janela primeiro para a calçada, depois para o aeroporto, que se afastavam. Não conseguia imaginar Edward, onde ele estaria na beira da estrada quando descobrisse o final de minha trilha. Eu ainda não podia chorar, disse a mim mesma. Ainda tinha um longo caminho pela frente.

Minha sorte continuava. Na frente do Hyatt, um casal que parecia cansado pegava a última mala no porta-malas de um táxi. Pulei para fora do micro-ônibus e corri para o táxi, deslizando para o banco de trás. O casal cansado e o motorista do micro-ônibus me olharam.

Dei o endereço de minha mãe ao taxista surpreso.

— Preciso chegar lá o mais rápido possível.

— Isto fica em Scottsdale — reclamou ele.

Atirei quatro notas de vinte pelo banco.

— Isso basta?

— Claro, garota, sem problema.

Encostei no banco, cruzando os braços no colo. A cidade familiar começava a disparar em volta de mim, mas não olhei pela janela. Esforcei-me para manter o controle. Estava decidida a não me perder a esta altura, agora que meu plano era concluído com sucesso. Não tinha sentido aceitar mais pavor, mais ansiedade. Meu caminho estava traçado. Agora só precisava segui-lo.

Assim, em vez de entrar em pânico, fechei os olhos e passei a viagem de vinte minutos com Edward.

Imaginei que eu estava no aeroporto para recebê-lo. Visualizei como eu ficaria na ponta dos pés, para ver seu rosto mais cedo. Com que rapidez, com que elegância ele se movimentaria pela multidão de pessoas que nos separava. E depois eu correria para estreitar estes últimos metros entre nós — desajeitada, como sempre — e estaria em seus braços de mármore, enfim segura.

Perguntei-me aonde nós iríamos. Para algum lugar ao norte, assim ele podia passar o dia fora. Ou talvez algum lugar muito afastado, para que pudéssemos nos deitar ao sol juntos de novo. Imaginei-o na praia, sua pele cintilando como o mar. Eu não me importaria mais que tivéssemos de nos esconder. Ficar presa em um quarto de hotel com ele seria uma espécie de paraíso. Eram tantas perguntas que eu ainda tinha para ele. Eu podia conversar com ele para sempre, jamais dormir, jamais deixar de estar a seu lado.

Podia ver seu rosto com tanta clareza agora... Quase ouvi a voz dele. E, apesar de todo horror e desesperança, eu me sentia fugazmente feliz. Estava tão envolvida em meus devaneios escapistas, que não percebi que os segundos dispararam.

— Ei, qual é o número?

A pergunta do taxista rebateu minha fantasia, roubando todas as cores das minhas lindas ilusões. O medo, oco e duro, esperava para preencher o espaço que elas deixaram.

— Cinco-oito-dois-um. — Minha voz parecia estrangulada. O taxista olhou para mim, com medo de que eu estivesse tendo um ataque ou coisa assim.

— Então, chegamos. — Ele estava ansioso para me ver fora de seu carro, provavelmente esperando que eu não pedisse o troco.

— Obrigada — sussurrei. Não havia necessidade de ter medo, lembrei a mim mesma. A casa estava vazia. Eu tinha que correr; minha mãe esperava por mim, apavorada, dependendo de mim.

Corri para a porta, pegando automaticamente a chave no beiral. Destranquei-a. Estava escuro lá dentro, vazio, normal. Corri até o telefone, acendendo a luz da cozinha ao passar. Ali, no quadro branco, havia um número de dez dígitos escrito com uma caligrafia pequena e elegante. Meus dedos se atrapalharam com o teclado, cometendo erros. Tive que desligar e discar novamente. Desta vez concentrei-me somente nos botões, apertando com cuidado cada um deles. Consegui. Segurei o fone no ouvido com a mão trêmula. Só tocou uma vez.

— Alô, Bella — atendeu a voz tranquila. — Que rapidez. Estou impressionado.

— Minha mãe está bem?

— Perfeitamente bem. Não se preocupe, Bella, não preciso me indispor com ela. A não ser que você não venha sozinha, é claro. — A voz leve, divertida.

— Eu estou sozinha. — Nunca estivera mais só em toda a minha vida.

— Muito bom. Agora, sabe o estúdio de balé bem na esquina de sua casa?

— Sim. Sei como chegar lá.

— Bem, então a verei em breve.

Eu desliguei.

Corri da sala, passei pela porta e saí para o calor de torrar.

Não havia tempo para olhar minha casa às costas e eu não queria vê-la como estava agora — vazia, um símbolo de medo, e não um santuário. A última pessoa a passar por aqueles cômodos familiares fora meu inimigo.

Pelo canto do olho, quase pude ver minha mãe de pé na sombra do eucalipto grande onde eu brincava quando criança. Ou ajoelhada junto ao pequeno trecho de terra em volta da caixa de correio, o cemitério de todas as flores que ela tentou cultivar. As lembranças eram melhores do que qualquer realidade que eu veria hoje. Mas corri delas, para a esquina, deixando tudo para trás.

Eu me sentia lenta, como se estivesse correndo em areia molhada — não parecia conseguir impulso suficiente com o concreto. Tropecei várias vezes, caí uma vez, equilibrando-me com as mãos, arranhando-as na calçada, e depois me jogando para cima para me lançar de novo. Mas enfim consegui chegar à esquina. Só mais uma rua agora; eu corri, o suor descendo por meu rosto, arfando. O sol estava quente em minha pele, brilhante demais enquanto se refletia no concreto branco e me cegava. Eu me senti perigosamente exposta. Com mais intensidade do que sonhava ser capaz, eu desejei o verde, as florestas protetoras de Forks... De casa.

Quando virei a última esquina e entrei na Cactus, pude ver o estúdio, como eu me lembrava dele. O estacionamento em frente estava vazio, as persianas verticais das janelas, arriadas. Não consegui correr mais — eu não conseguia respirar; o esforço e o medo levaram a melhor sobre mim. Pensei em minha mãe para manter meus pés em movimento, um à frente do outro.

À medida que me aproximava, pude ver a placa do lado de fora da porta. Era manuscrita num papel rosa-choque; dizia que o estúdio estava fechado para as férias de primavera. Toquei a maçaneta, girando-a com cuidado. Estava destrancada. Lutei para tomar fôlego e abri a porta.

O saguão estava escuro e vazio, frio, o ar-condicionado zunindo. As cadeiras de plástico moldado estavam empilhadas junto às paredes e o carpete tinha cheiro de xampu. O salão de dança a oeste estava escuro, pude ver pela janela de observação aberta. O salão de dança a leste, o maior, estava iluminado. Mas as persianas estavam fechadas nas janelas.

O terror se apoderou de mim com tanta força que eu literalmente tropeçava nele. Não consegui fazer com que meus pés avançassem.

E então a voz da minha mãe gritou.

— Bella? Bella?

O mesmo tom de pânico. Corri para a porta, para o som de sua voz.

— Bella, você me assustou! Nunca mais faça isso comigo! — A voz continuava enquanto eu entrava na sala comprida de teto alto.

Olhei a minha volta, tentando descobrir de onde vinha sua voz. Eu a ouvi rir e girei para o som.

Ali estava ela, na tela de TV, afagando meu cabelo, aliviada. Era o Dia de Ação de Graças e eu tinha 12 anos. Tínhamos ido visitar minha avó na

Califórnia, o último ano antes de ela morrer. Um dia fomos à praia e eu me curvei demais na beira do píer. Ela viu meus pés agitados, tentando recuperar o equilíbrio. "Bella? Bella?", gritou para mim com medo.

E depois a tela da TV ficou azul.

Virei-me lentamente. Ele estava imóvel perto da saída dos fundos, então eu ainda não o havia notado. Em sua mão tinha um controle remoto. Nós nos encaramos por um longo momento e depois ele sorriu.

Ele veio na minha direção, bem perto, e passou por mim para colocar o controle ao lado da TV. Virei-me com cuidado para observá-lo.

— Desculpe por isso, Bella, mas não é melhor que sua mãe realmente não tenha que se envolver? — A voz dele era cortês e gentil.

E de repente eu entendi. Minha mãe estava segura. Ainda estava na Flórida. Ela não recebera meu recado. Nunca ficara apavorada com os olhos escuros no rosto anormalmente pálido que eu tinha diante de mim. Ela estava segura.

— Sim — respondi, minha voz saturada de alívio.

— Não parece com raiva por eu tê-la enganado.

— Não estou. — Meu súbito surto de adrenalina me deu coragem. O que importava agora? Logo estaria terminado. Charlie e minha mãe nunca seriam prejudicados, nunca teriam de temer. Eu me sentia quase tonta. Uma parte analítica de minha mente me alertou de que eu estava perigosamente perto de me despedaçar de estresse.

— Que estranho. Você está mesmo falando sério. — Seus olhos escuros me avaliaram com interesse. As íris eram quase pretas, só com um toque de rubi nas bordas. A sede. — Vou admitir que vocês, humanos, esse bando esquisito, podem ser bem interessantes. Acho que entendo o que atrai em observar vocês. É incrível... Alguns parecem não ter nenhum senso de egoísmo.

Ele estava parado a pouca distância de mim, os braços cruzados, olhando-me com curiosidade. Não havia ameaça em seu rosto nem em sua atitude. Ele era de aparência mediana, nada extraordinário no rosto ou no corpo. Só a pele branca, as olheiras a que eu estava acostumada. Vestia uma camisa azul-clara de mangas compridas e jeans desbotados.

— Imagino que vá me dizer que seu namorado a vingará, não é? — perguntou ele, com esperança, ao que me pareceu.

— Não, acho que não. Pelo menos eu lhe pedi para não fazer isso.

— E qual foi a resposta dele?

— Não sei. — Era estranhamente fácil conversar com este caçador gentil. — Eu lhe deixei uma carta.

— Mas que romântico, uma última carta. E acha que ele vai honrá-la? — Sua voz agora era um pouco mais dura, uma sugestão de sarcasmo desfigurando o tom educado.

— Espero que sim.

— Hmmm. Bem, nossas esperanças então diferem. Veja bem, tudo isso foi meio fácil demais, rápido demais. Para ser franco, estou decepcionado. Esperava um desafio muito maior. E, afinal, só precisei de um pouco de sorte.

Esperei em silêncio.

— Quando Victoria não conseguiu pegar seu pai, fiz com que ela descobrisse mais sobre você. Não tinha sentido correr pelo planeta perseguindo-a quando eu podia confortavelmente esperar em um lugar de minha preferência. Assim, depois de falar com Victoria, decidi vir para Phoenix para fazer uma visita à sua mãe. Ouvi você dizer que ia para casa. De início, nunca imaginei que estivesse falando sério. Mas então pensei bem. Os humanos podem ser muito previsíveis; eles gostam de ir para um lugar conhecido, um lugar seguro. E não seria a trama perfeita, ir para o último lugar que deveria quando estivesse se escondendo... para o lugar onde você disse que estaria?

Ele continuou:

— Mas é claro que eu não tinha certeza, era só um pressentimento. Em geral tenho uma sensação sobre a presa que estou caçando, um sexto sentido, se preferir assim. Ouvi seu recado quando fui à casa de sua mãe, mas é claro que eu não podia saber de onde você tinha ligado. Foi muito útil ter seu número, mas você podia estar na Antártida, pelo que eu sabia, e o jogo não daria certo a não ser que você estivesse por perto. Depois seu namorado pegou um avião para Phoenix. Victoria os estava monitorando para mim, naturalmente; em um jogo com muitos participantes, eu não podia trabalhar sozinho. E então eles me disseram o que eu esperava, que você estava aqui, afinal de contas. Eu me preparei; já havia visto seus encantadores filmes caseiros. E depois foi simplesmente uma questão de blefe. Muito fácil, entende, não está à altura de meus padrões. Então, veja bem, estou esperando que você esteja errada sobre seu namorado. Edward, não é?

Não respondi. A bravata diminuía. Senti que ele terminara de se vangloriar. Eu não tinha importância nenhuma. Não havia glória em me derrotar, uma humana fraca.

— Você se importaria muito se eu deixasse uma carta minha para o seu Edward?

Ele deu um passo para trás e tocou numa pequena câmera de vídeo digital equilibrada cuidadosamente no alto do aparelho de som. Uma luzinha vermelha indicava que já estava gravando. Ele a ajustou algumas vezes, ampliando o quadro. Eu o encarava, apavorada.

— Desculpe, mas não acho que ele vá resistir a me perseguir depois que vir isto. E eu não gostaria que ele perdesse nada. É tudo para ele, é claro. Você é apenas uma humana, que infelizmente estava no lugar errado, na hora errada e indiscutivelmente andando com a turma errada, devo acrescentar.

Ele deu um passo na minha direção, sorrindo.

— Antes de começarmos...

Senti uma onda de náusea na boca do estômago enquanto ele falava. Esta era uma coisa que eu não havia previsto.

— Gostaria de ressaltar isso só um pouquinho. A resposta estava lá o tempo todo e eu temia que Edward visse e estragasse minha diversão. Já aconteceu uma vez, ah, séculos atrás. A única vez em que uma presa escapou de mim. Veja você, o vampiro que tão estupidamente ansiou por sua pequena vítima tomou a decisão que seu Edward foi fraco para tomar. Quando o velho soube que eu estava atrás de sua amiguinha, roubou-a do sanatório em que ela estava — *nunca* vou entender a obsessão que alguns vampiros parecem ter por vocês, humanos — e, assim que a libertou, ele a deixou segura. Ela não pareceu perceber a dor, pobre criaturinha. Ficou presa naquele buraco escuro da cela por um bom tempo. Cem anos antes ela teria sido queimada por suas visões. Na década de 1920 eram o sanatório e os tratamentos de choque. Quando ela abriu os olhos, forte com a nova juventude, foi como se nunca tivesse visto o sol. O velho vampiro a tornou uma nova vampira forte, e então não havia motivos para que eu tocasse nela. — Ele suspirou. — Eu destruí o velho por vingança.

— Alice — sussurrei, atordoada.

— Sim, sua amiguinha. Eu *fiquei mesmo* surpreso ao vê-la na clareira. Então acho que o bando dela devia ser capaz de extrair algum conforto desta experiência. Peguei você, mas eles a pegaram. A única vítima que me escapou, na verdade uma honra. E ela tinha um cheiro muito delicioso. Ainda me arrependo de nunca ter sentido o sabor... Ela cheirava ainda melhor do que você. Desculpe, não quero ofendê-la. Você tem um cheiro muito bom. Floral, meio...

Ele deu outro passo na minha direção, até ficar a centímetros de distância. Ergueu uma mecha de meu cabelo e o cheirou delicadamente. Depois colocou com suavidade a mecha no lugar e eu senti a ponta de seus dedos frios em meu pescoço. Ele levantou a mão para afagar meu rosto rapidamente com o polegar, o rosto curioso. Eu queria desesperadamente correr, mas fiquei paralisada. Não conseguia me mexer nem um centímetro.

— Não — murmurou ele consigo mesmo enquanto deixava cair a mão —, eu não entendo. — Ele suspirou. — Bem, imagino que devamos continuar com isso. E depois posso ligar para seus amigos e lhes dizer onde podem encontrá-la, e a meu recadinho.

Agora eu estava definitivamente enjoada. A dor estava vindo, eu podia ver em seus olhos. Não seria o suficiente para ele vencer, alimentar-se e ir embora. Não haveria o fim rápido com que eu estava contando. Meus joelhos começaram a tremer e tive medo de desabar.

Ele recuou um passo e começou a circular, despreocupadamente, como se estivesse tentando ter uma visão melhor de uma estátua em um museu. Seu rosto ainda era franco e amistoso enquanto ele decidia por onde começar.

Depois ele inclinou-se para a frente, para uma postura agachada que reconheci, e seu sorriso agradável lentamente se ampliou, cresceu, até que não era mais um sorriso, mas uma contorção de dentes, expostos e reluzentes.

Não consegui me aguentar — tentei correr. Mesmo sabendo que seria inútil, mesmo com os joelhos já fracos, o pânico me dominou e me atirei para a saída de emergência.

Ele estava diante de mim num átimo. Não vi se usou a mão ou os pés, foi rápido demais. Um golpe atingiu meu peito e me senti voando para trás, depois ouvi o som de algo sendo triturado quando minha cabeça bateu nos espelhos. O vidro rachou, parte dele se estilhaçou e os cacos se espalharam no chão em volta de mim.

Fiquei atordoada demais para sentir a dor. Ainda não conseguia respirar.

Ele andou na minha direção lentamente.

— Este é um belo efeito — disse ele, examinando a bagunça de cacos de vidro, sua voz amistosa novamente. — Pensei que esta sala seria visualmente dramática para meu filminho. Foi por isso que escolhi este lugar para o encontro. É perfeito, não é?

Eu o ignorei, andando de quatro, engatinhando para a outra porta.

Logo ele estava em cima de mim, o pé pisando com força em minha perna. Ouvi a dentada repugnante antes de senti-la. Mas depois eu a *senti* e não consegui reprimir o grito de agonia. Girei para segurar minha perna e ele estava de pé diante de mim, sorrindo.

— Gostaria de pensar melhor em seu último pedido? — perguntou ele agradavelmente. A ponta de seu pé cutucava minha perna quebrada e eu ouvi um grito penetrante. Chocada, percebi que era meu. — Não gostaria que Edward tentasse me encontrar? — propôs ele.

— Não! — gritei. — Não, Edward, não... — E depois alguma coisa esmagou meu rosto, atirando-me de volta aos espelhos quebrados.

Por cima da dor em minha perna, senti o rasgo agudo em meu couro cabeludo, onde o vidro o cortou. E depois a umidade quente começou a se espalhar por meu cabelo com uma velocidade alarmante. Pude sentir que ensopava minha blusa no ombro, ouvi gotejar no chão, o cheiro revirou meu estômago.

Através da náusea e da vertigem vi algo que me deu um fragmento súbito e final de esperança. Os olhos dele, antes apenas intensos, agora ardiam de uma necessidade incontrolável. O sangue — espalhando-se carmim por minha blusa branca, empoçando rapidamente no chão — o deixava louco de sede. Quaisquer que fossem suas intenções originais, ele não conseguiria prolongar isto por muito mais tempo.

Que seja rápido agora, era só o que eu esperava enquanto o fluxo de sangue de minha cabeça sugava minha consciência. Meus olhos se fechavam.

Eu ouvi, como que submersa, o último rugido do caçador. Pude ver, através dos túneis compridos em que se transformaram meus olhos, sua forma escura vindo para mim. Com um último esforço, minha mão instintivamente se ergueu para proteger meu rosto. Meus olhos se fecharam e eu fiquei à deriva.

23
O ANJO

ENQUANTO ESTAVA À DERIVA, EU SONHEI.

Onde eu flutuava, sob a água escura, ouvi o som mais feliz que minha mente podia conjurar — tão lindo, tão enaltecedor quanto medonho. Era outro grunhido; um rugido mais profundo, mais selvagem, soava com fúria.

Fui trazida de volta, quase à tona, por uma dor aguda que me golpeava a mão erguida, mas não consegui encontrar o caminho de volta o bastante para abrir os olhos.

Porque, através da água pesada, ouvi o som de um anjo chamando meu nome, chamando-me para o único paraíso que eu queria.

— Ah, não, Bella, não! — gritou a voz apavorada do anjo.

Por trás do som que se estendia houve outro barulho — um tumulto medonho de que minha mente se abrigou. Um rosnado grave e maligno, um som estrepitoso, chocante, e um lamento agudo, interrompendo-se de repente...

Tentei me concentrar na voz do anjo.

— Bella, por favor! Bella, escute-me, por favor, por favor, Bella, por favor! — implorava ele.

Sim, eu queria dizer. Qualquer coisa. Mas não consegui encontrar meus lábios.

— Carlisle! — gritou o anjo, a agonia em sua voz perfeita. — Bella, Bella, não, ah, por favor, não, não! — E o anjo chorava sem lágrimas, em soluços interrompidos.

O anjo não devia chorar, isso não está certo. Tentei encontrá-lo, dizer-lhe que estava tudo bem, mas a água era tão funda, me pressionava e eu não conseguia respirar.

Houve um ponto de pressão em minha cabeça. Doeu. Depois, enquanto essa dor irrompia pela escuridão até chegar a mim, outras dores vieram, dores mais fortes. Eu gritei, ofegando, respirando pela represa escura.

— Bella! — gritou o anjo.

— Ela perdeu algum sangue, mas o ferimento na cabeça não é profundo — informou-me uma voz calma. — Veja a perna dela, está quebrada.

Um uivo de raiva saiu estrangulado dos lábios do anjo.

Senti uma pontada aguda do lado do corpo. Isto não podia ser o paraíso, podia? Havia dor demais.

— Acho que algumas costelas também — continuou a voz metódica.

Mas as dores agudas diminuíam. Houve uma nova dor, uma dor fervente em minha mão que sobrepujava todas as outras.

Alguém estava me queimando.

— Edward — tentei dizer a ele, mas minha voz era muito pesada e lenta. Eu não conseguia me entender.

— Bella, você vai ficar bem. Pode me ouvir, Bella? Eu te amo.

— Edward — tentei novamente. Minha voz era um pouco mais clara.

— Sim, estou aqui.

— Isso dói — choraminguei.

— Eu sei, Bella, eu sei — e depois, longe de mim, angustiado —, não pode fazer nada?

— Minha maleta, por favor... Prenda a respiração, Alice, isso vai ajudar — prometeu Carlisle.

— Alice? — grunhi.

— Ela está aqui, ela sabia onde encontrá-la.

— Minha mão está doendo — tentei dizer a ele.

— Eu sei, Bella. Carlisle lhe dará alguma coisa, vai parar.

— Minha mão está queimando! — eu gritei, finalmente rompendo o que restava da escuridão, meus olhos se abrindo. Eu não podia ver seu rosto, algo escuro e quente toldava meus olhos. Por que eles não viam o fogo e o apagavam?

A voz dele estava assustada.

— Bella?

— O fogo! Alguém apague o fogo! — gritei enquanto ele me queimava.

— Carlisle! A mão dela!

— Ele a mordeu. — A voz de Carlisle não estava mais calma, estava aterrorizada.

Ouvi Edward prender a respiração de horror.

— Edward, você precisa fazer. — Era a voz de Alice, perto de minha cabeça. Dedos frios roçaram a umidade em meus olhos.

— Não! — berrou ele.

— Alice — eu gemi.

— Pode ser a única chance — disse Carlisle.

— O quê? — implorou Edward.

— Veja se pode sugar o veneno. A ferida está bem limpa. — Enquanto Carlisle falava, pude sentir mais pressão na cabeça, algo cutucando e empurrando em meu couro cabeludo. A dor era pior do que a do fogo.

— Isso vai dar certo? — A voz de Alice era tensa.

— Não sei — disse Carlisle. — Mas precisamos nos apressar.

— Carlisle, eu... — Edward hesitou. — Não sei se posso fazer isso. — Havia agonia em sua linda voz novamente.

— A decisão é sua, Edward, de uma forma ou de outra. Não posso ajudá-lo. Tenho que deter este sangramento aqui, se vai tirar sangue da mão dela.

Eu me contorci com o aperto da tortura feroz, o movimento fazendo com que a dor em minha perna queimasse de forma nauseante.

— Edward! — gritei. Percebi que meus olhos estavam fechados de novo. Eu os abri, desesperada para encontrar seu rosto. E o encontrei. Finalmente, pude ver seu rosto perfeito, olhando para mim, retorcido em uma máscara de indecisão e dor.

— Alice, me dê alguma coisa para imobilizar a perna dela! — Carlisle estava curvado sobre mim, trabalhando em minha cabeça. — Edward, deve fazer agora, ou será tarde demais.

O rosto de Edward estava cansado. Vi seus olhos enquanto a dúvida de repente era substituída por uma determinação ardente. Seu queixo endureceu. Senti seus dedos frios e fortes em minha mão que queimava, colocando-a em posição. Depois sua cabeça se curvou e seus lábios frios pressionaram minha pele.

No início a dor foi pior. Eu gritei e me debati contra as mãos frias que me seguravam. Ouvi a voz de Alice, tentando me acalmar. Algo pesado mantinha minhas pernas no chão e Carlisle tinha minha cabeça presa em seus braços fortes.

Depois, lentamente, minha agitação se aquietou enquanto minha mão ficava cada vez mais entorpecida. O fogo cedia, concentrado em um ponto cada vez menor.

Senti minha consciência me escapar enquanto a dor abrandava. Eu tinha medo de cair na água preta de novo, medo de perdê-lo na escuridão.

— Edward — tentei dizer, mas não consegui ouvir minha voz. Eles podiam me ouvir.

— Ele está bem aqui, Bella.

— Fique, Edward, fique comigo...

— Eu ficarei. — Sua voz era tensa, mas de certo modo triunfante.

Suspirei de satisfação. O fogo passara, as outras dores entorpecidas por uma sonolência que tomava meu corpo.

— Saiu tudo? — perguntou Carlisle de algum lugar ao longe.

— O sangue dela está limpo — disse Edward em voz baixa. — Posso sentir a morfina.

— Bella? — Carlisle me chamou.

Tentei responder.

— Hmmm?

— O fogo passou?

— Sim — suspirei. — Obrigada, Edward.

— Eu te amo — respondeu ele.

— Eu sei — sussurrei, absolutamente cansada.

Ouvi o som de que mais gostava no mundo: o riso baixo de Edward, fraco de alívio.

— Bella? — perguntou Carlisle novamente.

Franzi o cenho; eu queria dormir.

— Quê?

— Onde está sua mãe?

— Na Flórida — suspirei. — Ele me enganou, Edward. Ele viu meus vídeos. — O ultraje em minha voz era lamentavelmente fraco.

Mas isso me fez lembrar.

— Alice. — Tentei abrir os olhos. — Alice, o vídeo... Ele conhecia você, Alice, ele sabia de onde você veio. — Eu quis falar com urgência, mas minha voz era fraca. — Senti cheiro de gasolina — acrescentei, surpresa na névoa de meu cérebro.

— Está na hora de levá-la — disse Carlisle.

— Não, eu quero dormir — reclamei.

— Pode dormir, meu amor, eu carrego você — Edward me tranquilizou.

E eu estava em seus braços, aninhada em seu peito — flutuando, toda a dor desaparecida.

— Durma agora, Bella — foram as últimas palavras que ouvi.

24

UM IMPASSE

MEUS OLHOS SE ABRIRAM PARA UMA LUZ BRANCA E FORTE. Eu estava em um quarto desconhecido, um quarto branco. A parede atrás de mim era coberta de persianas verticais; no alto, as luzes brilhantes me cegavam. Eu estava recostada em uma cama dura e desigual — uma cama com grades. Os travesseiros eram achatados e cheios de protuberâncias. Havia um bipe irritante em algum lugar por perto. Esperei que significasse que eu ainda estava viva. A morte não devia ser tão desconfortável.

Minhas mãos estavam presas a tubos claros e alguma coisa estava colada em meu rosto, sob meu nariz. Ergui a mão para arrancar.

— Não, não pode. — E dedos frios pegaram minha mão.

— Edward? — Virei a cabeça devagar e seu rosto extraordinário estava a centímetros do meu, o queixo pousado na beira de meu travesseiro. Percebi novamente que eu estava viva, desta vez com gratidão e alegria. — Ah, Edward, eu lamento tanto!

— Shhhh — ele me aquietou. — Agora tudo vai ficar bem.

— O que aconteceu? — Eu não conseguia lembrar com clareza e minha mente se rebelava quando eu tentava.

— Quase cheguei tarde demais. Eu podia ter me atrasado — sussurrou ele, a voz atormentada.

— Eu fui tão idiota, Edward. Pensei que ele estivesse com a minha mãe.

— Ele enganou a nós todos.

— Preciso ligar para Charlie e para mamãe — percebi através da névoa.

— Alice ligou para eles. Renée está aqui... Bom, aqui no hospital. Ela está pegando alguma coisa para comer agora.

— Ela está aqui? — Tentei me sentar, mas minha cabeça girou mais rápido e a mão dele me empurrou delicadamente para os travesseiros.

— Ela vai voltar logo — prometeu ele. — E você precisa ficar quieta.

— Mas o que vocês disseram a ela? — Entrei em pânico. Eu não estava interessada em ficar quieta. Minha mãe estava aqui e *eu* me recuperava de um ataque de vampiro. — Por que disse a ela que eu estou aqui?

— Você caiu dois lances de escada e atravessou uma vidraça. — Ele parou. — Tem que admitir que isso pode acontecer.

Eu suspirei e isso doeu. Olhei meu corpo sob o lençol, o calombo enorme que era minha perna.

— O que aconteceu comigo? — perguntei.

— Você tem uma perna quebrada, quatro costelas quebradas, algumas rachaduras no crânio, hematomas cobrindo cada centímetro de sua pele e perdeu muito sangue. Eles fizeram algumas transfusões. Eu não gostei... Deixou seu cheiro totalmente errado por algum tempo.

— Deve ser uma mudança boa para você.

— Não, prefiro o *seu* cheiro.

— Como você conseguiu? — perguntei em silêncio. Ele entendeu o que eu quis dizer de imediato.

— Não tenho certeza. — Ele desviou o rosto de meus olhos curiosos, erguendo da cama minha mão enrolada em ataduras e segurando delicadamente na dele, com o cuidado de não soltar o fio que me conectava a um dos monitores.

Esperei pacientemente pelo resto.

Ele suspirou sem retribuir meu olhar.

— Foi impossível... parar — sussurrou ele. — Impossível. Mas consegui. — Ele finalmente me olhou com um meio sorriso. — Eu *devo mesmo* amar você.

— Meu gosto não é tão bom quanto meu cheiro? — Eu sorri em resposta. Isso provocou dor em meu rosto.

— É ainda melhor... Melhor do que eu imaginava.

— Desculpe — eu disse.

Ele ergueu os olhos para o teto.

— De todas as coisas para se desculpar...

— Pelo que eu *devia* me desculpar?

— Por quase tirar você de mim para sempre.

— Desculpe — eu disse novamente.

— Sei por que fez isso. — Sua voz era reconfortante. — Mesmo assim foi irracional. Devia ter esperado por mim, devia ter me contado.

— Você não teria me deixado ir.

— Não — concordou ele num tom melancólico. — Não teria.

Algumas lembranças muito desagradáveis começavam a retornar. Eu estremeci e pestanejei.

Ele de imediato ficou angustiado.

— Bella, qual é o problema?

— O que aconteceu com James?

— Depois que o arranquei de você, Emmett e Jasper cuidaram dele. — Havia um tom feroz de arrependimento em sua voz.

Isso me confundiu.

— Não vi Emmett e Jasper lá.

— Eles tiveram que sair da sala... Havia muito sangue.

— Mas você ficou.

— Sim, eu fiquei.

— E Alice, e Carlisle... — eu disse, maravilhada.

— Eles também a amam, sabe disso.

Um lampejo de imagens dolorosas da última vez em que vira Alice me lembraram de uma coisa.

— Alice viu a fita? — perguntei com ansiedade.

— Sim. — Um novo som escurecia sua voz, um tom de puro ódio.

— Ela não pôde enxergar, por isso não lembrava.

— Eu sei. Agora ela entende. — A voz dele era tranquila, mas sua expressão era sombria e furiosa.

Tentei estender a mão livre para seu rosto, mas alguma coisa me impedia. Olhei para baixo e vi o tubo intravenoso puxando minha mão.

— Ai. — Estremeci.

— O que é? — perguntou ele com ansiedade; distraído, mas não o bastante. O vazio não deixou inteiramente seus olhos.

— Agulhas — expliquei, desviando o rosto de uma delas na minha mão. Concentrei-me no teto inclinado e tentei respirar fundo apesar da dor nas costas.

— Medo de uma agulha — murmurou ele para si mesmo, sacudindo a cabeça. — Ah, um vampiro sádico que pretende torturá-la até a morte não é um problema, é claro, ela correu para se encontrar com ele. Mas uma *agulha intravenosa*, por outro lado...

Revirei os olhos. Fiquei satisfeita por descobrir que esta reação, pelo menos, não doía. Decidi mudar de assunto.

— Por que *você* está aqui? — perguntei.

Ele olhou para mim, primeiro com um toque de confusão e depois mágoa nos olhos. Suas sobrancelhas se uniram ao franzir a testa.

— Quer que eu vá embora?

— Não! — protestei, apavorada com a ideia. — Não, quer dizer, por que minha mãe acha que você está aqui? Eu preciso ter uma história pronta antes de ela voltar.

— Ah — disse ele e sua testa se suavizou voltando ao aspecto de mármore. — Eu vim a Phoenix para tentar colocar algum juízo em sua cabeça, para convencê-la a voltar a Forks. — Seus olhos grandes eram tão sinceros e francos que eu mesma quase acreditei nele. — Você concordou em me ver e foi para o hotel onde eu estava com Carlisle e Alice... É claro que eu estava aqui com supervisão paterna — inseriu ele virtuosamente —, mas você tropeçou na escada a caminho de meu quarto e... Bom, você sabe o resto. Mas não precisa se lembrar de nenhum detalhe; tem uma boa desculpa para estar meio confusa com as minúcias.

Pensei nisso por um momento.

— Existem algumas falhas nesta história. Nenhuma vidraça quebrada, por exemplo.

— Na verdade, não — disse ele. — Alice se divertiu um pouquinho fabricando as provas. Todos os cuidados foram tomados para que parecesse muito convincente... Você poderia processar o hotel, se quisesse. Não tem por que se preocupar — prometeu ele, afagando meu rosto com o mais leve dos toques. — Sua única tarefa agora é se curar.

Eu não estava tão perdida nas dores ou na confusão mental provocada pelos medicamentos a ponto de não reagir ao toque dele. O bipe do monitor pulava erraticamente — agora ele não era o único que podia ouvir meu coração portar-se mal.

— Isso vai ser constrangedor — murmurei para mim mesma.

Ele riu. E um olhar especulativo apareceu em seus olhos.

— Hmmm, imagino...

Ele se inclinou lentamente; o bipe se acelerou desenfreadamente antes que seus lábios sequer me tocassem. Mas quando o fizeram, embora com a pressão mais delicada possível, o bipe parou completamente.

Ele recuou de súbito, a expressão de ansiedade transformando-se em alívio enquanto o monitor descrevia o recomeço dos batimentos.

— Parece que terei de ser ainda mais cuidadoso do que de costume. — Ele franziu o cenho.

— Ainda não terminei de beijar você — reclamei. — Não me faça ir até aí.

Ele deu um sorriso malicioso e se curvou para colocar os lábios de leve nos meus. O monitor ficou frenético.

Mas seus lábios estavam tensos. Ele se afastou.

— Acho que ouvi sua mãe — disse ele, sorrindo novamente.

— Não me deixe — eu pedi, um surto irracional de pânico me inundando. Eu não podia deixá-lo ir; ele desapareceria novamente.

Ele viu o terror em meus olhos por um breve segundo.

— Não vou — prometeu solenemente, e depois sorriu. — Vou tirar um cochilo.

Ele saiu da cadeira de plástico do meu lado e foi para a espreguiçadeira de couro sintético cor de turquesa aos pés da cama, deitando-se e fechando os olhos. Ficou completamente imóvel.

— Não se esqueça de respirar — sussurrei sarcasticamente. Ele respirou fundo, os olhos ainda fechados.

Agora eu podia ouvir a minha mãe. Ela falava com alguém, talvez uma enfermeira, e parecia cansada e perturbada. Eu queria pular da cama e correr para ela, para acalmá-la, assegurar que tudo estava bem. Mas não estava em forma para pular, então esperei pacientemente.

A porta se abriu um pouco e ela espiou dentro do quarto.

— Mãe! — sussurrei, minha voz cheia de amor e alívio.

Ela percebeu a forma imóvel de Edward na espreguiçadeira e veio na ponta dos pés para o lado da cama.

— Ele nunca vai embora, não é? — murmurou ela para si mesma.

— Mãe, é tão bom ver você!

Ela se inclinou para me abraçar com delicadeza e senti lágrimas quentes caindo por meu rosto.

— Bella, fiquei tão perturbada!

— Me desculpe, mãe. Mas agora está tudo bem, está tudo bem — eu a reconfortei.

— Fico tão feliz por finalmente ver seus olhos abertos. — Ela se sentou na beira de minha cama.

De repente percebi que eu não fazia ideia de *quando* foi.

— Há quanto tempo estão fechados?

— Hoje é sexta-feira, querida, você ficou apagada por algum tempo.

— Sexta? — fiquei chocada. Tentei me lembrar de que dia foi quando... Mas não queria pensar nisso.

— Eles a mantiveram sedada por um tempo, querida... Você sofreu muitas lesões.

— Eu sei. — Eu podia senti-las.

— Teve sorte de o Dr. Cullen estar aqui. Ele é um bom homem... Mas tão novo. E mais parece um modelo do que um médico...

— Conheceu Carlisle?

— E a irmã de Edward, Alice, uma menina adorável.

— É verdade — concordei de coração.

Ela olhou por sobre o ombro para Edward, deitado de olhos fechados na cadeira.

— Você não me contou que tinha amigos tão bons em Forks.

Eu encolhi e depois gemi.

— Onde dói? — perguntou ela com ansiedade, virando-se para mim. Os olhos de Edward faiscaram para meu rosto.

— Estou bem — eu lhes garanti. — Só preciso me lembrar de não me mexer. — Ele voltou a sua falsa soneca.

Tirei vantagem da distração momentânea de minha mãe para continuar desviando o assunto de meu comportamento não muito cândido.

— Onde está o Phil? — perguntei rapidamente.

— Na Flórida... Ah, Bella! Nem imagina! Justo quando estávamos prestes a ir embora, a boa notícia chegou!

— O Phil conseguiu assinar? — chutei.

— Sim! Como adivinhou? Com os Suns, dá para acreditar?

— Mãe, isso é ótimo — eu disse com o maior entusiasmo que pude, embora tivesse pouca ideia do que isso significava.

— E você vai gostar muito de Jacksonville — disse ela esfuziante enquanto eu olhava com uma expressão vazia. — Fiquei meio preocupada quando Phil começou a falar em Akron, com aquela neve e tudo, porque você sabe que eu odeio o frio, mas agora Jacksonville! Sempre ensolarado e a umidade não é assim *tão* ruim. Encontramos uma casa lindinha, amarela, com acabamentos de madeira branca e uma varanda, como de um filme antigo, e um carvalho enorme, só fica a alguns minutos da praia e você terá seu próprio banheiro...

— Espera, mãe! — interrompi. Edward ainda estava de olhos fechados, mas parecia tenso demais para passar por adormecido. — Do que está falando? Não vou para a Flórida. Eu moro em Forks.

— Mas não precisa mais, bobinha — ela riu. — Phil vai conseguir ficar muito mais agora... Nós conversamos e o que eu vou fazer é alternar metade do tempo com você, metade com ele nos jogos em outras cidades.

— Mãe. — Eu hesitei, perguntando-me qual era a maneira mais diplomática de dizer isso. — Eu *quero* morar em Forks. Já me adaptei na escola e tenho algumas amigas — ela olhou novamente para Edward quando eu a lembrei dos amigos, então tentei outro rumo —, e Charlie precisa de mim. Ele está tão sozinho lá e não sabe cozinhar *nada*.

— Quer ficar em Forks? — perguntou ela, surpresa. A ideia lhe era inconcebível. E depois seus olhos dispararam para Edward. — Por quê?

— Eu lhe disse... Escola, Charlie... Ai! — Eu dei de ombros. Não foi uma boa ideia.

Suas mãos flutuaram impotentes para mim, tentando encontrar um lugar seguro para afagar. Ela fez isso em minha testa; não estava enfaixada.

— Bella, querida, você odeia Forks — ela me lembrou.

— Não é tão ruim.

Ela franziu a testa e olhou de Edward para mim, desta vez deliberadamente.

— É este rapaz? — sussurrou ela.

Abri a boca para mentir, mas os olhos dela examinavam meu rosto e eu sabia que ela veria através dele.

— Ele é parte do motivo — admiti. Não havia necessidade de confessar que era uma grande parte. — Então, teve uma chance de conversar com Edward? — perguntei.

— Sim. — Ela hesitou, olhando sua figura perfeitamente imóvel. — E quero falar com você sobre isso.

Epa.

— Sobre o quê? — perguntei.

— Acho que esse rapaz está apaixonado por você — acusou ela, mantendo a voz baixa.

— Eu também acho — confidenciei.

— E como se sente com relação a ele? — Ela mal conseguia esconder a forte curiosidade em sua voz.

Eu suspirei, desviando os olhos. Embora eu amasse muito minha mãe, esta não era uma conversa que eu quisesse ter com ela.

— Eu sou louca por ele. — Pronto, isso parecia o que uma adolescente podia dizer do primeiro namorado.

— Bem, ele *parece* muito legal e, meu Deus, é incrivelmente bonito, mas você é tão nova, Bella... — Sua voz era insegura; pelo que podia me lembrar, esta era a primeira vez desde que eu tinha 8 anos que ela chegou tão perto de tentar parecer uma autoridade. Reconheci o tom razoável mas firme das conversas que tive com ela sobre os homens.

— Sei disso, mãe. Não se preocupe. É só uma paixonite — eu a tranquilizei.

— Está bem — concordou ela, facilmente satisfeita.

Depois ela suspirou e olhou o relógio grande na parede, cheia de culpa.

— Precisa ir?

Ela mordeu o lábio.

— O Phil deve telefonar daqui a pouco... Eu não sabia que você ia acordar...

— Tudo bem, mãe. — Tentei esconder o alívio para que ela não ficasse magoada. — Não vou ficar sozinha.

— Eu volto logo. Estou dormindo aqui, sabia? — anunciou ela, orgulhosa de si mesma.

— Ah, mãe, não precisa fazer isso! Pode dormir em casa... Eu nem vou perceber. — O turbilhão de analgésicos em meu cérebro estava dificultando minha concentração mesmo agora, mas aparentemente eu estava dormindo há dias.

— Fiquei nervosa demais — admitiu ela timidamente. — Houve um crime no bairro e não gosto de ficar ali sozinha.

— Crime? — perguntei, alarmada.

— Alguém arrombou aquele estúdio de dança da esquina e o incendiou completamente... Não restou nada! E deixaram um carro roubado na frente. Lembra quando você dançava lá, querida?

— Lembro. — Eu estremeci.

— Eu posso ficar, meu bem, se precisar de mim.

— Não, mãe. Eu estou bem. Edward vai ficar comigo.

Ela deu a impressão de que podia ser por isso que ela queria ficar.

— Vou voltar à noite. — Parecia mais um aviso do que uma promessa, e ela olhou para Edward novamente ao dizer isso.

— Eu te amo, mãe.

— Também te amo, Bella. Procure ter mais cuidado quando andar, querida. Não quero perder você.

Os olhos de Edward continuavam fechados, mas um sorriso largo lampejou por seu rosto.

Uma enfermeira entrou de repente para verificar todos os tubos e fios. Minha mãe me deu um beijo na testa, afagou minha mão enrolada em ataduras e saiu.

A enfermeira estava verificando o registro de meu monitor cardíaco.

— Está se sentindo ansiosa, querida? Seus batimentos cardíacos ficaram um pouco altos aqui.

— Estou bem — garanti a ela.

— Vou contar a sua enfermeira que você acordou. Ela virá vê-la daqui a um minuto.

Assim que ela fechou a porta, Edward estava a meu lado.

— Você roubou um carro? — Eu ergui as sobrancelhas.

Ele sorriu, sem arrependimento.

— Era um bom carro, bem rápido.

— Como foi sua soneca? — perguntei.

— Interessante. — Seus olhos se estreitaram.

— Que foi?

Ele olhou para baixo ao responder.

— Estou surpreso. Pensei que a Flórida... E sua mãe... Bom, pensei que era o que você queria.

Eu o fitei sem compreender.

— Mas você ficaria trancado o dia todo na Flórida. Só poderia sair à noite, como um vampiro de verdade.

Ele quase sorriu, mas não o bastante. E depois seu rosto ficou grave.

— Eu ficaria em Forks, Bella. Ou outro lugar parecido — explicou ele. — Um lugar onde não pudesse mais machucar você.

A princípio, não compreendi. Continuei a fitá-lo inexpressivamente enquanto as palavras, uma por uma, encaixavam-se em minha cabeça como um quebra-cabeça medonho. Mas mal estava consciente do som de meu coração acelerando, enquanto minha respiração chegava à hiperventilação. Eu *estava* ciente da dor aguda de protesto em minhas costelas.

Ele nada disse; olhou meu rosto cautelosamente, para a dor que nada tinha a ver com ossos quebrados, uma dor que era infinitamente pior e ameaçava me triturar.

E depois outra enfermeira entrou decidida no quarto. Edward se sentou como uma pedra enquanto ela examinava minha expressão com os olhos experientes antes de se voltar para os monitores.

— Hora dos analgésicos, querida? — perguntou ela gentilmente, dando um tapinha no soro intravenoso.

— Não, não — murmurei, tentando esconder a agonia de minha voz. — Não preciso de nada. — Eu agora não podia fechar os olhos.

— Não precisa ser corajosa, querida. É melhor se não se estressar demais; precisa descansar. — Ela esperou, mas eu só sacudi a cabeça.

— Muito bem — ela suspirou. — Toque a campainha quando precisar.

Ela olhou com frieza para Edward e lançou mais um olhar ansioso para a aparelhagem antes de sair.

As mãos frias dele estavam em meu rosto; eu o fitei de olhos arregalados.

— Shhh, Bella, acalme-se.

— Não me deixe — implorei numa voz entrecortada.

— Não vou — prometeu ele. — Agora relaxe antes que eu chame a enfermeira para sedar você.

Mas meu coração não conseguia desacelerar.

— Bella. — Ele afagou meu rosto com angústia. — Eu não vou a parte alguma. Vou ficar bem aqui pelo tempo que precisar de mim.

— Jura que não vai me deixar? — sussurrei. Tentei controlar a respiração ofegante, pelo menos. Minhas costelas latejavam.

Ele pôs as mãos em minha face e trouxe o rosto para perto do meu. Seus olhos eram grandes e ansiosos.

— Eu juro.

O cheiro de seu hálito era tranquilizador. Pareceu atenuar a dor de minha respiração. Ele continuou a sustentar meu olhar enquanto meu corpo aos poucos relaxava e o bipe voltava ao normal. Seus olhos estavam escuros, hoje mais para o preto do que para o dourado.

— Melhor? — perguntou ele.

— Sim — eu disse cautelosamente.

Ele sacudiu a cabeça e murmurou alguma coisa ininteligível. Pensei ter entendido as palavras "reação exagerada".

— Por que disse isso? — sussurrei, tentando evitar que a voz tremesse. — Está cansado de ter que me salvar o tempo todo? *Quer* que eu vá embora?

— Não, não quero ficar sem você, Bella, é claro que não. Seja racional. E eu tampouco tenho problemas com salvar você... Se não fosse pelo fato de que fui eu que a coloquei em perigo... Este é o motivo para você estar aqui.

— Sim, tem razão. — Franzi a testa. — O motivo para eu estar aqui... *Viva*.

— Mais ou menos. — Sua voz era só um sussurro. — Coberta de ataduras e gesso e praticamente incapaz de se mexer.

— Não estava me referindo à minha recente experiência de quase morte — eu disse, ficando irritada. — Estava pensando nas outras... Pode escolher qual. Se não fosse por você, eu estaria criando raiz no cemitério de Forks.

Ele estremeceu com minhas palavras, mas o olhar assombrado não deixou seus olhos.

— Mas essa não é a pior parte — continuou ele aos sussurros. Ele agia como se eu não tivesse falado. — Nem ver você ali no chão... quebrada e maltratada. — Sua voz era abafada. — Nem pensar que eu chegara tarde demais. Nem mesmo ouvir seu grito de dor... Todas estas lembranças insuportáveis que vou levar comigo pelo resto da eternidade. Não, o pior foi sentir... saber que eu poderia não parar. Acreditar que eu mesmo iria matar você.

— Mas não matou.

— Podia ter matado. Com muita facilidade.

Sabia que precisava ficar calma... Mas ele tentava falar em me deixar e o pânico palpitava em meus pulmões, tentando sair.

— Prometa — sussurrei.

— O quê?

— Você sabe o quê. — Agora eu começava a ficar com raiva. Ele estava obstinadamente decidido a continuar na negativa.

Ele ouviu a mudança em minha voz. Seus olhos se estreitaram.

— Não pareço ser forte o suficiente para ficar longe de você, então acho que vou continuar como quiser... Quer isto a mate ou não — acrescentou ele rispidamente.

— Que ótimo. — Mas ele não prometeu, e este fato não me passou despercebido. O pânico mal podia ser reprimido; eu não tinha forças para controlar a raiva. — Você me disse como parou... Agora quero saber por quê — exigi.

— Por quê? — repetiu ele cautelosamente.

— *Por que* parou. Por que não deixou simplesmente que o veneno se espalhasse? Agora eu seria como você.

Os olhos de Edward pareceram voltar ao preto e eu me lembrei de que esta era uma coisa que ele queria que eu não soubesse. Alice devia ter ficado preocupada com as coisas que soube de si mesma... Ou seria muito cuidadosa com seus pensamentos perto dele — claramente, ele não fazia ideia se ela havia me informado da mecânica das conversões de vampiros. Ele ficou surpreso e enfurecido. Suas narinas inflaram, a boca parecia ter sido cinzelada em pedra.

Ele não ia responder, isso estava bem claro.

— Serei a primeira a admitir que não tenho experiência com relacionamentos — eu disse. — Mas isso parece lógico... Um homem e uma mulher precisam ser, de alguma forma, iguais... Não é possível que um deles sempre esteja aparecendo do nada e salvando o outro. Eles têm que se salvar *igualmente.*

Ele cruzou os braços ao lado de minha cama e pousou o queixo neles. Sua expressão era tranquila, a raiva refreada. Evidentemente ele decidira que não estava com raiva de *mim*. Tive esperanças de ter uma oportunidade de alertar Alice antes que ele estivesse com ela.

— Você *já* me salvou — disse ele baixinho.

— Não posso ser sempre Lois Lane — insisti. — Também quero ser o Super-Homem.

— Não sabe do que está falando. — Sua voz era suave; ele olhava intensamente a beira da fronha.

— Acho que sei.

— Bella, você *não* sabe. Tive quase noventa anos para pensar nisso, e ainda não tenho certeza.

— Preferiria que Carlisle não tivesse salvado você?

— Não, eu não preferiria isso. — Ele fez uma pausa antes de continuar. — Mas minha vida estava acabada. Eu não estava abrindo mão de nada.

— *Você* é a minha vida. Você é a única coisa que me magoaria perder. — Eu estava ficando melhor nisso. Era fácil admitir o quanto eu precisava dele.

Mas ele estava muito calmo. Decidido.

— Não posso fazer isso, Bella. Não vou fazer isso com você.

— E por que não? — Minha garganta arranhou e as palavras não saíram altas como eu pretendia. — Não me diga que é difícil demais! Depois de hoje, ou acho que alguns dias atrás... De qualquer forma, depois *daquilo*, não deve ser nada.

Ele me fitou.

— E a dor? — perguntou ele.

Empalideci. Não consegui evitar. Mas tentei evitar que minha expressão revelasse com que clareza eu me lembrava da sensação... O fogo nas veias.

— Isso é problema meu — eu disse. — Posso lidar com ela.

— É possível levar a coragem ao ponto em que se torna insanidade.

— Isso não é um problema. Três dias. Grande coisa.

Edward sorriu com malícia de novo enquanto minhas palavras o lembravam de que eu estava mais informada do que ele pretendia que eu estivesse. Eu o vi reprimir a raiva, vi seus olhos ficarem especulativos.

— E Charlie? — perguntou ele rispidamente. — E Renée?

Os minutos se passaram em silêncio enquanto eu lutava para responder à pergunta. Abri a boca, mas não saiu nenhum som. Eu a fechei novamente. Ele esperou, e sua expressão tornou-se triunfante porque ele sabia que eu não tinha uma resposta.

— Olhe, isso também não é um problema — murmurei por fim, minha voz pouco convincente, como sempre era quando eu mentia. — Renée sempre tomou as decisões que eram melhores para ela... Ela quer que eu faça o mesmo. E Charlie é resistente, está acostumado a ficar sozinho. Não posso cuidar dele para sempre. Tenho que viver a minha vida.

— Exatamente — rebateu ele. — E não vou terminá-la para você.

— Se está esperando que eu esteja em meu leito de morte, tenho uma novidade para você! Eu já estou nele!

— Você vai se recuperar — lembrou-me Edward.

Respirei fundo para me acalmar, ignorando o espasmo de dor que isso causou. Eu o fitei e ele retribuiu o olhar. Não havia transigência em seu rosto.

— Não — eu disse lentamente. — Não vou.

Sua testa se vincou.

— É claro que vai. Pode ficar com uma ou duas cicatrizes...

— Está enganado — insisti. — Eu vou morrer.

— Francamente, Bella. — Agora ele estava ansioso. — Você terá alta daqui a alguns dias. Duas semanas, no máximo.

Olhei para ele.

— Posso não morrer agora... Mas vou morrer um dia. A cada minuto, chego mais perto. E vou ficar *velha*.

Ele franziu o cenho ao entender o que eu disse, apertando os dedos longos nas têmporas e fechando os olhos.

— É como costuma acontecer, como deve acontecer. Como teria acontecido se eu não existisse... E eu *não devia existir*.

Eu bufei. Ele abriu os olhos, surpreso.

— Que coisa mais idiota. É como ir até alguém que acaba de ganhar na loteria, tirar seu dinheiro e dizer: "Olhe, vamos voltar a como as coisas devem ser. É melhor assim." E eu não estou convencida disso.

— Não sou um prêmio de loteria — grunhiu ele.

— É verdade. Você é muito melhor.

Ele revirou os olhos e repuxou os lábios.

— Bella, não vamos mais ter essa discussão. Eu me recuso a condenar você à eternidade da noite e ponto-final.

— Se acha que é o final, então não me conhece muito bem — eu o alertei. — Não é o único vampiro que eu conheço.

Seus olhos ficaram escuros de novo.

— Alice não se atreveria.

E por um momento ele pareceu tão assustador que não consegui deixar de acreditar — não podia imaginar alguém com coragem suficiente para enfrentá-lo.

— Alice já viu isso, não viu? — adivinhei. — É por isso que as coisas que ela diz o aborrecem. Ela sabe que serei como você... Um dia.

— Ela está errada. Ela também viu sua morte, mas isso não aconteceu.

— Nunca *me* verá apostando contra Alice.

Nós nos encaramos por um longo tempo. Estava silencioso, exceto pelo zumbido dos aparelhos, o bipe, o gotejar, o tique-taque do relógio grande de parede. Por fim, sua expressão se suavizou.

— E aonde isso nos leva? — eu me perguntei.

Ele riu sem humor nenhum.

— Acredito chamar-se *impasse*.

Eu suspirei.

— Ai — murmurei.

— Como está se sentindo? — perguntou ele, olhando o botão para chamar a enfermeira.

— Estou bem — menti.

— Não acredito em você — disse ele delicadamente.

— Não vou dormir de novo.

— Precisa descansar. Toda essa discussão não é boa para você.

— Então ceda — insinuei.

— Valeu a tentativa. — Ele estendeu a mão para a campainha.

— Não!

Ele me ignorou.

— Sim? — guinchou o alto-falante na parede.

— Acho que já estamos prontos para mais analgésicos — disse ele calmamente, ignorando minha expressão furiosa.

— Mandarei a enfermeira. — A voz parecia muito entediada.

— Não vou tomar — prometi.

Ele olhou a bolsa de soro pendurada ao lado de minha cama.

— Não acho que vão lhe pedir para engolir alguma coisa.

Meus batimentos cardíacos subiram. Ele leu o medo em meus olhos e suspirou de frustração.

— Bella, você está com dor. Precisa relaxar para poder se curar. Por que está sendo tão difícil? Não vão colocar mais nenhuma agulha em você a essa altura.

— Não estou com medo das agulhas — murmurei. — Estou com medo de fechar os olhos.

Depois ele deu seu sorriso torto e pegou meu rosto entre as mãos.

— Eu lhe disse que não vou a parte alguma. Não tenha medo. Já que isso faz você feliz, vou ficar aqui.

Eu sorri também, ignorando a dor em minhas bochechas.

— Está falando de para sempre, sabe disso.

— Ah, você vai superar... É só uma paixonite.

Sacudi a cabeça incrédula — isso me deixou tonta.

— Eu fiquei chocada quando Renée engoliu essa. Sei que *você* conhece bem a verdade.

— Que coisa linda é o ser humano — disse ele. — As coisas mudam.

Meus olhos se estreitaram.

— Não prenda a respiração.

Ele estava rindo quando a enfermeira entrou, brandindo uma seringa.

— Com licença — disse ela bruscamente a Edward.

Ele se levantou e atravessou o quarto pequeno, encostando-se na parede. Cruzou os braços e esperou. Mantive os olhos nele, ainda apreensiva. Ele retribuiu meu olhar calmamente.

— Aqui está, querida. — A enfermeira sorriu enquanto injetava o remédio em meu tubo. — Vai se sentir melhor agora.

— Obrigada — murmurei sem nenhum entusiasmo. E não durou muito tempo. Pude sentir a sonolência escorrendo por minha corrente sanguínea quase imediatamente.

— Isso deve funcionar — murmurou ela enquanto minhas pálpebras se fechavam.

Ela deve ter saído da sala, porque alguma coisa fria e macia tocou meu rosto.

— Fique. — A palavra saiu arrastada.

— Vou ficar — prometeu ele. Sua voz era linda, como uma cantiga de ninar. — Como eu disse, já que isso faz você feliz... Já que é o melhor para você.

Tentei sacudir a cabeça, mas estava pesada demais.

— Não é a mesma coisa — murmurei.

Ele riu.

— Não se preocupe com isso agora, Bella. Pode discutir comigo quando estiver acordada.

Acho que eu sorri.

— Tá.

Pude sentir seus lábios em minha orelha.

— Eu te amo — ele sussurrou.

— Eu também.

— Eu sei — ele riu baixinho.

Virei a cabeça devagar... Procurando. Ele sabia o que eu buscava. Seus lábios tocaram os meus delicadamente.

— Obrigada — suspirei.

— De nada.

E eu não estava mais ali. Mas lutei fracamente contra o estupor. Só havia mais uma coisa que eu queria dizer a ele.

— Edward? — Eu lutei para pronunciar o nome dele com clareza.

— Sim?

— Eu aposto em Alice — murmurei.

E então a noite se fechou sobre mim.

Epílogo
Um acontecimento especial

EDWARD ME AJUDOU A ENTRAR NO CARRO DELE, TOMANDO MUITO CUIdado com as tiras de seda e chiffon, as flores que ele acabara de prender em meus cachos elaboradamente penteados e em meu gesso volumoso. Ele ignorou a raiva em minha boca.

Quando me acomodou, foi para o banco do motorista e deu a ré pela entrada de carros longa e estreita.

— A que altura exatamente vai me dizer o que está acontecendo? — perguntei, amuada.

— Estou chocado que ainda não tenha deduzido isso sozinha. — Ele me lançou um sorriso de escárnio e minha respiração ficou presa na garganta. Será que um dia eu me acostumaria com sua perfeição?

— Já lhe disse que você está muito bonito? — indaguei.

— Sim. — Ele sorriu de novo. Nunca o vira de preto e, com o contraste com sua pele clara, sua beleza era absolutamente surreal. Isso eu não podia negar, mesmo que o fato de ele estar usando um smoking me deixasse muito nervosa.

Não tão nervosa quanto com o vestido. Ou o sapato. Só um pé, o outro pé ainda estava enclausurado em gesso. Mas o salto agulha, preso apenas por tiras de cetim, certamente não ia me ajudar enquanto eu tentasse cambalear por aí.

— Não vou voltar mais se Alice for me tratar como a Barbie Cobaia quando eu vier — eu fui firme. Passara a maior parte do dia no banheiro fabulosamente enorme de Alice, uma vítima impotente enquanto ela brincava de cabeleireira e maquiadora. Sempre que eu me mexia ou reclamava, ela me lembrava de que não tinha nenhuma lembrança de ser humana e me pedia para não estragar sua diversão substituta. Depois ela me colocou no vestido mais ridículo — azul-escuro, com babados e de ombros de fora, com uma etiqueta francesa que não pude ler — um vestido mais adequado a uma passarela do que a Forks. Nada de bom podia advir de nossos trajes formais, disso eu tinha certeza. A não ser... Mas eu tinha medo de colocar minhas suspeitas em palavras, mesmo em minha própria cabeça.

Fui distraída pelo som de um telefone tocando. Edward sacou o celular de um bolso interno do paletó, olhando rapidamente o identificador de chamadas antes de atender.

— Oi, Charlie — disse ele com cautela.

— Charlie? — Franzi a testa.

Charlie tem sido... difícil desde minha volta a Forks. Ele compartimentara minha experiência ruim em duas reações definidas. Em relação a Carlisle, foi de uma gratidão quase venerada. Por outro lado, ele teimosamente se convenceu de que a culpa era de Edward — porque, se não fosse por ele, eu não teria saído de casa, antes de tudo. E Edward estava longe de discordar dele. Ultimamente eu tinha regras que não existiam antes: toque de recolher... horas de visita.

Alguma coisa que Charlie dizia estava deixando os olhos de Edward arregalados de descrença e depois um sorriso se espalhou por seu rosto.

— Está brincando! — ele riu.

— Que foi? — perguntei.

Ele me ignorou.

— Por que não me deixa falar com ele? — sugeriu Edward com um prazer evidente. Ele esperou alguns segundos.

— Oi, Tyler, aqui é Edward Cullen.

Sua voz era muito simpática, superficialmente. Eu o conhecia muito bem para sentir o tom de ameaça. O que Tyler estava fazendo na minha casa? A verdade medonha começou a me ocorrer. Olhei novamente o vestido inadequado que Alice me obrigara a usar.

— Lamento se houve algum mal-entendido, mas Bella não está disponível esta noite. — O tom de Edward mudou e a ameaça em sua voz de repente era muito mais evidente quando ele continuou. — Para ser franco, ela não estará disponível em noite nenhuma, pelo menos para ninguém além de mim. Não se ofenda. E lamento sobre sua noite. — Ele não parecia lamentar nada. E então ele fechou o celular com um sorriso enorme no rosto.

Meu rosto e meu pescoço ficaram vermelhos de irritação. Pude sentir as lágrimas de raiva começando a encher meus olhos.

Ele olhou para mim, surpreso.

— Esta última parte foi demais? Eu não quis ofendê-la.

Ignorei essa.

— Está me levando *ao baile*! — gritei.

Agora estava constrangedoramente óbvio. Se eu estivesse prestando atenção, tenho certeza de que teria percebido a data nos cartazes que decoravam os prédios da escola. Mas nunca imaginei que ele pensasse em me submeter a isso. Será que ele não me conhecia?

Ele não esperava pela intensidade de minha reação, isso estava claro. Ele cerrou os lábios e seus olhos se estreitaram.

— Não seja difícil, Bella.

Meus olhos faiscaram para a janela. Já estávamos a meio caminho da escola.

— Por que está fazendo isso comigo? — perguntei, apavorada.

Ele gesticulou para o smoking.

— Sinceramente, Bella, o que acha que estamos fazendo?

Fiquei mortificada. Primeiro, porque deixara passar o óbvio. E também porque a vaga desconfiança — na verdade, expectativa — que tinha se formado o dia todo, enquanto Alice tentava me transformar em uma diva da beleza, estava muito longe do alvo. Minhas esperanças meio temerosas agora pareciam muito tolas.

Imaginei que houvesse uma espécie de acontecimento especial. Mas o *baile*! Era a última coisa que passaria por minha cabeça.

As lágrimas de raiva rolavam por meu rosto. Lembrei com desânimo que estava maquiada, o que não era nada comum. Esfreguei rapidamente debaixo dos olhos para evitar alguma mancha. Minha mão não estava suja quando a afastei; talvez Alice soubesse que eu ia precisar de maquiagem à prova d'água.

— Isso é totalmente ridículo. Por que está chorando? — perguntou ele, com frustração.

— Porque estou *furiosa*!

— Bella. — Ele voltou toda a força de seus olhos dourados e abrasadores para mim.

— Que é? — murmurei, distraída.

— Divirta-me — insistiu ele.

Seus olhos derreteram toda a minha fúria. Era impossível brigar com ele quando ele me enganava desse jeito. Eu cedi, de má vontade.

— Tudo bem. — Fiz um biquinho, incapaz de encará-lo com a eficácia que gostaria. — Vou ficar quieta. Mas você vai ver. Já estou esperando por mais falta de sorte. Provavelmente vou quebrar a outra perna. Olha esse sapato! É uma armadilha mortal! — Estendi a perna boa como prova.

— Hmmm. — Ele olhou minha perna mais tempo do que o necessário. — Lembre-me de agradecer a Alice por esta noite.

— Alice estará lá? — Isso me reconfortou um pouco.

— Com Jasper, Emmett... e Rosalie — admitiu ele.

A sensação de conforto desapareceu. Não houve nenhum progresso com Rosalie, embora eu estivesse me dando bem com seu eventual marido. Emmett gostava de me ter por perto — ele achava minhas estranhas reações humanas hilariantes... Ou talvez fosse só o fato de que eu caía tanto que ele achava engraçado. Rosalie agia como se eu não existisse. Enquanto eu sacudia a cabeça para dispersar o rumo de meus pensamentos, pensei em outra coisa.

— Charlie também está nessa? — perguntei, desconfiada de repente.

— Claro que sim. — Ele sorriu com malícia e deu uma risada.

— Mas ao que parece, o Tyler não está.

Trinquei os dentes. Eu não conseguia entender como Tyler podia se iludir tanto. Na escola, onde Charlie não podia interferir, Edward e eu éramos inseparáveis — a não ser pelos raros dias de sol.

Agora estávamos na escola; o conversível vermelho de Rosalie era bem visível no estacionamento. As nuvens estavam esparsas hoje, alguns feixes de luz do sol se prolongavam a oeste, ao longe.

Ele saiu e contornou o carro para abrir a porta para mim. Estendeu a mão.

Fiquei obstinadamente sentada ali, de braços cruzados, sentindo uma pontada secreta de presunção. O estacionamento estava lotado de gente em trajes formais: testemunhas. Ele não podia me retirar à força do carro como teria feito se estivéssemos sozinhos.

Ele suspirou.

— Quando alguém quer matá-la, você é corajosa como um leão... E depois, quando alguém fala em dançar... — Ele sacudiu a cabeça.

Engoli em seco. Dançar.

— Bella, não vou deixar que nada a machuque... Nem você mesma. Não vou sair do seu lado nem uma vez, eu prometo.

Pensei nisso e de repente me senti muito melhor. Ele podia ver isso em meu rosto.

— Agora, vamos — disse ele delicadamente —, não será tão ruim assim. — Ele se inclinou e passou o braço em minha cintura. Peguei a outra mão de Edward e deixei que me içasse do carro.

Ele manteve o braço firme em volta de mim, apoiando-me enquanto eu mancava para a escola.

Em Phoenix, os bailes aconteciam nos salões de hotel. Este baile era no ginásio, é claro. Provavelmente era o único espaço na cidade grande o bastante para isso. Quando entramos, eu tive que rir. Havia verdadeiros arcos de balão e guirlandas retorcidas de papel crepom em tons pastel adornando as paredes.

— Parece um filme de terror esperando para acontecer — eu disse com escárnio.

— Bom — murmurou ele enquanto nos aproximávamos devagar da mesa de entradas; ele carregava a maior parte de meu peso, mas eu ainda tinha de me arrastar e cambalear com o pé para a frente —, o que há de vampiros presentes já basta.

Olhei a pista de dança; um enorme espaço se formara no meio, onde dois casais giravam elegantemente. Os outros dançarinos se espremiam nas laterais do salão para lhes dar espaço — ninguém queria ficar em contraste com tanto esplendor. Emmett e Jasper estavam intimidadores e impecáveis com seus smokings clássicos. Alice estava estonteante com um vestido de cetim preto com contornos geométricos que revelavam triângulos de sua pele branca como a neve. E Rosalie estava... Bom, Rosalie. Ela estava inacreditável. Seu vestido vermelho vivo tinha as costas nuas, apertado até as panturrilhas, onde se abria em uma série de babados, com um decote que afundava até a cintura. Tive pena de todas as meninas no salão, incluindo a mim mesma.

— Quer que eu tranque as portas para você massacrar o insuspeito povo de Forks? — sussurrei num tom de conspiração.

— E onde você se encaixa neste esquema? — Ele me fitou.

— Ah, eu estou com os vampiros, é claro.

Ele sorriu com relutância.

— Qualquer coisa para escapar da dança.

— Qualquer coisa.

Ele comprou nossas entradas, depois me virou para a pista. Eu me encolhi em seu braço e arrastei o pé.

— Eu tenho a noite toda — alertou ele.

Por fim ele me conduziu para onde estava sua família girando elegantemente — apesar do estilo que não combinava em nada com a época e a música atuais. Eu olhei com horror.

— Edward. — Minha garganta estava tão seca que eu só conseguia sussurrar. — Eu *sinceramente* não sei dançar. — Pude sentir o pânico borbulhando em meu peito.

— Não se preocupe, sua boba — sussurrou ele. — Eu *sei*. — Ele pôs meus braços em seu pescoço e me levantou para passar os pés embaixo dos meus.

E então também estávamos girando.

— Eu me sinto como se tivesse 5 anos — eu ri depois de alguns minutos de valsa sem esforço.

— Não parece ter 5 — murmurou ele, puxando-me para mais perto por um segundo, para que meus pés ficassem brevemente a trinta centímetros do chão.

Alice viu meu olhar em uma volta e sorriu, estimulando-me — retribuí o sorriso. Fiquei surpresa ao perceber que eu realmente estava gostando... Um pouco.

— Tudo bem, não está tão ruim — admiti.

Mas Edward estava olhando para as portas e seu rosto era de raiva.

— Que foi? — perguntei em voz alta. Segui seu olhar, desorientada pelos rodopios, mas por fim pude ver o que o incomodava. Jacob Black, não de smoking, mas com uma camisa branca de mangas compridas e gravata, o cabelo alisado para trás com seu rabo de cavalo habitual, atravessava o salão na nossa direção.

Depois do primeiro choque de reconhecimento, não consegui deixar de me sentir mal por Jacob. Ele claramente estava pouco à vontade — de uma forma excruciante. Seu rosto pedia desculpas e os olhos encontraram os meus.

Edward rosnou muito baixo.

— *Comporte-se!* — sibilei.

A voz de Edward era azeda.

— Ele quer conversar com você.

— Oi, Bella, eu esperava encontrar você aqui. — Jacob parecia estar esperando exatamente o contrário. Mas seu sorriso era caloroso, como sempre.

— Oi, Jacob. — Também sorri. — Como é que você está?

— Posso interromper? — perguntou ele inseguro, olhando para Edward pela primeira vez. Fiquei chocada ao perceber que Jacob não precisou olhar para cima. Ele devia ter crescido uns quinze centímetros desde a primeira vez que o vi.

O rosto de Edward estava composto, sua expressão vazia. A única resposta foi me colocar cuidadosamente sobre meus pés e dar um passo para trás.

— Obrigado — disse Jacob amistosamente.

Edward apenas assentiu, olhando intensamente para mim antes de se afastar.

Jacob pôs as mãos em minha cintura e eu estendi a mão para seu ombro.

— Caramba, Jake, como você está alto agora!

Ele ficou presunçoso.

— Um e noventa e dois.

Não estávamos realmente dançando — minha perna tornava isso impossível. Em vez disso, balançávamos desajeitados de um lado para o outro sem deslocar os pés. Estava tudo muito bem; o recente surto de crescimento o deixara magro e descoordenado, e ele não devia ser melhor dançarino do que eu.

— E aí, como veio parar aqui esta noite? — perguntei sem uma curiosidade verdadeira. Considerando a reação de Edward, eu podia adivinhar.

— Dá para acreditar que meu pai me pagou vinte pratas para vir a seu baile? — admitiu ele, meio envergonhado.

— Dá, sim — murmurei. — Bom, espero que pelo menos esteja se divertindo; viu alguma coisa de que gostasse? — brinquei, indicando um grupo de meninas enfileiradas junto à parede como confeitos de bolo.

— É — ele suspirou. — Mas ela já tem par.

Ele olhou para baixo e encontrou meu olhar curioso por apenas um segundo — depois nós dois desviamos os olhos, constrangidos.

— Você está muito bonita, a propósito — acrescentou ele timidamente.

— Hmmm, obrigada. Então por que o Billy lhe pagou para vir aqui? — perguntei em voz baixa, embora eu soubesse a resposta.

Jacob não pareceu grato pela mudança de assunto; virou a cara, de novo pouco à vontade.

— Ele disse que era um lugar "seguro" para conversar com você. Eu juro que o velho está perdendo o juízo.

Eu acompanhei o seu riso fraco.

— De qualquer forma, ele falou que se eu lhe dissesse uma coisa, ele me daria aquele cilindro mestre de que preciso — confessou ele com um sorriso tímido.

— Então me diga. Quero que termine seu carro. — Eu sorri também. Pelo menos Jacob não acreditava em nada disso, o que tornava a situação um pouco mais fácil. Encostado na parede, Edward observava meu rosto, o dele próprio sem expressão. Vi uma aluna do segundo ano de vestido cor-de-rosa olhando para ele com uma especulação tímida, mas ele não pareceu notá-la.

Jacob desviou os olhos de novo, envergonhado.

— Não fique chateada, está bem?

— Não há como eu ficar chateada com você, Jacob — garanti a ele. — Eu nem mesmo ficaria chateada com o Billy. Só diga o que tem que dizer.

— Bom... É tão idiota, me desculpe, Bella... Ele quer que você termine com seu namorado. Ele me pediu para lhe dizer "por favor". — Ele sacudiu a cabeça de desprazer.

— Ele ainda é supersticioso, hein?

— É. Ele ficou... meio alarmado demais quando você se machucou em Phoenix. Ele não acreditou... — Jacob se interrompeu constrangido.

Meus olhos se estreitaram.

— Eu caí.

— Sei disso — disse Jacob rapidamente.

— Ele acha que Edward tem alguma coisa a ver com o fato de eu ter me machucado. — Não era uma pergunta e, apesar de minha promessa, eu estava com raiva.

Jacob não me olhou nos olhos. Não nos incomodávamos mais em balançar com a música, embora as mãos dele ainda estivessem em minha cintura e as minhas em seu pescoço.

— Olhe, Jacob, sei que Billy provavelmente não acreditaria nisso, mas para que você saiba — ele olhava para mim agora, reagindo à nova franqueza em minha voz —, na verdade, Edward salvou a minha vida. Se não fosse por Edward e o pai dele, eu estaria morta.

— Eu sei — afirmou ele, mas parecia que minhas palavras sinceras o afetaram de algum modo. Talvez ele fosse capaz de convencer Billy pelo menos desta parte.

— Olhe, eu lamento que tenha vindo fazer isso, Jacob — eu me desculpei. — De qualquer forma, vai conseguir sua peça, não é?

— É — murmurou ele. Ele ainda parecia estranho... e perturbado.

— Há algo mais? — perguntei a ele, incrédula.

— Esquece — murmurou ele. — Vou arrumar um emprego e economizar o dinheiro.

Eu o fitei até que ele me olhasse.

— Pode falar, Jacob.

— É muito ruim.

— Eu não ligo. Pode falar — insisti.

— Tudo bem... Mas, cara, é bem ruim. — Ele sacudiu a cabeça. — Ele falou para dizer a você, não, para *alertar* você, que... e o plural é dele, e não meu — ele ergueu uma das mãos de minha cintura e formou aspas no ar — "estaremos vigiando". — Ele observou cuidadosamente minha reação.

Parecia coisa de filme sobre a máfia. Eu ri alto.

— Desculpe por você ter que fazer isso, Jacob — eu disse, rindo.

— Não me importo *tanto assim*. — Ele sorriu de alívio. Seus olhos me avaliavam enquanto ele examinava rapidamente meu vestido. — E aí, devo dizer a ele que você o mandou para o inferno? — perguntou, cheio de esperança.

— Não — suspirei. — Diga-lhe que eu agradeço. Sei que a intenção dele é boa.

A música terminou e eu deixei cair os braços.

As mãos dele hesitaram na minha cintura e ele olhou a perna engessada.

— Quer dançar de novo? Ou posso ajudá-la a pegar alguma coisa?

Edward respondeu por mim.

— Está tudo bem, Jacob. A partir daqui eu assumo.

Jacob se encolheu e olhou surpreso para Edward, que estava bem ao nosso lado.

— Ei, não tinha visto você — murmurou ele. — Acho que a gente se vê, Bella. — Ele recuou, acenando desanimado.

Eu sorri.

— É, vejo você depois.

— Desculpe — disse ele novamente antes de se virar para a porta.

Os braços de Edward estavam em volta de mim quando a música seguinte começou. Era meio agitada para uma dança lenta, mas isso não pareceu preocupá-lo. Pousei a cabeça em seu peito, satisfeita.

— Sente-se melhor? — eu disse num tom de zombaria.

— Na verdade, não — disse ele, tenso.

— Não fique chateado com o Billy — suspirei. — Ele só se preocupa pelo bem de Charlie. Não é nada pessoal.

— Não estou chateado com Billy — corrigiu ele numa voz cortante. — Mas o filho dele me irrita.

Eu recuei para olhar para ele. Seu rosto era muito sério.

— Por quê?

— Primeiro, ele me fez quebrar minha promessa.

Eu o encarei, confusa.

Edward deu um meio sorriso.

— Prometi que não largaria você esta noite — explicou ele.

— Ah, bom, está perdoado.

— Obrigado. Mas há outra coisa. — Edward franziu o cenho.

Esperei pacientemente.

— Ele disse que você está *bonita* — continuou ele por fim, com as rugas se aprofundando. — É praticamente um insulto, do jeito que você está agora. Você é muito mais do que bonita.

Eu ri.

— Você é suspeito para falar.

— Não acho. Além disso, tenho uma visão excelente.

Estávamos girando de novo, meus pés nos dele enquanto ele me abraçava.

— Então vai explicar o motivo de tudo isso? — perguntei.

Ele olhou para mim, confuso, e eu fitei sugestivamente o papel crepom.

Ele pensou por um momento e mudou de direção, guiando-me pela multidão até a porta dos fundos do ginásio. Vislumbrei Jessica e Mike dançando, olhando-me com curiosidade. Jessica acenou e eu sorri para ela rapidamente. Angela também estava ali, parecendo feliz nos braços de Ben Cheney; ela não se desviava dos olhos dele, uma cabeça mais alto do que ela. Lee e Samantha, Lauren, olhando para nós, com Conner; eu podia nomear cada rosto que passava girando por mim. E depois estávamos lá fora, na luz fria e fraca de um pôr do sol que desaparecia.

Assim que ficamos a sós, ele me girou nos braços e me carregou para o terreno escuro até chegar ao banco nas sombras da árvore. Ele sentou ali, mantendo-me aninhada em seu peito. A lua já estava alta, visível através das nuvens diáfanas, e seu rosto reluzia pálido na luz branca. Sua boca estava contraída, os olhos perturbados.

— Por quê? — perguntei delicadamente.

Ele me ignorou, olhando a lua.

— O crepúsculo, de novo — murmurou ele. — Outro fim. Mesmo que o dia seja perfeito, sempre tem um fim.

— Algumas coisas não precisam terminar — sussurrei, tensa de imediato.

Ele suspirou.

— Eu a trouxe ao baile — disse ele devagar, por fim respondendo à minha pergunta — porque não quero que perca nada. Não quero que minha presença subtraia nada de você, se eu puder evitar. Quero que você seja *humana*. Quero que sua vida continue como aconteceria se eu não tivesse morrido em 1918 como morri.

Eu estremeci com suas palavras e sacudi a cabeça com raiva.

— Em que estranha dimensão paralela eu *um dia* iria a um baile por minha própria vontade? Se você não fosse mil vezes mais forte do que eu, eu nunca o deixaria se safar dessa.

Ele sorriu brevemente, mas seus olhos não sorriram.

— Não foi tão ruim, você mesma disse isso.

Ficamos em silêncio por um minuto, ele olhando a lua e eu olhando para ele. Eu queria ter uma forma de explicar o quanto estava desinteressada em uma vida humana normal.

— Vai me dizer uma coisa? — perguntou ele, olhando para mim com um leve sorriso.

— Não digo sempre?

— Só prometa que vai me dizer — insistiu ele, sorrindo.

Eu sabia que ia me arrepender disso quase de imediato.

— Tudo bem.

— Você pareceu sinceramente surpresa quando deduziu que eu a estava trazendo para o baile — começou ele.

— E *fiquei mesmo* — interrompi.

— Exatamente — concordou ele. — Mas você deve ter tido outra teoria... Estou curioso... Qual o motivo que você *imaginou* para este vestido?

Sim, arrependimento instantâneo. Franzi os lábios, hesitante.

— Não quero dizer.

— Você prometeu — objetou ele.

— Eu sei.

— Qual é o problema?

Eu sabia que ele pensava que era o mero constrangimento que me reprimia.

— Acho que vai deixar você chateado... Ou triste.

Suas sobrancelhas se uniram acima dos olhos enquanto ele pensava nisso.

— Ainda assim quero saber. Por favor.

Eu suspirei. Ele esperou.

— Bom... Imaginei que era uma espécie de... acontecimento. Mas não pensei que fosse uma coisa humana tão banal... Um baile! — ridicularizei.

— Humana? — perguntou ele simplesmente. Ele entendeu a palavra-chave.

Olhei meu vestido, mexendo em um pedaço solto de chiffon. Ele esperava em silêncio.

— Tudo bem — confessei num jato. — Eu esperava que você tivesse mudado de ideia... Que iria *me* mudar, afinal de contas.

Uma dúzia de emoções passou por seu rosto. Algumas eu reconheci... Raiva... Dor... E depois ele pareceu se recompor e sua expressão tornou-se divertida.

— Você pensou que seria uma ocasião de gala, não é? — brincou ele, tocando a lapela do paletó do smoking.

Eu fechei a cara para esconder meu constrangimento.

— Não sei como essas coisas funcionam. Para mim, pelo menos, parece mais racional do que um baile. — Ele ainda estava sorrindo. — Não é engraçado — eu disse.

— Não, tem razão, não é — concordou ele, o sorriso desaparecendo. — Mas prefiro tratar como uma piada a acreditar que você falou sério.

— Mas estou falando sério.

Ele deu um suspiro pesado.

— Eu sei. E você está mesmo disposta?

A dor voltara a seus olhos. Mordi o lábio e assenti.

— Então prepare-se para que este seja o fim — murmurou ele, quase para si mesmo —, porque este será o crepúsculo de sua vida, embora sua vida mal tenha começado. Você está pronta para desistir de tudo.

— Não é o fim, é o começo — discordei à meia-voz.

— Eu não valho tudo isso — disse ele com tristeza.

— Lembra quando você me disse que eu não me via com muita clareza? — perguntei, erguendo as sobrancelhas. — Você obviamente tem a mesma cegueira.

— Sei o que eu sou.

Eu suspirei.

Mas seu humor sombrio passou para mim. Ele franziu os lábios e seus olhos me sondavam. Examinou meu rosto por um longo momento.

— Então está pronta agora? — perguntou ele.

— Hmmm. — Engoli em seco. — Sim?

Ele sorriu e inclinou a cabeça lentamente até que seus lábios frios roçaram a pele pouco abaixo do canto de meu queixo.

— Agora mesmo? — sussurrou ele, seu hálito soprando gélido em meu pescoço. Eu tremi involuntariamente.

— Sim — sussurrei, para que minha voz não pudesse ser entrecortada. Se ele pensasse que eu estava blefando, ficaria decepcionado. Eu já tomara esta decisão e tinha certeza dela. Não importava que meu corpo estivesse rígido feito uma tábua, meus punhos cerrados, minha respiração instável...

Ele riu sombriamente e se afastou. Seu rosto não parecia decepcionado.

— Não dá para acreditar que eu cederia com tanta facilidade — disse ele com um toque ácido na voz sarcástica.

— Uma garota pode sonhar.

Suas sobrancelhas se ergueram.

— É com isso que você sonha? Em ser um monstro?

— Não exatamente — eu disse, encolhendo com as palavras que ele escolhera. Monstro, na verdade. — Sonho principalmente em ficar com você para sempre.

Sua expressão mudou, atenuada e entristecida pela dor sutil em minha voz.

— Bella. — Seus dedos acompanharam de leve o formato de meus lábios. — Eu *vou* ficar com você... Isso não basta?

Eu sorri sob a ponta de seus dedos.

— Basta por enquanto.

Ele franziu o cenho diante da minha tenacidade. Ninguém ia se render esta noite. Ele expirou e o som era praticamente um grunhido.

Toquei seu rosto.

— Olhe — eu disse. — Eu o amo mais do que qualquer coisa no mundo. Isso não basta?

— Sim, basta — respondeu ele, sorrindo. — Basta para sempre.

E ele se inclinou para encostar os lábios frios mais uma vez no meu pescoço.

Agradecimentos

Minha enorme gratidão a:
meus pais, Steve e Candy,
por toda uma vida de amor e apoio,
por lerem ótimos livros para mim quando eu era criança
e por ainda segurarem minha mão
nas situações que me deixam nervosa;
meu marido, Pancho, e meus filhos, Gabe, Seth e Eli,
por me dividirem com tanta frequência com meus
amigos imaginários;
minhas amigas da Writers House,
Genevieve Gagne-Hawes, por me dar a primeira oportunidade,
e minha agente Jodi Reamer, por tornar realidade
os sonhos mais improváveis;
minha editora Megan Tingley, por toda sua ajuda
para tornar *Crepúsculo* melhor do que no começo;
meus irmãos, Paul e Jacob, por seu aconselhamento
fundamentado para todas as minhas dúvidas automotivas;
e minha família *on-line*,
a equipe talentosa e os escritores de fansofrealitytv.com,
particularmente Kimberly "Shazzer" e Collin "Mantenna",
pelo estímulo, pelos conselhos e pela inspiração.

1ª edição	OUTUBRO DE 2025
impressão	IPSIS
papel de miolo	IVORY BULK 65 G/M²
papel de capa	CARTÃO SUPREMO ALTA ALVURA 250 G/M²
tipografia	GARAMOND 3
	EFCO SONGSTER